Stefano Benni · TERRA!

Stefano Benni

TERRA!

Roman

Aus dem Italienischen
von Pieke Biermann

Piper
München Zürich

Die Originalausgabe erschien 1983 unter dem Titel »Terra!« bei
Giangiacomo Feltrinelli Editore, Mailand.

ISBN 3-492-02956-6

Gesetzt aus der Bembo-Antiqua
Gesamtherstellung: Kösel, Kempten
Printed in Germany

Inhalt

III. Die Schlacht im All

IV. Meeresstille

V. Nahe dem Herzen

VI. Das letzte Tor

VII. Das Herz der Erde

Die Personen

PHILDYS PLASSEY General und Premierminister der Sineuropäischen Föderation

PYK Minister derselben und ein echtes Schlitzohr

LEONARDUS KOOK ein krisengeschüttelter Wissenschaftler

CU CHULAIN ein Weltraumpilot von etwas zweifelhaftem Ruf

MEI HO LI eine bezaubernde Telepathin

CARUSO RAIMONDI ein Mechaniker an Bord der PROTEUS TIEN

SARA seine Assistentin und Adjutantin

LEPORELLO ATARI genannt LEO, ein zweibeiniger Draufgänger

FANG ein alter Chinese, der stets ins Schwarze trifft

FRANK EINSTEIN ein wahrer Wunderknabe

GENIUS 5 der intelligenteste Computer der Welt

KÖNIG AKRAB der Große Skorpion, Herrscher über das Aramerussische Reich, zu dem sich arabische Scheichs und Amerikaner und Russen vereinigt haben

ALYA des Königs aalglatter Berater

DABIH des Königs Wahrsager

COYLLAR Bandleaderin der DZUNUM

ALICE, LORINA und EDITH die restlichen DZUNUM

JOHN WASSILIBOYD und IGOR DYLANIEW Piloten des Raumschiffs CALALBAKRAB

SMITSKY, TSUKOW UND SHAULA Scheichs

SAITO Techn. Gen. des Militärreiches SAM (von Samurai), einer Formation von Militärs aus aller Herren Länder

HITACHI sein Adjutant

YAMAMOTO ein SAM-General und Kapitän des Raumschiffs ZUIKAKU

HARADA YAMAMOTOS Vize

π (ausgesprochen: Pi) der spirituelle Führer der GRAUEN SOLDATEN

Van Cram der Wikinger ein Weltraumabenteurer
Pintecaboru der Riese von Mellonta, dem vergessenen Planeten
Galina Perkowaja die Astrohexe
Coya eine junge Indiofrau
Huatac der geheimnisvolle Alte von Kouzok
Catuilla, Aucayoc und Nanki Indiomänner

und außerdem: Deggu N'Gombo, der König der Videospiele; Paul McCartney und Mick Jagger, Industriebosse; Kapitän Quijote, Meteoritenjäger; Garcia, der Hai; Geber, ein All-Journalist; Charos, Arzt in der Weißen Stadt; Gary »Goethe« Gutentag III., ein News-Jockey; Pater Mapple, ein All-Missionar; Saggientarrubia, der Flamingomann; Dschenah, Chef der Skorpionwachen; Munkal und Nakir, Folterer; und eine kleine Roboterin, die wirklich sexy ist; der große Häuptling Adlerkeule; ein paar schweinische Akademiker; Laikas Junge; ein Rockfan im Krokodilformat; der texanische Milliardär Ibn Hunt; Marsmenschen, Inkas sowie jede Menge Raumschiffe.

Prolog

In der Nacht zum 30. August 2039 wurden die Vereinigten Staaten von einer außergewöhnlichen Hitzewelle überrollt. In New York stieg das Thermometer auf 42 Grad Celsius; gegen Mitternacht brachten die Duschen nur noch das heulende Elend hervor, und die Wasserrohre taten krächzend kund, daß das Wasser bis morgen früh um acht abgestellt bleiben würde. Die Hälfte der Bevölkerung verstopfte, auf der Suche nach dem nächsten Weg ans Meer, die Straßen. Der Coca-Cola-Konzern verkaufte allein in jener Nacht vierzig Millionen Liter seines Getränks; dieses gezuckerte Schwarzmeer hätte für die gesamte US-Flotte gereicht. Eiswürfel waren kostbarer als Diamanten, und es geht die Sage, daß so manche Familie ihren Swimmingpool leersoff.

Im Herzen der kalifornischen Wüste, in einem Zementbunker mit dem Codenamen Hölltel, wo sich die geheime Operationszentrale des Pentagon befand, wachten zwei Techniker sowie General Kingwen, der Vertrauensmann des Präsidenten, an der Schalttafel mit den Knöpfen für den weltweiten Atomschlag. Exakt zwanzig Minuten nach Mitternacht fiel die Klimaanlage des Bunkers aus: Irgend etwas hatte die Außenleitungen verstopft. Eine Stunde später hingen die gut hundert Mann der Festungsbesatzung ziemlich in den Seilen, die Hemden klebten ihnen am Rücken, Bierdosenverschlüsse knallten wie Böllerschüsse aus einem Bombenteppich.

Um 1.30 Uhr beschloß General Kingwen, die gepanzerten äußeren Fenster öffnen zu lassen, damit ein bißchen frische Luft hereinkam. Das Licht des Wüstenmondes fiel auf die weißen Bunkerwände und betrachtete sein eigenes elektronisches Bild, das von den Monitoren der Raketenabwehr zurückgeworfen wurde.

Um 2.02 Uhr war alles normal. General Kingwen ging, nachdem er sich einen Cuba Libre genehmigt und mit seinen

Soldaten die Ergebnisse der Fußball-Sommerliga durchgehechelt hatte, ins Bett. Die Wüste lag in absolutem Schweigen, sogar die Koyoten schienen auf ihre allabendliche Serenade verzichten zu wollen.

Um 3.10 Uhr hörte der für die Geheimknöpfe zuständige Techniker ein schwaches Geräusch durch das Fenster über seinem Kopf. Er alarmierte augenblicklich eine Wache, die Außenscheinwerfer wurden angeschaltet: Niemand zu sehen. Der Bunker lag mitten in einem umzäunten, verminten und von 60000 Mann bewachten Areal von 140 Quadratkilometer Größe. Wer hätte hier auch eindringen können? Mittlerweile meldeten die Männer des Reparaturtrupps, in den Röhren der Klimaanlage seien Mäuse, und zwar mysteriöserweise gleich in Rudeln, sie stürben dort vor sich hin und wirkten, als seien sie auf der Flucht vor irgendeiner Gefahr. Die Reparatur würde zwei Stunden dauern.

Um 3.30 Uhr hörten im Zentrum von Manhatten, New York, Tausende von Menschen ein Open-Air-Rockkonzert. Gruppen schwarzer Kids veranstalteten Happenings an Straßenecken und auf Autodächern. »Schwitzt und tanzt!« schrien sie. Die Fernsehgesellschaften hatten ihre Teams vor Ort. Um 3.22 Uhr schickte der Discjockey von Radio California Über Alles, einem Wüstensender, den letzten Hit der gerade angesagten Kultband War Heroes über den Äther – *Woom*. Die Wachen im Hölltel-Bunker hatten alle ihre Walkmen im Helm und klopften mit ihren Gewehren den Takt. Der Vollmond hatte sich in einen Schleier aus schwülem Dunst gehüllt.

Um 4.38 Uhr erschien im Fenster des geheimen Bunkerraums der kleine spitze Kopf einer Maus. Sie hatte offenbar vor, an der Wand hinunter in den Raum zu schlittern, fiel aber vornüber, und ihr kleiner Körper plumpste auf Knopf 15 – roter Alarm –, mit dem die Raketen aus ihren unterirdischen Rampen nach oben gefahren werden. In die Wüste und die ersten Streifen Morgengrauen hinein ragten plötzlich -zig weiße Geschosse vom Typ Coyote 104 und dehnten ihre

Schatten bis zu den Kakteen aus. Der Techniker begriff sofort, stieß einen Schreckensschrei aus und wollte ganz schnell den EA-Knopf (Entscheidung annullieren) drücken. Aber die Maus in ihrer Panik war schneller; sie sprang von Knopf 15 direkt auf Knopf 12. Knopf 12 hieß unwiderruflicher Direktangriff auf die Sowjetunion. Der Techniker kam nicht einmal mehr bis zur Tür, um Alarm zu geben, denn schon tauchten die ersten Geschosse am Wüstenhimmel auf. Um 4.40 Uhr wurde der Präsident der Vereinigten Staaten in seinem Haus in den Bergen via Sonderleitung aus dem Schlaf gerissen. Er nahm ab und sagte: »Ich hoffe, Sie haben triftige Gründe für einen Anruf um diese Zeit.« Um 4.41 Uhr registrierten die sowjetischen Radarschirme das Heranrücken amerikanischer Raketen, was den automatischen ersten Gegenschlag mit neunzig Raketen vom Typ SMS 2030 auslöste. Um 4.43 Uhr klatschten auf der Fifth Avenue in New York gerade Tausende im Takt zur nächtlichen Rockmusik, als sie ein merkwürdiges dumpfes Geräusch hörten und sahen, wie in ein paar Wolkenkratzern die Fensterscheiben zu vibrieren anfingen und herausfielen. Der Frontmann der Band schrie: »Okay, Leute, keine Panik, wir haben da ein kleines Problem mit den Mikros.« Inzwischen war das dumpfe Geräusch angeschwollen. Im Studio von Radio California Über Alles sagte der Discjockey: »Und jetzt, Freunde, nach dem allerletzten Hit der War Heroes noch was Brandheißes für euch, eine Scheibe echt zum In-die-Luft-Gehen!«

Es war 4.45 Uhr. Die Platte kam bei den Hörern nicht mehr besonders an. Exakt beim ersten Bass-Riff schlug die russische Rakete in Kalifornien auf.

So begann der dritte Weltkrieg, und drei weitere sollten folgen.

I. Hundert Jahre (und mehr) danach

Das monsterhafte weiße Wesen bewegte sich über die Eislandschaft. Soweit sich in diesem Schneesturm erkennen ließ, war es ein vielpfotiger, pelziger Riesenwurm von gut zwanzig Meter Länge. Er hatte vier rote Augen und Höcker auf dem Rücken. Jetzt blieb er stehen, hob einen Augenblick lang den winzigen Kopf und schlug eine andere Richtung ein. Erst als er näher kam, war deutlich zu erkennen, um was es sich handelte. Nämlich um vier Eisbären, die mit Zügeln hintereinandergespannt waren wie eine Eisenbahn. Jeder hatte eine rote Positionslampe am Kopf und zwei Männer auf dem Rücken: einen Scherpa im gelben Overall des Thalarktischen Taxi-Teams und einen Passagier. Der Leitbär mit dem Kennzeichen Hawaii 8 blieb wieder stehen und schnappte nervös nach Luft.

»Vorwärts, Bayard«, rief der Scherpa. »Wir sind fast da!«

Und wirklich ertastete der Bär nach ein paar Metern mit seiner Schnauze eine kleine rote Säule halb unter dem Schnee. Er drückte sie mit der ganzen Kraft seiner Pfote herunter. Die Schneedecke erbebte leicht; dann sprang laut knarrend ein Tor auf und gab einen unterirdischen Tunnel frei.

Im Tunneleingang war ein Schild zu sehen: Paris Métro.

Die vier Bären bremsten mit den Klauen vor dem Abstieg und verschwanden dann im Tunnel. Das Tor fiel zu, und alles war wieder weiß und still.

Paris: Ein unerhörtes Abenteuer, das in der Kälte beginnt

Am 29. Juni des Jahres 2157 betrug die Außentemperatur in Paris elf Grad unter Null. Es schneite seit genau einem Monat und sechs Tagen, und nahezu alle Gebäude der Altstadt waren zugedeckt. Das Leben jedoch ging seinen geregelten Gang unter der Erde weiter, in den U-Bahn- und Kanalisationsschächten, in Botanischen Gärten und Anlagen, deren Temperatur konstant bei acht Grad gehalten wurde. Vom obersten Stock einer gigantischen, in Eis gefaßten Pyramide aus starrte ein fröstelnder Mann auf die tote Eisfläche, die sich kilometerweit erstreckte und nur gelegentlich von den Lichtern eines Schlittens belebt wurde. Innerhalb der Stadtmauern gab es nur wenige Gebäude, die sich von der dreißig Meter hohen Schneedecke nicht unterkriegen ließen. Der große Zylinder-Tower des Raumhafens Mitterrand warf die Laserleitstrahlen für die Luftkorridore an den grauen Himmel; es sah aus wie wild-bunte Videospiele. Vom Außenkontrollturm auf der Anhöhe des Fort Montmartre, der Polizeizentrale, aus schlingerten Videokameras wie Polypenarme durch die Luft. Weiter hinten ragte der Eiffelturm hervor, in einer Klarsichtkapsel, ein antikes Souvenir. Und über ihm das prismenförmige Showcenter mit seinen Bildschirmwänden, auf denen ununterbrochen Werbefilme, alte Dokumentarstreifen über die Côte d'Azur und Direktübertragungen von Morden in der Métro flimmerten.

Der Mann hatte seinen Pelz – eine alte Rattenfelljacke – ausgezogen und versuchte, einen Ärmel zu flicken. Er wollte gerade einen Faden in die Nadel fädeln, aber ein Kälteschauer hinderte ihn daran. Im selben Augenblick sah er auf den Überwachungsmonitoren am Eingang der Pyramide hundertfünfzig Stock tiefer vier rote Pünktchen näher kommen. Kein Zweifel, es war die Farbe der Raumoveralls.

Er legte die Nadel weg und drückte die Taste der Video-Gegensprechanlage. Das Gesicht einer Sekretärin mit Brille und einem einsamen roten Haarbüschel auf dem Kopf erschien.

»Oh, Fräulein Minnie«, sagte der Mann, »herzlichen Glückwunsch zu Ihrer neuen Haartracht. Ist ja hübsch gelichtet! Bei wem lassen Sie denn neuerdings frisieren?«

»Beim Bestrahlen«, zischte die junge Frau. »Was wünschen Sie?«

»Vor allem eine größere Nadel. Und dann möchte ich wissen, ob die Zweibeiner am Eingang die sind, die ich erwarte.«

»Jawohl, Herr Premierminister«, sagte die junge Frau, »Ihre Geheimmission ist da.«

Die vier Zweibeiner reckten die Köpfe und bestaunten die riesige Konstruktion mit den eisigen Zinnen über sich. Der Sitz der Sineuropäischen Föderation – eine dreifache Pyramide von 512 Meter Höhe – war das dritthöchste Gebäude der Welt nach dem fast 800 Meter hohen Atari-Turm des Japanischen Militärreichs und dem 1030 Meter hohen »Gebirge der Ordnung«, dem Sitz der sieben Aramerussischen Scheichs.

Diese Superbauten waren sofort nach dem sechsten Weltkrieg errichtet worden, als drastisch deutlich geworden war, daß sich die große Wolke, die die Sonne von der Erde fernhielt, zumindest auf absehbare Zeit kaum wieder verdrücken würde. Tausende von Gigatonnen Staub, Gas und radioaktive Schlakken, die durch die atomaren Explosionen in die Atmosphäre geschleudert worden waren, hatten der Erde eine Eiszeit ohne Aussicht auf Wende beschert und eine weltweite Energiekrise heraufbeschworen. Und wie um das Glück der Überlebenden vollkommen zu machen, waren sämtliche Meere zugefroren und verseucht und die Außenluft äußerst radioaktiv; außerdem sausten jeden Tag irgendwelche »Hobos« auf die Erde nieder – Einzelteile der dreitausend Satelliten und Raketen, die im Krieg ins All geschossen worden und da oben außer Kontrolle geraten waren. Ein paar davon, nämlich die aus der

Serie der Sensorenbestückten, waren noch immer auf längst zerstörte Städte programmiert und irrten weiter um die Welt auf der Suche nach einem feindlichen Ziel, das es schon lange nicht mehr gab.

Am Eingang der Föderation standen zwei gepanzerte Gestalten Wache, und zwar reglos – allerdings weniger aus Gründen der Disziplin als vielmehr aufgrund der eisigen Kälte. Zu ihren Füßen dösten zwei Iktaluren vor sich hin, zentnerschwere Katzenfische mit grimmigen Backenbärten. Sie waren vor fünfzig Jahren aus den vereisten Flüssen gestiegen und hatten sich dem Leben an Land angepaßt. Sie hatten einen plumpen Gang; sie bewegten sich mit Schwanzschlägen vorwärts. Aber ihr Biß war grauenvoll.

Mit einer gewissen Ehrfurcht gingen die Zweibeiner an diesen Wachfischen vorbei und durch die breite Eingangshalle. In einer Ecke erstrahlte eine Marmortafel mit bunten Ansichtskarten: zum Gedenken an die untergegangenen Städte. Die Zweibeiner schritten die lange Liste mit den Namen ab. Sie begann mit: »Amsterdam: obwohl ein Damm zerstört und die Stadt von überlegenen feindlichen Kräften eingeschlossen war, leistete sie heldenhaften Widerstand, bevor sie am 24. Juli 2130 vom Erdboden radiert wurde –«

Am Ende des Flurs, hinter einem azurblauen Kristall, wurden die Zweibeiner von einem Paar Prickelwachen in Empfang genommen. Das waren zwei massige Getränkemünzautomaten auf Rädern. (Im vorletzten Krieg waren fast alle zivilen Maschinen für militärische Zwecke und zu Robotern umgerüstet worden.) Der erste, ein Warmgetränke-Automat mit Fotoauge und Korkenkanone, trat ihnen scheppernd in den Weg und schnarrte: »Stehenbleiben oder ich schieße!«

»Danke«, sagte einer der Zweibeiner. »Ich nehme eine Salve Kaffee mit viel Zucker.«

Der Automat tat einen Schritt auf ihn zu.

»Witzereißen zwecklos, mein Herr. Sie treten jetzt einer nach dem anderen vor und machen ihre Angaben für die Personalien- und Stimmabdruck-Überprüfung.«

Der angesprochene Zweibeiner trat vor, ein schwarzer Riese mit lauter Narben im Gesicht. Auf seinem Overall prangte das geflügelte Tigerbaby, das Emblem der Raumpiloten.

»Ich heiße Boza Cu Chulain«, sagte er, »geboren bin ich in der Weltraumstation New Africa, meine Mutter war Afrikanerin. Als Vater kämen dreihundert Kandidaten in Frage –«

»Das reicht«, unterbrach ihn der Automat. »Der nächste bitte.«

Vor dem Fotoauge erschien ein schmächtiger Mann mit Bart.

»Mein Name ist Leonardus Christoforus Kook, vierzig Jahre alt, Forscher. Ich arbeite in einer Kapsel auf der Sonnenumlaufbahn. Hier ist es tierisch kalt, und ich möchte mal wissen, wieso ihr dieses ganze Mausoleum hier in Betrieb haltet, wenn ihr nicht mal zum Heizen genug Energie habt.«

»Aus Gründen des politischen Anstands«, gab die Wache bereitwillig Auskunft. »Der nächste bitte.«

Ein seltsamer Zweibeiner stellte sich vor. Er hatte noch seinen Weltraumhelm auf, war rund und höchstens einen Meter hoch.

»Ich heiße Leporello Tenzo E-Atari, ich kann Ihnen leider nicht sagen, wo ich geboren bin, weil –«

»Ich bin ja nicht blind«, platzte die Wache dazwischen. »Der nächste bitte.«

Der letzte Zweibeiner, ein alter Chinese, verbeugte sich und sagte:

»Mein Name ist Fang, geboren ward ich im bergigen Land, wo die Sonne die Dächer das Strahlen lehrt, wie –«

Metallisches Scheppern fiel ihm ins Wort. Der eine Wachautomat hatte geniest und dabei zwei oder drei Getränkedosen fallen lassen.

»Verzeihen Sie«, sagte der andere Automat, »von Zeit zu Zeit hat er Stromausfall wegen der Kälte und ... äh, dann erleidet er immer einen Rückfall in alte Dienstpflichten.«

»Gesundheit auch!« wünschte der Chinese. »Heute schneit es, aber ich bin überzeugt, Herr Kook wird einen Weg finden, um die Sonne an ihrem so fernen Ort wieder einzufangen und ihre Wärme zur Erde zurückzubringen.«

»Wollen's hoffen, Herr Fang«, gab der Automat von sich. »Sie können durchgehen. Die Fahrstühle sind hinten im Korridor IV. Ich empfehle, die Hosen hochzukrempeln, der grüne Belag da ist kein Teppichboden, sondern Schimmel.«

»Na, dann Prost auf den Anstand«, brummte Chulain, als er losgehen wollte und ein paar ausgesprochen wohlgenährte Ratten ihm zwischen den Beinen hindurchschossen.

»Die Föderation tut ihr Bestes«, seufzte Kook. »Mehr kann man nicht verlangen in diesen Zeiten.«

Sie kamen zu den Fahrstühlen und trafen auf einen Roboter aus einer etwas antiquierten Serie, der mit trigonometrischen Formeln vollgemalt war und einen artigen Diener machte.

»Seht mal«, sagte Kook, »es ist zwar alles schon ein bißchen verschlissen, aber es funktioniert perfekt, wie dieser höfliche Liftboter hier.«

»Fast ein bißchen zu höflich«, gab Chulain zurück, »der steht da immer noch zusammengeklappt.«

»Bitte, entschuldigen Sie vielmals«, sagte der Roboter kläglich. »Ich fürchte, ich habe mir ein Rückengelenk verklemmt. Könnten Sie mich freundlicherweise wieder in aufrechte Position bringen?«

Die vier halfen dem Roboter wieder in die Senkrechte; seine Rückengelenke gaben ein besorgniserregendes metallisches Quietschen von sich. Kook und der Schwarze tauschten erstaunte Blicke.

»Wenn Sie mir jetzt bitte folgen wollen, meine Herren«, sagte der Roboter, »hier ist der Aufzug: Er wird von einem alten 2-PS-Außenbordmotor angetrieben, die Fahrt dauert etwa vierzig Minuten. In der Zwischenzeit kann ich Ihnen eine Reihe nützlicher Informationen über die Stadt liefern. Nehmen wir zum Beispiel das da, wo ich hinzeige –«

»Das – wo?« fragte Kook.

»Ich bitte um Entschuldigung«, sagte der Roboter, »ich hatte nicht daran gedacht, daß mir ja das Zeigeelement am rechten Arm fehlt. Eine einfache Raparatur ... äh, also, wenn Sie sich freundlicherweise nach rechts wenden wollen, was da aus dem Schnee ragt, sind die Ruinen des ehemaligen Stadtteils Défense. Wenn wir weiter oben sind, können wir den schwenkbaren Ballon der Folies-Bergère und das Refugium Montparnasse sehen. Der Eingang liegt an der Stelle, wo früher das oberste Stockwerk des Hochhauses war. Von da aus kommen Sie auf Skiern über die Innenrampen bis ins Zentrum von Neu-Paris. Haben Sie Fragen?«

»Ja«, sagte der Schwarze. »Wann sind wir endlich da? Hier drin ist es verdammt kalt.«

»Wir sind nur noch sechzig Stockwerke entfernt, mein Herr«, erwiderte der Roboter etwas ärgerlich. »Und die Temperatur liegt im Rahmen des Erträglichen.«

»Ah ja«, sagte der Schwarze. »Für euch bestimmt, ihr Roboter friert ja auch nicht.«

»Da irrst du dich aber, Chulain«, mischte sich jetzt der zweibeinige Zwerg ein. »Ein Thermoblock im Silikonkreis mit einfrierenden Neuro-Terminals oder Zugluft in den Logikträgern sind ziemlich unangenehme Zustände; ich würde sie ohne weiteres mit dem gleichsetzen, was ihr Lungenentzündung nennt.«

»Der Herr beschäftigt sich mit Robotik?« fragte der Liftboter.

»Klar«, sagte der kleine Zweibeiner, lüftete seinen Helm und zeigte seinen großen Metallschädel mit Papageienschnabel. »Ich liebe nämlich meinesgleichen.«

»Oh!« sagte der Roboter. »Entschuldige, Bruder.« (Die beiden gaben sich mit ihren eisernen Fäusten gegenseitig eine robotisch-freundschaftliche Kopfnuß.) »Jedenfalls, meine Herren, sind wir nicht die einzigen, die Energieprobleme haben. Die Aramerussen und die Japaner haben ihr interplanetarisches Reiseaufkommen auch schon um die Hälfte gekürzt.«

»Das habe ich gemerkt«, stöhnte Kook. »Man kommt wirklich kaum noch durch im Weltraum! Stellt euch vor, vor fünf Tagen erreicht mich der Befehl, heute hier zu erscheinen. Ich war Tausende von Meilen weit weg in meinem Laboratorium auf der Sonnenumlaufbahn. Ich konnte gerade noch in den Overall springen, da kamen sie mich schon abholen, mit einem Erz-Transporter. Sechzehn Stunden Flug, um das Anschlußraumschiff vom Jupiter zu kriegen: weitere drei Tage Flug, und dann teilen sie einem mit, daß das Raumschiff wegen eines Streiks nicht bis zur Erde durchfliegt, sondern nur bis zum Raumhafen Clavius auf dem Mond. Da steht natürlich eine Schlange von zwei Kilometer Länge und wartet auf das nächste Shuttle-Taxi. Schließlich finde ich einen Verrückten, der sich illegalerweise in den Korridor für die Großraumschiffe einschleust und bei jedem Überholmanöver und dreitausend Stundenkilometern singt: ›Das ist die Lust der Meteore‹. Ich klammere mich an den Sitz und weiß nicht, was mir mehr zu schaffen macht, sein Fahrstil oder seine dämlichen Witze: Er leert einen ganzen Musterkoffer voller humoristischer Antiquitäten aus dem gesamten Sonnensystem. Der Verrückte erleichtert mich noch um tausendzweihundert Barren und setzt mich am Raumhafen von New Yorkgrad ab, morgens um fünf. Um Haaresbreite erwische ich den einzigen Weiterflug, ein Luftschiff der Air Albania. Es ist die reine Katastrophe: mittags ›Algen antik‹, abends Algenpastete, im Bordkino ›E.T.s Sohn, Folge III‹, es zieht wie Hechtsuppe, und die Stewardessen sind halbkaputte, uralte Univac-Roboter, die jeden Passagier ohrfeigen, der ihren Kaffee nicht will. Nach ich weiß nicht wie vielen Flugstunden und siebzig Tassen Kaffee komme ich endlich in Paris-Mitterrand an, nur um zu erfahren, daß die Schneekatzen ausgefallen sind und es nur diese Riesenkatzen gibt, und das Geschaukel von diesen Bären da bringt etwas fertig, was sämtliche Raumschiffe nicht geschafft haben: Ich muß kotzen wie ein Reiher. Und hier bin ich jetzt, ein Wunder an Pünktlichkeit, nach fünf fast schlaflosen Tagen Fahrt. Ich möchte wirklich wissen, was mir noch passieren kann!«

Das Licht ging plötzlich aus. Am Schwanken erkannte Kook, daß der Fahrstuhl stand.

»Was ist denn jetzt los?«

»Ich fürchte, mein Herr«, sagte der Roboter, »wir haben mal wieder den üblichen Blackout. Aber seien Sie unbesorgt, so etwas dauert nie länger als zehn Stunden. Schade. Wir hatten nur noch zwei Stockwerke.«

Die Sineuropäische Pyramide

Nach sechs reichlich eintönigen Stunden war die Energie wieder da, der Fahrstuhl nahm im Triumphzug die restlichen zwei Stockwerke, und dann öffnete sich die Tür zu einem riesigen Saal, der mit hellblauen Glasscheiben unterteilt war. Ein Mann im Rattenpelz mit den Generalstressen der Sineuropäischen Föderation stand erwartungsvoll und mit einem feierlichen Lächeln da. Es war Premierminister Carlos Phildys Plassey; seine Handprothese sowie sein wackliger Gang ließen darauf schließen, daß er am fünften und sechsten Weltkrieg lebhaft teilgenommen hatte. Neben ihm stand ein Carabiniere-Roboter mit einem Hebegelenk-Arm, der nach vorn und nach hinten schlenkerte, als ob er die Neuzugänge segnen wollte.

»Willkommen, Freunde«, sagte Phildys. »Nehmt bitte keinen Anstoß an diesen Kontrollen, aber zur Zeit sind die SAM wieder äußerst aktiv mit ihrem mechanischen Teufelszeug. Erst gestern haben wir feststellen müssen, daß sämtliche Knöpfe im Aufzug durch Mikrofone ausgewechselt waren ...

Wir wollen nicht hoffen, daß sie euch schon etwas angehängt haben.«

Der Carabiniere-Roboter stieß einen würdevollen Heuler aus, was bedeuten sollte, daß die Zweibeiner sauber waren.

»Folgt mir«, sagte Phildys. »Ich bitte um Entschuldigung für die Zwangspause im Aufzug. Wir haben in letzter Zeit immer wieder Energieschwankungen. Aber erzähl mal, Kook, wie laufen denn die Recherchen in deiner Sonnenkapsel? Offenbar gut, was, nach deiner braunen Haut zu schließen –«

»Nicht übel«, antwortete Kook, »ich untersuche gerade, wie Flasar und andere Sonnenexplosionen das Wachstum bei einigen Pflanzen beschleunigen können –«

»Ich weiß alles, ich weiß alles über die Operation ›Basilikumdschungel‹«, sagte Phildys und lächelte zweideutig, »obwohl wir uns seit dem letzten Krieg nicht mehr gesehen haben, ich habe deine ganze ... Transformation verfolgt, Kook.«

Kook enthielt sich eines Kommentars, und die Gruppe durchschritt die weitläufige Halle bis zu einem Sektor, der mit zehn Flugzeugsesseln spärlich möbliert war.

»Setzt euch, schnallt euch gut an«, kommandierte Phildys, »und bewahrt Ruhe, auch wenn euch gleich der Kopf ein bißchen zu kreisen anfängt.«

Im nächsten Augenblick drehte sich die pyramidenförmige Halle um sich selbst, rollte auf einer Ecke und stellte sich dann wieder aufrecht. Unsere Helden sahen jetzt keine Mauer mehr zu ihrer Rechten, sondern einen riesigen Saal, in dem ein Trupp Techniker in weißen Hemden an einer Computerwand arbeitete.

»Dies ist ein streng geheimer Saal, Abteilung 26«, erklärte Phildys, »hergekommen sind wir, indem wir unsere Abteilung – wenn man so sagen will – in ihren ›Gelenken‹ geschwenkt haben. Der ganze Palast ist nämlich ein Pyraminx, eine Pyramide aus vielen kleinen drehbaren Einzelpyramiden, die man zu verschiedensten Kombinationen kippen und ineinanderhaken kann. Ein Spielzeug mit ungeahnten Möglichkeiten. Ihr könnt ruhig die Gurte wieder lösen. Natürlich geht nicht immer alles glatt. Vor zwei Tagen war die Mechanik kaputt, und die Sitzung des Ministerrats mußte in den Toiletten stattfinden. Es gibt auch schon mal Probleme, wenn plötzlich Papiere und Schreibtische durch die Luft fliegen, und den Angestellten mußten wir, um sie bei Laune zu halten, eine Rotationszulage zahlen. Wir kommen jetzt in die Abteilung Sonderprojekte, und ich darf euch den Chef vorstellen. Aber Vorsicht – laßt euch nicht von Äußerlichkeiten täuschen!«

Phildys wandte sich zu einem bebrillten kleinen Jungen, der unter einem Computer lag und ein Comic-Heft mit dem Titel *Saturn und seine perversen Spiele* las. Phildys hüstelte diskret: »Ähm . . . Herr Doktor Einstein, Mission E2 ist da.«

Der Junge ließ hastig das Heftchen verschwinden und wurde glühend rot. »Einen Augenblick«, sagte er, »wenn Sie erlauben, behebe ich mal eben eine Datenstörung im Computer und . . . Bin gleich wieder da.«

»Er ist ein bißchen eigensinnig, aber ein wahres Genie«, wisperte Phildys, »er ist zwölf, geboren ist er in einem Reagenzglas im Berliner Genzentrum für Wissenschaftlichen Nachwuchs. Mit neun war er bereits Chef der Sektion Bergbau, dann fiel er ein Jahr aus wegen Mumps, und jetzt ist er Chef der Energieforschung. Ein Superchef! Aber er bleibt eben doch ein Junge.«

»Ich verstehe«, sagte Kook, »in seinem Alter hatte ich auch Datenstörungen.«

Inzwischen war der Junge wieder da; er trug jetzt den fluoreszierenden Schmetterling, das Abzeichen der höheren Chargen innerhalb der Föderation, zur Schau. Er hatte einen Mann mit einer funkelnden Halbperücke und vibrierenden Plastikantennen dabei.

»Doktor Frank Einstein«, stellte sich der Junge etwas steif vor. »Erfreut, Sie kennenzulernen. Und das hier ist Doktor Pyk

Showspotshow, der berühmte Ex-Showmaster aus dem Fernsehen und jetzige Minister für Inneres und Volksbelustigung.«

»Nennt mich ruhig Pyk«, sagte der mit den Antennen. »Kennt ihr schon den mit dem deutschen Astropiloten, der auf den Planeten der Juden kommt?«

»Herr Minister«, unterbrach Phildys, »für Witze ist hinterher noch Zeit, jetzt wollen wir uns erstmal bekannt machen. Also, Herr Doktor Leonardus Kook, Experte für voreiszeitliche Kulturen. Der ehrenwerte Herr Fang, Meister der Wissenschaften und der Philosophie an der Sinischen Akademie und Telepath mit dem zehnten Dan. Kapitän Chulain, Weltraumpilot. Der Zweibeiner Leporello, Modell ›A‹, E-Atari der Dritte, genannt LeO, Roboter-für-alles und Spezialist für Mathematik und Gastronomie.«

»Dann können wir ja anfangen«, sagte Einstein, »höchste Geheimhaltungsstufe!« Auf Befehl des Jungen gingen sämtliche Türen zu. Die Hinterglasansicht von der verschneiten Welt draußen wurde dunkler, das Glas schließlich schwarz und undurchdringlich. Sobald alle Platz genommen hatten, erschien auf dem Bildschirm ein Diapositiv. Es zeigte eine ins Eis gerammte, mannshohe Metallröhre.

»Dieses Objekt ist der Grund, warum wir euch hierher beordert haben«, begann Phildys. »Es heißt MY-TRP, Vektor Besitzansprüche. Er wurde vor ein paar Tagen in einem südamerikanischen Gebirge gefunden, in einem Gebiet, das von Mestengo-Indios und Eskimos bewohnt wird. Das Gebiet heißt Kouzok und entspricht auf der voreiszeitlichen Landkarte der Stadt Cuzco in Peru. Ein paar Bergbautechniker haben ihn beim Abbau gefunden. Für alle, die es nicht wissen sollten, TRP ist ein Vektor mit automatischer Rückkehr zur Erde, mit dem die Raumflugspitzel des Erzgürtels und die Sonnenjäger ausgerüstet werden... die Entdecker also.«

»Entdecker?« höhnte Chulain, »Galgenvögel sind das, die

Planeten suchen, auf denen es Uranium 235 gibt, und sich untereinander paaren wie die Tiere!«

»Ich finde, Sie übertreiben etwas«, sagte der Junge unbeirrt. »Es sind Piloten, denen die Föderation – im Tausch gegen fünfzig Prozent ihrer Funde – Treibstoff und Genehmigungen für Forschungsarbeiten auf den entferntesten und gefährlichsten Planeten gewährt.«

»Ex-Rebellen sind das! Seelenverkäufer!« brummte Chulain verächtlich. »Die Sorte kenne ich!«

»Uns ist bekannt, daß Sie eine Vergangenheit haben ... eine sehr abenteuerliche Vergangenheit auf demselben Kurs«, sagte Einstein, »und aus genau diesem Grund hat der Computer Sie auch ausgewählt –«

»Ihr müßt wissen«, fuhr Phildys beschwichtigend dazwischen, »daß diese ... Entdecker, wenn sie auf einem Planeten abbaubares Erz finden, den Vektor zur Erde senden. Er wird mit einem Impuls vom Typ Lassie aus dem Zentralcomputer in Kouzok zur Erde gelenkt. Auf diese Weise melden uns unsere Spitzel auf Band die Position des Fundes im All, damit niemand, der nach ihnen kommt, wie das schon passiert ist, ihn klauen kann.«

»Und was hat dieser Entdecker nun gefunden?« fragte Kook.

»Etwas ... Einzigartiges«, sagte Phildys und sah versonnen drein. »Ich spiele euch jetzt die erste Botschaft aus dem fraglichen Vektor MY-TRP vor. Bitte, stoßt euch nicht an der Sprache: Der Pilot ist ein alter Raumbär.«

Im Saal erklang eine metallische Stimme vom Band.

Van Cram der Wikinger

»Meine allerliebsten regierenden Plattärsche. Heute, am 4. Juli 2157, melde ich, Kapitän Eric van Cram, genannt der Wikinger, Kommandant des Raumschiffs Langrebort, Anspruch auf die Entdeckung eines natürlichen Planeten an. Ich bin allerdings nicht imstande, euch die Position dieses Riesentrüffels durchzugeben, da von meinen beknackten Bordcomputern kein einziger funktioniert. Mein Knopfdruck-Roboter sagt, er hat so was noch nicht erlebt. Kommt mir vor, als hätte jemand Rum in die Instrumente gepumpt, die Anzeigernadeln tanzen, die Lampen haben Schluckauf, und der Zentralcomputer hält sich offenbar für einen Papagei und krächzt pausenlos ›Daten absurd stop‹. Jedenfalls melde ich die Entdeckung erstmal an und behalte mir vor, die Daten, wie von den bürokratärschigen Gesetzen vorgeschrieben, baldmöglichst nachzureichen. Meine Forschungsgenehmigung für außersystemliche Bezirke hat Kennziffer 43677, meine Kennummer ist ERC VCR 211 VKG, ich habe Stiefelgröße neunundvierzig. Den Ankunftskurs gebe ich euch nicht durch, denn noch ist der Besitzanspruch nicht geregelt, und ich möchte nicht, daß irgendso ein Regierungsschlaumeier auf die Idee kommt, ihn mir zu klauen. Wie wir All-Jungs so singen:

Solange Saturn noch den Ring umhat
hat kein Regierungsclown den Fuß draufgehabt.

Fröhliche Eiszeit an alle. Ende.«

Die Stimme erstarb, und auf dem Bildschirm erschien das Gesicht eines blonden Kerls mit einer Klappe über einem Auge.

»Ist das van Cram der Wikinger?« fragte Kook.

»Ja«, sagte Einstein, »ein sehr begabter Entdecker. Er hat schon zwei osmiumreiche Agenor-Satelliten entdeckt.«

»Ich versteh bloß immer noch nicht, was wir dabei sollen«, sagte Chulain etwas ungeduldig.

»Immer mit der Ruhe«, fuhr General Phildys fort, »das ist erst der erste Teil der Botschaft. In diesen Vektoren gibt es einen verdeckten Winkel, den wir ›Beichtstuhl‹ nennen. Man kann dort eine Botschaft für die Geheimdienstbüros hinterlassen, falls der Fund besonders bedeutend war. In van Crams ›Beichtstuhl‹ war folgendes gespeichert.«

»Botschaft Typ S, ich wiederhole Typ S«, fing die Stimme wieder an, »ich bin hier seit zwei Tagen. Jungs, dieser hübsche kleine Planet, den ich entdeckt habe, ist Typ N Eins gleich absolut natürlich. Er ist bewohnbar ohne jeden Helm oder Bio-Adaptation. Auf ihm sind ein Haufen Gebirge, Gemüse, Wasser, Blumen und Insekten, die scharf auf meine Pelle sind. Es gibt weder Staub noch Strahlungen, dafür aber sogar einen Stern, der uns beleuchtet und röstet und auf- und untergeht, genau wie unsere Ex-Sonne. Dieser Riesenstern veranstaltet so tolle Morgendämmerungen in sämtlichen Dessousfarben und so tolle Sonnenuntergänge, rot wie Tomatensoße, daß meine Mannschaft – und das sind lauter Jungs, im Vergleich mit denen jeder Gorilla wie eine klassische Ballerina wirkt – sich auf den Rasen schmeißt und heult wie die Schloßhunde. Selbst ich, ich geb's zu, spüre einen Kloß im Hals, denn dieser Planet ist eine perfekte Kopie von allem, was ich in antiken Dokumenten als unsere gute alte Erde kennengelernt habe, bevor sie sie in den Kühlschrank gebombt haben.«

Es gab eine kurze Pause. Alle im Saal der Föderation sahen gerührt drein.

»Jungs«, fuhr die Stimme fort, »ich habe auf meinen Reisen durchs All ja schon allerhand Verblüffendes gesehen. Ich habe Dyurnus gesehen, den Planeten mit den Blütenblättern, die nachts zugehen, und Pollices, den magnetischen Tramperplaneten, der sich an die Umlaufbahnen der größeren Planeten dranhängt. Ich habe Myron fliegen sehen, das Stadion mit einer Million Plätze, wo die letzten Olympischen Allspiele stattfanden. Ich habe im Arutas-Meer gebadet, wo man siebentausend Meter tief auf den Grund sehen kann, und habe den durchsichtigen Walen mit den leuchtenden Herzen beim Schwimmen zugeschaut. Ich habe mich durch den Dschungel der Riesenzigarren auf Reemtsma und seinen Pestilenzgestank geschlagen und Duelle zwischen Kometen und Hochzeiten zwischen Riesenblaubeeren erlebt. Ich habe gesehen, wie sich die Pornopilze von Transpluto auf vierzig verschiedene Arten paaren, und vier kleine Regenbögen von Tramuntium gefangen und im Käfig gehalten. Ich habe die Wolken mit den vier Geschmacksrichtungen am Himmel von Freskho leergetrunken und mit zwölf Pinguinen Marihuana vom Satelliten Aptenodytes geraucht, oder jedenfalls ist es mir hinterher so vorgekommen. Aber nie, ich sage, nie habe ich einen Ort gesehen, der so schön ist wie dieser hier. Auf diesem Planeten gibt es alles, wovon mein Opa Burz mir an den langen Winterabenden erzählt hat, wenn wir auf Passanten warteten, die wir überfallen und plündern konnten. Es gibt Blumen in sämtlichen Modellen und Hubräumen, sehr hohe Bäume und obendrauf ein Knäuel von schwarzen Riesenvögeln mit mindestens zwanzig Meter breiten Flügeln und Pflanzen mit goldenen Früchten und Schmetterlinge mit Pünktchen oder einfarbig oder im Tarnanzug. Ich schwöre, ich bin nicht betrunken, es ist alles wahr, hier ist ein Paradies. Und meine Roboter bohren überall Löcher und melden, der Boden hier ist prallvoll mit den seltensten Mineralien. Wenn ich nur rauskriegen könnte, wo zum Teufel wir sind! Seht mal selber zu, ob ihr das errechnen könnt. Ich bin am 2. Juni von Meskorska abgeflogen. Hinter dem Satelliten Ariel habe ich Langreborts Pferdchen die Sporen gegeben und einen Zugang zum Mare Universale gefunden, der auch auf einer alten Karte der Brüder Boojum verzeichnet war, die im Januar verschwunden sind. Nach drei Tagen haben die Bordinstrumente plötzlich verrückt gespielt, wie beschrieben. Wir rasen in eine Wolke aus verdünntem Plasma, ähnlich wie auf Saturn, und irgend etwas wirbelt das Raumschiff durch die Gegend, und zwar in einer Umlaufbahn mit lauter elliptischen Giebeln, man könnte es auch besoffener Ganter nennen, dann steigt die Temperatur auf siebentausend Grad Kelvin, und genau, als wir überzeugt sind, wir werden alle als Bratfleisch enden, da merken wir, wir werden von diesem natürlichen Planeten angezogen. Wir sind auf einem sehr hohen Berg gelandet. Ich wiederhole: Unsere Instrumente einschließlich Computer sind allesamt ausgefallen. Wer soll da durchblicken? Unsere letzte Position vor der Wolke war T-466-Aldebaran. Ende der Durchsage. Und nochmals fröhliche Eiszeit, ihr Lieben.«

»Tja«, sagte Phildys, während das Licht im Saal wieder anging, »hier endet die zweite Durchsage. Sie enthält wohl genug, damit ihr versteht, warum wir euch gerufen haben und warum wir bereit sind, ein Drittel der uns verbleibenden Energie für diese Mission zu verbrauchen. Seit Jahren sind wir hinter so einem Planeten her. Versteht ihr, was das bedeutet?«

»Charterreisen«, sagte Pyk mit glänzenden Augen, »luxuriöse Kreuzfahrten! Grandhotels!«

»Sauerstoff, Sonne, Meer!« sagte der General.

»Ja! Meer! Wellen! Windsurfen!« schrie Pyk. »Wasserfälle! Ansichtskarten von Wasserfällen! Restaurants zur schönen Aussicht! Sonne! Sonnenöl! Unsere Kinder werden wieder spielen und hinter Schnecken und Hirschkälbern herrennen können! Rennen, springen, schwitzen! Kalte Drinks kaufen! Krank werden! Aspirin! Thermometer!«

»Herr Minister Pyk«, sagte Einstein ungeduldig, »zwischen dem einen Drink und dem nächsten Hirschkalb könnte man auch nach solchen Lappalien wie Uran und Sonnenenergie suchen, das energetische Defizit ausbügeln und die Unterirdische Krankheit heilen!«

»Sehr richtig!« pflichtete Pyk bei. »Großkliniken! Thermalbäder! Ich habe auch schon den Werbeslogan: Hinein mit euch in die andere Welt, denn dort werdet ihr ums Jenseits geprellt!«

»Aber, jetzt mal jenseits solcher ... etwas frühreifen Spekulationen«, sagte Phildys, »versteht ihr, warum unser Auftrag so geheim ist?«

»So geheim, daß wir von einem Telepathen bespitzelt werden müssen?« fragte Fang lächelnd.

»Eine einfache Vorsichtsmaßnahme, um zu sehen, ob jemand von euch unter Hypnokontrolle steht«, sagte Phildys.

»Wir wußten, ihr würdet es sofort merken. Fräulein Mei, Sie können hereinkommen.« Aus einer Seitentür trat eine junge Asiatin mit langen schwarzen Haaren und verneigte sich.

»Ich bitte um Entschuldigung, daß ich euch in die ehrenwerten Hirne gucken mußte. Mein Name ist Mei Ho Li, ich werde euch auf eurer Expedition begleiten. Ich bin zweiundzwanzig und keine Gespielin für Regierungsmitglieder, Herr Chulain.«

»War nur eine neugierige Frage«, murmelte der Schwarze verlegen.

»Jetzt, wo ihr wißt, was ihr in diesem fernen Quadranten zu suchen habt«, sagte Einstein, »können wir ja wohl auch den dritten Teil der Durchsage besprechen und –«

»Einen Augenblick«, unterbrach LeO, »mir jucken die Ohren.«

»Das ist zwar eine erschütternde Nachricht«, sagte Einstein, »aber ich möchte Sie doch ersuchen, zunächst unseren kleinen Fragen von weltweiter Bedeutung den Vorrang zu geben.«

Chulain war mit einem Satz auf den Füßen und sah sich um. »Ich will dir mal was sagen, Bengelchen: Wenn's LeO in den Ohren juckt – da sitzt nämlich sein Funkempfangsteil –, dann ist hier irgendwo eine Interferenz. Und die kommt von einer Wanze.«

»Das kann nicht sein! Wir haben gestern alles durchgecheckt«, sagte Phildys und sprang ebenfalls auf. »Ich wüßte nicht, wer uns hier ausspionieren sollte!«

»Ich schon«, sagte Fang, »Ihr Aschenbecher macht sich gerade davon.«

Phildys stieß einen Schrei aus. Der Metallaschenbecher auf dem Tisch drehte sich um sich selbst, warf sich gegen die gläserne Saalwand und flatterte dabei herum wie eine wildgewordene Fledermaus.

»Alarm! Säuberungstrupp! Nehmt ihn fest! Verdammte Schweine, sie haben uns schon wieder reingelegt!« schrie

Einstein. Vier Männer mit langen Metallbesen kamen herbeigelaufen und hieben wild auf den Aschenbecher ein. Einer untersuchte ihn kurz und sagte:

»Ein SAM-Empfänger, Haiashi-Tarnmodell.«

»Bringt ihn ins Labor und quetscht ihn aus!« brüllte Pyk und bebte vor Zorn.

»Aus dem kriegt ihr gar nichts raus«, sagte Phildys, »und außerdem haben die Araber und die Japaner sowieso alles schon aufgefangen. Früher oder später hätten sie es ohnehin rausgekriegt. Doch den Kurs finden sie nicht ohne unsere Codes. Und es gibt noch den dritten Teil der Durchsage, der Fang von Fräulein Mei telepathisch übermittelt wurde. Sie wird mit euch fliegen und eventuelle neue Daten empfangen.«

»Eine raum-geistige Verbindung?« wunderte sich Kook. »Bei der Entfernung? Ist denn das Denken so schnell?«

Mei sah ihn lächelnd an: »Brauchen Sie etwa lange, wenn Sie an einen Stern denken?«

»Ihr startet morgen nachmittag«, unterbrach Einstein und stand auf. »Die Computer raten uns zu größter Eile. Noch Fragen, die Herren?«

»Nur eine ganz simple«, sagte Kook. »Ich sehe zwar ein, daß man so einen Sprung ins All wagen und hinter einem verrücktgewordenen Entdecker herrasen kann. Aber mal angenommen, wir finden diesen Planeten, wo finden wir denn die Energie, um weitere Raumschiffe dorthin transportieren und ihn kolonisieren und ausbeuten zu können?«

»Auch das haben wir bedacht, Herr Doktor«, antwortete Einstein gequält. »Vorläufig ist es nicht nötig, darüber zu sprechen. Es kommt zwar vor, daß wir und unsere Computer konzeptionelle Irrtümer begehen, aber das ist sehr selten und wenn, dann sind sie auch nicht derart banal. Und jetzt entschuldigen Sie mich, ich muß die Flugpläne vorbereiten. Auf Wiedersehen, meine Herren.«

Der Junge stolzierte von dannen, dank der dicken Antiratten-Stiefel allerdings mit schwankenden Schritten.

»Ganz schön resolut, der Kleine«, fand Kook.

»Dabei fällt mir der Witz mit dem Kleinen ein«, sagte Pyk, »der seine Mutter mit dem Marsmenschen im Bett findet –«

»Wollt ihr mit uns essen gehen?« unterbrach Phildys, »die Speisekarte der sineuropäischen Kantine ist zwar nicht mehr das, was sie vor dem Krieg mal war, aber wenn ihr vorliebnehmt mit einem Mouseburger und einem schönen Bakteriensteak à la Zellulose –«

»Nein danke«, sagte Kook, »wir gehen noch in die Night-City. Chulain muß einem Freund guten Tag sagen.«

»Gute Idee. Da gibt's ein kleines Lokal, am Forum, das kann ich euch empfehlen. Es heißt ›Venus‹. Da gibt's alles –«

»Auch eine Sex-Show mit zwei Benzinpumpen?« fragte LeO.

Die Scheichs

Auf der Komandobrücke der Yacht spielten zwei Araber, ein Amerikaner und ein Russe Karten. Die warme Meeresbrise blähte ihre weißen Kaftane. Das Boot schlingerte sacht an einer tropischen Palmeninsel vorbei, die Eingeborenen grüßten die am Rand des Swimmingpools aufgereihten mehr oder weniger sonnengebräunten Bikinischönheiten mit Rufen und Lachen. Ein blonder französischer Kellner mit tadellosen Manieren (auf die die reichen arabischen Familien größten Wert legten) trat heran und machte sich mit einem dezenten Hustenanfall bemerkbar.

»Exzellenz –«

»Was gibt's, Alain?« sagte der dickste und mit den meisten Diamanten behängte Araber.

»Der Kapitän läßt fragen, ob Sie Kurs auf Hawai nehmen oder heute abend im Hafen von Sardinien ankern möchten.«

Der dicke Araber ließ die Karten fallen.

»Sag dem Kapitän, er soll machen, was er will, zum höchsten Ruhme Allahs, es herrscht sowieso überall dieselbe Langeweile.«

»Sag das nicht, Alya«, sagte der andere Araber, »dieses Traumschiff ist doch bestens durchorganisiert! Ein Wunderwerk der Technologie.«

»Von mir aus ein Wunderwerk, Feishal«, antwortete Alya, »aber ich kann einfach nie vergessen, daß die warme Brise aus Ventilatoren kommt und die schöne Insel, die wir sehen, ein Holofilm ist, die Gerüche kommen aus einer japanischen Maschine, die Sonne sind sechsundzwanzig Quarzlampen, und das ganze Schiff schlingert und schaukelt in einem Becken unter einer Plastikhaube. Und draußen schneit es seit einem Monat.«

»Du bist aber auch nie zufrieden, Alya«, sagte der Amerikaner. »Möchtest du vielleicht lieber draußen in Minen mit

Desinfektionsspülung herumgraben, bei sechsundzwanzig Grad unter Null?«

»Ach, halt den Mund, Smitsky!« blaffte Alya zurück. »Du wärst ja schon selig, wenn du Schokoladenfische angeln dürftest oder hundert Meter Strand aus Kunstsilizium und haufenweise Krabben hättest. Ich nicht! Mir macht das keinen Spaß mehr. Hat doch keinen Sinn, daß wir hier rumsitzen und um Milliardengutscheine spielen, wenn man auf dieser Welt sowieso nichts mehr kaufen kann, das nicht gefälscht oder synthetisch ist.«

»Die Mädchen sind nicht gefälscht«, sagte der Russe und nickte ihnen lächelnd zu.

»Gefälscht nicht, Zukow. Aber in der Harem School in Kairo steht Konversation bestimmt nicht auf dem Lehrplan. Und was die sich unter Freude vorstellen, ist auch bloß die reine Akrobatik«, brummte Alya.

»Du bist wirklich mit gar nichts zufrieden«, protestierte Smitsky. »Geh doch nach Petrominsk, die schönste unterirdische Stadt der Welt, wir wohnen da nur zu sechzehntausend, und alle würden einen Salto mortale machen, wenn sie einmal hierherkommen dürften. Aber du spuckst drauf!«

»Alya hat recht«, sagte eine tiefe Stimme hinter ihnen. »Man muß immer mehr wollen.« Ein großer Araber mit einem roten Bart und einem schwarzen Umhang war an den Tisch getreten.

Alya wurde bleich. »Majestät... König Akrab... ich... Äh, ich wollte mir nur mal Luft machen.«

»Nein! Du brauchst dich nicht zu entschuldigen. Du hast recht, Alya! Was nützt es, immer noch die größten Brennstoffvorräte der Welt zu besitzen und zweihundert Astro-Yachten durch die Gegend sausen lassen zu können, eine auf sechsundzwanzig Grad beheizte Stadt mit doppelten Swimmingpools in jeder Wohnung zu haben – und zu wissen, jeder hergelaufene, zerlumpte Ungläubige vor zweihundert Jahren hätte all das weit besser zu genießen verstanden? Aber vielleicht, meine

Herren«, sagte der König und setzte sich an den Tisch, »gibt es eine Neuigkeit. Vielleicht existiert im Weltall ein Ort, an dem Alya und wir alle ein Leben führen könnten, das unserer Macht endlich würdig ist. Auch du, mein russischer Freund vom August-Abkommen, auch ihr, meine beiden Amerikaner, die ihr aus eurem vereisten und von Eskimos überrannten Land geflohen seid, um mit den Russen gemeinsam ein neues Vaterland zu teilen, ich wette, auch ihr träumt alle von einem besseren Platz zum Leben, als es die Steppen von San Franciscograd sind.«

»O Weiser der Weisen, o Große Perle der Finanzen«, sagte Alya, »einen solchen Platz, ach, es gibt ihn nicht. Wir haben fast alle Deuterium-Kohlenstoff-Bestände für Weltraumforschung aufgebraucht; die Wolke reißt nicht auf, die Temperaturen sinken weiter, und wir haben bislang nur Planeten gefunden, die so kalt sind wie das Bett eines Mägdleins, das am Abend vor der Hochzeit von ihrem Bräutigam sitzengelassen wird.«

»Genauso ist es, Boss«, sagte Smitsky, »inzwischen haben es sogar die Leute am Forschungszentrum New Moscow festgestellt: Es ist nichts zu machen, nachdem wir die Ekelerde, die wir mal hatten, verloren haben, bleibt uns nur diese Eistruhe.«

»O meine gelehrten und unglücklichen Freunde«, sagte Akrab. »Suche bedeutet Mühsal, aber ein altes Sprichwort bei uns sagt: Der schönste Diamant ist auch der verborgenste. Ich möchte euch etwas Interessantes mitteilen.«

Die Samurai

Das Büro von Techn. Gen. Saito, dem Minister für die Eroberungen im Weltall, lag im obersten Stockwerk des Atari-Mitsubishi-Hochhauses und gehörte zu den luxuriöstesten in ganz Japan: Es war fast vier Quadratmeter groß. Techn. Gen. Saito hämmerte gerade hastig Daten in den Computer an seinem Handgelenk, als die Tür aufgerissen wurde und ihm mit einer Kante an den Kopf schlug; aber der General tippte weiter, er hatte schließlich einen Helm auf.

»Setzen Sie sich, Hitachi«, sagte der General ohne aufzublicken.

»Wo?« fragte Hitachi, ein junger Mann mit einem martialischen Kahlkopf.

»Da in der Wand hinter ihnen ist ein Klappsitz«, fuhr Saito fort, »wenn Sie den Knopf drücken, springt er raus.« Hitachi drückte einen Knopf und schrie auf. Ein kochend heißer Strahl war ihm auf den Kopf gepladdert.

»Passen Sie doch auf, Hitachi!« rief Saito. »Sie haben den Knopf für den Tee gedrückt! Rücken Sie sofort da weg.«

»Warum, Herr General?« fragte Hitachi, aber da kam schon eine weiße Wolke von oben.

»Zu spät! Jetzt sind Sie eingezuckert«, sagte Saito, »vorwärts, stehlen Sie mir nicht die Zeit. Erzählen Sie, sind die Scheichs über alles im Bild?«

»Ja, sie haben die Information vor exakt zwanzig Minuten gekauft. Sie sind bereits dabei, ein Super-Raumschiff aus ihrer Kriegsmarine klarzumachen.«

»Die Nabilia? Die Sternschwert? Die Calalbakrab?«

»Mit ziemlicher Sicherheit letzteres.«

»Wie viele Spione haben wir auf dem?«

»Drei Kellner, zwei Roboter, sechzehn als Fruchtshake-Automaten verkleidete Elektro-Zwerge, Wanzen-Gabeln, Videokameras in Duschen –«

»Schon gut, schon gut ... Halten Sie es für angebracht, sie zu sabotieren?«

»Nein. Ich denke, wenn wir sie jetzt am Start hindern, werden sie nicht zögern und in den nächsten vierundzwanzig Stunden sämtliche japanischen Raumpiloten gekauft haben.«

»Ganz meine Meinung, Hitachi. Und welches Raumschiff schicken wir los?«

»Die Akai Mazinga Zuikaku. Sie ist nur vier Meter lang, aber sie faßt zwei Männer und sechzig graue Soldaten. Im Notfall ist sie auf neun Meter ausfahrbar.«

»Wieviel schafft sie mit einem Liter Deuterium-Kohlenstoff?«

»Etwa ein Achtzehntel Quadranten.«

»Viel zu wenig! Da muß noch Ballast runter. Macht die Klos kleiner. Löchert den Roboter, das Problem muß gelöst werden.«

»Herr General, wir können nicht beliebig am Komfort sparen. Die Reise wird ohnehin schon lang und unbequem!«

»Quatsch! Da müssen die durch, genauso wie wir! In der Kriegsakademie hatten wir Kojen, die so eng nebeneinander geklemmt waren, daß wir beim Schlafen aussahen wie ein Stapel Toastbrote. Und wissen Sie, wie groß unser Auslauf war? Zehn Meter! Voran, verknappen, keine Ausreden. Sagen Sie mir lieber, wer die von der sineuropäischen Mission sind.«

»Sie können die Daten meiner Kappe entnehmen, Herr General. Der Braungebrannte mit dem Bart ist Leonardus Christoforus Kook, ein bedeutender Energieexperte. Im letzten Weltkonflikt hat er als einer der ersten die Katastrophe mit der Wolke und dem Schrottregen aus dem All vorausgesehen. Er wurde des Ökomarxismus bezichtigt und aus der Armee entlassen. Jetzt lebt er im All in einer Sonderkapsel von sage und schreibe sechsundzwanzig Quadratmetern, läßt sich die Haut bräunen und veranstaltet Experimente mit Pflanzen.«

»Tja, den haben sie wohl in Pension geschickt«, sagte Saito.

»Mehr oder weniger. Dann ist ein Roboter dabei, ein ehemaliger, von den Russen ausgesetzter Spion-Satellit, aber er war Doppelagent, hat auch für uns gearbeitet. Am Anfang des Kriegs ist er aus der Umlaufbahn gesprungen, wieder in die Atmosphäre eingetreten und hat um politisches Asyl gebeten. Er wurde umgerüstet, mit Füßen versehen und erledigt jetzt mathematisch-gastronomische Handreichungen. Und das hier ist Fang, das Äffchen, der da –«

»Ich weiß Bescheid«, knurrte Saito, »ich weiß alles über diesen verdammten, pazifistischen Suffkopp. Ich war beim Kommando des Unternehmens ›Feuer auf London‹, und ich habe gesehen, wie unser General Saki völlig hypnotisiert zurückkam und pausenlos etwas vom ›Fischen im Flusse Wei‹ sang, aber er hatte keine einzige Bombe abgeschmissen.«

»Ein verdammter Chun-tzu, ein Intelleller«, sagte Hitachi, »aber da ist noch mehr. Während des Krieges hielt er unter dem Code-Namen Vega telepathische Verbindung mit einer gewissen Atair oben im All. Das macht er jetzt auch wieder, und zwar mit einer gewissen Mei Ho Li, einer jungen, hochbegabten Telepathin. Auf diese Weise, denken sie, können sie Daten austauschen, ohne daß jemand sie abfängt.«

»Das ist doch alles ein bißchen zuwenig, um uns Angst zu machen. Und wer sind die anderen?«

»Der Pilot ist Cu Chulain, ein Ex-Rebell, zigmal vorbestraft wegen Schlägereien, Baumschmuggel, Vergewaltigung von Computern, sexuellem Mißbrauch und Geschwindigkeitsübertretungen im All. Den haben sie nur genommen, weil er als einziger schon mal im Mare Universale, dem verbotenen Quadranten, gewesen ist. Dann wird noch ein Mechaniker/Techniker dabei sein, ein gewisser Caruso, und sonst vorerst niemand … Das ist seltsam, nicht? Nicht ein einziger Kriegerroboter!«

»Und wer befehligt die Bodenstation auf der Erde?«

»Die politische Leitung liegt anscheinend in Händen von

General Phildys. Aber in Wirklichkeit zerfleischen die sich jetzt schon untereinander. Zum Oberbefehl gehört ein Neuling, ein gewisser Einstein, ein Retortenjüngelchen: Er hat einen IQ von ungefähr hundertsechsundvierzig, ist aber erst zwölf, er hat bemerkenswerte sexuelle Störungen und eine Drogeneisvergiftung.«

»Wie steht's mit ihrer Energie?«

»Ganz schlecht. Sie haben weniger als zwei Millionen Gigavov. Ein Raumschiff bis da oben hin zu bringen, wird ein Drittel der Reserve verschlingen. Das heißt, sie hätten dann noch genug für zwei Jahre Wärme, aber danach nicht mal mehr die Energie für ihre Grablämpchen.«

»Ich verstehe gar nicht«, sagte Saito, »wie die sich Hoffnungen machen können, uns bei einem Rennen im All zu schlagen!«

»Sie wühlen zur Zeit wie die Maulwürfe im ganzen amerikanischen Kontinent herum«, sagte Hitachi, »in der Hoffnung, mit wenig Energieverbrauch irgend etwas Brauchbares zu finden. Sie sind am Ende, Herr General, wir haben sie im Würgegriff!«

»Ja!« sagte Saito. »Fahren wir also ihrem Raumschiff hinterher. Es soll uns nach Erde 2 führen, und dann wird es eliminiert. Wir quetschen ordentlich Energie aus diesem Planeten heraus, und danach sind wir dank unserer technologischen Potenz so in der Vorderhand, daß wir die sieben Scheichs mitsamt ihren Palästen und Kinkerlitzchen vom Tisch fegen können, und dann –«

»Und dann«, sagte Saito mit einem verträumten Blick, »dann gehört das All uns ... Der riesige leere Raum namens Kosmos. Wissen Sie, daß der Kosmos dünn ist, Hitachi? Es gibt nur ein Wasserstoffatom, nur ein einziges, auf einen Kubikzentimeter Kosmos. Die Dichte da oben beträgt 0,00000000000000000000000017 ... Verstehen Sie, Hitachi?«

»Ich denke schon. Aber warum weinen Sie denn, Herr General?«

»Finden Sie das vielleicht gerecht, Hitachi«, fragte Saito, »daß ein Wasserstoffatom soviel Platz hat, und ich muß mit achttausend Leuten in einem Block wohnen?«

Paris La Nuit

Die Schönste von Paris
ließ Parfum und Spiegel steh'n
und verschwand mit zehn Schwarzen unter der Erde,
auf der Suche nach einer Boutique
für Kriegsgerät;
und die Métro, der Riesendrachen,
schoß nach draußen und schrie:
»Ich halt' den Krach nicht mehr aus,
das Klappern der Knochen
der Pendler beim Fahren!«
Das war das erste Zeichen
für alle kommenden Schrecken.
Die wildgewordenen Katzen von Paris
verschlangen eine nach der anderen
die feinsten alten Damen,
und die Fratzen von Notre Dame stürzten herab,
eine jede auf eines Japaners Kopf,
die Kameras machten krack
wie ein Schädel beim Bersten,
und jede Leiche wurde fotografiert
von einem Japaner, der noch einmal davongekommen war.
O Himmel, in einer einzigen Nacht
gingen Millionen von Brötchen drauf,
griechische, kubanische und tunesische,
und die Crêpes waren mit Blut gefüllt.
»Oh, nein«, sagten selbst die Feinde, »wir können doch nicht
mit ansehen, wie Paris so krepiert.
Wir könnten vielleicht
verkürzen das Leid.«
Und zielgenau entlang den Champs Elysées,
wie auf einer Landebahn,

kam lautlos ein Marschflugkörper herbei
mit der Aufschrift: Geschenk an Paris
von einem Bewunderer –

(Aus *Die Zerstörung von Paris* der »Machiniques«, Platz eins der Rock-Hitparade vom Mai 2156 in Frankreich.)

Kook, Chulain und LeO fuhren nach unten zu den Transportbändern des Zentralforums von Paris. Im Rhythmus der Rockskymusik, die 24 Stunden täglich alle Winkel durchflutete, bewegte sich auch die nächtliche Fauna dieser Stadt, nach der letzten französischen Mode, dem »lightpump«, gekleidet, der Leuchtfiguren und Firetronkristall-Schriften auf den ganzen Körper zeichnete. Einige führten dicke bunte Schildkröten an der Leine, andere trugen paillettenbesetzte Gasmasken. Die fluoreszierende Menschenschlange glitt die Bänder entlang und verschwand in den verschiedenen unterirdischen Ebenen. In den ersten drei Ebenen, den rosa Ebenen, stiegen die Touristen aus. Dort standen die Überreste des antiken Paris hinter Thermoglasvitrinen. Der ganze Boulevard St. Germain war Haus für Haus und Café für Café originalgetreu rekonstruiert, nur daß die Hälfte der Pariser, die jetzt an den Tischen saß, einbalsamiert war. In der zweiten Ebene gab es erstklassige Restaurants und feine Läden sowie eine Nachbildung des Pont Neuf mit zweihundert Meter Seine, die zur Abwehr von Selbstmorden aufgewärmt war. Der Louvre war nach dem Bombardement von 2106 restauriert worden, der Museumsschatz war zwar vernichtet, aber die Säle beherbergten jetzt die größte Snack-Bar Europas, das »Mona Lisa«, in der alle Kellnerinnen wie *La Gioconda* und alle Kellner wie Tizians *Mann mit dem Handschuh* zurechtgemacht waren. Vom vierten bis in den sechsten Stock erstreckten sich die typischen alten Stadtviertel Montmartre, Pigalle, Montelimat, die Rue Mouff, ganze abgetragene und Stück für Stück wiederaufgebaute Plätze. Chulain wollte sich auf die Place de la Contrescarpe setzen. LeO gefiel das Beaubourg sehr, er behauptete, es wäre einem Onkel von ihm wie aus dem Gesicht geschnitten. Kook fütterte fasziniert die mechanischen Tauben, aber Chulain nahm ihn unter den Arm und zog ihn weg.

»Los, Jungs«, feuerte er sie an, »das hier ist Touristenkram! Kommt mit, ich zeige euch, wo man wirklich auf seine Kosten kommt!«

»Na schön, Cu«, sagte Kook, »aber nicht tiefer als bis zur zwölften Ebene: Ich möchte nämlich nicht meine Haut hierlassen –«

»Und ich nicht meine Silikone«, sagte LeO.

Die nächsten Ebenen bis hinunter zur zehnten gehörten der Musik: Es gab alle Diskotheken dieser Welt. Heute war Samstag, und so drängte etwa eine halbe Million Kerlchen und Püppchen in die Tanzsäle und tanzte durch bis Montag früh. Sie fuhren noch weiter nach unten: in Ebene 11 waren die Kinos, in Ebene 12 die Videospiele. Danach begannen die schwarzen Ebenen: 13 und 14 Glücksspiele, 15 Porno Eins. Dort trafen sie auf die ersten Vertreter des Nachtlebens. Einen Trupp von fünfzig Chuis, halbnackte junge Afrikaner mit zylinderförmigen Leopardenfellfrisuren, und eine Gruppe von Ton-Tons, allesamt über 130 Kilo schwer und fett, in Bonbonpapier gekleidet und sehr gefürchtet wegen ihrer mörderischen Bauchklatscher. Dann sahen sie die tätowierten Jakuza und die Schleimrotzer, jene in Banden organisierten siebzigjährigen Aggressionsfanatiker, und die Clowns, die – obwohl sie ganz heiter aussehen und Einrad fahren – ausgesprochen tödliche Scherze auf Lager hatten. Schließlich ein paar Traditionsvereine wie zum Beispiel die Italo-Alpinisten mit ihren zeitgenössischen Riesenschuhen, Chören und Eispickeln und die hocheleganten Bowies und chinesischen Rotgardisten.

Chulain hatte die anderen doch noch überredet, bis zur 18. Ebene hinunterzufahren; er hatte einfach behauptet, er hätte da unten einen Freund, und der wüßte wahrscheinlich eine Menge über van Cram. Etwas beklommen kamen sie zur 16. Ebene, Porno Zwoo. Die Rolltreppe blieb stehen. Das Licht dieser Ebene kam von den roten Laternen in den Porno-Korridoren und aus den mißtrauischen großen Augen von Wolfsrobotern, die jedermann filzten und nach Waffen durchsuchten. Von dieser Ebene abwärts gab es keine Polizeikontrollen mehr, man begab sich auf eigene Gefahr hinunter.

Unsere Jungs gingen durch die äußeren Korridore, eng an die Wände gedrückt, und sahen Gruppen von Bettlern, die alle ordnungsgemäß ihren Gesundheitspaß um den Hals hängen hatten: Fast alle waren von den Strahlungen während des Kriegs schwer beschädigt. Auch an die zwanzig rostige Roboter trieben sich herum, die erbärmlich knarrten und sich in improvisierten, ungeschlachten akrobatischen Kunststückchen versuchten, aber dauernd polternd umfielen und durch die Gegend kullerten.

»Bruder«, sprach einer von ihnen LeO an, »bitte, bitte, nur ein bißchen Strom. Nur einen kleinen Stoß.«

»Geh arbeiten, aber dalli«, sagte LeO wütend, »du bist ein 2002er Modell: Du hast kräftige Arme!«

Der Bettelroboter blieb zunächst hartnäckig, dann brüllte er LeO an: »Eine Gigatonne Rost in deine Stromkreise!« und ging.

Die drei Freunde kamen zu einem düsteren Korridor mit einem Schild: *Gruppenrabatt.* Den Eingang versperrten vier blinde Babys, die von oben bis unten mit einer Art dickem schwarzem Kleister überzogen waren.

»Tar Babys«, sagte Chulain, »Teerbabys, aber Vorsicht. Das sind Bettler ohne Genehmigung. Die schmeißen sich auf dich, und du kriegst sie nicht mehr runter. Du mußt ihnen deine Kleider dalassen oder das Portemonnaie. Ich regele das.«

Chulain nahm zwei, drei Musikmünzen und warf sie weit weg; als sie die ersten Töne von sich gaben, schossen sämtliche Tar Babys hinterher und gerieten sich fürchterlich in die Haare.

»Die Armen«, sagte Kook, »ist das Zeug ein Geschenk der fotonischen Kriege?«

»Ja«, sagte Chulain, »es waren die Teer-404-Bomben. Das Zeug kriegst du nie wieder ab.« Inzwischen waren sie an weiteren Schildern angekommen: *Porno Zwölf. Zutritt zu den Zimmern nur mit dem vorgeschriebenen Sexualitätsausweis.*

»Was soll das denn sein?« fragte LeO erstaunt.

In dem dunklen Korridor, der sich jetzt vor ihnen auftat, schienen Dutzende von Mündern in der Dunkelheit zu hängen. Sinnliche Münder in Rot, Rosa und Violett, die von innen her schwach hellblau schimmerten.

»Ich glaube, das hier nennt sich Glühwürmchen-Korridor«, sagte Kook. »Glühwürmchen sind die Frauen und Männer, die in den Seitenzimmern arbeiten. Sie kauen ständig Bonbons und amerikanischen Kaugummi, das Stickstoffgas im Zucker bewirkt diese Turbolumineszenz und wird durch die reflektierenden Lippenstifte noch verstärkt.«

»Nicht schlecht«, sagte Chulain, während er an einem rosafarbenen Mund vorbeiging, der ihm zur Begrüßung die Zunge rausstreckte. Wenn er sich anstrengte, konnte er dahinter das Gesicht eines Mädchens mit langen Wimpern sehen.

»Warum geben die sich denn nicht zu erkennen?« fragte LeO.

»Sie haben fast alle noch eine andere Arbeit. Hier bessern sie bloß ihr Gehalt auf: Zwei Freunde von mir, ein Ehepaar, beide Zeichenlehrer, arbeiten seit Jahren hier.«

»Ciao, Grünschnäbelchen«, sagte Chulain, »nach der Höhe zu schließen, in der bei dir der Mund sitzt, mußt du 'ne ganz schön lange Latte sein!«

»Na, sicher«, antwortete der Mund, »aber vielleicht stehe ich ja auch auf einem ganz schön hohen Stuhl.«

Sie verließen den Korridor und standen plötzlich vor einer Stahltür, die auf die Treppen zur 18. Ebene führte. Zwei riesige Kerle von der »Freiwilligen Ordnungswehr« traten ihnen mit Kendo-Schwertern und FIAT-MGs in den Weg.

»Wo wollt ihr denn hin, ihr Hübschen?« fragte der größere, ein bärtiger Schwarzer mit Riesenmähne.

»Weiter zur achtzehnten, Bruder«, antwortete Chulain.

»Ins ›Schwert‹ etwa? Oder zur Gewaltsport-Ebene? Da kann ich dir nur abraten. Heute abend ist Fight-Hockey, die Begegnung Mexiko-Peking. Dicke Luft, die Fans sind außer Rand und Band.«

»Ich will bloß mal eben einen Freund beuchen, Bruder«, sagte Chulain. »Deggu N'Gombo, der hat den Risikospiel-Salon im elektronischen Sektor. Dann kommen wir sofort wieder.«

»Mmmh«, sagte der Freiwillige und musterte sie. »Habt ihr Waffen dabei? Kennt ihr Kampftechniken? Irgendeine Kriegskunst? Giftspucken?«

»Nur die, die der Überlebenskodex erlaubt, Chef«, sagte Chulain.

»Na, dann – fahrt zur Hölle. Aber wenn ich euch einen Rat geben darf, seht zu, daß ihr in der achtzehnten bleibt. Von den Ebenen neunzehn und zwanzig ist diese Woche nicht mal die Hälfte zurückgekommen. Und euer Roboterfreund bleibt hier.«

»Was sagst du?« protestierte LeO. »Wieso denn?«

»Vorschrift. Wir können nicht überprüfen, ob du Strahlen oder Stromstöße verteilen kannst oder sonst irgendwelche teuflischen Waffen in deinem ganzen eisernen Krempel versteckt sind. Die schwarzen Ebenen bleiben die ganze Woche über für *non-humans* geschlossen.«

»Hehe«, schrie LeO, »ich habe keine Waffen. Durchsuchen Sie mich doch! Nein, nein und noch mal nein!«

»LeO?« sagte Chulain. »Wußtest du eigentlich, daß es auf dieser Ebene drei Korridore mit mechanischen Puppen gibt?«

»Also, wenn das so ist, dann sehen wir uns am Ausgang, Jungs«, sagte LeO.

Chulain und Kook sahen, wie der Roboter im Strom der Nachtschwärmer davoneilte. Der Freiwillige ließ die grüne

Tür aufschnappen und sperrte sofort hinter ihnen wieder ab. Vor ihnen lag jetzt eine lange Wendeltreppe. Die Wände an den Seiten waren über und über mit Graffiti und *murales* in den wüstesten Farben bekritzelt. Zwischen den schimmligen Flekken lächelten spöttisch Gesichter von uralten Plakaten. Eine Mischung aus fauligem Geruch und Sauerstoff stand unter einer Spektrallampe. Die zwei stiegen hinab, bis sie an ein Schild kamen:

Sektor 17 – »Die Wolke«. Harte Drogen. Von hier an sind die Gesetze der Föderation außer Kraft, es gibt keine polizeiliche Aufsicht mehr. Das Publikum wird deshalb ersucht, sich nach den Vorschriften des nächtlichen Überlebenskodex' zu richten. Gasmasken sind empfohlen. Viel Vergnügen und viel Glück. Sie werden eine Menge davon brauchen.

Jardin des Plantes

Fang saß im dunklen Zimmer im Lotussitz. Weder das Gescharre der Ratten und Mäuse, die an den Wänden des Wohnhauses hin und her rannten, noch das Gekreisch der Riesenfledermäuse, die über sie herfielen, konnte seine Reise aufhalten. Sanft schwebte er aus dem Zimmer und trat in einen Garten. Es war ein botanischer Garten in Paris, so, wie er ihn vor vielen Jahren in einem Film gesehen hatte. Er sah einen großen Pfirsichbaum. Darunter saß Mei und grüßte ihn mit einem Lächeln: Sie sah ein bißchen unscharf aus, aber das war nur ein Zeichen dafür, daß sie sich noch nicht ganz von ihrem wirklichen Körper gelöst hatte.

»Siehst du mich nicht, Mei?« fragte Fang.

»In meinem wirklichen Körper sind viele Gedanken«, erwiderte das Mädchen.

»Viele Wassertropfen bilden den Regen«, sagte Fang, »aber der Regen ist kein Wassertropfen. Viele Gedanken bilden dein Denken, aber dein Denken ist keiner von diesen Gedanken. Lösch sie und komm herüber.«

Mei wurde schärfer, aber sie sah traurig aus. »Ich fühle mich nicht heiter, Fang«, sagte sie. »Bald werden wir den anderen von der Mission Erde 2 sagen müssen, daß van Cram in Wirklichkeit tot ist, verschollen in jenem fernen Quadranten, und daß wir alle vielleicht ebenso enden werden. Ist das Unternehmen nicht gefährlich? Müssen wir denn nicht Angst haben?«

»Die Dinge geschehen«, antwortete Fang, »ob du nun Angst hast oder nicht. Aber sag mir, möchtest du diesen Planeten finden?«

»Ich weiß es nicht, Fang. Und wenn wir dann nicht gut mit ihm umgehen? Wenn wir auch mit diesem Planeten wieder dieselben Fehler machen? Ist es möglich, daß sich so etwas wiederholt?«

»Ja, das ist es, Mei.«

»Fang, du weißt, was die dritte Botschaft besagt. Die Daten, die den Kurs zu diesem Punkt angeben, sind unsinnig. Glaubst du, wir schaffen es?«

»Wenn es geschrieben steht, daß sich zwei Fische im Meer treffen sollen, dann könnte das Meer, auch wenn es hundertmal größer wäre, es nicht verhindern. Du hast Angst, weil du auf eine lange, lange Reise gehen sollst; aber selbst die längste Reise des Menschen im Universum ist nicht länger als ein Atemzug. Dir klopft das Herz, und die Erde dreht sich in dreißig Kilometer Abstand um die Sonne. Die Ameise geht im Universum des Gartens auf Reisen. Sie muß den Rosenstock erreichen, da hinten, um ihren Schwestern etwas zu essen zu bringen. Sie hat keine Navigationsgeräte für ihren Weg. Sie geht einfach los, denn das liegt in ihrer Natur. Welche Tür soll sie öffnen?«

»Sie ist schon da«, sagte Mei.

»Ja, Mei«, lächelte Fang. »Und jetzt erzähl mir deinen Traum.«

»Ich glaube, alles fing an, als ich die Dias von diesem Bergwerk sah«, sagte Mei. »Nachts träumte ich von den hohen Gebirgen und von einem Mann in einem Gewand aus wunderschönen bunten Federn, sein Gesicht war bemalt. Er streckte die Hände nach mir aus, als wollte er mich rufen. Er sprach eine seltsame Sprache mit chinesischen Brocken. Und während er sprach, knüpfte er Knoten in ein Schnürchen. Stimmt es, was ich denke?«

»Ja«, sagte Fang, »was du gesehen hast, ist ein sehr sehr altes Volk. Ein Volk, das vor siebenhundert Jahren verschwunden ist.«

Die schwarzen Ebenen

Chulain und Kook liefen jetzt zwischen Opiumwolken und Lichtspielen durch den Korridor der Ebene 17. Sie hasteten dicht an den Wänden entlang, aber es gelang ihnen nicht, zwei staatlichen Drogendealern auszuweichen, die, bis an die Zähne bewaffnet, eine kleine Karre voller Stoff schoben.

»Hehe, Jungs«, sagte der erste, »nicht so hastig, sonst könnt ihr ja gar keine Kostproben von unseren Spezialitäten genießen!«

Kook wollte zurückpoltern, aber Chulain packte ihn am Arm und bremste ihn. »Gute Idee«, sagte er, »aber laßt es uns kurz machen, wir haben nämlich eine Verabredung: Was hättet ihr denn auf die Schnelle so da?«

»Wenn ihr's eilig habt«, sagte der zweite Mann, ein Blonder, der in Pythonhaut gekleidet war, »da hätten wir zwanzig Sorten Speed in Pillenform, Aerosol, Röhrchen, Nadel, ganz wie ihr wollt. Ich würde euch allerdings das Mikro-Koks hier empfehlen. An der Ampulle ist eine Nadel, die stecht ihr euch ins Ohr; hält sechs Stunden high das Zeug. Wenn ihr noch was Schnelleres wollt, da haben wir diese Jupitertrüffel hier, gerade eingetroffen. Kurz dran sniffen, und ihr kapiert sofort, was Relativität ist! Okay, ansonsten haben wir H, Weckamine, Skydone, Lumpiridios, Blutkraut, Characo, Visionex, Chica, Kuvoodo, Terreiro, Napoletana, Jamaican, Mystical, Peyotlpastete, Lobotoprazenex, Amanita-Joghurt, Brötchen mit Valiumbutter, Koka, Original Bayer-Mescal und Yopa.«

»Wir dürfen uns nicht zu voll dröhnen! Gib uns zweimal Cola-H.«

»Sagen wir vier«, sagte das Pythonjüngelchen.

»Okay«, sagte Chulain, »abgemacht.«

»Hör mal«, sagte Kook, während sie weitergingen, »warum haben wir denn diesen Leuten bloß Geld gegeben?«

»Bello mio«, sagte Chulain, »besser, man kauft denen in

aller Freundschaft etwas ab als mit einem Messer an der Gurgel. Verlaß dich auf mich, ich war schon in sämtlichen untersten Ebenen der Welt und der Galaxien. Dies hier ist staatliche Zone, hier kommst du nicht durch, wenn du nicht kaufst. Und jetzt halt die Fläschchen so, daß man sie schön sehen kann, und geh da runter.«

»Aber es ist dunkel, und man kann nichts sehen.«

»Wo man nichts sieht, da wird man auch nicht gesehen«, sagte Chulain. »Maul halten und weitergehen.« Sie tappten blind nach unten und spürten etwas Stinkendes und Glitschiges unter ihren Füßen.

»Rattenmayonnaise«, bemerkte Chulain fröhlich. »Sie haben wohl gerade die allwöchentliche Entrattung mit Säure gemacht.« Kook hatte das Gefühl, daß sich sein Magen zuschnürte. Nach einem langen, abscheulichen Abstieg sahen sie endlich eine Lichtspirale. Kook wollte gerade in den Korridor schlüpfen, als sie Schüsse aus Feuerwaffen und Schreie hörten. Chulain wandte die Augen zu der Spirale. Da hinten war eine wilde Schlägerei zwischen knapp zwei Dutzend Wüstlingen im Gange, die mit Eisenkeulen und Pistolen bewaffnet waren.

»Das sind die Hockey-Freaks von diesem Spiel heute abend«, sagte Chulain. »Die mit dem Stern auf der schwarzen Mütze sind von der Kangako-Bande. Mexikaner. Die anderen, die auch die Nase tätowiert haben, sind die Tong, Chinesen. Die schlagen sich kurz und klein! Sie können sich nicht ausstehen!«

»Warum?« fragte Kook.

»Das hat der Polizist doch erzählt. Sie gehen zu dem Fight-Hockey-Spiel, das wird mit Dornen an den Schlittschuhen und Säbelschlägern gespielt. Beim Hinspiel haben die Chinesen mit ihren Schlägern Calvez geköpft, das Idol der Mexikaner. Der Schiedsrichter fand das korrekt, aber ein paar Leute sahen das anders, das Spiel war nämlich schon seit drei Stunden zu Ende.«

Sie warteten ab, bis der Krawall sich entfernt hatte, dann traten sie vorsichtig ins Freie. Schwarze Motorräder der *vigilantes* rasten den Korridor auf und ab. »Kopf hoch, Kook, wir sind da«, sagte Chulain, »ich habe einen Freund hier in der Siebzehn, der uns ein paar Sachen über unsern van Cram erzählen kann. Ich will's jedenfalls hoffen. Komm mit!«

Sie traten in einen Korridor, an dessen Seiten sich Säle für Catchen und Boxen mit bloßen Fäusten befanden. Irgendwo hinten tobte ein höllischer Fight, es war laut und gerammelt voll. Aber die Schreie der Verdammten und das Gebrüll der Teufel waren in Wirklichkeit die elektronischen Klänge eines Videospielsalons.

Deggu N'Gombo und der Kroko-Rock

Dreitausend Raumschiffe
hatt' er gekillt,
doch 'n Moped auf der Allee
verpasst' ihm das »Tilt!«
(Grabinschrift für einen Videospiel-Crack)

»Kann nicht klagen, Chulain«, sagte N'Gombo, nachdem sie die piratischen Begrüßungsfloskeln und das Ritual des Händeschüttelns hinter sich gebracht hatten. N'Gombo war ein dürrer Schwarzer mit Glatze und Kunstbeinen. Er bewohnte einen Rollstuhl mit eingebauter Bar und einer geschnitzten Sirene an jeder Lehne.

»Ich besitze rund hundert Videoautomaten, und die werfen gut ab«, fuhr er dann fort. »Ich kann mir zwei Privatgorillas leisten und pflege beste Beziehungen zu den Bossen der Ebene. Ich kassiere sogar Tantiemen von den Tangenten. Alles in allem: Ich bin jetzt ein ehrbarer Kaufmann –«

»Aber so schön wie da oben zwischen den Sternen ist es nicht mehr, was, Deggu?« grinste Chulain.

»Nein! Aber ich bin alt. Dreißig Jahre Hypergeschwindigkeit, die kriegst du irgendwann auf einen Schlag zu spüren, vor allem wenn du deine Beine zum Spazierengehen ins All geschickt hast. Mir reicht's vollkommen, die Raumschiffe in diesen elektronischen Höllenkisten zu lenken. Die sind nämlich astrein. Schaltbrett, Laserkanonen, genau wie bei unseren Piratenschiffen. Obwohl, manchmal packt mich schon die Langeweile. Hier ist doch immer dasselbe los –«

Eine Salve von Schüssen fiel ihm ins Wort. Ein Videospiel nebenan ballerte aus vollen Rohren auf den Spieler ein, der auf seinem Stuhl festsaß, und dazu dröhnte ein elektronischer Trauermarsch durch den Salon.

»Hehe!« brüllte Kook. »Der schießt ja wirklich! Los, wir müssen ihn abstellen! Der bringt den ja um!«

»Natürlich«, sagte N'Gombo gelassen. »Das ist ein Hologame mit totalem Risikoeinsatz. Mach mindestens sechstausend Punkte, dann ist alles klar. Wenn nicht, riskierst du Kopf und Kragen. Das steht doch ganz deutlich in der Spielanleitung.«

»Auweia«, sagte Chulain. »Und die Polizei erlaubt das?«

»Naja, laut Gesetz dürfte der Spieler nicht eliminiert, sondern lediglich verletzt werden«, gab N'Gombo zu. »Aber die Leute mögen das echte Risiko, deshalb drückt die Polizei ein Auge zu, außer wenn es ganz dicke kommt. Letzten Monat hatte ich ein Spiel, das hieß ›Martian Revenge‹, die Rache der Marsmenschen. Der Spieler mußte einen Marsmenschen in einem Dschungel verfolgen. Wenn er ihn nicht innerhalb von drei Minuten geschnappt hatte, kamen Arme und Beine mit Ketten aus dem Videogame geschossen, und dann wurde er selbst verfolgt. Aber sie hatten mir ein kaputtes Spiel verkauft, das gab auch keine Ruhe, als es den Spieler gekillt hatte; es hat noch neunzehn weitere Leute umgelegt und konnte erst mit Hammerschlägen gebremst werden, als es gerade mit Riesenschritten in einer Diskothek auf der achten Ebene verschwinden wollte. Komische Geschichte! Aber warum spielt ihr eigentlich nicht? Ich habe zwei brandneue Modelle. Hier, ›Medical‹: Da muß man innerhalb von zehn Minuten zweihundert Bazillen entdecken und eliminieren. Sonst verseuchen sie einen. Oder das hier, das ist phantastisch: Es heißt ›Stone Crash‹ und simuliert eine Raumfahrt durch jede Menge Meteoritenbänke.«

»Und was ist das für eine riesige Röhre mit Dusche über dem Sitz?«

»Die realistische Note«, sagte N'Gombo. »Wenn du verlierst, regnet es zentnerschwere Brocken.« Chulain und Kook sahen sich an, während die Wächter einen total versengten Spieler an ihnen vorbeitrugen.

»Eine kleine Rangelei mit einem von deinen Spielen könnte mich schon reizen, Deggu«, sagte der Schwarze, »aber ich hab's sehr eilig. Ich bin hinter einer wichtigen Information her, und nur du kannst sie mir beschaffen. Laß dich nicht irritieren, wenn ich dir dieses Dingsda unter die Nase halte, das ist nur ein CCS-Störsender gegen Abhörmanöver.«

»Du bist wohl ganz groß eingestiegen, was, Chulain?« fragte N'Gombo. »Was willst du wissen?«

»Du bist doch damals mit den Spitzelpiloten geflogen, nicht?«

»Sicher. Vier Jahre lang und ohne daß die Föderation uns erwischt hätte. Als wir im Schmuggelgeschäft waren. Du weißt ja, wir hatten eine Menge interessanter Routen zu wertvollen Planeten entdeckt. Wir haben sie hingeführt, und sie haben uns dann zwanzig Prozent von den Funden abgetreten, manchmal auch dreißig. Falls sie uns nicht umgebracht haben, natürlich.«

»Bist du auch mit einem gewissen van Cram, genannt der Wikinger, geflogen?«

»Van Cram ... warte mal, das ist doch so ein Blonder mit einem Auge, nicht? Nein, mit dem bin ich nie geflogen. Das war einer von den Verrücktesten. Der war in allen Quadranten der verschollenen Planeten. Der schreckte vor gar nichts zurück.«

»Du weißt nicht zufällig, welche Zonen er in letzter Zeit

angeflogen hat? Oder wo ich jemanden finden könnte, der mit ihm geflogen ist?«

»Ich kann dir nur einen Haufen Adressen von Frauen geben, die van Cram zu Witwen gemacht hat. Aber – vielleicht gibt es jemanden, der dir helfen kann. Ein gewisser Geber, ein Journalist. Er hat van Cram bei den letzten Fahrten begleitet, weißt du, das ist einer von diesen Korrespondenten, die Sätze schreiben wie: ›Wir sind hier mitten im Bombenhagel‹, und in Wirklichkeit sitzen sie in der Badewanne, ein Lichtjahr von der Front weg. Jetzt schreibt er für die Zeitung von Meskorska, dem künstlichen Planeten neben Uranus.«

»Sehr interessant«, sagte Chulain. »Darf ich noch was fragen?«

»Bitte«, sagte N'Gombo.

»Dieses Tier da, gehört das zu deinem Spielsalon, oder ist das unbefugt hier?« Chulain zeigte in Richtung Tür, wo ein Krokodil von mindestens zehn Meter Länge erschienen war. Es hatte einen Wächter im Maul, der aussah wie ein zierliches Knöchelchen, und schlug mit dem Riesenschwanz im Takt der Musik, das heißt, man könnte eigentlich sagen, es tanzte, allerdings nach einem irgendwie monströsen Verständnis von Rhythmus.

»Das allsamstägliche Super-Kroko!« schrie N'Gombo auf. »Haut ab, Jungs, hinter die Wand da!«

Die Bestie kam mit dem Schwanz zur Rocksky-Musik wedelnd in den Salon und teilte furchtbare Schläge gegen ein paar Videospiele aus, die jetzt wirklich vor Angst zu schreien schienen.

»Hehe, du Vieh«, rief N'Gombo. »Jede Maschine kostet mich zweitausend Barren! Kschsch, weg! Hier gibt's bloß mechanischen Krempel, geh nach draußen, wenn du frühstükken willst!«

Aber Kroko war emsig damit beschäftigt, »Jungle Jim« anzuknabbern, und »Jungle Jim« krachte und knisterte in Krokos Maul wie ein Popcorn. Als N'Gombo das Massaker sah, verlor er jede Vorsicht, startete seinen Rollstuhl durch, fuhr auf Kroko los und schoß wie wahnsinnig Salven aus den Maschinengewehren in den Armlehnen. Kroko schien zuerst etwas verärgert über diesen Konfettiregen, dann bekam er ein paar ins Auge und wurde sauer. Mit einem Satz stellte er seinen Schwanz senkrecht und fixierte N'Gombos Stuhl mit der Konzentration eines Golfspielers. Dann schlug er zu, und der Ball oder vielmehr N'Gombo wurde fünfzig Meter weit durch die Luft und gegen die Wand geschleudert.

»Deggu!« schrie Chulain und beugte sich über die Reste seines Freundes. »Deggu, antworte! Und was dich betrifft, du riesiges gepanzertes Arschloch, wenn ich eine Waffe hätte, dann würde ich dafür sorgen, daß du ein für allemal mit dem Tanzen aufhörst!«

Das Super-Kroko war sehr empfindlich und nicht bereit, diese Beleidigung hinzunehmen, es kam schwankend auf Chulain zu, um ihm zu einer passenden Ballistik zu verhelfen. Chulain brüllte, das Krokodil hob rachgierig den Schwanz, aber plötzlich schoß aus einem Videospiel hinter ihm ein Laserblitz; er traf das Tier in der Mitte und spaltete es in zwei Teile, dann kam noch eine Ladung Rauch und Lavabrocken hinterher: Leckerer Bratkrokoduft zog durch den Saal, während Kook und Chulain die Stücke von N'Gombo und seinem Rollstuhl wieder zusammenzusetzen versuchten.

»Bruder«, weinte Chulain, »warum hast du das getan! Bloß um diese elektronischen Kisten zu schützen?«

»Ich hatte nur noch zwei Raten zu bezahlen«, hauchte N'Gombo.

Kook untersuchte mittlerweile das Spiel, das geschossen hatte. »Das ist ein japanisches Videogame! Sie haben uns sogar hier bespitzelt. Aber wieso hat es denn nicht früher eingegriffen! Es hätte N'Gombo retten können.« Auf dem Videoschirm erschien eine Schrift: *Tut mir leid. Ich mußte erst Order vom Zentralcomputer einholen.*

»Um so schlimmer für euch, SAM«, sagte Chulain, »jetzt

könnt ihr ihn nicht mehr ausquetschen, N'Gombo ist tot. Tod und Teufel diesen Bestien.«

»Die gehen immer samstags auf Tour«, erzählte ein Kunde des Spielsalons und besah sich den Riesenkörper des Krokodils. »Sie wissen, da sind die meisten Leute unterwegs. Es gibt gut hundert von ihnen, sie leben in den radioaktiven Abflußrohren und werden immer fetter und wilder. Letzten Samstag habe ich eins gesehen, das war sechzehn Meter lang.«

»Kann ich ein Stück von ihm mitnehmen, zur Erinnerung?« fragte ein Kind Chulain wohlerzogen.

»Von mir aus das ganze Vieh. Scheiße! Und was sind das jetzt für Sirenen?«

»Die schwarzen Witwen, die Motorräder der *vigilantes!* Los, macht Beine!« riefen die Kunden. Es gab eine panische Massenflucht, als die großen Maschinen in den Saal donnerten.

»Lauf!« sagte Chulain zu Kook. »Wenn sie uns anhalten, stellen sie einen Haufen Fragen und wir kriegen Ärger. Auf Krokodile schießen ist verboten. Sie stehen unter Artenschutz.«

»Wer schützt hier eigentlich uns?« schrie Kook. Sie rannten die äußeren Korridore entlang und mischten sich unter die Hockey-Zuschauermassen. Der Klang der Sirenen wurde schwächer.

Robot Love

»Und was machst du so, mein Hübscher?« fragte die Pornoroboterin LeO, der nach erfolgter erotischer Dienstleistung rauchend auf dem Bett lag. Er rauchte keine Zigarette, er rauchte buchstäblich aus dem Kopf, denn die Erregung hatte ihm ein paar Schmelzdrähte angeglüht.

»Äh«, sagte LeO, »zur Zeit bin ich Raumschiff-Roboter. Aber davor ... war ich Spionagesatellit.«

»Oh«, sagte die kleine Pornoroboterin, »wer weiß, was du

alles gesehen hast!« Sie war ein bildhübsches Mitsubishi-Modell »Kirschgarten« mit tiefen Facettenaugen, die sie in faszinierenden Farbkombinationen entzünden konnte.

»Tja«, räumte LeO nonchalant ein, »nun ja, in zwanzig Jahren auf der Umlaufbahn sieht man 'ne ganze Menge. Ich hatte ja auch ein Teleskop, mit dem ich dem amerikanischen Botschaftsangestellten in die Zeitung gucken konnte, aus dreihunderttausend Meter Höhe ... Ich könnte da ... was erzählen über Botschafter ... Pikante Sächelchen.«

»Zuk zuk«, lachte die kleine Roboterin, »und warum haben sie dich umgerüstet?«

»Das war 'n hartes Leben«, seufzte der Roboter. »Zuviel Konkurrenz, es gab ja keine freie Umlaufbahn mehr. Und dann haben sie neue Satelliten hochgeschickt, bewaffnete, mit Atombomben, Hörnern, Zähnen ... Zuviel Militarismus. Da bin ich desertiert ... Weißt du, von da oben gesehen ist die Erde wirklich winzig ... Schon komisch, die Idee, daß die sich unbedingt zerfleischen müssen, wenn sie alle da oben sind ... Das ist wie ... wenn man Fische in einer Wasserschüssel sieht, die sich gegenseitig auffressen!«

»Ich verstehe dich«, sagte Kirschgarten. »Mich haben sie auch umgerüstet. Vor vielen Jahren war ich ein Roboter mit einer männlichen Matrix, ich arbeitete in der Schallplattenabteilung im Kaufhaus FNAC. Einmal habe ich beobachtet, wie ein Mädchen eine Schallplatte klaute, und nicht sofort auf sie geschossen, wie es Vorschrift gewesen wäre.«

»Warst du nicht richtig programmiert?«

»Nein. Ich sollte auch in der Buchabteilung arbeiten, und dafür hatten sie mir ein kulturelles Zusatzprogramm eingegeben. In der Woche hatte ich gerade dreitausend Bücher über Gewalt gelesen, und meine Stromkreise waren davon verstopft. Ich wurde bestraft und dann umgerüstet. Sie wechselten mir das Geschlecht aus und versetzten mich in diese Ebene. Aber ich komme gut zurecht. Roboter sind entschieden höflicher als Männer. Nur manchmal nicht, da kommen diese

Robotkräne aus dem Bohrsektor, und die sind wirklich widerlich: Die schrauben dich komplett auseinander, wenn du nicht aufpaßt!«

»Darf ich deinen Namen wissen?« fragte LeO schüchtern.

»Tut mir leid. Aber die Vorschriften lassen das nicht zu. Wenn du mich allerdings wieder besuchen kommst, vielleicht –«

»Ach, weißt du«, sagte LeO, »ich bin viel unterwegs, heute hier, morgen sonstwo. In meinem Raumschiff bin ich, das kann man sagen, praktisch Kommandant ... Sie hören sehr auf mich –«

»Ist hier zufällig eine Art Aluminiumwellensittich vorbeigekommen, mit zwei schwindsüchtigen Ärmchen und einer Lampe auf dem Kopf, falls man das überhaupt Kopf nennen kann?« tönte eine Stimme draußen vor der Tür.

»Ich glaube«, seufzte LeO, »meine Freunde haben mich gefunden.«

Was liegt unter den Gletschern von Cuzco?

Als Kook den Kontrollraum der Mission betrat, konnte er die kribbelnde Erregung spüren, die jedem Flug vorausgeht. Ein paar Techniker spielten Karten, einer schlief, ein anderer zeichnete Bärchen mit dem Zeichencomputer.

Kook stellte sich vor die fotoelektrischen Augen der Geheimabteilung, dann sprang die Tür auf, und er sah in Pyks erregtes Gesicht.

»Unser lieber Leonardus!« sagte der Minister. »Ich habe schon gehört von euren wunderbaren Abenteuern! Wie fandet ihr denn unsere nächtlichen Zonen?«

»Unterhaltsam, aber sie verbrauchen vielleicht doch ein bißchen zuviel Energie. Ich habe gelesen, mit dem Strom für die Videospiele könnte man dreitausend Wohnungen heizen –«

»In miesen Zeiten wie diesen«, sagte Pyk, »gibt's Krach, wenn man den Leuten das bißchen Zerstreuung wegnimmt. Ohne Zuckerbrot und Partys kriegt man die gar nicht an die Arbeit. Sie mögen Ammoniakschimmel fressen. Aber wehe, man streicht ihnen das Konzert am Samstagabend! Das wäre, wie wenn man Einstein seine Heftchen wegnähme!«

»Meine Heftchen sind, im Gegensatz zu dem, was bei Ihren Spektakeln geredet wird, klassisches Griechisch«, sagte Einstein wütend. »Und falls Sie es wissen möchten –«

»Meine Herren, meine Herren«, mischte sich Phildys wieder einmal ein, »wir haben wenig Zeit. Laßt uns lieber die letzten Einzelheiten diskutieren! Darf ich um Aufmerksamkeit bitten. Die Mission startet morgen abend. Wir haben die Gewißheit, daß weder SAM noch Scheichs euch stören werden, jedenfalls nicht bis Meskorska. Danach habt ihr die Aufgabe, konsequent vorzugehen –«

»Also, unsere Haut zu retten«, sagte Chulain.

»Ich werde euch die restlichen Daten mitteilen«, fuhr Phildys fort. »Sie sind nicht alle erfreulich. Erstens: Van Cram. Als sein Vektor auf der Erde ankam, und zwar seltsamerweise verspätet vom Computer weitergegeben, haben wir sofort das Raumflug-Register konsultiert. Na schön, wir haben also festgestellt, daß van Cram seit einem Monat als desintegriert galt. Es war von Meskorska in Richtung Mare Universale am 2. Juni abgeflogen, seine letzte Meldung stammt vom 20. Seitdem ist er verschwunden. Sämtliche Radarfahndungen in jener Zone blieben ergebnislos –«

»Wundert mich gar nicht«, sagte Chulain, »in den Quadranten da ist das Wetter nicht gerade lieblich ... Stürme, Magnetschübe, schwarze Löcher... Ich habe schon Thermometer gesehen, die haben mit ihren Zeigern Harakiri gemacht, ich schwör's.«

»Tja«, sagte Phildys, »sechsundzwanzig Raumschiffe sind in den letzten zwei Jahren verschollen. Ohne jede Spur.«

»Und die letzten kodifizierten Positionsdaten, die van Cram durchgegeben hat?« fragte Kook.

»Nun, das ist die nächste nette Nachricht, Kook: Die Daten sind alle absurd. Wir haben sie kontrollieren lassen, aber sie haben keinerlei realen Bezug. Van Crams Bordcomputer war schon kaputt, als er sie eingeben wollte. Also müßt ihr den Kurs allein finden. Und das ist nicht das einzige Rätsel in dieser Geschichte. Heute hast du mich gefragt, Kook, wo wir die Energie für die Kolonialisierung von Erde 2 zu finden hoffen. Ich will's dir erklären. Licht aus, bitte! Seht euch mal diese Dias an: Hier ist die Erz-Station von Kouzok, wo van Crams Vektor wiedergefunden wurde. Wir bohren seit zwei Jahren an dieser Stelle, denn immer mal wieder signalisieren unsere Meßgeräte gigantische unterirdische Energieströme, kurze Explosionen, die dann mysteriöserweise wieder verschwinden. Genau hier wurde der Vektor gefunden, ins Eis gebohrt: Und hundert Meter weiter haben wir das hier gefunden.«

Auf dem Schirm war jetzt ein Block aus bearbeitetem Stein zu sehen, zehnmal so groß wie ein Mensch.

»Auweia«, sagte Chulain. »Was ist das denn? Ein Stück adronische Befestigungsanlage?«

»Nein«, sagte Phildys, »dieser Stein sieht wie mit Laser geschnitten aus, aber er stammt nicht aus unserer Zeit. Die Experten haben festgestellt, daß er aus einer Zivilisation stammt, die die Modernen ›Inka‹ genannt haben: Dieser Stein da ist zweitausend Jahre alt.«

»Die Inkas«, rief Kook bewegt, »ihr habt die Reste der Inka-Stadt gefunden!«

»Genau. Die Meßgeräte zeigen an, daß unter dem Eis die Reste der Stadt Cuzco liegen, und zwar seit den Bombeneinsätzen im fünften Krieg. Der antike Teil hat dem Angriff viel besser standgehalten als der moderne. Und je tiefer wir bohren, desto mehr scheinen unsere Instrumente verrückt zu spielen: Das bislang letzte Rätsel gab uns der Computer auf, der die Bohrungen leitet, wir haben ihn van Crams Vektor analysieren lassen. Die Antwort des Computers war: K.K.«

»K.K.? Kapitulation auf ganzer Linie?« sagte Kook verblüfft. »Der Computer hat kapituliert?«

»Ganz recht«, gab Einstein zu. »Und das ist wahrhaft unerklärlich für einen Supercomputer mit Autocorrection vom Typ Tubing Megaflop Paralaplace. Wir haben die Daten noch einmal kontrolliert und die Frage tausendmal neu formuliert. Der Computer verweigert jede Antwort. Also: Wir haben es mit Sicherheit mit einem Rausch zu tun.«

Kook warf ihm einen fragenden Blick zu.

»Für Nicht-Techniker«, präzisierte Einstein, »wir Experten nennen Rausch etwas, das die Stromkreise der hochgezüchteten Computer angreift und ihnen sozusagen den klaren Verstand nimmt. Wir haben festgestellt, daß dieser Rausch jedesmal dann auftrat, wenn irgendein abnormer Energiestrom zu verzeichnen war, zum Beispiel ein transuranischer Elementestrom oder Atomexplosionen.«

»Was heißt ›auftrat‹?« fragte Kook.

»In unseren energiekritischen Zeiten gibt es keine so starken

Ströme mehr«, sagte Einstein. »Der letzte verbürgte Rausch war der von Peking. Als die Amerikaner ihre bakteriologischen Bomben über China abwarfen, waren die berühmten Sieben Weisen, die sieben chinesischen Zentralcomputer, total berauscht und meldeten auf die Frage: ›Welche militärische Antwort muß vorrangig gegeben werden?‹ nur: ›Kauft anderthalb Milliarden Aspirin.‹«

»Kurz und bündig«, sagte Chulain, »was bedeutet diese Geschichte?«

»Ein derart hochgezüchteter Computer wie Genius 5 kriegt erst bei einer Energiequelle von mehr als einer Million Gigavov einen Rausch. Unter diesen Gletschern, also in der Altstadt von Cuzco, muß, so glauben wir, etwas liegen, das eine monströse Energie besitzt. Und wenn wir das finden, dann schicken wir euch sofort Verstärkung, Jungs!«

Die letzte Nacht auf Erden

Es war Mitternacht. Ein Schneesturm fegte um den Palast der Föderation. Violette elektrische Blitze illuminierten das Packeis von Paris. Von seinem Zimmer im sechzigsten Stock aus hörte Chulain die weißen Taxi-Bären angstvoll aufheulen. Er war in eine merkwürdige Arbeit vertieft. Er hatte eine Flasche mit Pech gefüllt und drückte jetzt eine Lunte hinein. Dann verschloß er sie mit einem Korken, der ein Loch hatte. Das Licht der Flamme weckte LeO, der im Schlaf wie eine Katze geschnurrt hatte. Jetzt beobachtete LeO neugierig, wie Chulain sich vor der Flasche verbeugte und ein Klagelied anstimmte. Dann nahm der Schwarze eine Art Leuchtfeuerrakete, wie sie die Raumschiffe mitführen, damit sie Notsignale geben können, und öffnete das Fenster. Ein eisiger Wind drang ins Zimmer.

»He, Chulain«, schrie der Roboter, »bist du wahnsinnig? Was machst du denn da?«

Der Schwarze antwortete nicht. Er öffnete das Rohr der Rakete, legte die Flasche hinein und schoß sie in den Himmel ab. Als er damit fertig war, verbeugte er sich noch einmal und sagte: »Das ist für dich, Deggu N'Gombo.«

LeO ließ fragend seine Hauptantenne vibrieren. »Wem gibst du denn da Zeichen, Chulain? Deiner Mondgeliebten? Den Japanern?«

»Nichts von alledem, LeO«, sagte der Schwarze und zündete sich eine Pfeife an. »Das ist ein Ritual, das wir Piloten des Mare Spatiale befolgen, wenn einer von uns gestorben ist.«

»Warum denn?« frage LeO.

»Das ist eine alte Geschichte, LeO. Willst du sie hören?«

Die Geschichte von Kapitän Quijote Patchwork

Ich hatt' 'ne Sirene gefreit
flink wie 'ne Brasse im Meer
doch – ach! Wie ist sie heut'?
Fast wie ein Wal so schwer!
(Aus ... dem Lied des höflichen Walfängers)

Das Jahr 2136 war ein ganz besonderes Jahr für die Jagd auf die Eisenköpfe. In jenem Jahr tauchten die Eisenkopf-Wale (so hießen die großen Meteoriten, die im Raumquadranten des Mare Universale herumschwammen) nämlich schon sehr früh auf. Man konnte sich denken, daß es ein außergewöhnliches Jahr werden würde. Nie hatten wir so große Eisenköpfe gesehen, ich schwör's bei meiner Pfeife. Und bald gab es die ersten Gerüchte: Die Town-Ho hatte angeblich einen Meteoriten von mindestens zweihundert Meter Länge gesichtet und versucht, ihn einzufangen. Aber der Eisenkopf hatte erst sämtliche Magnetharpunen und dann den ganzen Bug des Raumschiffs abgerissen, und die Town-Ho war völlig zerfetzt. Die Jungs waren mit einer dicken Erkältung auf die Erde zurückgekommen!

Ich war damals ein vielversprechender junger Mann und hatte große Lust, im All herumzukurven. Ich hatte zwar keinerlei Erfahrungen mit der Eisenkopf-Jagd, aber ich war robust und mutig: Also fand ich mich hoffnungsvoll im Restaurant »Maritornes« ein, einer ziemlich verrufenen Bruchbude in der Raumstation Nanturanucket, wo sich die berühmtesten »Steinjäger« trafen. Tja, Junge, das war 'ne nette Fauna da in dieser Taverne! Komparsen für Badeschaum-Werbung hättest du da nicht getroffen, nee. Aber ich habe mir trotzdem ein Herz gefaßt, bin an einen Tresen gegangen und habe mich mitten zwischen zwei häßliche Visagen mit tätowierten Helmen gesetzt. »Ich möchte anheuern«, habe ich ohne Umschweife gesagt, »wißt ihr, an wen ich mich wenden kann?«

Rothelm hat mich angeguckt. War'n Radioaktiver, das ganze Gesicht schrundig von den Verbrennungen. »Negerchen«, hat er gesagt, »du willst wirklich anheuern?«

»Klar«, habe ich geantwortet, obwohl mir etwas mulmig war, weil er mir mit seinem Eisenhandschuh die Schulter quetschte.

»Vielleicht bist du schon an der richtigen Adresse«, sagte Rothelm und wandte sich zu Blauhelm. »Wie siehst du das, Vere?«

»Finde, das is'n robustes Kerlchen, Amasa«, sagte der andere, ohne mich anzusehen. »Aber vielleicht hat er ja doch Schiß.«

»Nein, meine Herren«, sagte ich beleidigt. »Ich habe so viel Mut, daß ich'n schwunghaften Handel damit treiben könnte.«

»Ah ja?« sagte Vere und sah mich lachend an. Ich begriff, daß er etwas gegen mich im Schilde führte. Er steckte eine Hand in die Windjacke, zog eine dicke Panzerfaust heraus und trat zwei, drei Schritte zurück. In der Taverne herrschte augenblicklich Schweigen. Vere hielt unter brüllendem Gelächter die Panzerfaust in die Luft und zielte genau auf mich. Es gelang mir, sie im Flug aufzufangen. Ich legte sie auf den Tresen, obwohl mir der kalte Schweiß ausbrach.

»Gut abgebogen, junger Mann«, flötete Amasa höhnisch grinsend. »Siehst du, das war nur eine Panzerfaust. Aber wenn du schon bei so einem Panzerfäustchen den Kopf verlierst, was machst du dann erst beim Anblick eines Eisenkopfs, der über dich herfällt und zehntausendmal so groß ist und gasschnaubend durch das All gezischt kommt?«

Einen Tag nach dieser etwas ungewöhnlichen Prüfung brachten mich die beiden zu dem Raumschiff, auf dem sie Offiziere waren. Die Grampus war plump und immer wieder zusammengeflickt und hatte einen Bisonkopf als Galionsfigur. Kommandant war ein mysteriöser Kapitän Quijote Patchwork. Ich sage mysteriös, weil alle, die ich gefragt hatte, ob sie ihn kennten, gesagt hatten: »Na und ob! Und Sie werden ihn auch noch kennenlernen! Stück für Stück!«

Was das bedeutete, begriff ich, als ich an jenem nebligen Morgen, an dem ich anheuerte, vor Kapitän Patchwork stand. Quijote war der am meisten zusammengeflickte, reparierte und restaurierte Mann, den ich je gesehen hatte. Ich glaube, bei dem war nur der Kopf noch original, und auch der nicht ganz, denn er hatte ein Glasauge und eine Eisenplatte als Schädel. Alles übrige war ein wahrer Triumph der biomechanischen Phantasie. Ein Bein war komplett aus mit Polypen und Delphinen bemaltem Kupfer, und er streckte es demonstrativ aus der kurzen Hose. Das andere war vom Knie an abwärts zu einer scharfen Eisenspitze geformt. Ich erfuhr, daß der Kapitän sie bei Gewitter in die Kommandobrücke rammte, dort wie angenagelt steckenblieb und, sich auf der Suche nach Beute wie eine Kompaßnadel drehend, endlos aufs Meer starrte. Er hatte außerdem einen ausziehbaren Gummiarm, der andere Arm endete in einer Hand aus sehr edlem Elfenbein, die er beim Stemmen von einem chinesischen Kapitän gewonnen hatte.

Was seine inneren Organe anging, so war er bei seinen Auseinandersetzungen mit den Eisenköpfen derart oft zerfetzt und zermatscht worden, daß er gut und gern als Katalog für synthetische Anatomie herhalten konnte. Er hatte eine Messingluftröhre mit rasselndem Atem in b-Moll, ein Gummibrotherz, sein Magen war eine Stiftung der Plastischen Abteilung von Bayer, 16 Meter bestes Polyvinylmaterial bildeten den Darm, der in einen synthetischen Anus mündete, dazu ein Extrasummton für die Fürze; anstelle von Milz und Bauchspeicheldrüse hatte er eine subkutane chemische Schaltzentrale.

Seine Leber hatte sich eines Nachts, nachdem sie den sechsten Liter heißen Rum zugemutet bekam, unter Zeugen davongemacht und ins All gestürzt. Die Wirbelsäule war bambusverstärkt, die Rippen aus Aluminiumstäben hatten eine Federöffnung in der Mitte, was eine Menge Zeit sparte, wenn die Chirurgen ihm wieder einmal ein paar Teile austauschen mußten. Ach ja! Er besaß nur einen Lungenflügel, aber wahr ist auch: An dem hing er innigst. »Der alte Paul« (das war der Lungenflügel), sagte er, »ist immer bei mir, der hat mich noch nie im Stich gelassen.« Und um seinem Paul etwas Gutes zu tun, rauchte er ununterbrochen. Er nahm einen tiefen Zug aus der Pfeife und sagte: »Nicht schlecht, dieser Tabak, was, Paul?« Und nach jedem Hustenanfall keuchte er: »Heute haben wir aber reingehauen, hä, Alter?« Gut, jetzt willst du sicher wissen, wieso Quijote Patchwork eigentlich so zugerichtet war, was? Kurz gesagt: Weil er der wahnwitzigste und draufgängerischste Steinjäger im ganzen All war. Er nahm es auf mit Eisenköpfen, die zehnmal so groß waren wie sein Raumschiff, und büßte dabei prompt irgendeinen Knochen oder ein Filetstückchen ein. Aber er kapitulierte nie: »Eines Tages«, sagte er, »schlage ich zu, da schnappe ich mir den Eisenkopf, mit dem ich in die Geschichte eingehe! Und wenn das mein Grabstein wird!«

Und wo der Kapitän schon verrückt war, da durfte es die Besatzung nicht weniger sein. Die letzten Male war Quijote von der Jagdsaison höchstens mit der Hälfte der Matrosen zurückgekommen, mit denen er aufgebrochen war. Pech, sagte er. Mittlerweile war allerdings nur noch der Abschaum bereit, bei ihm anzuheuern. Das merkte ich freilich erst, als ich längst an Bord war und nicht mehr zurück konnte. Doch kaum hatte die Fahrt begonnen, verscheuchte der Wind des Abenteuers meine Ängste.

In jenem Jahr waren die legendärsten Raumschiffe im Jagdrevier unterwegs: Die Queen Mab, die Pinguin, die Pequod, die Beagle, die Peng, die Pinta, die Ulysses, die Sternkaninchen, die Hippogryph, die Shamaral, die Amadigi, die Tupac Amaru, die Platir, die Urganda, die Excalibur, die Kanonenkugel, die Pertega Salutis, die Nautilus, die Fogg, die Molly Aida, die Typee, die Essex, die Atalante, die Meeresstille, die

Potemkin, die Marracau, die Teufelsrücken, die Rupert Mundy und noch viele mehr. Unsere Besatzung war der Abschaum des Abschaums im All: japanische Deserteure, wegen der Jahre Einsamkeit im All halbbekloppte russische Kosmonauten, ausgeklinkte Amerikaner, meskorskanische Schmuggler, von den Reisfeldern auf dem Mars geflüchtete Chinesen, ehemalige Raumpolizisten, aus Laboratorien abgehauene Wissenschaftler, Bergarbeiter vom Merkur, belämmerte Wolfsmenschen, Depressive vom Saturn und manisch Gestörte von der Venus. Dazu die beiden Offiziere Vere und Amasa, zwei Galgenvögel, die sich vorzugsweise mit der Peitsche Geltung verschafften.

Ich hatte das Glück, dem Kapitän auf Anhieb zu gefallen. Warum ist schnell erzählt: Ich konnte sehr gut Pfeifen aus Holz schnitzen. Ich schaffte eine pro Nacht, während ich am Steuer Wache schob. Und just in einer solchen Nacht kam Quijote auf mich zu und sah, daß ich mit meinem Messerchen bewaffnet war.

»Matrose!« bellte seine Stimme metallisch. »Was machst du da!«

»Eine Pfeife, Käpt'n«, sagte ich und zeigte sie ihm. »Aber ich schwör's, ich hab' aufgepaßt. Ich habe den Kurs genau im Auge behalten.«

Er riß mir wütend die Pfeife aus der Hand und betrachtete sie: Es war ein Pfeifchen in Delphinform. Er wurde augenblicklich sanfter.

»Eine schöne Pfeife, Matrose«, sagte er und steckte sie in den Mund, »wirklich eine schöne Pfeife!«

»Ich hab sie ... für Sie gemacht«, log ich dreist. »Ich weiß, Sie sind ein leidenschaftlicher Raucher –«

Der Kapitän musterte mich neugierig. Dann bedeutete er mir, ihm zu folgen, und führte mich in seine Kabine. Dort zeigte er mir seine unglaubliche Sammlung in einem großen Wandschrank.

Pfeifen aller Art, in verschiedensten Größen und aus jedem

möglichen Material. Am verrücktesten waren die, die seine Matrosen während der langen Wachschichten geschnitzt hatten: Es war, als hätten sich sämtliche Träume und Alpträume des Meeres in diesem Schrank versammelt. Pfeifen in Form von Drachen, von Delphinen und Asteroiden, von Kometen, Sirenen und Riesentintenfischen. »Das ist ja traumhaft«, sagte ich bewundernd, während ich eine nach der anderen in die Hand nahm, »phantastisch!«

»Sag das nicht! Das sind alles nur Sachen, die man im Meer sehen kann«, wies Quijote mich streng zurecht, »im nächtlichen Nebel, in den Sonnenreflexen. Das ist nicht phantastisch, das ist wirklich. Die Sirenen sind wirklich, genau wie die schrecklichsten Monster, die Wolfsbarsche, die Seepolypen mit den Kindsköpfen. Und die Meteoriten? Sind die vielleicht bloß Metall und Stein- und Erzgerinsel? Nein, das wirst du verstehen, wenn du sie siehst! Die Eisenköpfe leben! Sie denken, sie kämpfen! Sie sind die Wale des Alls!«

Während er das sagte, wirkte Quijote wie ausgewechselt und hieb mir mit seiner mörderischen Elfenbeinpranke ins Kreuz. Und dann zeigte er mir noch viel merkwürdigere Pfeifen: zum Beispiel eine, deren Kopf eine perfekte Nachbildung des Mondes war, Krater für Krater. Auf einer anderen, einer Auftragsarbeit, waren die Gesichter von seiner Ehefrau und seinen sechs Kindern eingeritzt und dazu der Satz: *Denk an uns – fahr vorsichtig!*

An jenem Abend also entstand zwischen mir und Quijote eine starke Sympathie, die natürlich sofort ironische Kommentare seitens meiner Kameraden hervorrief. »Hast du dem Kapitän was Hübsches zum Blasen gemacht, Chulain?« hörte ich es manchmal hinter meinem Rücken zischeln. Ich mußte ein paar Extrahiebe austeilen, damit sie aufhörten.

Nach zehn Tagen Flug waren wir dann endlich in der »Falle« angekommen, im Jagdrevier dieses Quadranten. Dort rasten Meteoriten aus wertvollen Erzen mit Höchstgeschwindigkeit an einem vorbei. Die Geschicklichkeit der Kapitäne bestand darin, ihre Flugbahn mittels ihrer Magnetströme vorauszuberechnen und sie im Vorbeisausen zu kreuzen. Im selben Moment wurden die am Raumschiff vertäuten Rettungsboote ausgefahren. War der Meteorit zu weit weg, trafen ihn die Magnetharpunen nicht. Flog er zu dicht, zerbröselte er Rettungsboote und Raumschiff wie Makronen. Wenn die Entfernung aber stimmte und die Magnetharpunen den Meteoriten erwischten, machten die Raumschiffmotoren sofort eine »Bremsung«, die die Geschwindigkeit des Eisenkopfs allmählich drosselte.

Es war eine lebensgefährliche Jagd, und Quijote galt als eins der Asse; er bewies es sofort. Am ersten Tag harpunierte er zwei Eisenköpfe von je dreihundert Tonnen: einen »roten«, der sehr kupferhaltig war, und einen »eitlen«, so genannt wegen der glitzernden Kristalle, die ihn schimmern ließen.

In den nächsten Tagen machten alle Raumschiffe gute Beute: Die Öfen schmolzen die Meteoriten ein, und die Laderäume füllten sich mit kostbaren Barren. Abends veranstalteten die Radiosender Gemeinschaftsprogramme mit gigantischen Allchören und Witzwettbewerben. Alle waren rundum zufrieden, außer natürlich Kapitän Quijote. Er stand auf der Brücke, rotierte um seinen Eisenspitzfuß, rauchte und starrte in die Sterne.

»Wir schaffen's nicht, Chulain«, sagte er zu mir, »das Universum lacht uns aus. Wir sehen das Licht von Sternen, die seit Tausenden von Jahren tot sind, und nennen diese Steinchen hier groß. Aber ich weiß es: Mitten drin in dem Strom gibt es wahre Eisenköpfe. Zweitausend-, Dreitausendtonner. *Das* sind Steine!«

Ich hatte schon begriffen, worauf er hinauswollte. Und tatsächlich gab er am nächsten Morgen Befehl, Kurs auf das Zentrum des Quadranten zu nehmen. Amasa war dagegen.

»Käpt'n«, protestierte er vor allen, »die Ecke ist gefährlich! Was da an Meteoriten rumsaust, ist zu dick und zu schnell. Da war mal ein norwegisches Raumschiff, und das war schon beim bloßen Näherkommen bedient – das größte Stück, was man von dem noch gefunden hat, war der Backenzahn des Bootsmanns. Es ist Wahnsinn, da hinzufahren!«

»Ich gebe hier die Befehle!« sagte Quijote brüsk. »Wir nehmen Kurs auf Bowling!«

So wurde, mit einem gewissen Humor, der zentrale Korridor des Quadranten genannt. Der Kapitän hatte tatsächlich recht gehabt. Die beiden ersten Meteoriten, die wir gleich beim Reinfahren einfingen, ließen die vorigen völlig in der Bedeutungslosigkeit versinken. Ein Vierhundertachtzigtonner, randvoll mit Uranium, der andere mit etwas weniger als sechshundert Tonnen in Schuhform. Verhüttet ergaben sie achttausend Barren kostbarster Erze.

»Wenn wir den zweiten Schuh gefunden haben«, sagte ich zum Kapitän, »können wir nach Hause fahren!«

»Ich«, sagte Quijote und blinzelte mir zu, »würde lieber den Besitzer der Schuhe finden.«

In jener Nacht konnte ich kaum schlafen. Von ferne hörte ich ein düsteres Geflüster, das das ganze Raumschiff erschütterte. Ich stand auf und sah, daß der Kapitän wach war; er konsultierte fieberhaft das Bordteleskop und berechnete Kurse.

Am nächsten Morgen war das Wetter scheußlich. Magnetwellen ließen das ganze Raumschiff schaukeln und stampfen. Wir konnten in der Ferne Pluto sehen, ein schlechtes Omen. Ein mexikanischer Matrose erinnerte sich an ein altes Allsprichwort: *Siehst du Pluto schon aufgehn, ist's zu spät zum Hilfe krähn.*

Wolken aus Wrackteilen und anderen Restbeständen machten uns klar, daß wir genau im Bowling angekommen waren, im Korridor der Großen Meteoriten. Im Raumschiff herrschte tiefes Schweigen: Nur die Metallgelenke des Kapitäns quietschten laut weiter.

Quijote stand da und fixierte den Radarschirm. Er wartete auf etwas. Ein paar Minuten später sahen wir ihn plötzlich starr werden.

»Er ist es«, sagte er, »er kommt!«

Ein Punkt war auf dem Radarschirm zu erkennen. Er wurde in kürzester Zeit so groß, daß wir ihn sogar unten vom Rettungsbooteraum aus auf dem Monitor leuchten sehen konnten.

»Berechne die Masse, Amasa!« befahl Quijote.

Amasa machte eine eilige Berechnung und wurde bleich. »Käpt'n«, sagte er, »machen wir, daß wir wegkommen!«

Wir standen schon an den Bullaugen und spürten zuerst eine Vibration, dann ein fernes Geraunze wie von tausend marschierenden Riesen. Das ganze Raumschiff zitterte. Der Punkt im All und auf dem Monitor dehnte sich immer weiter aus. Bis wir alle sahen, worauf der Kapitän gewartet hatte.

Es war ein weißer Meteorit, radioaktiv, einer von den allerkostbarsten. Er war mindestens sechsmal so groß wie alle, die ich je zuvor gesehen hatte, und zwanzigmal größer als unser Raumschiff. Dieser Riesenbrocken kam mit 28 000 Stundenkilometern auf uns zugerast. Amasa brüllte noch einmal: »Käpt'n, der hat fast viertausend Tonnen, und in einer Minute haben wir den am Hals! Ziehen wir Leine!«

»Niemals! Wir sind auf dem perfekten Fangkurs«, trieb Quijote an, »los, in die Boote!«

»Sie sind wahnsinnig«, schrie Vere, »unsere Motoren kriegen den nie zum Halten! Er wird uns hinter sich her ziehen ins All!«

»Zu spät zum Umkehren!« schrie Quijote, »in die Boote! *Adelante, marineros!* Heute gehen wir in die Geschichte ein!«

Auch ich sprang in ein Raumboot, ängstlich und aufgeregt zugleich, und fand mich im All wieder. Der Krach war groß, das Boot tanzte wie vom Teufel besessen. Wir konnten genau verfolgen, wie die riesige weiße Masse näher kam: Sie war vollkommen eingehüllt in Rauch und Gas und hatte zwei Risse am Bug. Und die sahen aus wie AUGEN, bedrohliche AUGEN! Mit einem unbeschreiblichen Getöse senkte sich der weiße Schatten über uns. Ich spürte eine glühend heiße Stichflamme, dann hörte ich den Schuß aus der Bordkanone, und schon rasten wir mit einer entsetzlichen Geschwindigkeit kopfüber dahin. Meine Kumpel schrien vor Entsetzen. Unser Boot und das Boot von Kapitän Quijote hatten den Meteoriten angekuppelt, der uns jetzt auf seiner Bahn mit sich fort trug und auch das Raumschiff im Schlepp hatte. Die Geschwindigkeit nahm nicht ab, und der eine oder andere Matrose war in Ohnmacht gefallen.

»Ich kann nicht mehr«, kam die verzweifelte Stimme des Maschinisten aus dem Bordfunk. »Ich kann ihn nicht bremsen! Laßt ihn los! Er haut uns alle kaputt.«

»Wir haben ihn, und wir lassen ihn nicht wieder los!« schrie Quijote zurück. »Früher oder später drosselt das verdammte Ding seine Geschwindigkeit. Haltet durch!« Aber das Gerippe des Boots fing schon an zu splittern.

»Laßt ihn los, oder ihr werdet desintegriert!« rief jemand vom Raumschiff. Der Kommandant unseres Raumbootes hieb daraufhin das Tau der Harpune mit einem Schlag durch, und wir wurden ins All geschleudert.

»Feiglinge«, brüllte der Kapitän, »ihr laßt mich allein!« Ich bekam die letzte, schreckliche Szene noch mit. Der Meteorit mit dem Boot im Schlepp, das Boot mit dem Raumschiff im Schlepp. Dann tönte aus dem Bordfunk die Stimme von Amasa:

»Fahr zur Hölle, du alter Schwachkopf! Wir lassen uns deinetwegen nicht die Haut abziehen!«

Ein paar Sekunden später kappten sie vom Raumschiff aus das Tau. Das Boot sprühte Funken wie verrückt und zerschellte am Meteoriten. Der Kapitän hatte tatsächlich, allerdings auf etwas rüde Weise, den größten Eisenkopf der galaktischen Geschichte getroffen.

An jenem Abend sprach niemand auf der Grampus. Alle soffen wie die Schwämme, um wenigstens ein bißchen zu vergessen, was passiert war. Jedesmal, wenn eine Schottwand des Raumschiffs knarrte, zuckten wir zusammen: Wir meinten immer, wir hörten die Gelenke des Kapitäns krachen und seinen Atem rasseln.

In jener Nacht gab es wieder Sturm. Zu viert hielten wir Wache und starrten in den schwarzen drohenden Himmel. Wir standen dicht beisammen, um uns gegen die Kälte der galaktischen Nacht zu schützen, als plötzlich einer der Matrosen vor Schreck bleich wurde: »Da«, brabbelte er und zeigte nach oben, »da... Das ist er –!«

Auf der Brücke stand, erleuchtet vom Höllenlicht der roten Buglampe, der Geist von Kapitän Quijote. Wir hörten sein rasselndes Gekeuche. Er zeigte mit der Hand auf uns und sagte: »Feuer! Feuer!«

In panischem Schrecken stoben wir auseinander und gaben Alarm. Aber als wir auf die Kommandobrücke zurückkamen, war vom Kapitän keine Spur mehr; nur das ganze Instrumentarium brannte. Quijote hatte einen Funken ausgelöst, indem er sich mit den Kabeln kurzgeschlossen hatte.

Das ganze Raumschiff geriet in Panik. Die Offiziere bemühten sich, keine abergläubischen Vorstellungen aufkommen zu lassen. Sie erklärten uns, wir wären nur etwas verwirrt wegen all der Ereignisse dieses Tages und hätten vielleicht eine Halluzination gehabt. Der Brand konnte von irgendeinem banalen Kurzschluß herrühren. Aber Gaspar, ein alter mexikanischer Matrose, sagte sofort: »Nein! Wir haben ihn umgebracht, und er ist zurückgekommen. Seine Seele, der *pixan,* findet keinen Frieden, er wird durch den höllischen *mitnal* rasen, bis er sich gerächt hat. Er wird zurückkommen und das ganze Raumschiff in Brand setzen. Feuer! Das ist es, was er uns wünscht!«

Der nächste Tag ging unter Hochspannung vorüber. Wir blieben bis ein, zwei Uhr nachts wach. Aber dann ließ unsere wachsame Anspannung allmählich nach, und jemand riß sogar ein paar Witze. Gegen drei Uhr allerdings ertönte ein merkwürdiges Geräusch in den Kombüsen. Wir liefen Hals über Kopf nach unten: Da war Kapitän Quijote und hielt eine flammende Fackel in der Hand. Sowie er uns sah, warf er sie weg und verschwand im Nichts. Aber er hatte schon in allen

Räumen Feuer gelegt. Wir brauchten einige Stunden, um die Brände zu löschen.

Am nächsten Tag versammelten wir uns, um zu beschließen, was wir tun wollten. Jemand schlug vor, das Raumschiff aufzugeben. Andere, Vere und Amasa aufzuhängen, die Hauptverantwortlichen für Quijotes Tod. Wieder andere, auf den Geist zu schießen. Gaspar dagegen sagte: »Gegen die Kraft des *mitlan* kommt nichts an! Wir können nur versuchen, seinen Zorn zu besänftigen. Einer von uns, und zwar der, der am engsten mit dem Kapitän befreundet war, muß zu ihm hingehen und ihn fragen, welches Opfer er dafür wünscht, daß er uns verschont. Ihr wißt, wen ich meine. Matrose Chulain!«

Alle fanden die Idee gut, außer einem, und rate mal, wem. So blieb ich also in jener Nacht auf der Brücke an Deck und wartete zitternd auf den Geist von Kapitän Quijote. Der Orion stand schon ziemlich hoch, als ich das Rasseln seiner halben Lunge und sein Hinken vernahm. Endlich erschien er mir, eingehüllt in ein weißes Schweißtuch. Seine geblendeten Augen waren das Fürchterlichste, das ich je gesehen hatte!

»Käpt'n«, sagte ich mit zitternder Stimme, »vergeben Sie uns! Wir wollen alles tun! Aber ich bitte Sie, verschonen Sie das Raumschiff!«

»Feuer! Feuer!« schrie der Kapitän und sah mich aus diesen furchtbaren Augen an.

»Nein, Käpt'n, ich bitte Sie«, flehte ich, »verbrennen Sie nicht das Schiff! Wir werden alle sterben! Es war doch Ihr Schiff. Ich bitte Sie, nicht –« Mir blieb der Satz im Halse stecken. Der Kapitän hatte mich mit seiner kalten Elfenbeinhand an die Wand gedrückt.

»Feuer!« brüllte er außer sich. »Du Trottel! Feuer für meine Pfeife! Hab' seit drei Tagen nicht mehr geraucht!«

Ich weiß nicht wie, aber ich schaffte es zwischen meinen Zitteranfällen, ihm die Pfeife anzuzünden. Quijote zog ein paarmal gierig durch, und der schreckliche Ausdruck verschwand aus seinem Gesicht. Dann setzte er sich und erzählte mir seine Geschichte.

Nach seinem Tod hatte er sich am Boden des Mare Spatiale der Jagdkapitäne wiedergefunden. Kein schlechter Platz, hatte er sich gesagt, es waren eine Menge Leute da, die er kannte und die schon lange tot waren; sie spannen Seemannsgarn über ihre Fänge, sie redeten einen Haufen Blödsinn und schwammen Arm in Arm durch die Gegend. »Aber BEI GOTT!« sagte der Kapitän, »wenn man sich da unten bloß mal eine Pfeife anzünden könnte. Drei Tage, ohne zu rauchen, ich dachte, ich werde wahnsinnig! Am ersten Abend habe ich probiert, sie mir an einem Funken aus der Schalttafel anzuzünden. Dann mit einer Zeitung am Küchengasherd, aber dann seid ihr reingekommen und habt gebrüllt wie am Spieß, ich hab's mit der Angst gekriegt und bin abgehauen. Jetzt ist das Problem gelöst, und ich kann wieder zu meinem Leben als Geist zurückkehren, da unten im tiefen Strom, im Reich von Phleba dem Phönizier und Baron Pottwal. Bitte, Chulain, schenk mir deinen Anzünder. Ich werde ihn in einer Flasche verkorken, damit er nicht naß wird und nie ausgeht!«

Bei diesen Worten blinzelte er mir zu und verschwand. Und wie zum Beweis, daß ich nicht geträumt hatte, blieb in der Luft ein himmelblaues Rauchwölkchen aus seiner Pfeife stehen. Ich erzählte alles den anderen. Und seitdem werfen jedesmal, wenn ein Matrose gestorben ist, seine Kameraden eine Flasche mit einer glimmenden Lunte ins All, damit er sich da draußen seine Pfeife anzünden kann.

Eine wissenschaftliche Debatte

Fang betrachtete im vorderen Fenster ausgiebig den Schatten von Mei, die die langsamen Figuren des Tai-chi auf die Vorhänge zeichnete. Ein Gedicht von Wu Ti fiel ihm wieder ein, über den Schatten der toten Geliebten.

Ist sie oder ist sie nicht?
Ich stehe still und folge
Dem Rascheln ihres Seidenkleids.
Wie langsam es kommt!

Unruhig setzte er sich auf die Matte. Seine Gedanken spazierten die Linien des *I Ging**, des chinesischen Buchs der Wandlungen, entlang. Er versuchte, die seltsamen Ereignisse der letzten Tage zu deuten, aber er fand keine Ruhe: Er spürte die telepathischen Wellen, mit denen die Japaner versuchten, in seine Gedanken einzudringen. Er beschloß einen freundlichen Gegenangriff gegen die Eindringlinge: Er entspannte sich und fühlte, wie sein Geist endlich frei wurde. Aber kaum hatte er sich wieder dem *I Ging* zugewandt, da hörte er ein seltsames Geräusch, es klang wie gedämpfte Schläge vom Korridor her. Leise trat er hinaus und sah Einstein beim Ballspielen, wie er gerade auf dem grünen Teppichboden gegen einen imaginären Gegner andribbelte. Er lief herum und improvisierte dabei leise eine Sportreportage. Als er Fang bemerkte, blieb er sofort stehen und rollte einen Augenblick lang den Ball unter dem Fuß.

»Ein bißchen ... körperliche Betätigung«, keuchte er, »gibt dem neurovegetativen System Spannkraft, verbessert die geistige Leistungsfähigkeit und –«

* Das *I Ging* besteht aus Hexagrammen von durchgehenden und geteilten Linien; insgesamt gibt es 64 Kombinationen. Ein Beispiel: 

»Ich weiß, ich weiß«, sagte Fang, »ich habe auch gern Ball gespielt.«

»Um die Wahrheit zu sagen«, Einstein wurde rot, »habe ich nicht ›Ball gespielt‹, sondern studiert, auf welche Weise die Antriebskräfte meines Fußes die komplizierten Flugbahnen dieses Balls hervorrufen können, und –«

»Sicher«, sagte Fang, »warum auch nicht.«

Einstein schnaufte und faßte sich wieder. »Ich gehe jetzt die Flugpläne fertig machen. Ich habe vorgesehen, daß sie in zweiunddreißig Tagen auf Meskorska landen werden.«

»Ich habe auch gerade etwas vorhergesehen«, sagte Fang, »mit dem *I Ging*.«

»Diesem chinesischen Wahrsagespielchen?« fragte Einstein erstaunt.

»Spielchen nennen Sie es«, sagte Fang lächelnd. »Wandlungen vorhersagen ist also nur ein Spielchen für Sie? Ist es nicht auch Beobachtung, Intuition, Deutung? Das Wort *suan* bedeutet bei uns sowohl arithmetische Berechnung als auch Weissagung. Könnte es nicht sein, daß diese Hexagramme ebenso gesichert sind wie die meisten sogenannten wissenschaftlichen Wahrheiten?«

»Na, ich weiß nicht, jedenfalls ist es eine Methode, die mich nicht interessiert. Ich bin ein westlicher Wissenschaftler.«

»Im Westen und im Osten sehen wir zwar verschiedene Sterne, aber sehen wir nicht denselben Himmel? Und schließlich war es einer aus dem Westen, wenn ich mich recht erinnere, ein gewisser Ptolemäus, der den *Almagest* schrieb, ein Traktat über die Astronomie, und das *Tetrabiblos,* jenen Grundlagentext der Astrologie.«

»Ich glaube, ich weiß, worauf Sie hinauswollen«, stöhnte Einstein, »Wissenschaft und Mysterium, Wissenschaft und Philosophie, die Mikrophysik der Teilchen und das Yin und Yang, die subatomare Bewegung und Shivas Tanz, das Tao und der Bell'sche Lehrsatz. Und am Ende packt man Nostradamus in den Computer, stellt Horoskope für Katzen auf und sucht beim Picknick Ungeheuer in Seen. Ich kenne die Ideen von diesen ach so modernen Pseudowissenschaftlern und Paraphilosophen. Die Zeitungen sind voll von ihren Funden. Wollen Sie Namen hören?«

»Warten Sie, ich will mal raten. Demokrit? Pythagoras? Heraklit? Aristoteles? Schreiben die jetzt etwa Kolumnen in der *Times?*«

»Machen Sie keine Witze: Das waren vorsintflutliche Zeiten, alles alte Konzepte«, protestierte Einstein. »Ich muß mich über Sie wundern, wo Sie sich Progressist nennen! Damals war Wissenschaft aristokratisch, erzählen Sie mir nicht, Pythagoras und Heraklit wären Demokraten gewesen. Die hatten keine Schulen: Die hatten Sekten mit Initiationsriten! Wissen Sie, was ich mit Sekten meine?«

»Ich glaube, heute heißen sie Top-Secret-Experimentallaboratorien und befinden sich in militärischen Bunkern mitten in der Wüste.«

»Heute muß man gewisse Entdeckungen eben notgedrungen geheimhalten«, sagte Einstein. »Jedenfalls werden Sie nie einen modernen Wissenschaftler den Satz von Heraklit formulieren hören: Einer gilt mir wie zehntausend, falls er der Beste ist.«

»Nein, obwohl so ein Satz sehr bequem wäre: Man könnte damit nämlich behaupten, Hiroshima habe nur zehn Tote gefordert.«

»Herr Fang«, sagte Einstein ungeduldig, »ich nehme an, wir könnten unendlich so weiterdiskutieren: Sie werden dieses Gleichgewicht dem Empedokleischen System von Liebe und Haß zurechnen oder dem Yin und dem Yang, und ich rede vom Gleichgewicht zwischen Schwerkraft und Magnetkraft. Glauben Sie nicht?«

»Ich glaube allerdings, daß ein Moment kommen wird, in dem Sie nichts mehr zu erklären vermögen. Denn das Gleichgewicht der Wissenschaft ist eine Balance auf einem schmalen Steg aus Entdeckungen, der über einen tiefen Abgrund der Dunkelheit führt.«

»Nettes Bild: Tatsache ist, daß über diese Brücke der Proviant der ganzen Menschheit läuft. Ich weiß, Fang. Das Konzept der Zeit in Ihrem Tao ähnelt sehr dem der Zeit in der modernen Physik. Aber die Relativitätsformel wurde nicht in Ihren Tempeln entdeckt. Ihre Philosophie mag mich durchaus überraschen, Fang, aber vergessen Sie nicht: Jede große Philosophie wird in Krisenzeiten geboren! Sie wissen das besser als ich: Im fünften Jahrhundert vor Christus entstehen die griechische Philosophie und Ihre chinesische Philosophie der Hundert Schulen – nämlich in einer Phase von Invasionen, Kriegen und politischer Instabilität; danach kommt die Unterwerfung der barbarischen Völker. Eine große Armee kann eine große Kultur auslöschen: niemals umgekehrt, vergessen Sie das nicht!«

»Vielleicht haben die Ideen eine andere Art zu siegen, nicht die der Waffen –«

»Glauben Sie das ruhig«, sagte Einstein. »Aber ich wünsche Ihnen, daß kein Dieb mit einem Schwert das stille Haus Ihrer Meditationen betritt. Jedenfalls, gute Nacht: Ein verbales Duell mit Ihnen ist sehr anregend!«

»Es war gar kein Duell«, wollte Fang noch sagen. Aber Einstein war schon auf und davon, den Ball auf- und abfedernd, unter gewaltigem Einsatz von elektromagnetischen und Gravitatioskräften und Elektronenquetschungen.

Die grauen Soldaten

Im Saal des Minidrachens, dem Sitz des Oberkommandos Kriegsmissionen, waren die Generäle Harada und Yamamoto zum Rapport bei General Saito. Sie waren kahlköpfig und undurchdringlich, und sie trugen die Uniform des SAM-Heeres, in dem sich die Militarier aller Länder vereinigt hatten. Beide hatten die ganze Brust reihenweise mit etwas vollgehängt, das nur auf den ersten Blick wie Medaillen aussah. In Wirklichkeit waren es tragbare Computer für Ereignisse aller Art. Harada trug unter dem Arm eine Schachtel mit der Aufschrift: *Top Secret.*

»Ich glaube kaum«, sagte Saito, »daß sie viel mehr Kursdaten haben als wir. Ich glaube allerdings, daß sie da irgendein dickes Ding in petto haben, das wir nicht kennen. Ihre Funktionäre haben ziemlich weite Bereiche ihres Denkens hypnotisch abgeschirmt, das sagen jedenfalls unsere Telepathen. Heute haben wir unsere Leute zum Lauschangriff auf den Geist von diesem Fang geschickt, aber sie haben so gut wie nichts abgefangen: nur ein paar Sorgen wegen eines Backenzahns, der ihm wehtut, und zwei, drei chinesische Liedchen über den Glücklichen Fischer.«

»Wenn Sie meine Meinung hören wollen«, sagte Yamamoto, »gegen die Chinesen ist telepathische Kriegführung sinnlos! Nur eine hübsche explosive Maus in Herrn Fangs Zimmer könnte unser Problem noch lösen.«

»Ohne Fang kommen sie aber nicht zu diesem mysteriösen Planeten, und wir kommen auch nicht hin, ohne ihnen zu folgen. Alles zu seiner Zeit«, sagte Saito.

Yamamoto verbeugte sich, wobei ihm ein paar Transistoren herunterfielen.

»Wir müssen sie, zumindest am Anfang, sogar beschützen«, fuhr der Techn. Gen. fort. »Vor ein paar Stunden hat eins unserer Videospiele ihren Piloten im Forum von Paris vor einem Krokodil-Mutanten gerettet. Leider konnte es einen ihrer Freunde, der ihnen Informationen gegeben hatte und den wir auch gern noch ausgefragt hätten, nicht mehr retten. Das verschafft ihnen einen kleinen Vorteil. Aber das ist auch schon alles, was sie an Vorteilen haben, nicht wahr, Hitachi?«

»Ja! Wir haben die Bestätigung erhalten, daß das Raumschiff, mit dem sie starten werden, die Proteus Tien ist. Das war früher ein Kriegsraumschiff der Disney und wurde später in Kuba als Raumschiff für Kinder eingesetzt, nachdem die Disney Army die Insel erobert und Disney Island gebaut hatte. Nach dem letzten Krieg hat die Föderation es aufgekauft und bei Schulausflügen eingesetzt. Sie nehmen es für die Mission, weil es sehr wenig Treibstoff braucht, aber im Grunde ist es eine Badewanne.«

»Ah!« rief Harada aus. »Ich freue mich schon darauf, wenn die Proteus Tien auf unsere Zuikaku und unsere gut gedrillten Freunde trifft!«

»Ja«, sagte Saito. »Aber jetzt lassen Sie mich mit Oberst Musishima sprechen.« Harada öffnete die Metallschachtel, und heraustrat eine dicke graue Maus mit einem rotweißen Halsband, den Farben des SAM-Heeres. Sie hob den Schwanz zum Gruß.

»Mein lieber Musishima«, sagte Saito, das heißt, er trommelte es in Mickey-Morse, dem Alphabet für die Kommunikation zwischen Mann und Maus. »Zu wie vie-len Mäu-sen fah-ren Sie?«

Die Maus klopfte sechzigmal.

»Gut«, trommelte Saito, »wir rechnen auf Sie. Ein Raumschiff mit zwei Männern und sechzig grauen Soldaten als Besatzung, vier Meter lang, das scheint mir die leistungsfähigste Waffe im All. Sind Sie bereit? Keine Mängel?«

»Kä-se-ra-tio-nen«, klopfte die Maus mit den Pfoten zurück, »er-hö-hen.«

»Genehmigt«, sagte Saito. »Drei Kilo gefriergetrockneten Käse nachladen.«

»Nein«, klopfte die Maus, »ech-ten Kuh-milch-käse.«

Harada und Yamamoto sahen sich an. Ein winziger echter Käse war schon fast so viel wert wie ein ganzes Monatsgehalt von ihnen.

»Wir wollen ihren Wunsch erfüllen«, sagte Saito. »Im Grunde sind drei Kilo Käse ein Klacks, wenn ich bedenke, was die Araber so alles mitschleppen.«

Die Calalbakrab

»Nein, nein!« schrie Alya wütend. »Das geht zu weit. Zwanzig Ping-Pong-Tische! Das ist zuviel!«

»Komm schon, Ministerchen«, sagte Chefpilot Dylaniew, »die Besatzung braucht ein bißchen Unterhaltung.«

»Ihr habt einen Golfplatz, eine Diskothek, Kinos mit tausend Plätzen, drei Swimmingpools; was wollt ihr denn noch alles! Ist euch eigentlich klar, daß wir auch noch ein paar Lebensmittel und die eine oder andere Kanone auf dem Raumschiff unterbringen müssen?«

»Los, Scheich«, beharrte Dylaniew, »ihr habt auf der Calalbakrab schon Fuchsjagden veranstaltet. Also erzähl uns nicht, es gebe Platzprobleme.«

Alya schnaubte. Diese amerussischen Piloten waren wirklich die Pest. Wenn er nicht gesagt bekommen hätte, daß sie die besten wären, er hätte sie längst zum Teufel gejagt. Er sah nach oben. Das schwarze Ungetüm von einem scheichischem Raumschiff war buchstäblich hervorragend: Es ragte 260 Meter hoch und dehnte sich mehr als 600 Meter in die Länge. Zwanzig Ping-Pong-Tische würden es wirklich nicht aus dem Gleichgewicht bringen.

»Na gut, Jungs«, zischte er durch die Zähne. »Aber das ist das letzte Mal, daß ich mich breitschlagen lasse!«

»Ich habe auch noch eine Bitte«, sagte darauf Wassiliboyd, der zweite Pilot.

»Wir werden drei Monate unterwegs sein, vielleicht sogar vier. Im All, in einer Umgebung mit verminderter Schwerkraft, wachsen einem die Haare mit Höchstgeschwindigkeit, und die Läuse treten gleich staffelweise auf. Sechs Friseure sind nicht genug.«

»Ich gebe euch noch vier dazu«, seufzte Alya.

»Und auch noch vier Maniküren.«

»In Ordnung, in Ordnung!« brüllte Alya und ging davon,

nicht ohne die beiden mit einer Flut von arabischen Adjektiven zu bedenken.

Wassiliboyd prustete vor Lachen. Er war blond, spindeldürr und trug einen Smaragdohrring sowie eine umwerfende Hose aus weißem Bärenfell. Der andere Pilot war ein etwas kleinerer Mops mit Bürstenschnitt, schwarzer Brille und einem »Lightpump«-Overall mit der Aufschrift: *Ich bin der Schatz der Sterne.*

»Weißt du, Igor«, sagte Wassiliboyd, »ich glaube, wir sind die einzigen auf der Welt, denen es gelingt, einen Scheich als Geizkragen dastehen zu lassen.«

»Das hier ist eine gefährliche Mission, Johnsky«, sagte Dylaniew, »und falls es unsere letzte sein sollte, wollen wir wenigstens unseren Spaß dabei haben!«

»Worauf du dich verlassen kannst! Wie könnte man sich langweilen auf einem Raumschiff, wenn Seine Majestät der Oberste Bestechungschef Sadalmelik El Akrab mit von der Partie ist? He, apropos Spaß, guck mal, was da gerade an Bord kommt!«

Er zeigte auf zwei Dutzend Roboter, die im Gänsemarsch mit Dosen voll Borschtsch der Marke »Middle-West« und synthetischen Marihuana-Pflanzen anrückten. Hinter ihnen kamen vier Mädchen in der rosa Uniform des Musikcorps.

»Grüß Gott«, rief Dylaniew und verbeugte sich. »Wir grüßen die Dzunum, die Königinnen der Hitparaden!«

»Ciao, Johnsky«, antwortete eine junge Frau mit olivfarbenem Gesicht. »Mädels, das ist der Freund, der dafür gesorgt hat, daß wir hier angeheuert werden. Und das, Jungs, ist die Gruppe: Edith an den Computern, Alice, die Toningenieurin, Lorina macht die *special effects,* und ich bin Coyllar, für die Arrangements.«

»Ich bin Dylaniew der Verrückte, und das ist mein Freund Igor Wassiliboyd. Wir sind froh, daß ihr angenommen habt! Diese Araber wollten uns doch wirklich mit Biomusikpillen und Diskothek-Computern abspeisen. Da hab ich aber Rabatz gemacht. Ich habe ihnen vorgerechnet, daß unter der

Besatzung fünfhundert Amerussen sind und daß die Rocksky-Musik hören wollen! Als sie eure Honorarforderungen gehört haben, sind sie erst ein bißchen ins Schleudern gekommen, aber dann haben sie nachgegeben.«

»Wir werden euch eine Supermusik hinlegen, da oben zwischen den Sternen«, sagte Coyllar.

»Habt ihr viele Instrumente dabei?«

»Die sind alle hier in diesem Koffer. Zwölf Minimoogs, sechs Schlagzeuge mit Atemluftmechanik, ein Bündelchen Multisax, und den Mixer habe ich hier in der Tasche.«

»Und die drei Container da hinten?«

»Da sind die Kostüme und die *special effects* drin«, sagte Coyllar.

»Das wird ja eine Superreise!« proklamierte Wassiliboyd fröhlich.

Wo Pyk und Phildys sofort einen Streit anfangen

»Nein, nein und nochmals nein!« brüllte Phildys und schlug mit der Faust auf den Schreibtisch. »Darüber brauchen wir gar nicht erst zu reden!«

»Lies den Vertrag«, sagte Minister Pyk. Er stolzierte in einem T-Shirt mit der Aufschrift *Wo bitte geht's zur Erde?* und passender Mütze herum. »Konvention Nr. 2146 sagt: ›Die Fernsehleitung hat das Recht, zu jedwedem Ereignis, das ihrer Meinung nach von allgemeinem Interesse ist, Aufnahmeteams zu schicken, und zwar innerhalb des gesamten galaktischen Hoheitsgebiets.‹«

»Aber das Militärreglement führt aus: ›Soweit dies die Sicherheit der jeweiligen Mission nicht gefährdet‹«, sagte Phildys. Eine Tonne mehr Material an Bord und weitere vier Leute bedeuten ein ganz schönes Gewicht. »Und warum überhaupt vier?«

Minister Pyk sah aus, als fühlte er sich nicht ganz wohl. »Zwei Techniker, nicht wahr?« sagte er. »Und dann brauchen wir einen Talkmaster! Einen, der ein bißchen Schwung in die Interviews bringt, der so Fragen stellt wie: ›Denken Sie eigentlich manchmal an Ihre Frau, die ganz allein da unten auf der guten alten Erde hockt?‹ Und der die Werbung antextet –«

»Das sind erst drei. Wer ist der vierte?«

»Der Ehrengast! Schnaub nicht, Phildys, dieses ist ein bedeutendes Ereignis. Mir liegen jetzt schon Anfragen von Verlegern und Film- und Schallplattenproduzenten vor. Ich habe bereits Werbeverträge unterschrieben. Der fliegt mit, aber er stört ja nicht, es genügt, wenn er ein paar Sekunden auftritt, einfach so, ganz per Zufall, während der Verbindungen ... Sieh dir wenigstens mal die Exposés an:

Talkmaster/Schauspieler

Talkmaster: Wir fliegen hier Millionen Meilen von der Erde entfernt, und zu uns gekommen ist ein lieber Freund, einer unserer Benjamins, der Schauspieler Peter Taub. Er ist vor ein paar Sekunden eingetroffen und hat es sehr eilig, denn heute abend muß er schon wieder unten auf der Erde sein, nämlich zur Premiere seines neuen Films... Trotzdem hat er es sich nicht nehmen lassen, heute hier bei uns zu sein.

Schauspieler: Ja, ich begrüße alle Fernsehzuschauer ganz herzlich, ich bin sehr froh, daß ich hier sein darf, daß ich die Freunde von der Mission Erde 2 begrüßen darf, sie haben sich aufgemacht, um eine neue Welt zu entdecken, und das ist ein großer Schritt für die gesamte Menschheit, das gibt uns allen wirklich neue Hoffnung, und die Hauptrolle, also der Mann, den ich in meinem letzten Film spiele, heißt zufällig auch Giuseppe Hoffnung, und er ist ein ganz gewöhnlicher Mann, ein Mann wie alle anderen, mit ganz einfachen Gefühlen, die wir alle gemeinsam haben, also zum Beispiel Hoffnung Verzweiflung Enttäuschung Dickdarmentzündung Kino der Film heißt übrigens *Hab ich ein Schwein gehabt* er ist zum Sterben komisch und es tut mir wirklich leid für die Jungs hier heute abend daß sie ihn nicht mit mir zusammen im Kino Diamant sehen können. (Gelächter.)

Talkmaster: Vielen Dank, Peter, und jetzt wollen wir dich zu deinem Raumtaxi lassen, das dich nach Rom zurückbringt, vielen Dank, daß du die Zeit gefunden hast, bei uns zu sein.

Talkmaster/Schriftsteller

In einem Sessel mitten im Salon des Raumschiffs sitzt der Schriftsteller und liest. Der Talkmaster geht auf ihn zu. Der Schriftsteller blickt vom Buch auf. Spielt Überraschung.

Talkmaster: Eine seltsame Begegnung im All – mit einem Schriftsteller, Sam Capottino, dessen letztes Buch *Worte zwischen den Sternen* soeben in sämtliche Buchhandlungen kommt, eine Sammlung von Versen, Aphorismen, kurzen Artikeln,

Maximen, Essays und Divertissements, die der Schriftsteller aus seinen Beiträgen für eine ganze Reihe von Tageszeitungen zusammengestellt hat. Sie legen Zeugnis ab von seiner ebenso leb- wie dauerhaften Teilnahme am literarischen Leben. Wir fragen Sam Capottino: Warum ein Schriftsteller auf einem Raumschiff?

Schriftsteller (nach etwas Bedenkzeit): Warum eigentlich nicht? (Lächeln, Schlußmusik: Mozart)

»Na, wie findest du das?« fragte Pyk triumphierend.

»Ich gebe dir zehn Sekunden zum Abhauen«, sagte Phildys und hielt die Pistole auf ihn gerichtet.

»Wir zwei sind noch nicht fertig«, tobte der Minister und ging. »Meine Partei könnte dir ziemlich in deine Mission funken, Phildys Plassey!«

Und dann zog er sich die Mütze über die Augen und fuhr fort: »Ich glaube, dies ist der Beginn einer schönen Feindschaft.«

Herr Caruso und Frau Sara

Auf der unterirdischen Abschußrampe war die Proteus Tien mit hydropneumatischen Kricks aufgebockt worden. Dutzende von Männern in Overalls liefen hektisch durcheinander. Das Raumschiff hatte eine dreiblätterige Form. Der mittlere Lappen war ein bißchen länger, die Seitenlappen schwarz. Chulain inspizierte sie mit bedenklicher Miene. Im selben Augenblick kam Kook aufgeregt angelaufen.

»Wir starten, Chulain!« sagte er und klopfte sich mit der Hand an den Helm. »Wir starten!«

»Wir starten nicht«, grummelte Chulain. »Im Triebwerk ist der Wurm.«

»Das ist doch nicht möglich!« sagte Kook.

»Hier ist alles möglich«, schrie Chulain und verpaßte dem Raumschiff einen Tritt, »alles ist möglich auf einem Raumschiff, das seit zehn Jahren nicht mehr fliegt. Und das aussieht wie der Kopf von Mickymaus und immer noch bunt und vollgemalt ist wie früher, als es noch für Schulausflüge da war! Wir sollen das Schicksal der Menschheit zum Guten wenden mit einem Flug auf den Ohren von Mickymaus!«

Kook ging hinunter auf die Rampe. Aus der Nähe betrachtet sah das Raumschiff in der Tat alles andere als kriegerisch aus. Unter dem Motorraum, der mit Zwergen dekoriert war, kam Mei, bis an die Nase ölverschmiert, hervorgekrochen. Neben ihr stand ein bärtiger Mechaniker, der auch nicht gerade die weißeste Weste hatte.

»Tja, Kook«, sagte Mei, »wir sind ein bißchen in Schwierigkeiten. Darf ich dir den Chefmechaniker vorstellen, Herrn Caruso Raimondi, er fliegt mit uns mit. Er tut, was er kann, damit wir loskönnen.«

»Ehrlich gesagt«, seufzte Caruso, »ich blicke hier nicht durch. Es ist alles in Ordnung, aber der Motor zündet trotzdem nicht; irgendwas ist da faul bei der Treibstoffzufuhr. Ich habe Sara reingeschickt, sie soll mal die Mikroleitungen inspizieren, das ist die letzte Möglichkeit, die wir noch haben!«

»Hoffentlich klappt's«, sagte Kook. »Jede Stunde, die wir länger auf der Erde bleiben, macht es schwerer, das Ziel zu finden. Im All geht alles sehr schnell, die Veränderungen, die Entfernungen, das Verschwinden. Wie die Liebe.«

»Mein alter Kapitän«, lachte Caruso, »hat immer gesagt: Ach, wenn die Frauen doch wie Kometen wären, dann sähe man sie nur alle zweihundert Jahre einmal.«

»Meine Ikebana-Meisterin«, sagte Mei, »hat gesagt: Kein wohlerzogener Blumenstrauß würde seiner Verlobten einen Mann schenken.«

»Äh-m ...«, sagte Caruso und suchte nach einer passenden Antwort.

»Öh-m ...«, echote Kook.

Sie waren noch mit Synchronräuspern beschäftigt, als Kook eine Biene bemerkte, ein seltenes und gefährliches Insekt, das unter dem Raumschiff hervorgekommen war und sich auf Carusos Schulter gesetzt hatte.

»Bleiben Sie ruhig, keine Bewegung«, sagte Kook ganz aufgeregt.

»Wieso?« fragte der Mechaniker. »Was ist denn los?«

Kook patschte ihm einmal kräftig auf die Schulter, verfehlte sie aber, und die Biene sauste, nachdem sie dem Schlag entgangen war, jetzt entschlossen auf das Gesicht des Angreifers zu.

»Artig, Sara!« rief Caruso. »Das ist ein Freund.«

Die Biene summte um Haaresbreite an Kooks Ohr vorbei, drehte zwei, drei Loopings und landete dann auf dem Handrücken des Mechanikers.

»Wie ... was ... soll das heißen –?« stammelte Kook.

»Machen Sie sich nichts draus: Den meisten Leuten fällt es schwer, sich damit abzufinden, daß Sara der beste Mikrostromkreis-Experte der ganzen Wartungsabteilung ist.«

»Heißt das, die ... da ... ist Mechaniker?« fragte Kook ungläubig.

»Aber sicher«, sagte Caruso. »Nach nur zwei Jahren Ausbildung saust sie der Länge und Breite nach durch das Raumschiff, fliegt in die kleinsten Leitungen und erscheint dann zum Rapport. Sie ist unersetzbar für diese Arbeit. Übrigens besteht zwischen einer Blüte und einer Sonnenzelle gar kein so großer Unterschied. Und außerdem haben diese Tierchen Magnetit-Kristalle im Körper: Sie spüren jede elektromagnetische Veränderung!«

»Aha!« sagte Kook, nicht allzu überzeugt. »Und jetzt macht sie ihren Bericht?«

»Sicher. Sara! Zum Rapport!«

Die Biene setzte zum Start an und begann eine Sarabande aus Luftfigurationen. Caruso nickte. An einer bestimmten Stelle seufzte er und sagte: »Schon wieder er! Ich hab's gewußt!«

»Was hat Sara denn gesagt?« fragte Kook neugierig.

»Das werden Sie gleich sehen! Marinotti!« brüllte der Mechaniker in ein Megaphon: »Kommen Sie sofort her!«

Unter dem Raumschiff kroch ein behaarter Mechaniker hervor und wischte sich die Hände am Overall ab.

»Ja, Chef?« sagte Marinotti und kaute mit ochsenhafter Ruhe auf einem aramerussischen Kaugummi herum.

»Hast du heute morgen den Innenblock 440 an der Energieleitung inspiziert?«

»Jawohl, Chef«, sagte Marinotti und senkte den Kopf, als ob er sich auf das Schlimmste gefaßt machte.

»Bravo, Marinotti!« sagte Caruso, drehte ihn an der Schulter herum und gab ihm einen kräftigen Schlag auf den Rücken. Marinotti verschluckte seinen Kaugummi und bekam einen Hustenanfall, an dem er fast erstickte.

»Marinotti! Wenn du nicht aufhörst, mit diesem verdammten Kaugummi im Mund zu arbeiten und ihn überall hinzukleben, wo du gerade am Reparieren bist, dann sorge ich persönlich dafür, daß du rausfliegst! Dieses Raumschiff hier rührt sich nur deshalb nicht von der Stelle, weil einer von deinen Lakritzkaugummis in einem 440er Kreis klebt und die Leitung blokkiert. Was hast du dazu zu sagen?«

»Uff, gaff«, würgte Marinotti. »Kugh mir geig –«

»Stillgestanden!« schrie Caruso. »Du gehst jetzt und machst den Kaugummi da ab. In fünf Minuten bist du damit fertig, verstanden!« Er wandte sich zu Mei und Kook um. »Ich glaube, danach können wir starten.«

»Dank Sara«, sagte Mei und verneigte sich.

Die Biene drehte zwei, drei kleine Runden.

»Was sagt sie?« fragte Kook.

»Sie sagt: Schwarzkopf ist sympathisch. Strubbelkopf weniger. Der Strubbelkopf sind Sie, wegen des Barts. Aber sie ist bereit, Frieden zu schließen.«

»Aber klar«, sagte Kook, »bloß, wie? Ich fürchte, die Hand werden wir uns kaum geben können.«

Die Biene zog noch eine kurze Bahn.

»Sara sagt«, übersetzte Caruso, »sie schließt mit Ihnen Frieden, wenn Sie sie den Zucker lecken lassen, der Ihnen vom Kaffee heute morgen im Bart hängengeblieben ist.«

»Es ist mir eine Ehre«, sagte Kook und hielt ihr das Kinn entgegen.

Auf geht's!

Um 20.32 Uhr schoß aus der Tien ein gewaltiger hellblauer Strahl. Im Cockpit legte Chulain Goofy, das war der Starthebel, auf Position »Countdown«. Eine Luke öffnete sich, und die Piste, die von der 300 Meter tiefen, unterirdischen Abschlußrampe nach oben zur Erdoberfläche führte, glitzerte im Licht der Reflektoren.

90, 89, 88, 87 – Im selben Moment marschierten in Japan sechzig Mäuse tadellos in Reih und Glied in das Raumschiff Zuikaku. Ihnen folgten die beiden Astronauten Yamamoto und Harada.

73, 72, 71 – Zweihundert Champagnerflaschen lagen in den

Händen von ebenso vielen Kellnern im Restaurant des Raumhafens der aramerussischen Hauptstadt Petrominsk. Die Scheichs verfolgten auf einem Megamonitor die letzten Abflugvorbereitungen der Calalbakrab, die in Tausenden von Lichtern unter dem Schnee erstrahlte.

Sechsundfünfzig, fünfundfünfzig – Kook versuchte sich zu entspannen: Daß einem die Startbeschleunigung immer so in den Magen fuhr, hatte ihm nie gefallen. Er warf Mei ein leicht verkrampftes Lächeln zu, nahm ihre Hand und sagte: Angst? Ja, log Mei. Und dachte bei sich: Warum müssen die Männer eigenlich jedesmal, wenn sie sich in die Hosen machen, so tun, als ob sie uns Mut einreden wollten?

Sechsunddreißig, fünfunddreißig, vierunddreißig – Phildys schwitzte. Es durfte nicht schiefgehen. Ein mißglückter Start bedeutete zuviel Zeitverlust. Aber dieses Raumschiff ist seit zehn Jahren nicht mehr geflogen ... Hoffen wir das Beste! Er krallte sich in einer Sessellehne fest. Aua, sagte Einstein. Es war sein Arm, der auf der Lehne lag.

Sechsundzwanzig, fünfundzwanzig – Die japanischen Mäuse hatten ordnungsgemäß Platz genommen, sie lagen platt auf dem Rücken, Bauch nach oben, und waren angeschnallt. Die Motoren der Zuikaku heulten einwandfrei ... Die Calalbakrab vibrierte unter dem Schub ihrer 22 Rolls-Royce-Raumfahrtmotoren: was ein gewisses Zittern im Whiskyglas des Piloten Wassiliboyd bewirkte.

Sechzehn, fünfzehn ... vierzehn – Der Himmel möge uns freundlich sein, dachte Mei – Hoffentlich muß ich nicht kotzen, dachte Kook – Hoffentlich hält diese Schrottmühle, dachte Caruso – Gott des Eisens und Stahls, greif meinem Kollegen Raumschiff unter die Arme, betete LeO – Scheiße, Scheiße, Scheiße, fluchte Chulain.

Acht Motoren auf Höchstleistung sieben Umgebung normal sechs Kreisfrequenzen beschleunigt aber innerhalb der Norm fünf Startbahn frei vier Fusionstemperatur okay drei Kontakt zwei Starter eins los los los los los los, und los fliegt sie!

Die Tien hatte in tadelloser Trimmung abgehoben. Alle klatschten Beifall. Im Kontrollturm konnte sich Phildys eine Träne nicht verkneifen. In Petrominsk knallten die Champagnerkorken Löcher in die Decke, während die Calalbakrab majestätisch davonglitt. Auf der Zuikaku faßte jede Maus die andere beim Schwanz, das war ihre Art, sich gegenseitig zu gratulieren, und das ergab eine Totalverhakelung, deren Berechnung ich euch überlasse, nach der Formel

$$x = \frac{60 \cdot 59}{2}$$

II. Die Reise beginnt

Das Bergwerk

Die Grube im flutlichterhellten Eis funkelte wie ein überdimensionaler Diamant. Der Trupp Bergarbeiter hielt die roten Augen der Thermohacken auf eine Wand gerichtet. Der *canchacamayoc,* der Vorarbeiter, ein Indio mit gleichmütigem Gesicht, wollte den zehn *puric,* den Bergarbeitern, eben das Startzeichen geben. Die *puric* waren größtenteils Indios, die die Massaker der letzten Kriege überlebt hatten, und gehörten zu den wenigen Menschen, die die mörderische Arbeit im Eis überhaupt durchhielten. Aber es gab auch Mongolen, Armenier, Ainu, Inder, Afrikaner, Eskimos, Dutzende von Völkern, die von den letzten Atomexplosionen in dieses Niemandsland getrieben worden waren. Untereinander nannten sie sich »Inuit«-Männer.

Als der Vorarbeiter grünes Licht zum Bohren gab, fraßen sich die Thermohacken in die Eiswand, und sie begann zu schmelzen. Die Hitze nahm zu: Die *puric* kauten Koka-Blätter und bohrten weiter. Stück für Stück legten sie eine gigantische Mauer unter dem Eis frei. In ihrer Mitte war ein Monolith von etlichen Tonnen Gewicht. Der chinesische Techniker stieg etwas besorgt in die Grube hinab.

»Schluß«, sagte er zum Vorarbeiter. »Sie sollten sich jetzt ausruhen.« Zusammen mit einem anderen Techniker begann er, den neuen Fund zu untersuchen.

»Unglaublich«, sagte er, »da paßt nicht mal eine Klinge zwischen zwei Monolithen. Möchte wissen, wie die das gemacht haben vor zweitausend Jahren, so eine Arbeit zu vollbringen. Es braucht ein Genie, um das zu erklären.«

Dein Computer, das unbekannte Wesen, oder: Wie ein antikes Volk ein modernes Volk an den Rand des Wahnsinns treiben kann

»Guten Tag. Zentralcomputer Genius 5.«

»Guten Tag. Chef-Operator Einstein. Wie ist die Lage?«

»Heute 30. August Freilegung weiterer Mauern und Gebäude aus der Inkazeit. Die moderne Stadt fast völlig zerstört. Die antike Stadt angelegt wie ein Vierbeiner. Energieverbrauch heute neun Gigavov. Ein Arbeiter tot durch Erfrieren.«

»Wie viele haben wir bis jetzt verloren?«

»Sechzehn.«

»Wen kann man für die Toten verantwortlich machen?«

»Zweimal Unvorsichtigkeit, einmal Schicksal, sechzehnmal unsere Nachlässigkeit sowie Übertreten der Sicherheitsvorschriften.«

»Angelegenheit versanden lassen.«

»Versandet.«

»Schön, Genius. Wollen wir uns jetzt mal über den Vektor van Cram unterhalten?«

(Schweigen.)

»Es gehört sich wirklich nicht für einen der ausgefeiltesten Computer der Welt, auf Fragen keine Antwort zu geben. Ich wiederhole, Genius, wirst du jetzt Auskunft über den Vektor van Cram geben?«

»Daten wirr, Programm ungenügend.«

»Genius, ich habe deine Programme viermal gecheckt. Es gibt keinen Grund, daß du auf diese Fragen nicht antwortest. Oder ist irgend etwas?«

(Schweigen.)

Einstein schnaubte und hieb mit der Faust auf die Tastatur. Nichts ist schlimmer für einen Computerprofi als ein krisengeschüttelter Computer. Er hatte so etwas in den gut fünf Jahren seiner Karriere noch nicht erlebt. Er beschloß, es noch einmal im Guten zu probieren.

»Gefällt dir die Arbeit hier, Genius?«

»Es ist ein bißchen kalt.«

»Wir sind ja auch zwanzig Meter unter der Erde, aber das Zimmer hier hat salzgesättigte Wände gegen die Feuchtigkeit. Blockiert dir die Kälte irgendwelche Stromkreise?«

»Nein. Ich bin bis fünfzig Grad minus geeicht.«

»Möchtest du lieber im Freien arbeiten? Sollen wir dich ins Gebirge bringen, damit du die Ausgrabungen per ... äh, persönlich beobachten kannst? Meinst du, das wäre nützlich?«

»Vielleicht.«

»Schön, Genius. Morgen machen wir einen kleinen Ausflug mit dir. Aber jetzt gib dir einen Ruck und antworte. Erkennst du diesen Vektor?«

»Erkennungsvektor MY TRP Nr. 467.«

»Wann ist er auf der Erde angekommen?«

(Schweigen.)

»Warum ist dieser Vektor, der von deinen Lassie-Impulsen

zur Erde gelenkt wurde, erst von dir gemeldet worden, nachdem er auf der Erdoberfläche eingetroffen war, und nicht, wie dein Programm vorschreibt, schon bei seinem Eintritt in die Atmosphäre?«

»Nizza.«

»Wiederhole.«

»Nizza-Daten-Salat. Chaos. Basta.«

Einstein faßte sich mit beiden Händen an den Kopf. Er rief die Abteilung Energieüberwachung an.

»Ist da vielleicht irgendwo zufällig noch eine von diesen Entladungen im Gange?«

»Gerade vorbei. Eine Entladung von dreitausend Gigawatt, zwanzig Sekunden lang. Was immer da unten rumliegt, wenn es sich ärgert, dann aber richtig.«

Phildys und Fang betraten den Computerraum in Overalls und mit Schutzhelmen. Fang hielt ein paar geknotete Schnürchen in der Hand. Sobald er Einsteins Gesicht sah, wußte Phildys, die Aktien standen nicht besser als vorher.

»Ist er immer noch besoffen?« fragte der General.

»Immer mehr. Diese Stöße haben ihn total durcheinandergebracht. Und über den Vektor kriege ich kein Wörtchen aus ihm heraus.«

»Ich hab's dir doch gesagt, Einstein«, sagte Phildys, »laß uns diesen verdammten Vektor nach Paris an die Zentralcomputer schicken. Sollen die sich die Zähne ausbeißen!«

»Wenn Genius mit seinen fünfzig Megaflop das nicht schafft, dann schafft es keiner«, sagte Einstein. »Genius ist zehnmal intelligenter als die anderen, oder jedenfalls war er's.«

»Hast du mal versucht, einen anderen Ton anzuschlagen?« fragte Phildys.

»Das macht es nur noch schlimmer«, sagte Einstein. »Versuch du's mal.«

Phildys drückte die Tontaste *intellektuell*.

»Hallo, Genius.«

»Hallo, Phildys.«

»Was hältst du denn eigentlich von diesem Eigentumsvektor? Wo könnte er herkommen?«

»Gestern hatte ich sechs Sekunden frei und las ein schönes Buch, Phildys. Es handelte von der Vorstellung der alten Griechen vom Kosmos. Tja, also, die hatten einen gewissen Erathostenes, und der hat drei Jahrhunderte vor Christus fast genau den Erdumfang berechnet. Ich denke, diese Teutonencomputer in Berlin sabbeln dummes Zeug, wenn sie so eine wissenschaftliche Vision als ›primitiv‹ und ›doppeldeutig‹ definieren. Ich nehme an, das rührt von einer Fehlinterpretation des Begriffs *eidolon* sowie daher, daß sich die teutonischen Operatoren von morgens bis abends mit Bier vollaufen lassen. Das Problem bei einem Eigentumsvektor liegt nämlich genau im Begriff ›Eigentum‹. Also, ohne die Knochen von diesem ewigen Platon noch einmal in die Suppe werfen zu wollen, kann eigentlich etwas jemandem ›gehören‹? Kann das Symbolische mit dem Schwanz wedeln? Fragen wir uns deshalb, welche Bedeutung Geld hat? Und das Kabuki? Der obligate Fußball?«

»Einen Moment mal, Genius –«

»– oder, wenn wir schon diesen eingebildeten französischen Computern recht geben wollen, die behaupten, jeder Idiot sei ein *idiot savant,* dann wollen wir auch richtig in Avantgarde machen: Ein Vektor ist ein Vektor ist ein Vektor ist ein Vektor... Wenn allerdings, wie der Cattolica-Computer behauptet, *omni potestas a deo* –«

»Das reicht jetzt«, sagte Phildys und schaltete ihn ab, »das ist ja ein regelrechter Wortdurchfall.«

»Das ist noch gar nichts«, sagte Einstein. »Drück mal Tontaste ›gesunder Menschenverstand‹, da kannst du erst was hören.«

»Woher kommt dieser Vektor, Genius?«

»Euch geht wohl der Arsch auf Grundeis, was, so ohne Energie, und ihr sollt eine Stadt ausbuddeln, die hundert Meter unter dem Eis liegt! Die Hälfte der Bergarbeiter hat Lungenentzündung, und ihr beißt euch weiter fest, bloß weil ihr wissen wollt, wo dieses fliegende Würstchen herkommt? Warum geht ihr nicht hin und steckt eure Köpfe mal 'ne Runde lang unter den Schnee und seht zu, ob ihr dann ein bißchen Durchblick kriegt!«

Fang konnte sich ein Lächeln nicht verkneifen. »Ich habe noch nie einen Computer erlebt, der sich so plastisch ausdrükken kann,« sagte er.

»Sag uns wenigstens, ob du eine Ahnung hast, was für eine Energiequelle da unten liegt,« bat Phildys.

»Da unten liegt ein dickes Ding, aber mich soll der Blackout treffen, wenn ich weiß, was das ist. Ich bin schließlich auch nur 'n Computer.«

»Wieso NUR,« brüllte Einstein, »wir sind NUR Menschen! In deinen Kreisen rasen die Informationen fast mit Lichtgeschwindigkeit!«

»Jede Nostoc-Alge mit ihrer Fotosynthese ist sehr viel schneller als ich.«

»Aber eine Alge kann ich nicht nach der Quadratwurzel aus sechzehn Millionen fragen!«

»Was sollte eine Alge denn wohl auch mit Wurzelziehen anfangen?«

»Genius«, sagte Einstein ungeduldig, »ich begreife eins nicht: Warum stellst du dein Licht so unter den Scheffel?«

»Ich habe diodische Erschöpfung.«

»Wie bitte?«

»Diodische Erschöpfung«, bekräftigte der Computer. »Ihr leistet euch nervöse Erschöpfung, nicht? Na schön, und wo bei euch Neuronen sind, habe ich Dioden. Ich beantrage drei Tage Schlafkur. Schaltet mich bitte ab, oder ich schalte mich selber ab, indem ich eine Überhitzung simuliere.«

Einstein sah hilfesuchend zu Fang.

»Lassen Sie ihn«, sagte der Chinese. »Unter diesen Umständen können Sie ihn doch nicht arbeiten lassen.«

Einstein schaltete einen Knopf nach dem anderen ab, und

der Computer schlief zufrieden zischend ein. Der Junge lief ein bißchen nervös hin und her, dann setzte er sich auf seinen Schreibtisch und schlang eine seiner üblichen Sahne-Amphetamin-Eisportionen hinunter.

»Das ist eine Katastrophe«, sagte er. »Wenn diese Störungen nicht aufhören, kommen wir nie aus der Klemme.«

»Hast du überhaupt nichts Neues erfahren?« fragte Phildys. »Woran denkst *du* eigentlich, wenn du diese kolossalen Mauern siehst? Etwa auch an diese Stadt auf dem Berg, Machu Picchu? Kann es sein, daß diese Inkas eine geheime Energiequelle besaßen? Kann es sein, daß sie unterirdische Städte hatten?«

»Alles unklar«, seufzte Einstein. »Ich habe sämtliche Daten analysiert, die ihr mir über diese verdammten Inkas gegeben habt. Und bin auf sämtliche Probleme gestoßen, die bei jeder Analyse von armen Kulturen auftauchen. Die hatten ja nicht mal eine Schrift! Nur ein paar Zeichnungen und dann diese verdammten *quipu,* diese verknoteten Schnüre!«

»Ich würde nicht sagen«, unterbrach Fang, »daß sie eine arme Kultur hatten. Oder daß Schriftlosigkeit ein Zeichen von Armut ist.«

»Was denn sonst?« fragte Einstein herausfordernd.

»Im Fall der Inkas war es eine Methode, die Geschichte zu manipulieren, eine Art Informationskontrolle. Als die Inkas vor zweitausend Jahren in diesem Gebiet ankamen, hatten sich dort bereits verschiedene Kulturen abgelöst: Die Chavín, die Paracas, die Inka Nazca, die Tihuanaco, die Chimá. Die Inkas haben diesen Boden erobert und auch einiges von den alten Völkern übernommen. Aber ihre Geschichtsschreiber, diese Mnemotechniker, die die *quipu*-Schnürchen knoteten, haben alle Spuren jener voraufgegangenen Zivilisationen getilgt, so als wäre jede Eroberung von Wissen erst mit den Inkas in die Welt gekommen. Sie besaßen die Geschichte ... die Datenbank, die Geheimsprache ... den Schlüssel zum Computer, lächeln Sie nicht, Einstein, denn genau deshalb erzählten sie das, was ihnen passiert war, auf ihre Weise. Der Sieger löscht immer die Kultur des Besiegten aus und verachtet sie, er knotet die Schnüre der Geschichte auf seine ganz bestimmte Weise, und er vergißt alle anderen Knoten. Genauso wie Sie das mit den Daten von Genius auch machen können.«

»Lächerlich«, schnaubte Einstein, »ich habe es nicht nötig, Kulturen auszulöschen.«

»Aber Sie müssen auch die Ordnung verteidigen, auf die sich Ihre Zivilisation gründet. Und wird die Auslöschung eines früheren Volkes, einer früheren Kultur nicht oft genug als Fortschritt deklariert? Die Inkas haben die Präinkas vernichtet und sie als Wilde dargestellt. Pizarro vernichtet in wenigen Tagen brandschatzend die gesamte Zivilisation der Inkas, und siehe da, mit einemmal sind diejenigen, die bis vor kurzem noch Götter gewesen waren, Wilde. Die Spanier, die Konquistadoren, werden, kaum daß sie selbst besiegt sind, Piraten. Und so tilgt die »reguläre Armee« der Angelsachsen die »Skalpnehmer« von diesem Kontinent. Haben Sie je darüber nachgedacht, Einstein, was in einem Text von Nazi-Historikern über uns wohl gestanden hätte, falls die Nazis den Krieg gewonnen hätten? Und so geht das weiter, bis auf den heutigen Tag. Als die Computer die erste atomare Eskalation dirigierten, da hatten sie die Welt in ›nicht evakuierbare‹ und ›leicht evakuierbare‹ Regionen aufgeteilt. In den leicht evakuierbaren lebten alle die Völker, die sich nicht verteidigen konnten: Die neuen Eingeborenen. Und die Daten in den Kriegscomputern hatten Angaben über die Bewaffnung und die Ideologie des Feindes gespeichert: Da haben wir sie wieder, die ›grausame Wildheit‹ und den ›Aberglauben‹ des rivalisierenden Stammes. Man könnte eine Weltkarte anfertigen, Einstein, auf der alle Völker mit dem Namen dessen verzeichnet sind, weswegen sie gehaßt wurden. Bestienherzen, wie wir Chinesen die Hunnen nannten, Schweinefleischfresser, wie die Araber uns nannten, ungläubige *kefir* und jüdische Giftmischer, Teufelsvolk, Rohfleischfresser und Kannibalen. Ihr

Europäer hieltet die Schwarzen für Kannibalen: und sie umgekehrt euch, weil sie mitansehen mußten, wie ihr ihre Nächsten als Sklaven auf Schiffe verschleppt habt. Jedes Volk, Einstein, kann in einem bestimmten Augenblick seiner Geschichte zu ›Wilden‹ werden: Auch das zivilisierteste und modernste.«

»Jetzt gehen Sie aber wirklich zu weit, Fang«, platzte Einstein heraus. »Im einen Augenblick führen Sie fortschrittlichste wissenschaftliche Debatten, und im nächsten reden Sie plötzlich wie ein Aufrührer aus dem Jahr 2000. Und ihr Chinesen? Ihr seid schließlich auch vom Tao zu Mao übergegangen. In wessen Namen habt ihr denn eure Kulturrevolutionen und Säuberungen und Resozialisationsmaßnahmen und öffentlichen Massenerschießungen abgewickelt?«

»Auch wir«, sagte Fang, »haben die Geschichte mehrmals umgeschrieben. Und deshalb haben wir begriffen, daß es wichtig ist, kein Opfer zu vergessen, keinen Knoten in der Schnur.«

»Sehr beeindruckend. Aber ich bin ein bißchen anders als Ihre Inkas. Ich hacke nur überflüssige Daten ab, keine Köpfe. Und, abgesehen von diesen Zyklopenmauern und ein paar ordentlichen Straßen und hübschen Federkostümen, was an dieser Kultur können Sie mir zeigen, das den Vergleich mit unserer aushielte?«

»Ich nehme an«, sagte Fang, »mit einem Gedicht wären Sie wohl nicht zufrieden.«

»Ach, ihr Chinesen«, lachte Einstein, »die Poesie! Ihr habt den Magnetkompaß erfunden, aber benutzt habt ihr ihn bloß, um den günstigsten Platz für eure Gräber zu finden. Ihr habt das Schießpulver erfunden und Feuerwerke damit veranstaltet. Stellen Sie sich vor, was ich in diesen Tagen gelesen habe. Vor zweitausend Jahren hat einer von euern Wissenschaftlern einen Seismographen erfunden, der tatsächlich Erdbeben voraussagen konnte. Na schön, aber von seinen Zeitgenossen wurde dieser kostbare Gegenstand für ein Spielzeug gehalten, und behandelt haben sie den Wissenschaftler wie einen Dichter mit einer etwas zu blühenden Phantasie. Wußten Sie das?«

»Der Mann hieß Zhang Hong«, sagte Fang lächelnd. »Es stimmt, was Sie sagen, und ich fühle mich sehr geehrt, daß Sie sich in der chinesischen Geschichte auskennen.«

»Einfach Weiterbildung«, sagte Einstein, »es ist eine Kultur, die ... sehr reich ist.«

»Ja. Übrigens, wußten Sie, daß manche Leute behaupten, die Inkas seien ursprünglich Chinesen gewesen?«

Unterwegs: An Bord der Proteus Tien, dreißigster Reisetag

Kook stieg die Treppen zu dem kleinen Beobachtungsturm des Raumschiffs hinauf, in den Händen ein Seifenbecken, einen Spiegel und ein Rasiermesser. Vor dem Bullauge blieb er stehen und ließ seinen Blick über das Sternenmeer hinter dem dunkelgrünen Glas schweifen. »Na, dann wollen wir uns mal um den Bart kümmern«, dachte er, »frisch rasiert kannst du jedem eventuellen Außerirdischen ins Auge sehen, Leonardus Christoforus Kook, vor einem Monat noch still auf deiner eigenen Umlaufbahn auf Cincinnatus wo es so gut nach *salvia pratensis* und *pisum sativum* roch und nun hier ins All geschossen unterwegs zu wer weiß was für einem Meer völlig eingeseift bis zur Kenntlichkeit entstellt Monde entfernt vom Dörfchen deiner Geburt wo du jung und wißbegierig des Nachts an deines Großvaters Teleskop gingst die schwarze Kanone Reichart weil du in deinem jugendlichen Übermut dachtest wenn ich jetzt einen Kometen sehe dann wird er meinen Namen tragen der Kooksche Komet und wenn ich einen neuen Stern entdecke dann widme ich ihn meinem Großvater oder meinem Hund warum nicht Entdeckung von Alpha Cassiopeia Victorii Kook Canisque Buck klingt vielleicht zu lang Alpha Buck-Victory klingt viel besser und diese Entfernungen Milliarden und Milliarden und Milliarden bedeutete eine Art endloser Seekrankheit eine Angst so groß daß da gar nicht genug Platz in deinem Kopf war und statt dessen sind sie hier all die Sterne und Planeten in den letzten Jahren hast du jede Menge davon gesehen rätselhaft aus der Ferne höllenrot und geisterfrostig und aus der Nähe Felsen Magma Eis Gasgebräu glühende Steinchen nie eine Koralle aus dem Meer ziehen: Ihre Farbe verblaßt niemals wirklich einem Traum begegnen und doch einmal auf dem Meer das letzte Mal vielleicht daß man von der Erde aus die Sterne sehen konnte eine stürmische

Nacht im Boot fern der brennenden Stadt und sie hat dich gefragt wie die Sterne heißen und du hast Namen erfunden um dich wichtig zu machen und sie zärtlich: Mein Gott, Leonardus, du bist ja ein Enzyklopädist und wie heißt der? Aldebaran, bis dahin ist es bekannt. Aber der da, ist das Laland? Na klar, nenn ihn ruhig Laland. Und der da? Das ist eine Konstellation des Stiers na los zieh blind Kook das ist Betelgeuze der andere Bellatrix wieso nicht und der da wer weiß das noch und ein Schulkamerad fällt dir ein, ein Tennis-Crack dicker Stiernakken, hieß immer Rigel der Stier also ist das hier Rigel und dann mußtest du lachen da hab ich aber wirklich dick aufgetragen oder womöglich gibt's ja wirklich einen Stern mit diesem Namen und sie ganz ruhig wer weiß im Sturm erobert mit all diesem Wissen über die Galaxis gab Zeichen daß sie womöglich etwas eher Irdisches wollte und du, Leonardus, zerstreut wegen der Seekrankheit und wegen dieses seltsamen Schmerzes der dich gepackt hat als du ihren Arm auf deiner Schulter spürtest und: Sei nett Mädel küß mich sofort Liebling wolltest du sagen und dabei hast du in die Sterne geguckt und als die Explosion zu spüren war und die Reflexe auf dem Meer da sagte der Kapitän jetzt alle festhalten es kommt eine Welle und du dachtest wenn die Welle kommt nehme ich sie in den Arm und die Welle kam und der Himmel war unten und das Wasser oben und –«

Kook flog in die Luft und polterte wieder zu Boden. Der Rasierschaum schneite in weißen Flocken auf ihn herab. »Ein Gravitationsloch«, dachte er, »na, Chulain wird sich freuen, das ist heute schon das zweitemal, dieses Schiff ist eine Katastrophe, guck mal an, wo der Rasierer hingeflogen ist, sicher, auf dem Cincinnatus war es ruhiger, klein und blau und immer der Sonne zugewandt, wer weiß, was sie mit der *salvia pratensis* anstellen, sie war doch gut gediehen, naja, nicht die programmierten drei Meter hoch, aber geduftet hat sie, und es wäre gar nicht schlecht, wenn man auf dem neuen Planeten da mal wieder einen Baum sehen könnte, einen großen am besten, eine Eiche, so eine wie in dem Flüchtlingszentrum auf den Bergen wo du hinaufgestiegen warst um die brennende Stadt von oben zu sehen und du hast viel Zeit damit verloren nach Nestern zu suchen und du hast deinen Bruder gerufen und dann die fünf Flugzeuge im Sturzflug als wären sie eins und kein Vogel singt und dein Bruder rennt wie in Zeitlupe die hohen Kräuter bremsen ihn wie im Traum und sie schreien los lauf und die Tür zum Schutzraum geht auf und ein Vogel kreischt und dann das Geräusch und Erde regnet schwarz herab und du in der Luft und siehst es –«

Dieses Mal war das Gravitationsloch stärker, und Kook mußte gegen die Drehung anschwimmen, während Rasierpinsel, Spiegel und Schaum durch die Luft kugelten. Die Schwerkraft kam schlagartig zurück. Kook konnte gerade noch im Sprung den Spiegel schnappen, bevor er herunterfiel.

»Uff«, schnaufte er. »Sieben Lichtjahre Pech vermieden.«

»Das Mittagessen ist fertig«, sagte LeO, als er triumphierend mit einem Tablett im Schnabel im Cockpit erschien.

»Was gibt's denn Gutes?« fragte Chulain.

»Thunfischeis. Der Entfroster ist kaputt. Bitte, reg dich nicht auf. Nur ein kleiner Zwischenfall.«

»Ich bin völlig ruhig«, sagte Chulain mit zusammengebissenen Zähnen, »sonst noch Zwischenfälle?«

»Alles läuft glatt. Wir haben nur kein Klopapier mehr. Alles weggeflattert während der Gravitationslöcher. Übrigens, wenn du zu einem Weltraumspaziergang raus mußt, paß auf die Verbindungstaue auf. Sie waren kaputt, ich habe sie alle wieder zusammengeknotet, aber ich bin nicht sicher, ob sie halten.«

»Das hier ist kein Schiff, das ist ein Schrotthaufen«, brummte Chulain. »Das ist unter meiner Würde ich bin schließlich Boza Chulain der sanfte Tiger, ich bin auf den schnellsten und kühnsten Rebellenschiffen des Alls gefahren! He, ich weiß noch, wie wir damals auf den roten Kursen gefahren sind, du brauchst gar nicht abzuhauen, Roboterchen, ich stelle dir einen Fuß auf die Räder, und du wirst dir das jetzt alles anhören. Ich fuhr also mit Kapitän Sir Greamur. Kaum waren wir an Bord, da sagte er, ich weiß es noch ganz genau: ›Kameraden, irgend jemand wird bei diesem Unternehmen sterben, aber er soll wissen, daß sein Schwert, sobald es aus seinen blutigen Händen fällt, sofort vom nächsten ergriffen werden wird!‹«

»Habt ihr euch sogar die Waffen geklaut?«

»Halt's Maul, du Provokateur! Unser Slogan damals war: Den Reichen klauen, um den Armen zu geben. Wir überfielen die Raumschiffe, die Gold zu den Basen transportierten. Die Beute brachten wir anschließend zu den Bergarbeitern auf den erloschenen Planeten. Sofort griff ein anderes Schiff aus unserer Flotte die erloschenen Planeten an, denn die Bergarbeiter dort waren ja jetzt dank unserer Beute sehr reich geworden. Wir haben die Besatzung dann wieder ausgeraubt und das Gold den armen Landarbeitern auf den grünen Satelliten gebracht. Die flippten völlig aus, weil sie endlich auch jemand waren, und brüllten: Wir sind reich, wir sind reich! Aber kaum hörten das andere von uns, kamen sie sofort angepoltert und raubten sie wieder aus, um das Gold den nächsten Armen zu bringen. So ging das über Jahre, und wir haben nie eine Lösung gefunden. Man konnte dem Reichen nicht etwas klauen und es dem Armen geben, ohne daß der Arme reich wurde und alles von vorn anfing. Deshalb stand eines Abends an Deck Mortensen auf und hielt eine Rede. Mortensen war ein alter Seebär aus dem Norden, die hellen Augen in seinem braungebrannten Gesicht leuchteten wie ein Paar Spiegeleier. Wie findest du das Bild?«

»Das ist das Scheußlichste, was ich je gehört habe.«

»Vielen Dank, LeO. Also, Mortensen stand auf und sagte: ›Käpt'n, wir rasen hier seit Jahren durchs All und essen Mäusefilet, wir haben die härtesten Schichten und sind abgeschnitten von allen Familienbanden. Als ich losfuhr, war meine Frau jung und schön und meine Töchter sechs Jahre alt. Als ich nach zwanzig Jahren mal wieder zurückkam, hat meine Frau mich nicht wiedererkannt, und meine Töchter hatten nicht nur an Alter zugenommen: Sie waren zu elft, und drei Söhne obendrein. Ich bin es leid, den Rebellen zu mimen. Ich bitte um die Erlaubnis, meutern zu dürfen.«

»Und was hat der Kapitän gesagt?«

»Der Kapitän hat einen Augenblick lang geschwiegen. Dann hat er ihm fest ins Auge gesehen und gesagt: ›Wer genauso denkt wie Mortensen, kann sofort gehen.‹ Und wir haben ihm daraufhin in sein schönes, treues Gesicht gesehen. Und innerhalb von fünfzehn Minuten waren wir alle weg und hatten auch alles mitgenommen, was nicht niet- und nagelfest war, inklusive Sauerstoffbomben und Kloklinken. Der Kapitän hat nicht mal mit der Wimper gezuckt: Am nächsten Tag hat er ganz allein einen raketenbestückten russischen Frachter angegriffen. Er hat auf ihn zugehalten und gesagt: ›Ich zähle bis zehn, dann feuere ich meine Kanone ab.‹ Die Russen haben geantwortet: ›Gut, dann zählen wir eben bloß bis sechs‹. Und Kapitän Greamur ist klaglos verpufft.«

»Ein ziemlicher Knallkopf«, sagte LeO bewegt.

»Stimmt. Solche Knallköpfe gibt's nicht mehr«, sagte Chulain. »Aber jetzt wirst du verstehen, Roboterchen, daß ein Ex-Korsar wie ich kein Raumschiff fliegen kann, auf dem die Schaltknüppel Zwergenköpfe sind und wo diese Mei überall ihren verdammten Blumensalat verstreut!«

Wie gerufen kam Mei in einem hübschen schillernden roten Overall und mit einer Vase voller hellblauer Papierblumen in der Hand.

»Chulain«, sagte sie, »ich fand deine Kabine ein bißchen kahl, und dieses Gesteck könnte sie doch ein bißchen aufheitern. Es heißt: ›Himmelstee für den Krieger‹. Gefällt es dir?«

»Wunderschön«, gurrte Chulain unter den angeekelten Blicken von LeO. »Wirklich, ich wollte gerade sagen, daß dieses Raumschiff ein paar Farbtupfer gebrauchen kann –«

»O Chulain«, sagte Mei, »jemand so Hartgesottenes wie du

fühlt sich bestimmt nicht wohl zwischen all diesen Tierbildchen –«

»O doch, ich mag die Zeichnungen. Ich male bei Raumreisen selber manchmal.«

»Wirklich? Nein, wer hätte das gedacht! Und was malst du am liebsten?«

»Ich ... ähm ... Landschaften«, sagte Chulain.

»Tjaja, die Mittellandschaften im Playboy«, zischte LeO und wollte schnell an ihm vorbei. »Er hat sie immer an einsame russische Astronauten verkauft, für zehn Barren das Stück.«

»Das ist eine Verleumdung«, sagte Chulain und gab dem Roboter einen Tritt, daß er rollte. »Ich hab nie mehr als sechs Barren verlangt.«

»Los, Jungs«, sagte Kook, der gerade eingetreten war, »Zeit für die Sitzung. Hört auf zu streiten und sucht mir Caruso, sonst können wir nicht anfangen.«

»Fangt ruhig an! Ich bin hier«, hallte eine Stimme aus der Ferne.

Alle sahen sich um, aber sie konnten niemanden sehen. Die Stimme sprach weiter.

»Seht ihr die weiße Röhre an der Decke? Na also, Sara und ich arbeiten da drin. Redet nur, wir hören alles.«

»Bitte, Caruso«, sagte Kook, »wir können nicht brüllen, bloß damit ihr uns versteht.«

»Ihr braucht nicht zu brüllen, ich höre euch. Auch wenn ihr flüstert!«

»Der ist wahnsinnig, und seine gestreifte Adjutantin auch«, sagte Kook gedämpft.

»Sind wir nicht, weder ich noch Sara«, tönte Caruso. »Ich habe bei den Arbeiten an den Mikrostromkreisen ein Supergehör entwickelt. Ich höre jedes suspekte kleine Geräusch in einem Raumschiff von sechstausend Bruttoregistertonnen, ich kann auch hören, wie viele Bienen auf einer Wiese sind und ob eine dabei ist, deren Flügel nicht richtig summen, und sie reparieren.«

»Boing«, sagte Chulain. »Das ist der Witz des Jahres.«

»Ah ja?« sagte Caruso. »Schön, fangen wir mal an, Chulain, du hattest heute morgen fast keine Zahnpasta mehr und mußtest die Tube zusammendrücken, um den letzten Klecks herauszuquetschen. Ich habe das würgende Geräusch genau gehört: Es war grauenvoll. Was dich betrifft, Mei, als du heute nacht dein Ikebana gemacht hast, sind dir dauernd die Blütenblätter von den Nelken abgefallen: Ich habe achtzehn gezählt. Und du, Kook, hattest eine schlechte Verdauung: Deine Magensäfte haben die ganze Nacht lang einen Chor veranstaltet, der mich an gewisse Stellen von ›Ernani‹ erinnert hat. Und schließlich du, lieber LeO, bei dir ist ein Bolzen locker, der wackelt und macht ein Heidenspektakel.«

Alle verstummten, denn es stimmte alles.

»Wenn das so ist«, sagte Mei, »dann kann ich ja anfangen. Ich hatte den Befehl, euch diese Daten erst in der vierten Flugwoche zu übermitteln, ich weiß auch nicht warum. Die Daten beziehen sich auf den dritten Teil von van Crams Botschaft und sind ... sehr komisch.«

»Wäre auch komisch gewesen, wenn irgend etwas an der ganzen Sache mal nicht komisch gewesen wäre«, kommentierte Kook.

»Van Cram meldet, daß es ihm sehr schlecht geht ... Daß er und seine Männer mit roten Flecken übersät sind, vielleicht Insektenstiche ... Ihr wißt ja, sie haben immer nur im All gelebt, und ihr Organismus hat keine Abwehrkräfte mehr gegen natürliche Gifte ... Er sagt, er hat hohes Fieber, dann fängt er an zu delirieren ... Sagt wörtlich: ›Männer alle tot ... Große Zeichnung auf der Erde ... Zwecks Ankunft hier ... Sucht den Schlangenmann ... Sucht die Hexe –‹«

»Große Zeichnung? Schlangenmann? Die Hexe? Was soll das denn bedeuten?«

»Das wissen wir nicht«, sagte Mei. »Die Botschaft ist verschiedene Male von den Computern analysiert worden. Ergebnis: Van Cram ging es sehr schlecht, als er sie geschickt hat, vielleicht hatte er nicht mehr lange zu leben. Er hat sogar den Vektor gesendet, ohne ihn zu versiegeln. Was, wie ihr wißt, alle seine Ansprüche auf jenen Planeten zunichte macht. Wir wissen nicht, ob diese Linien, ›die Hexe‹ und ›der Schlangenmann‹ Auswüchse seines Deliriums sind oder ob sie wirklich existieren. Wenn sie Phantasien sind, kein Problem.«

»Und wenn nicht?«

»Dann«, schloß Mei, »ist es einigermaßen wahrscheinlich, daß dieser Planet von Formen intelligenten Lebens bewohnt wird.«

Chulain stand auf und schlug mit der Faust gegen die Wand. »Und da fahren wir unbewaffnet hin! Guck mal an, deshalb also sagen sie uns das jetzt erst!«

»Ist das das einzige, was dir dazu einfällt, Cu?« fragte Mei streng.

»Na klar! Was denn sonst? Wenn wir wirklich auf diesem Planeten da landen und die uns dann umlegen, wozu soll dann die ganze Reise gut gewesen sein?«

»Aber warum denkst du sofort, daß, wenn eine Form von Leben auf dem Planeten ist, sie auch zwangsläufig feindselig ist?« fiel ihm Kook ins Wort.

»Weil ich schon seit geraumer Zeit im All herumkurve und gelernt habe, immer mit dem Schlimmsten zu rechnen! Ich habe schon alles mögliche erlebt: kochendes Gas, Meere im absoluten Null, Fröschinnenstürme, klebrige Wolken, Vampiralgen! Das All ist kein Hörsaal, liebe Gemeinde.«

»Stimmt, Chulain«, sagte Kook, »aber hier geht es nicht um mögliche Formen von intelligentem Leben. Bisher ist man, soweit ich weiß, bei sämtlichen kosmischen Entdeckungen nur auf drei Fälle von möglichen intelligenten höheren Organismen gestoßen: auf die Schneebälle von Uranus, die meteoritischen Mikrokaninchen von Proxima Zentauri und die mysteriösen Schmeißfliegen, die in den Suppen der Raumstation Duecalionis auf dem Mars aufgetaucht sind. Und bei allen dreien steht das Urteil der Experten noch aus. Aber wenn es hier ›große Zeichnungen‹ gibt, dann sieht die Sache schon anders aus!«

»Quatsch!« sagte Chulain. »Ich habe schon soundso viele Zeichen, Zeichnungen und Hieroglyphen im All gesehen. Kein Maler ist so unermüdlich wie der Wind oder das Wasser. Da kann man sich schnell irren. Ein Freund von mir hat mal ein Buch gefunden, das im Kosmos herumsauste, ein dickes Buch mit einer rätselhaften Schrift, und zehn Tage lang war das ganze Raumschiff übergeschnappt, Wissenschaftler kamen von überall her, weil sie der festen Überzeugung waren, sie hätten die Marsbibel gefunden. Eines Tages hat es der japanische Koch zu sehen gekriegt und ihnen erklärt, daß es nur das Telefonbuch von Tokio war!«

»Wie dem auch sei, wir müssen uns auf eventuelle Kommunikationen mit den Außerirdischen vorbereiten«, sagte Kook. »Haben wir irgendeinen Universalcode?«

»Der Computer beherrscht zweitausend imaginäre Sprachen«, sagte Mei. »Und LeO ist ein guter Schauspieler.«

»Quatsch«, sagte Chulain. »Ich will euch mal sagen, was man für die Kommunikation mit fremden Völkern braucht: das Handbuch des Zivilkolonisators, und das sagt unter Punkt 7: ›Bei der Ankunft auf einem fremden Planeten als erstes die ortsansässigen Wilden mittels Schußlärm oder Lichtblitz erschrecken, das schafft sofort Respekt und Furcht.‹«

»Also bitte!« protestierte Kook. »Warum nennst du sie Wilde!«

»Punkt 1 des Kodex, mein lieber Kook«, lächelte Chulain, »seit es Geschichte gibt, hat derjenige, der ein Land als erster entdeckt, das Recht, dessen Einwohner als Wilde zu bezeichnen. Hätten die Indios 1492 Spanien entdeckt, hätten sie erzählen können, es wäre voller Wilder in komischen Gewändern mit Riesenkragen und Juwelen, und es gäbe da auch einen gewissen Christoph Kolumbus, der eine unverständliche Sprache spräche und behauptete, die Erde sei ein Ei, und diese spanischen Wilden an den Höfen hätten grausame Bräuche, zum Beispiel, Zwerge wie Hündchen zu halten und alles, was ihren Aberglauben nicht respektierte, bei lebendigem Leibe zu rösten. Und gewaschen hätten sie sich auch nicht! Und die Indios hätten ein paar Museen, Kirchen, Paläste plündern und sagen können, sie hätten ja nur ein paar Beispiele der ortsansässigen Kultur mit nach Hause nehmen wollen. Aber so war es nicht! Und deshalb möchte ich nicht Entdeckter sein, ich möchte Entdecker sein. Wenn auf meinen Planeten jemand kommt, gut, dann hat *er* recht. Aber wenn ich auf seinen komme, dann zivilisiere ich alle, die ich da finde, ich bekehre sie mit Waffengewalt zum Chulainismus, und wenn sie rebellieren, dann klaue ich ihnen das ganze Silber. Hugh, ich habe gesprochen.«

Nach ein paar Sekunden Schweigen brach der Schwarze in Gelächter aus: »Los, macht nicht solche Gesichter; ich habe euch doch bloß hochgenommen! Ich habe genauso viel Angst wie ihr, auf diesem Planeten da Leute zu finden ... Ich habe nicht das Zeug zum Zivilisator –«

»Sehr wahrscheinlich«, sagte Kook, »ist da oben gar nichts. Nur ein paar Pflanzen in Menschenform und ein paar komisch geformte Steine. Das All ist nicht geschaffen für Leben.«

»Mag sein«, sagte Caruso, während er aus der Röhre kletterte, »aber man darf eins nicht vergessen: Was wir ›Leben‹ nennen – egal ob wir glauben, daß es aus Kohlenstoff oder von einem Höheren Wesen geschaffen wurde –, läßt sich das wirklich so leicht erkennen? Ich will euch eine Geschichte erzählen. Ich habe sie von einem Matrosen gehört, mit dem ich auf einem arabischen Schoner angeheuert hatte. Er war ein alter Portugiese: Er hieß De Leon.«

De Leons Erzählung: Die Zaubersterne

Es war vor ungefähr dreißig Jahren, also vor der Großen Energiekrise – erzählte der Matrose De Leon. Ich hatte auf der Tintorera angeheuert, dem Raumschiff von García Meza, genannt der Hai. Dieser Kapitän, der sich auf Erden mit der Ausrottung der Indios sehr hervorgetan hatte, war, als er merkte, daß es dort keine großen Reiche mehr zu erobern gab, ins All ausgewichen. Sein Kriegsraumschiff hatte er mit den Früchten seiner jahrelangen Raubzüge gekauft. Damit überfiel er die Raumfrachter, räumte sie leer und tötete die Besatzung. Leichen pflasterten seinen Kurs. Er mochte zum Fürchten gern Blut, er war eine Art Menschenfresser mit einem schwarzen Vollbart, und er trug immer einen Kampfanzug mit eingelegten Haifischzähnen. Von Zeit zu Zeit landete García Meza auf einem Asteroiden. Er grub alles um, legte Bomben und damit den ganzen Rest in Schutt und Asche bei seiner Suche nach Uranium, ohne sich darum zu kümmern, ob es auf diesem Asteroiden eventuell Leben gab.

»Ein lebendes Wesen«, sagte er immer, »muß entweder zwei hübsche Titten oder eine geladene Pistole haben, sonst kann ich es gar nicht ernst nehmen.«

Eines Tages landeten wir auf einem Asteroiden nahe Enzeledus, einem Satelliten von Saturn. Es war ein sehr kleiner Asteroid, ganz aus weißem Felsgestein, der gespenstisch wirkte. Ich war an der Reihe, mit einem Spähtrupp auszuschwärmen. Wir erkundeten ein unwegsames Gelände mit unseren Spürhundrobotern, als plötzlich mein Robohund den Kopf hebt und auf ein Loch im Felsen, eine Höhle, deutet. Ich trete ein und, naja, mir sind die Augen übergegangen: Da drin war ein ganz klarer, natürlicher See, wunderschön, mit ganz langen Stalaktiten. Auf seinem Grund konnte man Seesterne leuchten sehen: Ein paar waren weiß, die anderen schwarz, vielleicht waren es verschiedene Geschlechter, keine Ahnung.

Jedenfalls gab es mindestens zweihundert. Ich rief die anderen; auch der Kapitän kam dazu, sah sie sich an, zeigte sich aber keineswegs beeindruckt.

»Das sind Seesterne! Na und! Auf der Erde gibt's die zu Tausenden, unter dem Eis. Was für'n Wert sollen die haben?«

»Käpt'n«, wagte ich zu sagen, »aber die hier leben auf einem entfernten Asteroiden. Vielleicht sind das andere, sie könnten doch eine wichtige Entdeckung für die Wissenschaft sein.«

»Schluß! Schluß!« schrie er. »Ich suche Uranium und keine Seesternchen. Nehmt sie mit, vielleicht kann man sie essen!« Und dabei lachte er verächtlich.

Tja, ihr werdet's nicht glauben: Er hat sie tatsächlich gegessen, diese Bestie, und erzählt, sie schmeckten wirklich gut. Ich hatte heimlich gut dreißig in einen Sack getan, und kaum war ich wieder auf dem Raumschiff, legte ich sie in ein Wasserbekken und versteckte sie. Eines Tages allerdings machte der Kapitän eine Inspektion und fand sie. Er hat mir hundert Peitschenhiebe verpassen lassen, aber damit ist die Geschichte noch nicht zu Ende.

Ihr müßt nämlich wissen, daß der Kapitän eine große Leidenschaft hatte. Er spielte für sein Leben gern Schach. Er spielte auch sehr gut – es gibt ja eine rätselhafte Verbindung zwischen Bosheit und Genie –, und seit Jahren hatte ihn niemand schlagen können, nicht einmal der Bordcomputer. Kurz und gut, der Kapitän sah die weißen und schwarzen Sternchen und hatte die Idee, aus ihnen ein Schachspiel zu machen, das in der Welt einzigartig war. Er steckte auf jedes weiße Sternchen eine weiße Figur und entsprechend auf die schwarzen eine schwarze. Dann verteilte er sie auf einem großen Schachbrett aus Bärenknochen, und ich muß zugeben, es sah wirklich wunderschön aus: Die Leuchtkraft der Sternchen gab dem Schachbrett etwas Verzaubertes. Aber ich merkte sofort, daß die Sternchen, wenn sie nicht unter Wasser lagen, bald die Farbe verloren und welkten, kurz: Sie starben.

Eines Nacht kletterte ich aus meiner Hängematte und

schlich mich in das Zimmer des Kapitäns. Ich ging zum Schachbrett, weil ich die Sternchen stehlen wollte, ich wollte sie verstecken oder wenigstens ein bißchen im Wasser wiederbeleben. Aber der Kapitän, der schlau und mißtrauisch war, hatte das Brett mit einer Alarmanlage versehen. Kaum ging sie los, schoß er in seinem Bett hoch und schrie: »Du verdammter Smutje! Das ist jetzt das zweitemal, daß du den Gehorsam verweigerst! Diesmal wirst du im All schwimmen!«

Er sperrte mich in eine Zelle. Ich wußte, meine Stunden waren gezählt. Der Raumfahrtkodex gab Kapitän García das Recht über Leben und Tod der Besatzung. Und doch verspürte ich an jenem Abend keinen Schmerz angesichts meines Schicksals: Ich mußte immer nur an den langsamen Todeskampf jener Wesen denken, die zu Schachfiguren für den Kapitän degradiert worden waren.

Am nächsten Morgen kam García persönlich und schloß meine Zellentür auf. Er lachte, und ich wußte, daß dieses Gelächter nur irgendeine neue Grausamkeit ankündigte.

»Mein lieber De Leon«, sagte er, »du hast wirklich Glück! Deine Kameraden mögen dich und haben sich sehr dafür eingesetzt, daß ich dir noch eine letzte Chance gebe. Also habe ich beschlossen, sie dir zu geben, Deibel auch! Du kannst dein Leben retten! Unter einer Bedingung allerdings ... daß du ... harharhar ... mich im Schach schlägst! Wenn ich dagegen dich schlage, dann bringe ich dich um, und zwar auf die Weise, die mir paßt. Gewinnst du, darfst du natürlich mich umbringen: Ist das etwa kein fairer Kampf mit gleichen Waffen?« García grinste mir höhnisch ins Gesicht.

Es war kein Kampf mit gleichen Waffen. Der Kapitän wußte nur zu gut, daß ich nicht einmal die Regeln dieses Spiels genau kannte, in dem er Meister war. Er hatte diese Komödie inszeniert, weil irgendein Freund in der Besatzung mutig um Gnade für mich gebeten hatte; und mit dieser makabren Posse wollte er wieder einmal seine Macht bestätigen und sich einen Spaß erlauben. Und wirklich sollte die gesamte Mannschaft beim Spiel zuschauen. Wir nahmen also vor dem Schachbrett Platz, und er sagte, nachdem er seine übliche Ladung Rum intus hatte, höhnisch lachend: »Na dann! Fang du ruhig an! Diesen letzten Vorteil gebe ich dir noch! Jetzt hast du sie alle um dich, deine lieben Sternchen, bist du zufrieden? Ist doch wirklich ein genialer Streich, gerade deine Lieblinge werden dich jetzt ins Grab bringen!« Und dann lachte er wieder.

Ich betrachtete das Schachbrett und die traurigen Gesichter meiner Freunde. Ich wußte überhaupt nicht, was ich machen sollte. Ich wollte schon sagen, aus, Schluß mit dieser Schmierenkomödie, bringen Sie mich sofort um, dann haben wir's hinter uns, da bemerkte ich, daß eins der Sternchen, die Königin, ganz leicht pulsierte. Nur ich konnte das sehen, die anderen standen zu weit vom Tisch weg, und der Kapitän sah sowieso nicht gut. Zu meiner großen Verblüffung beobachtete ich, wie das Sternchen anfing, sich auf das Feld vor sich zu bewegen. Instinktiv folgte ich dem Weg mit der Hand. Ich guckte mich um, ob jemand gemerkt hatte, was da vorgegangen war. Nein, niemand, schon gar nicht der Kapitän; der rülpste nur und sagte: »Gut! Gute Eröffnung! Mit der Königin! Hast aber flott gesetzt, Bürschchen! Willst wohl besonders schnell sterben, was?« Dann machte er seinen Zug.

Als ich das zweite Sternchen pulsieren sah, braute sich in meinem Kopf eine unvorstellbare Idee zusammen. Aber erst beim vierten Zug, als mein Pferd pulsierte und mir mit einer seiner Spitzen deutlich zeigte, daß ich es nach vorn links setzen sollte, begriff ich, was da geschah. Ich fiel fast in Ohnmacht vor lauter Rührung. Die Sternchen konnten DENKEN! Und nicht nur das, sondern sie hatten auch in den wenigen Tagen, in denen sie beim Schachspielen eingesetzt worden waren, das ganze Spiel erfaßt, und jetzt spielten sie für mich! Wie intelligent? Nun, sehr begabt, wie ich, je länger das Spiel sich hinzog, aus dem Gesicht des Kapitäns ablesen konnte. Sein anfängliches Gelächter hatte sich zu einem besorgten Grinsen verzerrt, und das wurde bald hysterisch. Als der erfahrene Spieler, der er war, mußte er sich Zug um Zug vorführen lassen, daß meine Angriffe durchaus geschickt waren.

Er sah mir angstvoll in die Augen, als mein Läufersternchen mir die Hand führte und in eine Position glitt, auf der die schwarze Königin angegriffen wurde. Auch meine Freunde hatten gemerkt, daß irgend etwas Merkwürdiges vorging, denn ich hörte sie wispern und merkte, wie sie mir heimlich Zeichen zum Durchhalten gaben. Der Kapitän geriet ins Schwitzen und brauchte vor jedem Zug mehr Bedenkzeit. Ab und zu schüttelte er den Kopf, als ob er den Gedanken, dieser junge Smutje könnte wirklich spielen wie ein großer Meister, abschütteln wollte... Nein, glaubte ich in seinen Gedanken zu lesen, nein, es ist nur Zufall, daß er führt, nur eine Serie unglaublich glücklicher Züge, aber früher oder später wird er einen Fehler machen wie jeder Anfänger.

Beim zwanzigsten Zug allerdings, einem Angriff mit meiner Königin, merkte García, daß ich ihm wirklich ebenbürtig war. Er fing an zu zittern, denn er begriff es nicht. Er wurde bleich, als ich ihm seinen Läufer und seinen Turm abnahm. Die Sternchen griffen ihn jetzt unerbittlich von allen Seiten an. Beim sechsunddreißigsten Zug ahnte er, daß er kurz vor der Niederlage stand. Er sah mich entsetzt an. Ich merkte, daß nicht so sehr die Niederlage und der wahrscheinlich bevorstehende Tod, sondern vielmehr eine Frage an ihm nagte: Was geht hier vor? Wie hast du es geschafft, mich zu besiegen? Wo habe ich einen Fehler gemacht? Und da beschloß ich, ihm die Wahrheit zu zeigen. Mein Königinsternchen pulsierte. Aber ich rührte es nicht an. Also ging es von allein los, überquerte zwei Felder und blieb dann stehen. Und das war ein grandioses Schachmatt für Garcías Königin, Reiter und Turm, ein Meisterzug.

Kapitän García wurde bleich. Er hatte sofort begriffen. Er sprang vom Schachbrett hoch. Sah noch einmal das Sternchen an. Flüchtete mit einem Schrei in seine Kabine. Ein paar Sekunden später hörten wir den Knall. Er hatte sich erschossen. Und das war das Ende des schrecklichen Kapitäns García Meza. Die Sternchen aber starben alle in jener Nacht, sie waren zu lange nicht mehr in ihrem natürlichen Element gewesen. Vorher allerdings hatten sie der einzigen Person, die sie menschlich behandelt hatte, das Leben gerettet. Denn sie waren menschlich, wenn dieses Adjektiv überhaupt einen Sinn hat in diesen Zeiten.

»Das war die Geschichte«, sagte Caruso, »die der Matrose mir erzählt hat, und ich habe keinerlei Anhaltspunkte dafür, ob sie wahr ist oder erfunden. Aber so, wie er sie erzählt hat, habe ich sie immer geglaubt.«

Das Herz des Skorpions

Schwarz und drohend folgte die Calalbakrab, das Herz des Skorpions, der Tien im Abstand von weniger als einem Fünfzigstel Quadranten. Im Flug war sie noch beeindruckender als auf der Erde, und man verstand leicht, warum so viele Legenden sie umrankten. Ihre Form erinnerte an einen Skorpion: Der Rumpf war zweigeteilt, jeder Teil hatte vorn einen Scherenflügel, der sich vorwärts und rückwärts bewegen konnte, je nach fliegerischen und kriegerischen Erfordernissen. Die Teile hießen Zuben Eldschenubi und Zuben Eskemali, und sie konnten auch getrennt, jeder für sich fliegen. Im Eldschenubi-Flügel waren die Computer, die Serviceabteilungen und die Besatzung untergebracht. Im Eskemali-Flügel der fliegende Königspalast mit seinen Marmorfluren, Gärten und Geheimgemächern. Beide Flügel waren hinten am Stachel verkoppelt, bei der größten Laserkanone der Welt, die einen ganzen Planeten in die Luft jagen konnte und mit der die Orion, der amerussische Panzerkreuzer, während der Raumschlacht um Merkurius desintegriert worden war. Nach dieser Schlacht hatten sich Araber und Amerussen zum Bund der Sieben Scheichs vereinigt mit König Akrab, dem großen Skorpion und Herrn über ein Drittel der Weltenergie, an der Spitze. Aber das politische Gleichgewicht im Bund war instabil, es gab heftige Spannungen.

»Weißt du, Dylaniew, ich glaube, wir liegen Alya nicht besonders«, sagte Wassiliboyd, »ich glaube sogar, er möchte uns am liebsten ins All spazierengehen schicken.«

Die beiden Piloten hatten es sich in ihrem komfortablen Cockpit gemütlich gemacht und lauschten einem Mozart-Medley im Bordmusicomputer. Der automatische Pilot lenkte das Raumschiff, er fing Informationen über den Kurs von der Erde auf und bestach auch die Erkennungssatelliten, damit sie das Raumschiff ohne Registrierung passieren ließen. Vier *adharas*, arabische Raumstewardessen in hellblauen Seidenuniformen, waren immer auf dem Sprung, um jeden Wunsch der beiden Piloten sofort zu erfüllen, vom Zigarettenanzünden bis zum emsigen Nachfüllen der Wodksy-Gläser (ein Zehntel Wodka, ein Zehntel Whisky und acht Zehntel Insektendestillat).

»Weißt du, John«, sagte Dylaniew, der bereits blau war, »dieses Raumschiff fliegen zu dürfen ist wahrscheinlich der Traum eines jeden Piloten. Ich dagegen finde es stinklangweilig.«

»Ich auch, Igor«, antwortete Wassiliboyd. »Aber ich hatte auch die Nase voll davon, fette Scheichs mit ihren Häschen auf Kreuzfahrten zu irgendwelchen Mond-Motels herumzukurven. Hier kann wenigstens jeden Moment etwas passieren. Weißt du noch, was Laurel gesagt hat? Du mußt lernen, im Schatten des Schwerts zu leben!«

Dylaniew lächelte. Laurel war ihr Ausbilder gewesen, als sie sich zu den Rebellen gemeldet hatten, einer pazifistischen Untergrundgruppe, die sich zur Aufgabe gemacht hatte, amerikanische und russische Raumwaffen zu zerstören und damit einen neuen Weltkrieg zu verhindern. Dank des Trainings bei der Jagd auf Satelliten gehörten sie bald zu den besten Raumschiffpiloten ihrer Zeit. Als der sechste Weltkrieg ausbrach, bot man ihnen allen die Amnestie an, wenn sie sich zur regulären Armee meldeten. Viele Piloten hatten angenommen, in der Hoffnung, der Krieg ginge dann schnell zu Ende. Doch der Krieg hatte lange gedauert. Jetzt arbeiteten viele der pazifistischen Ex-Rebellen als Piloten der Raumflotte der Sieben Scheichs, für üppige Gehälter.

»Schon wahr, wenn Laurel uns hier sehen könnte, wäre er nicht gerade zufrieden mit uns«, sagte Dylaniew dumpf und schenkte sich Wodksy nach.

»Der hatte doch 'ne Meise, Igor«, sagte Wassiliboyd, »soviel steht fest.«

»Meise vielleicht. Aber er hatte auch Ideen. Und die hatte er nicht aus dem Computer, wie wir jetzt. Ich glaube auch kaum, daß sich ein Computer für seine Ideen erschießen lassen würde.«

»Auweia, auweia«, jaulte Wassiliboyd auf und reckte die Arme gen Himmel. »Heute ist Samstag, und Igor Dylaniew hat seinen Moralischen, mit großem M. O Herr der Kurse, steh ihm bei!«

»Hör auf damit, John«, Igor versuchte aufzustehen und kippte dabei die Wodsky-Flasche über die Kommandotafel. »Laß mich in Frieden!«

»Wird Zeit, daß du mal aufhörst, ewig an die Vergangenheit zu denken, Dylaniew! Klar, wir haben an etwas geglaubt! Wir haben alle unser Leben riskiert bei diesen Bombardements gegen Raketenbasen und Spionagesatelliten im All und mußten dann entdecken, daß die Hälfte von uns Infiltranten war. Wir haben schöne Lieder gesungen und Demonstrationen gemacht und Bomben in Computer gesteckt und überhaupt eine Menge Bambule gemacht, und das Ergebnis? Drei Kriege, einer nach dem anderen, zwei Milliarden Tote! Und jetzt ist auf der Erde nur noch Eis, Dylaniew, es gibt nichts mehr zu verteidigen, Hauptsache, man sitzt im Warmen und hat bequeme Bärenfellhosen und Wodsky, um sich zu amüsieren! Wenn dir das nicht paßt, dann nerv mich nicht, und wenn du immer noch Gewissensbisse hast – es gibt einen Haufen Raumstationen, die für die harten Zeiten von heute Taxichauffeure suchen –«

»Du bist ja noch besoffener als ich und zynisch wie üblich«, sagte Dylaniew und stand schwerfällig auf. »Auf mich bist du auch bloß sauer, weil du dich vor dir selber ekelst, genauso wie ich mich vor mir ekele... Und Schluß jetzt mit dieser verdammten Musik!«

»Mir gefällt Computermusik, Igor«, sagte Wassiliboyd und baute sich drohend vor ihm auf. »Und wenn du heute unbedingt auf Trübsinn machen mußt, dann geh ins cinematographische Archiv und zieh dir ein paar von diesen schönen pazifistischen Filmen aus den achtziger Jahren rein oder sing *We shall overcome* zur Balalaika!«

»Fick dich ins Knie, John!« schrie Igor. »Fickt euch alle ins Knie, du und dein Computer-Rock und deine Bord-Shows und Swimmingpools und Roulettes und diese ganze fliegende Bruchbude mit ihren antiken Lampen, während die Hälfte der Menschheit im Dunkeln sitzt!«

»Du gehst mir auf den Keks, Igor«, sagte John. Sie standen sich einen Augenblick gegenüber, und dann prügelten sie unter dem erschreckten Kreischen der *adharas* eine Runde lang aufeinander ein. Der automatische Pilot meldete dem Zentralcomputer »Turbulenzen bei Besatzung«.

Calalbakrab: Eine Weissagung für Seine giftige Majestät

Die Passage des Raumschiffs hatte ein gläsernes Deckengewölbe. Zwischen all dem Stuck und den Marmorsäulen wirkte das Sternengefunkel im All wie kostbarster Brokat. Durch diesen märchenhaften Flur wurde jetzt König Sadalmelik Temugin Akrab in seiner goldenen Sänfte, einer Kriegsbeute, von zwölf Männern getragen. Das gesamte kleine Heer des Raumschiffs stand im Thronsaal Spalier: 130 Krieger mit Laser-Lanzen, Spitze nach oben, und vierzig Zentauren auf ihren Pegasussen, das waren absolut ausgefeilte mechanische Pferde, die es auf hundert Stundenkilometer brachten und über breite Krater springen konnten.

König Akrab war aus seiner Sänfte gestiegen; er befahl allen zu gehen, und blieb allein in dem weitläufigen Saal, der vollgestopft war mit Kriegsbeutestücken: Es gab Mumien, Statuen, Bilder, aus allen Museen der Welt zusammengeplündert. Das Ergebnis war ein ziemliches Chaos. König Akrab saß auf einem napoleonischen Kaiserthron und hatte vor sich als Tisch ein Hologramm von Beerkhout. Hinter ihm an der

Wand versuchten Velasquez, Goya, Picasso, Trumbull, Hokusai, Chagall und Caravaggio mühsam, es miteinander auszuhalten, dazu drei Selbstportraits von königlicher Hand, ein Lichtenstein, Videospiele, Teppiche und die »Gordon's Gin«-Reklame vom Times Square, eine Kriegstrophäe, auf die Akrab besonders stolz war, ferner Hunderte von ausgestopften Tierköpfen.

Der König nahm eine Zigarre und zündete sie an einem auf Ronson umgestellten Salznäpfchen von Cellini an. Er tat einen Zug und streichelte sich dabei den Rotbart, dann drückte er einen Knopf in der Wand. Eine Mahagoniwand des Zimmers tat sich auf und gab den Blick auf eine wahrhaft blendende Sammlung von Juwelen frei. Auf einer großen, in kreisrunde Hälften unterteilten Tafel glitzerten Diamanten, Rubine, Smaragde und Saphire in den verschiedensten Größen. Der König ließ zart seine Hand darüber gleiten. Dann unterbrach ein Gongschlag seine leidenschaftliche Geste. Auf dem internen Videophon, das in einem Akt geschmacklicher Kühnheit anstelle eines Kopfes auf eine griechische Venus geschraubt war, erschien das Signal für einen Besuchsantrag.

»Wer nervt denn da?« fragte Akrab königlich.

»Ich bin's, Alya«, wisperte eine Stimme. »Und bei mir ist der Seher, El Dabih. Wir haben dir etwas Wichtiges zu sagen, Großer Skorpion.«

»Tretet ein«, sagte der König. Die beiden mächtigen Berater machten ihre Honneurs. Alya trug ein dunkelgeschecktes Pelzcape, der Seher die schwarz-violette Uniform der parapsychologischen ESP-Berater.

»O Eroberer, o Großer Jäger«, begann Alya, »möge Dein Name in der *hutba* bewahrt bleiben, in Dir wogt die unendliche Weisheit, in Dir sind alle Gaben und alle Tugenden und in Dir ist der genetischen Vollkommenheit letzte Wahrheit. In Dir, o Leuchtender –«

»Basta, hör auf«, knurrte der König, »ich habe schon

begriffen, daß du mir wieder mit irgendwelchen Querelen kommen willst.«

»In deiner vollkommenen und unerreichbaren ... also gut, ja, so ist es. Diese amerussischen Piloten... Man muß etwas unternehmen!« sagte Alya. »Sie haben sich schon wieder gegenseitig verprügelt. Sie sind von morgens bis abends besoffen. Nachts laufen sie Rollschuh durch sämtliche Korridore und versetzen die Wachen in Alarm. Sie werfen Roboter in die Swimmingpools. Sie rauchen Marihuana in den Fahrstühlen und hinterher sind das regelrechte Halluzinogenkabinen.«

»Sie sind noch jung«, lächelte der König. Der Seher nickte zustimmend.

»Das schon, aber dahinter steckt noch etwas Ernsteres! Daß sie so ... erregt sind, das kommt nicht von der Heiterkeit... Sie sind unzufrieden! Wir haben ihre sämtlichen Gespräche aufgezeichnet... Sie hassen uns: Besonders dieser Dylaniew denkt viel zu oft an seine Vergangenheit als Rebell... Er läßt sich vollaufen, und dann erzählt er, wie er es haßt, für uns zu arbeiten... Er geht auch abends nicht mehr zu den Konzerten –«

»Das ist wirklich etwas Ernsteres«, sagte der König nachdenklich.

»Und das ist noch nicht alles... Die beiden Piloten treiben sich ständig mit den Dzunum herum... Wir haben sie erwischt beim ... ähm, Geschlechtsverkehr im Freien, außerhalb des Raumschiffs, und die Wachen mußten sie wieder hereinholen. So ein Beispiel könnte die Disziplin der Besatzung untergraben; hier sind noch andere Amerussen an Bord. Man muß die beiden beseitigen!«

»Ich verstehe dich, Alya«, sagte der König. »Die Vitalität der Jugend ist etwas Wunderschönes – auf Getränkereklamen. Anderswo wirkt sie ungemein störend. Aber wir können sie uns nicht so mir nichts, dir nichts vom Hals schaffen: Erstens haben wir diese Piloten genommen, weil sich diese Ex-Rebellen auf den Routen hier oben hervorragend auskennen. Und zweitens haben die Amerussen Druck gemacht, damit sie bei diesem Flug dabeisein dürfen und hinterher bei ihren Untertanen Furore machen können: Und ich glaube nicht, daß sie so einfach auf die Meldung verzichten möchten, daß ihre ruhmreichen Piloten das Schiff gelenkt haben, mit dem Erde 2 entdeckt wurde.«

»Und drittens?«

»Drittens möchte ich natürlich hören, was mein Seher dazu sagt!«

Der Seher verbeugte sich übertrieben höflich. »Gestern nacht«, sagte er, »habe ich in den zwanzig Karten, im Netz der Kreuzspinne und im Rauch der großen Alkres, dem Heiligen Krug, dein Schicksal zu ergründen versucht. Dies war die Antwort:

»Auf die zweite Erde zu
kommt von der zweigeteilten Erde
Blut von fernem Blut.
Der Kopf des Skorpions wird zermalmt
unter dem Fuße des Adlers
wenn der Himmel auf die Erde fällt.«

Der König wurde bleich. »Das scheint mir aber eine ziemlich giftige Weissagung, Seher. Was bedeutet sie?«

»Es ist eine etwas dunkle Weissagung«, antwortete El Dabih, ohne hochzusehen. »Ich deute sie so: Während dieser Reise zur zweiten Erde, dem neuen Planeten, kommt ein Feind von der zweigeteilten Erde, das ist der amerikanische Kontinent, so heißt er in den alten Texten, jemand aus einer Rasse, die du bekämpft und ermordet hast.«

»Die Amerikaner, mein König«, sagte Alya. »Du hast New York in deinem Heiligen Krieg mit deinen Raketen zerstört: Jetzt sind sie unsere Verbündeten, aber im tiefsten Herzen hassen sie uns. Und diese beiden Piloten tragen das Adlerwappen auf dem Helm!«

»Ist das die Bedeutung der Weissagung, Seher?« fragte der König.

»Ich weiß es nicht. Die Völker, die dir Rache geschworen haben, sind zahlreich. Ich glaube, du bist in großer Gefahr. Aber sie wird dir erst drohen, wenn der Himmel auf die Erde fällt.«

»Ist das so, Seher?« sagte der König und fand allmählich seine Fassung wieder. »Wenn es so ist, wird es nie passieren! Diese Weissagung ist günstig für mich! Denn der Himmel wird ebensowenig je einstürzen wie meine Macht!«

»Und dennoch mußt du sehr vorsichtig sein«, flüsterte Alya ihm ins Ohr. »Diese Amerikaner sind auf jeden Fall eine Bedrohung für dich«

»Ja«, Akrab lächelte grausam. »Wir müssen listig sein. Mein lieber Alya, es gibt ein arabisches Sprichwort, das sagt: Der Hase läuft, auch wenn man ihn zweiteilt, nicht schneller. Verstehst du mich?«

»Ja«, sagte Alya, und seine Augen strahlten triumphierend. »Euer Majestät wollen sagen, in Eurer unendlichen und erleuchteten Perfidie – daß es reicht, wenn man einen von beiden eliminiert, den lebhafteren. Der andere wird dann mit Sicherheit ruhiger, und wir können die Verträge mit den Amerussen einhalten. Ich werde es sofort ausführen!«

»Sachte, sachte«, sagte der König. »Was für eine Eile! Alya, mein aalglatter Berater, und du, mein ebenso aufrichtiger wie feindseliger Seher, wir wollen jetzt nicht an diese Dinge denken. Laßt uns an etwas Schönes denken ... an die Reichtümer der Kunst. Habt ihr euch eigentlich je diese Gemäldewand hier angesehen? Auf, Alya, nicht gezögert, Wein und Bilder mögen zwar dem Koran nicht teuer sein, aber mir sind sie teuer.«

Alya warf in einer Geste übertriebener Bewunderung die Arme hoch. »Herrlich – wer sind diese Maler?« fragte er und zeigte auf ein paar Bilder.

»Mantegna und Poussin. Zwei große Ruinenmaler«, sagte der König. »Ich liebe die Steine von Ruinen. In Ruinen steckt die Kraft, der Krieg, die Kontinuität der Geschichte und ihre Gesetzmäßigkeit. Seht euch diese riesigen Blöcke an; dieses Gemälde habe ich von einem Hofmaler anfertigen lassen, als ich in Südamerika kämpfte: Es zeigt eine Stadt in Peru, ich weiß den Namen nicht mehr. Diese riesigen imponierenden Blöcke: Groß der Ruhm dessen, der sie schuf, noch größer der Ruhm dessen, der sie erstürmte. Eine eroberte Festung gilt mehr vor der Geschichte als eine, die uneinnehmbar geblieben ist. Und so ist es auch mit Ländern, Kontinenten, Planeten.«

»Das ist wahr«, sagte Alya, »das ist wahr, großer König.«

»Das Universum aber«, sagte El Dabih, »läßt sich nicht erobern. Sein Rätsel bewegt sich in Schlangenlinien und entwischt in Raum und Zeit. Vor vielen Jahren träumten wir von wer weiß was für Planeten, heute aber wissen wir, daß wir über unsere Galaxis womöglich nie hinauskommen. Der Himmel ist zu groß für uns.«

Der König lachte verächtlich: »Bist du sicher, El Dabih?« Er schritt rasch durch den Saal auf die Mahagoniwand zu und klappte die Tafel mit den Diamanten auf. »Schau, Seher«, sagte er, »der Himmel ist hier! Hier, vor dir.«

Alya riß die Augen auf. »Bei Allah! Der Edelsteinregen! Ich wußte, daß es ihn gibt, aber gesehen hatte ich ihn nie!«

»Seit drei Jahrhunderten«, sagte der König, »seit sie mit dem Erdöl ihr wirtschaftliches Glück gemacht hat, sammelt meine Familie Edelsteine. Für jeden registrierten Stern im All gibt es einen entsprechenden Edelstein. Hier sind sie: Alnasi ist dieser Diamant, dieser Rubin ist meine Calalbakrab, hier sind Alazeel, Alaraph, Almuredin, Deneb El Okab, dein Stern, Alya, Dschebalrai, der Stern meiner Krieger, und Mirzam und Alnabor. Hier liegt der Himmel, den kein Astronom, weder Al Battani noch Al Sufi, je hat schauen dürfen. Ihr sagt mir, das Universum ist groß und ich könnte niemals für jeden Stern einen Diamanten besitzen, denn allein in unserer Galaxis gebe es hundert Milliarden Sterne. Mag sein! Aber hier auf der Erde ist dieses der größte Himmel. Und jeder würde sofort die Erde liegenlassen, nur um ihn zu besitzen: Denn er kann alles kaufen, er kann bestechen und zerstören. Seine Macht ist so groß, daß man Angst bekommen kann, viel mehr als vor einem Gewitterhimmel... Frag, wen du willst, Alya. Der Mensch ist der einzige Bewohner des Universums. Und folglich ist der reichste Mann auch Herr über das Universum. Denn was könnte er nicht erobern oder kaufen?«

Er brach ab. Eine Explosion hatte das Schiff erschüttert und ließ die großen Lampen im Saal erzittern.

Zucht & Ordnung (an Bord der Zuikaku)

Auf der zentralen Kommandobrücke der Zuikaku, das heißt also auf dem Eßtisch, standen die grauen Soldaten stramm in Reih und Glied. General Yamamoto nahm einen nach dem anderen gründlich unter die Lupe. »Rührt euch!« befahl er am Ende seiner Inspektion. »Soldaten GoSub, Radian, Degree, Log, Beep Off, Beep On, Pause und Cursor vortreten!«

Die acht Mäuschen stellten sich in die Vorderreihe.

»Soldaten«, tönte Yamamoto, indem er in Mickey-Morse auf das Mikrofon trommelte, »die Disziplin an Bord läßt sehr zu wünschen übrig! Zwar haben wir auf dem feindlichen scheichischen Schiff einen Terroranschlag zu verzeichnen, und das feindliche sineuropäische Schiff hat dauernd Betriebsstörungen; aber der Vorteil, der uns daraus erwächst, wird zunichte gemacht durch einige besorgniserregende Vorkommnisse, die den erfolgreichen Ausgang unserer Mission beeinträchtigen können. Und deshalb wird das Militärgericht dieses Raumschiffs, das den Oberbefehl über die Mission innehat, heute diese Akte der Disziplinlosigkeit streng bestrafen! Soldaten, ihr tragt die ruhmreichen Namen der Knöpfe von Rechenanlagen. Und wie ein Rechner, wie *ein* Mann oder vielmehr: wie *eine* Maus habt ihr zu funktionieren! Die Verhandlung ist eröffnet! Grauer Soldat GoSub!«

Eine ängstliche Maus tippte zum Zeichen des Grußes den Schwanz an den Kopf.

»Soldat GoSub! Sie werden beschuldigt, Ihren Wachposten gut drei Minuten lang verlassen zu haben, um im Kontrollbereich des Soldaten Using herumschnüffeln zu gehen. Was haben Sie zu Ihrer Entlastung vorzubringen?«

»Using«, füßelte GoSub, »fängt Feuer bei Motorinspektion. Ich laufen und sehen, ob löschen durch Draufpinkeln.«

»Lächerlich! Sie haben doppelt versagt. Soldat Using ist

trotzdem tot, und Sie haben Ihren Wachposten verlassen. Ich verurteile Sie zu drei Tagen verschärftem Käfig.«

»Jawoll, Herr General«, sagte GoSub und trat zurück in Reih und Glied.

»Grauer Soldat Radian! Sie werden beschuldigt, einen gellenden, beleidigenden Schrei gegen General Harada ausgestoßen zu haben.«

»Der General«, sagte Radian, »hat mit Stiefel Kollege List zerquetscht und mir auf rechte Pfote getreten. Schmerz hat Schrei gemacht.«

»Nie hat ein japanischer Soldat sich darüber beklagt, wenn ihm jemand auf die Füße getreten ist«, schrie Yamamoto. »Das ist ja lächerlich! Und was Soldat List angeht, er ist daran gestorben, daß er keinen Helm aufhatte, wie es Vorschrift gewesen wäre. Auch für Sie drei Tage Käfig. Vortreten, Soldat Degree!«

Eine Maus mit etwas längerem Fell trat vor.

»Soldat Degree! Sie werden folgender Vergehen beschuldigt: Erstens, Sie haben sich dreimal mit langen Haaren von mir erwischen lassen, und Sie haben sie sich, trotz meines eindeutigen Befehls, noch immer nicht schneiden lassen. Zweitens, nach dem Tode der beiden genannten Mäuse haben Sie folgenden Satz von sich gegeben: Hier wird man erst bei lebendigem Leib zermatscht, und dann wird man auch noch dafür bestraft. Geben Sie zu, diese Worte geäußert zu haben?«

»Ich gesagt ja«, füßelte Degree, »aber wissen wollen wer verdammter Spion und gepetzt!«

Ein mäusisches Ultraschallgemurmel sirrte durch das Raumschiff.

»Ruhe! Ich dulde nicht, daß jemand als Spion bezichtigt wird, der mir rechtmäßig Abweichungen von der Disziplin meldet. Für diese aufrührerische Erklärung verurteile ich Sie zum Tode durch Cocacolisierung!«

Noch ein mäusisches Ultraschallgemurmel sirrte durch das Raumschiff.

»Mundhalten! Und jetzt die Soldaten Log, Beep On, Beep Off, Pause und Cursor vortreten.«

»Sie werden folgender Vergehen angeklagt: Während eines Einsatzes in der Raumschiffküche zwecks Feststellung eines Schadens in der Thermoanlage haben Sie sich einen Brösel Naturkäse von sechs Gramm Gewicht der Marke Emmenthal Suzuki widerrechtlich angeeignet. Daraufhin haben Sie das Raumschiff verlassen, sich mit diesem Objekt aus Armeebeständen zum Picknick ins All begeben und sich dortselbst mit Zähnen und Unterkiefern darin verbissen, und zwar in Tateinheit mit weiteren Vollzugshandlungen nach demselben kriminellen Muster, bis nichts mehr übrig war. Was haben Sie zu Ihrer Entschuldigung vorzubringen?«

»Hatten gefastet«, sagte Beep On, »seit zwei Tagen gefastet.«

»Lächerliche Ausrede!« brüllte der General. »Alle wissen, daß Mäuse bis zu sieben Tagen fasten können. Für dieses Verbrechen verurteile ich Sie ebenfalls zum Tode durch Cocacolisierung!«

»Das ist ungerecht!« füßelte Beep Off laut.

»Abführen!« schrie Yamamoto wütend. »Das ist Gehorsamsverweigerung!«

Andere Mäuse packten die Gefangenen, die auf den Rücken gekippt waren, bei den Schwänzen und zogen sie hinaus.

General Yamamoto war allein und betrachtete mit der Teleskopbrille die Miniaturflugpläne. Kurz danach trat General Harada mit zwei Fingerhüten in der Hand ein. Sein Kopf war komplett bandagiert.

»Möchtest du ein bißchen Teekonzentrat?« fragte er.

»Nein. Was hast du denn angestellt? Hast du dir schon wieder den Kopf eingeschlagen?«

»Ich kann mich an die Ausmaße dieses Raumschiffs nicht gewöhnen, Yama. Ich stoße überall gegen. Wie war's heute mit der Truppe?«

»Schlecht!« knurrte Yamamoto. »Ich habe acht Soldaten eliminieren müssen!«

»Plus vier, die wir durch Unfälle verloren haben, macht zwölf. Kannst du nicht etwas flexibler vorgehen, Yama?«

»Flexibler!« sagte Yamamoto verächtlich. »Wenn sich auf einem Schiff die ersten Anzeichen von Aufsässigkeit bemerkbar machen, muß man sofort hart durchgreifen! Es fängt damit an, daß die sich die Haare nicht schneiden, und es endet mit Meuterei.«

»Aber geh, Yama; was könnten fünfzig kleine Viecher gegen unsere Pistolen ausrichten!«

»Der *rattus norvegicus* ist sehr viel listiger, als du glaubst!« sagte Yamamoto. »Da muß man auf der Hut sein.«

»Du hast wohl recht«, sagte Harada.

»Jetzt gibst du mir recht?«

»Naja, ich habe mir gerade deinen Helm angesehen«, sagte Harada.

»Was ist mit meinem Helm?« fragte Yamamoto. Er nahm ihn vom Kopf, und dann knirschte er vor Wut mit den Zähnen.

Oben drauf stand: *General Yamamoto ist ein Arschloch wie hunderttausend Kater.*

Die verurteilten Mäuse warteten im Käfig auf ihr letztes Stündlein.

»Warum, warum«, jammerte Beep On, »kleiner Spaziergang im All, großer Anschiß.«

»Schicksal wir Mäuse«, sagte Degree. »Immer leben unter Erde, immer stehlen, nie rausdürfen. Mäuseleben hartes Leiden.«

»Wer macht grausames Schicksal für uns, immer unter Erde leben, nie rausdürfen?« fragte Beep Off.

»Ich glaube«, sagte Log, »alles erklärt von chinesischer Geschichte über erste Maus und erstes Kaninchen.«

Warum die Mäuse unter der Erde leben

Als Himmel und Erde getrennt und die Welt entstanden war, rief der erste der zwölf Himmelskaiser – er soll 18000 Jahre lang regiert haben (damals waren Wahlen noch einigermaßen selten) – den Tiererfinder Kkienn Zoou zu sich und sagte:

»Spute dich. Ich möchte, daß du mir die Erde mit Tieren bevölkerst! Nimm alles, was du willst, Schuppen und Flossen, Schnäbel und Panzer, Flügel und Hörner, Antennen, Haare und Rüssel, gieß den ganzen Farbenkasten darüber, mach lange Nasen, Kugelaugen, ganze Wälder von Pfötchen, Greifschwänze, laß sie schwimmen, summen, trompeten, planschen, streunen, stechen, sich wälzen, sich entlausen, kreischen, sich verstellen, bestäuben, quaken, zwitschern, nagen, Beeren, Plankton und Kitekat essen, mach sie riesengroß oder winzig klein, sympathisch oder schmierig, mach, was du willst, aber mach ganz viele Tiere. Ich möchte, daß der Mensch sagt: Herrgott, was für ein Wunder ist die Natur!«

Der Tiererfinder schloß sich mit einem Pott voll Tee und Genetikbüchern in seiner Holzhütte ein und begann zu zeichnen und zu modellieren und Teile zusammenzufügen und Berechnungen anzustellen, und als er nach einer Woche endlich fertig war, da war die Erde voll von all dem Miauen und Zwitschern und Summen und Scharren, von Insektenstichen und Raubfischern und Insektiziden und Katzenshows und Hundefängern und Molkereien und Malaria und Rehragoût mit Polenta.

Der Himmelskaiser stattete der Erde wieder einen Besuch ab und war ziemlich zufrieden: Er zog den Elefanten an der Nase und fand die Lösung optimal; er bewunderte das Antriebssystem der Quallen und kontrollierte, ob die Geschwindigkeit des Jaguars wirklich 120 Stundenkilometer betrug. »Sehr gut«, sagte er dann lachend. Er ließ sich ein Mikroskop geben und fand die Viren recht gelungen, schön verschieden seien sie und so zahlreich, und selbst wenn sie etwas häßlich geraten seien, es sähe sie ja niemand. Das Summen der Käfer ließ er etwas leiser stellen und verfügte: »Weniger Schwämme, mehr Plattwürmer.« Im übrigen hatte er eine kleine Kritik am Schnabeltier, er fand zwar, daß der Tiermacher normalerweise gut daran tat, nichts zu verschwenden, aber am Schnabeltier sähe man ein bißchen zu deutlich, daß es aus lauter Resten gemacht worden war. Er sagte auch, die Makis seien etwas traurig geraten, man sollte sie lieber in den Wald stecken, wo sie kaum jemand sähe, in wenig bewohnten Ländern wie etwa Australien. Begeistert war er am Ende von den Dinosauriern: So dick, robust, wie die seien, sagte er, würden sie lange durchhalten.

Man konnte sehen, wie hingerissen er war, als er den Katalog mit den Schmetterlingen und Kolibris durchblätterte, und als er den Tukan und erst recht den Seelöwen entdeckte, fing er an zu lachen wie ein Verrückter. Und so wollte der Himmelskaiser gerade befriedigt mit den ersten frischen Eiern (womit endlich bewiesen wäre, daß die Henne zuerst war) in sein Reich zurückkehren, da sah er auf einer Wiese zwei Paare von pelzigen Tierchen mit vorstehenden Zähnen, die miteinander spielten.

»Wer sind die?« fragte er Kkienn Zoou.

»Mein Kaiser, die mit den langen Schwänzen sind die Mäuse und die mit den kurzen Schwänzen die Kaninchen.«

Ihr müßt allerdings wissen, daß die Mäuse und die Kaninchen in jener Zeit gleiche Ohren hatten, und zwar ganz kleine, und daß sie sich insgesamt sehr ähnlich sahen.

»Sehr gut«, sagte der Himmelskaiser. Aber just in diesem Augenblick kam seine Gemahlin, die Himmelskaiserin, vorbei. Und flugs warf sich der Kaiser, der sich in ihrer Gegenwart immer gern ein bißchen wichtig machte, in die Brust und sagte zu Kkienn:

»Hübsch sind sie ja, aber sie sind sich zu ähnlich! Mach sie unterschiedlich, differenzier sie! Mach Klassen, Unterklassen,

PIPER

Die neuen Bücher
Herbst 1985

J. G. Ballard

Stefano Benni

Kurt H. Biedenkopf

August Everding

Diana Menuhin

Norbert Bischof

John C. Eccles

Roger Sperry

Alfred Gierer

Stefano Benni
TERRA!
Roman
Aus dem Ital. von Pieke Biermann.
430 Seiten. Geb. DM 36.–

Im Jahr des Heils 2157 – nach mehreren Atomkriegen ist eine neue Eiszeit über unsere Erde hereingebrochen – brechen drei Raumschiffe zu einem wahnwitzigen Wettlauf ins All auf. Ihr Ziel: »Erde 2« zu finden, einen Planeten, wo Leben unter den »alten« Bedingungen noch möglich ist. In Bennis Roman – in Italien Bestseller, der zur Zeit in alle Weltsprachen übersetzt wird – sind unzählige literarische Genres miteinander verbunden: Krimi, Märchen, Fabel, Comic, Abenteuer- und Science-Fiction-Roman, politische und soziale Satire, Geschichten innerhalb der Geschichte, Motive der klassischen Mythologie und der nicht ganz so klassischen – kurzum, »TERRA!« ist ein großes Puzzle, ein echtes Lesevergnügen.

J. G. Ballard
Das Reich der Sonne
Roman
Aus dem Engl. von Juliane Gräbener und Marianne Menzel.
341 Seiten. Geb. DM 36.–

Ballards Roman, der von enthusiastischen Kritikern mit »Im Westen nichts Neues« und »Die Nackten und die Toten« verglichen wurde, schildert aus der Sicht eines Kindes den Zweiten Weltkrieg im Fernen Osten. Der Junge beobachtet den Angriff auf Schanghai, verbringt Jahre in einem japanischen Internierungslager, erlebt schließlich die Entstehung eines neuen »Reichs der Sonne«: Mächtiger als das japanische Kaiserreich ist die Atombombe, die die Heraufkunft eines neuen Zeitalters ankündigt.

»Eine unglaubliche literarische Leistung, ein beinahe unerträglich erschütterndes Buch.«

Anthony Burgess

Eva Jaeggi/Walter Hollstein
Wenn Ehen älter werden
Liebe, Krise, Neubeginn
311 Seiten. Brosch. DM 29.80
Die Autoren beschreiben in ihrem Buch, das auf mehr als 100 Erfahrungsberichten beruht, Liebe und Trennung in der Partnerschaft von Frau und Mann. Läßt sich das Außergewöhnliche der Liebe mit dem Gewöhnlichen des Alltags verbinden? Im Gegensatz zu vielen pessimistischen Stimmen betonen die Autoren die konstruktiven Elemente von Partnerschaft, ohne ihre Schwierigkeiten zu übergehen.

Richard Kaufmann
Die Krankheit erspüren
Tibets Heilkunst und der Westen
203 Seiten. Brosch. DM 29.80
(September)
Ziel der tibetischen Ärzte ist die Wiederherstellung der natürlichen Ordnung im Körper als Ausdruck der Harmonie zwischen Mensch und Umwelt.

Kurt H. Biedenkopf
Zwischenbilanz
Ca. 320 Seiten. Geb. DM 36.–
(Ende September)
Kurt H. Biedenkopf gehört zu den interessantesten und anregendsten Persönlichkeiten auf der politischen Bühne. Er ist einer der Vordenker der CDU. In seiner »Zwischenbilanz« rekapituliert er seinen persönlichen und politischen Werdegang, zugleich jedoch entwickelt er konkrete Vorstellungen zur Bewältigung der großen innen- und außenpolitischen Herausforderungen unserer Zeit.

Hans Maier
Politische Wissenschaft in Deutschland
Lehre und Wirkung
288 Seiten. Brosch. DM 36.–
(September)
Überarbeitete und erweiterte Neuausgabe. Mehr als die Hälfte der Aufsätze war in der Erstausgabe nicht enthalten.

Johannes Grotzky
Gebrauchsanweisung für die Sowjetunion
192 Seiten mit 20 Abbildungen.
Brosch. DM 19.80
Witzig geschrieben und zugleich mit allen notwendigen Informationen – von der Hotelunterkunft bis zum täglichen Einkauf – präsentiert sich Grotzkys Buch als unverzichtbarer Führer durch die Fährnisse des sowjetischen Alltags. Anschaulich und ironisch in der Art von Watzlawicks erfolgreicher »Gebrauchsanweisung für Amerika«.

Albrecht Fölsing
Galileo Galilei – Prozeß ohne Ende
Eine Biographie
500 Seiten mit 49 Abbildungen, davon 8 auf Kunstdruck.
Geb. DM 25.–
Sonderausgabe
»... Ein in jeder Hinsicht bestechendes Buch.«
Klaus Podak, Süddeutsche Zeitung

Marlies Menge
Die Sachsen – das Staatsvolk der DDR
119 Seiten mit 30 s/w Abbildungen von Rudi Meisel. Geb. DM 29.80
Sie sind laufend Zielscheibe von Spott, ihr Dialekt ist den meisten verhaßt und dennoch haben sie wie kein anderer deutscher Volksstamm unsere Kultur geprägt: die Sachsen. Liebevoll und detailkundig – beeindruckend illustriert durch die Fotos von Rudi Meisel – erzählt die bekannte ZEIT-Korrespondentin Marlies Menge, wie sie wirklich sind.

Willy Guggenheim
3mal Nordafrika
Marokko, Tunesien, Algerien
Piper Panoramen der Welt
Ca. 350 Seiten mit 25 Fotos.
Geb. DM 42.–
(Ende September)
Der Schlüssel zur tieferen Kenntnis der drei Maghreb-Staaten Marokko, Tunesien und Algerien. Geschichte, Kultur, Wirtschaft und Politik einer Region, deren Faszination immer mehr Reisende entdecken.

Ernst Barlach
Plastik
230 Seiten mit 100 Bildtafeln.
Auswahl und Einführung von Wolf Stubbe. Fotos von Friedrich Hewicker.
Format 21 x 28 cm. Geb. DM 68.–
Überarbeitete Neuauflage
»Diese ganz hervorragenden Abbildungen dienen der Idee des Buches, Barlachs Plastik neu, genau und nah, als gestaltete Form anzusehen.«
Gottfried Sello, Die Zeit

Der Widerstand gegen den Nationalsozialismus
Die deutsche Gesellschaft und der Widerstand gegen Hitler
Herausgegeben von Jürgen Schmädeke und Peter Steinbach, mit einem Vorwort von Wolfgang Treue. Im Auftrag der Historischen Kommission zu Berlin in Zusammenarbeit mit der Gedenkstätte »Deutscher Widerstand«.
1186 Seiten. Brosch. mit Schutzumschlag. DM 29.80
(Ende September)
40 Jahre nach Kriegsende zogen die bedeutendsten Historiker des Widerstands gegen Hitler ein Resümee der bisherigen Forschung. Sie gingen der zentralen Frage nach, warum der Wille zum aktiven Widerstand gegen das NS-Regime so wenig in der deutschen Gesellschaft vorhanden war. Als Ergebnis entstand dieses umfassende Handbuch, das der Verlag zu einem außerordentlich günstigen Preis anbietet.

Norbert Bischof
Das Rätsel Ödipus
Die biologischen Wurzeln des Urkonflikts von Intimität und Autonomie
Ca. 600 Seiten mit ca. 400 Strichabbildungen. Leinen. Ca. DM 48.–
(Ende September)
»Alles menschliche Schicksal entzündet sich daran, daß wir in eine Vertrautheit hineingeboren sind, diese wieder lösen und eine neue aufbauen.«
Der Autor, Psychologe und Verhaltensforscher, diskutiert das Spannungsverhältnis von Natur und Kultur und dessen Bedeutung für das menschliche Verhalten. Wie vor ihm Freud und Lévi-Strauss setzt er beim Inzesttabu an, gelangt aber in seiner sehr gründlichen, beweiskräftigen und gerade für den Laien verständlichen Darstellung zu völlig neuen Erkenntnissen.

Alfred Gierer
Die Physik, das Leben und die Seele
Ca. 320 Seiten mit 19 Abbildungen. Geb. DM 38.–
(September)
Der Physiker und Biologe schlägt in seinem allgemeinverständlichen Buch einen weiten Bogen von den Grundlagen der Physik und Logik über die neuen Erkenntnisse der Biologie bis zu der Frage, was uns die Naturwissenschaften über den Menschen und sein Bewußtsein lehren können – und was nicht.

Roger Sperry
Naturwissenschaft und Wertentscheidung
Aus dem Amerik. von Juliane Gräbener.
193 Seiten. Geb. DM 29.80
(Ende September)
Roger Sperry, Medizin-Nobelpreisträger und Pionier der Hirnforschung, plädiert in diesem Buch für die notwendige Synthese von Ethik und Wissenschaft.

John C. Eccles/Daniel N. Robinson
Das Wunder des Menschseins
Gehirn und Geist
Aus dem Engl. von Rosemarie Reber-Liske und Birgit Jenner.
Ca. 280 Seiten mit 12 Graphiken. Geb. DM 36.–
(September)
Der Gehirnforscher und Nobelpreisträger Eccles und der namhafte Psychologe Robinson attackieren in diesem Buch den herrschenden intellektuellen Trend, demzufolge der Mensch wenig mehr ist als ein biologischer Roboter. Die Autoren nehmen den Leser mit auf eine spannende Reise durch die Geschichte der Menschheit und beweisen die Begrenztheit aller Wissenschaft gegenüber dem »Wunder des Menschseins«.

Ludwig Thoma
Mein Bayernland
Ausgewählt von Günther Lutz
Mit 12 Farbfotos von
Wolfgang Lauter.
144 Seiten. Geb. DM 24.–
»Mein Bayernland« versammelt die schönsten Texte, die Ludwig Thoma über seine Heimat und ihre Menschen geschrieben hat, und fügt sie mit den 12 Fotos von Wolfgang Lauter zu einem heiter-besinnlichen Kaleidoskop bayerischen Lebens zusammen, gesehen mit den Augen des großen bayerischen Dichters.

Ludwig Thoma
Ausgewählte Werke
in einem Band
729 Seiten. Geb. DM 29.80
Diese Geschenkausgabe bietet einen repräsentativen Querschnitt durch das Gesamtwerk Ludwig Thomas, sie zeigt das facettenreiche Schaffen des Dichters von der bissigen gesellschaftssatirischen Komödie »Moral« bis zu seiner einfühlsam in Mundart gestalteten Nacherzählung der Weihnachtsgeschichte in Versen »Heilige Nacht«. Das Herzstück des Buches bilden die drei Romane »Altaich«, »Der Wittiber« und »Münchnerinnen«.

Karl Valentin
Gesammelte Werke
in einem Band
651 Seiten. Geb. DM 29.80
»Ich, Karl Valentin, ein Münchner Komiker, bin der Sohn eines Ehepaares. Aus Gesundheitsrücksichten erlernte ich im Alter von zwölf Jahren die Abnormität ...« Und was sich im Laufe eines fruchtbaren Komikerlebens so alles an »Abnormitäten» gesammelt hat, enthält dieser Band in ganzer Ausführlichkeit. Dies ist die bisher vollständigste Ausgabe der Werke Valentins.

Statt Blumen: Piper-Präsent – das Geschenk für jede Gelegenheit

Alexander Spoerl
Hausherrenbrevier
Vom Umgang mit Nägeln, Schrauben und anderen Heimsuchungen
Piper-Präsent. Mit 12 Zeichnungen von Doî Germann.
128 Seiten. Geb. DM 12.80
(Ende September)

Wolfgang Tschuppik
Rosen auf Lebenszeit?
Erste und letzte Rendezvous
Piper-Präsent. Ca. 128 Seiten.
Geb. DM 12.80
(Ende September)

Diana Menuhin
Durch Dur und Moll
Mein Leben mit Yehudi Menuhin
Aus dem Engl. von Helmut Viebrock.
Mit zahlreichen Fotos.
Ca. 304 Seiten. Leinen. DM 36.–
(Ende September)
Die Frau des weltberühmten Geigers erzählt in humorvoller, anekdotenreicher Form die Geschichte ihrer Ehe, die ein Zeugnis für eine große, einmalige Lebensbeziehung zweier Menschen und ihrer Begegnungen mit außergewöhnlichen Persönlichkeiten unserer Zeit darstellt.

»Um mit Yehudi mitzuhalten, braucht man sechs Beine, vier Gedächtnisse, zwei Gehirne und einen Ventilator, um das Ganze kühlzuhalten.« Diana Menuhin

LITFASS
Zeitschrift für Literatur
Herausgegeben von Uwe Heldt.
144 Seiten. DM 8.–
Litfass 35 (August)
Litfass 36 (Oktober)

August Everding
Mir ist die Ehre widerfahren
An-Reden, Mit-Reden, Aus-Reden, Zu-Reden
Vor-Rede von Joachim Kaiser
Ca. 350 Seiten mit 8 Seiten Abbildungen. Geb. DM 36.–
(Ende September)
Über welches Thema August Everding – vielgefragter Opern- und Theaterregisseur, Generalintendant der Bayerischen Staatstheater – auch spricht – immer fasziniert er sein Publikum.
Seine wichtigsten und schönsten Reden auf große Persönlichkeiten, zu eigenen Regiearbeiten und zu Fragen der Theorie und Praxis des Theaters und Musiktheaters sind in diesem Band versammelt.
Eine Fundgrube für alle Liebhaber von Schauspiel und Oper.

Raymond Carver
Kathedrale
Erzählungen
Aus dem Amerik. von Klaus Hoffer.
253 Seiten. Geb. DM 32.–
(September)
Carver schildert scheinbar alltägliche Begebenheiten aus dem Leben ganz gewöhnlicher Menschen in einer kargen, unsentimentalen Sprache.

»Diese Geschichten können schon heute zu den Meisterwerken amerikanischer Prosa gezählt werden.«
New York Times Book Review

Jürg Amann
Patagonien
Prosa
120 Seiten. Geb. DM 22.–
Jürg Amann, Ingeborg-Bachmann- und Conrad-Ferdinand-Meyer-Preisträger, erzählt in seinen Geschichten Augenblicke unserer Existenz, des immer gleichen, immer wieder anderen Alltags.

Daniela Castner
Preußisches Familienglück mit dennoch ungeputzten Zähnen
Roman
202 Seiten. Geb. DM 29.80
(September)
Ein bemerkenswertes Romandebüt: Der Kampf einer Tochter um die Erinnerung an ihren ebenso gehaßten wie geliebten Vater, eine Prosaleistung, die innere Spannungszustände mit eruptiver Plastizität literarisch Gestalt werden läßt.

Umberto Saba
Ernesto
Roman
Aus dem Ital. von Ulrich Enzensberger und Susanne Höhn.
Mit einem Nachwort von Alice Vollenweider.
Ca. 176 Seiten. Geb. DM 28.–
(Ende September)
»Ernesto« ist der nachgelassene Roman eines der größten italienischen Dichter unseres Jahrhunderts.

Renate Schostack
Heiratsversuche oder
Die Einschiffung nach Cythera
Szenen eines Lebens
Ca. 240 Seiten. Geb. DM 29.80
(Ende September)
Renate Schostacks Erzählzyklus spielt das alte Thema von der Suche einer Frau nach der vollkommenen, der absoluten, der unmöglichen Liebe in 15 Variationen durch.

Marin Sorescu
Abendrot Nr. 15
Gedichte
Ausgewählt und aus dem Rumänischen übersetzt von Oskar Pastior.
123 Seiten. Geb. DM 22.–
Marin Sorescu gilt als wichtigster rumänischer Lyriker der Gegenwart.

»Erstaunlich, wie einer ... heute noch so selbstverständlich schöne Verse von geradezu verblüffend simpler Artistik schreiben kann.«
Süddeutsche Zeitung

Martin Gregor-Dellin
Was ist Größe?
Sieben Deutsche und ein deutsches Problem
263 Seiten. Leinen. DM 30.–
(Ende September)
Analytische und biographische Aufsätze über Gestalten aus einem halben Jahrtausend deutscher Kulturgeschichte: Luther, Schütz, Händel, Goethe, Schopenhauer, Wagner, Brahms, Louise von François und Thomas Mann.

Ingeborg Bachmann
Die kritische Aufnahme der Existentialphilosophie Martin Heideggers
Herausgegeben von Robert Pichl.
Nachwort von Friedrich Wallner.
Ca. 200 Seiten. Leinen. DM 36.–
(September)
Die erstmalige Veröffentlichung der Dissertation Ingeborg Bachmanns trägt dem zunehmenden Interesse von Literaturwissenschaftlern und Bachmannlesern an den Wiener Jahren der Dichterin Rechnung.

Hannah Arendt/Karl Jaspers
Briefwechsel
Vollständige Ausgabe. Herausgegeben von Lotte Köhler und Hans Saner. Ca. 860 Seiten. Leinen. DM 98.–
(Ende September)
Diese in der Geschichte des Denkens bisher einzige umfangreiche Korrespondenz zwischen einer Philosophin und einem Philosophen ist eines der großen Dokumente des 20. Jahrhunderts. Der Leser nimmt an der spannenden Auseinandersetzung über Grundfragen des Denkens und über die großen Probleme unserer Zeit teil.

Konrad Lorenz
Das Jahr der Graugans
Mit 147 Farbfotos von Sybille und Klaus Kalas. 200 Seiten.
Format 21,5 x 27,5 cm. Geb. DM 68.–
Neuauflage
»... ein Buch, das zur Verhaltensforschung hinführt wie nicht leicht ein anderes.«
Hannoversche Allgemeine Zeitung

Heinrich Schipperges
Homo patiens
Zur Geschichte des kranken Menschen
Ca. 420 Seiten mit ca. 20 Abbildungen im Text. Geb. DM 48.–
(Ende September)
Dieses Buch zeichnet ein Bild von der Welt des kranken Menschen und bietet zugleich wichtige Aspekte einer Geschichte der Krankheit. Der renommierte Medizinhistoriker Schipperges entwickelt aus der Analyse der großen Konzepte der Medizin und alternativer Strömungen Ideen für eine sinnvolle Heilkunde in der Welt von morgen.

Dr. med. Monika Gerlinghoff
Magersüchtig
Eine Therapeutin und Betroffene berichten. Vorwort von Detlev Ploog.
173 Seiten. Brosch. DM 28.–
(September)
Die Aussagen der Betroffenen selbst und der Therapeutin zeigen: Die Magersucht kann nur mit psychotherapeutischer Hilfe behandelt werden.

Pipers Handbuch der politischen Ideen
Herausgegeben von Iring Fetscher und Herfried Münkler
Band 3 Neuzeit: Von den Konfessionskriegen bis zur Aufklärung
670 Seiten. Leinen. Bei Einzelbezug DM 85.–, bei Abnahme des Gesamtwerks DM 78.–
(Ende September)
»Pipers Handbuch der politischen Ideen« bietet in 5 Bänden einen umfassenden Überblick über die Geschichte politischen Denkens von den frühen Hochkulturen bis zu den neuen sozialen Bewegungen unserer Zeit.
Der hier vorliegende Band 3 umfaßt die Epoche vom Beginn der Neuzeit bis zum amerikanischen Unabhängigkeitskrieg.

Pipers Wörterbuch zur Politik
Herausgegeben von Dieter Nohlen
Band 1 Politikwissenschaft
Theorien – Methoden – Begriffe
Herausgegeben von Dieter Nohlen und Rainer-Olaf Schultze, 2 Bde mit je ca. 620 Seiten. Brosch. Bei Einzelbezug DM 132.–, bei Abnahme des Gesamtwerks DM 116.–
(Ende September)
Mit dem ersten Band »Politikwissenschaft« (in zwei Bänden) wird der theoretische Rahmen für das gesamte »Wörterbuch zur Politik« geboten.

Harald Fritzsch
Quarks
Urstoff unserer Welt
Vorwort von Herwig Schopper.
320 Seiten mit 91 Abbildungen.
Geb. DM 25.–
Sonderausgabe
»Allen, die sich für den Verlauf der ›Straße der physikalischen Erkenntnis‹ der letzten zwanzig Jahre interessieren, sei dieses ausgezeichnete Buch wärmstens empfohlen.«
Neue Zürcher Zeitung

SERIE PIPER

Die Taschenbuchreihe mit dem breiten Spektrum – Autoren von Rang – Themen unserer Zeit
Bitte fordern Sie unser ausführliches Taschenbuchverzeichnis an

Bestellungen über Ihren Buchhändler:

Prospekte erhalten Sie kostenlos vom R. Piper GmbH & Co. KG Verlag, Postf. 430 120, 8000 München

Familien, Gattungen! Sie müssen verschieden sein, damit man sie auseinanderhalten kann. Je mehr Sorten Tiere es gibt, desto mehr wird es heißen, daß die Schöpfung das Werk eines Höheren Geistes war. Wir wollen nicht mit Modellen knausern, auf, an die Arbeit!« Daraufhin stolzierte er auf seine Dame zu, und sie gab ihm ein himmlisches Küßchen und wisperte ihm zu: »Mein Lieber, was bist du doch für eine Autorität!«

Der arme Kkienn war todmüde, und jetzt sollte er noch so viele Verfeinerungen anbringen, zum Beispiel den Fischen Flossen anbauen, versuchen, die Henne zum Fliegen zu kriegen, was ihm nicht gut gelungen war, und der Seerobbe Füße verpassen. Aber er mußte gehorchen, trotz aller Müdigkeit, und auch diese Arbeit noch erledigen. Er ging auf das Feld und sagte: »Freunde, wir müssen etwas ändern. Ein Paar von euch bekommt schöne, lange Pelz-Ohren angeklebt.«

»Aber nicht wir«, sagten die Mäuse. »Mit langen Ohren sehen wir zu dämlich aus.«

»Wir auch nicht«, sagten die Kaninchen. »Wieso denn wir? Wir sind doch toll so!«

»Los!« sagte Kkienn. »Ich habe keine Zeit zu verlieren. Macht das unter euch aus, sonst losen wir.«

Also sprangen die Mäuse auf die Kaninchen und bissen sie solange, bis sie vor dem Tiererfinder standen.

»Los Kollegen, vorwärts«, lachten sie, »nehmt ihr die Riesenohren!«

»Aua, aua«, sagten die sanften Kaninchen. »Nicht beißen. Ist ja schon gut!«

Der Erfinder packte die Kaninchen bei den Ohren und zog, zog so lange, bis sie so schön lang und fellig waren, wie er sie haben wollte.

»Huhu«, riefen die Mäuse sofort, »ihr seid aber häßlich! Hu, was für Riesenohren! Probiert doch mal, vielleicht könnt ihr damit fliegen. Hahaha!«

Die sanften Kaninchen spiegelten sich im Wasser des Sees

und fingen vor Scham an zu weinen. »O welch trauriges Schicksal hat uns ereilt«, sagten sie, »wie sehen wir lächerlich aus.«

In jener Nacht, als die Mäuse auf Spritztour gegangen waren und die Kaninchen sich schamhaft in ihrem Bau versteckt hielten, kam ein Gewitter auf. Nein, nicht irgendein Gewitter, sondern eins von diesen Urgewittern, wie es sie am Anfang der Welt gab, so recht etwas für einen Weltuntergang. Vulkane brachen aus, Flüsse traten über die Ufer, Gebirge wanderten durch die Landschaft. Und eine große Spalte tat sich auf in der Wiese und klaffte unter den Pfoten von Mäusen und Kaninchen immer breiter auseinander, und sie hingen bald mit den Nägeln an den Gräsern festgekrallt am Rande des Abgrunds.

»Hilfe, Hilfe«, schrien sie. »Kkienn, rette uns! Gleich stürzen wir in die Tiefe!«

Der Erfinder kam, mit einem Stück Stockfisch in der Hand, aus seiner Hütte und lief im Dunkeln auf den Abgrund zu. »Wo seid ihr denn? Wo seid ihr?« rief er in den Sturm hinein.

»Hier, hier«, schrien die Mäuse und die Kaninchen völlig erschöpft.

Und dann stand Kkienn vor dem Abgrund. Er streckte eine Hand nach unten, bekam die Kaninchen bei den Ohren zu fassen und brachte sie in Sicherheit. Danach wollte er auch die Mäuse packen, aber ihre Köpfchen waren klein und naß und glitschig, seine Hand rutschte immer wieder ab, und lange Ohren zum Anfassen hatten sie ja nicht.

»Hilfe, Hilfe«, schrien die Mäuse noch eine Weile. Und dann stürzten sie in die Tiefe.

»Habt ihr das gesehen?« sagte Kkienn. »Ihr, die ihr das sanftmütige Kaninchen wegen seiner langen Ohren ausgelacht habt, ihr werdet jetzt unter der Erde leben, in den Kellern und Schächten, und der Mann wird euch hassen und ausrotten und jagen, und die Frau wird aufschreien und auf einen Stuhl springen, wenn sie euch nur sieht. Die Kaninchen dagegen wird man aufziehen, sie werden an der Sonne leben und

Karotten essen und bei allen beliebt sein.«»Ja«, sagte eine Stimme aus dem Abgrund, »aber aus uns wird auch niemand Ragoût machen.«

»Ruhe da unten«, rief Kkienn Zoou zornig. Dann ging er wieder nach Hause, er mußte noch die letzten Flossen ansetzen, aber er war so müde, daß er aus Versehen auch der Robbe eine anklebte. Er versuchte, die Henne flugtauglich zu machen, aber vergeblich, und schließlich wurde er ganz wütend, schleuderte sie gegen die Wand und schrie: »Willst du jetzt fliegen oder nicht?«

Die Henne schüttelte den Kopf, und da schlief Kkienn Zoou ein.

Das ist der Grund, warum die Mäuse unter der Erde leben, die Robbe keine Füsse hat und die Hennen dumm sind.

Paris – Meine Damen und Herren, das Fernsehen

»Meine Damen und Herren, hier ist Gary ›Goethe‹ Gutentag III. vom ersten Programm, ich heiße Sie ganz ganz herzlich willkommen zu unserer beliebten Sendung *Die schönen Mamas*, einer Sendung, die von Galaktol, der Synthetikmilch für das Wunderkind, gesponsert wird. Unsere Mama heute ist Ferdinanda Kook, die Mama von Leonardus Kook, jenem Forscher aus dem Team der Föderation, das zur Zeit auf einem sehr gefährlichen Flug zu einem rätselhaften Ziel im Kosmos unterwegs ist. Guten Tag, Mama Ferdinanda!«

»Guten Tag, Gary.«

»Sehen Sie in die Kamera, Mama Kook. Unsere Zuschauer sind natürlich zum Platzen neugierig auf alles über Ihren Sohn. Sie werden uns gleich erzählen: Wann haben Sie das letzte Mal mit ihm gesprochen? Wir melden uns in zwanzig Sekunden wieder.«

Werbespot

»Mama, was ist eine Kuh?«

»Das war ein voreiszeitliches Tier, das die Milch gemacht hat, mein Kleiner. Aber heute haben wir Galaktol, die synthetisch-bakterielle Milch aus original Schweizer Schimmelpilz, ein Produkt der besten Biotechniker von Procter und Gamble!« (Einblendung: Hundert Techniker in weißen Kitteln mit original Alpen-Kuhglocken um den Hals auf einem Kunstrasen.)

Chor und Musik: »Deine Kühlein sind wir jetzt! (Glöckchen) Komm, spiel mit uns auf den Galaktol-Wiesen. Mit dem großen Galaktol-Gewinnspiel winkt dir eine Woche im unterirdischen Gebirgspark von Stelivo, Italien!«

Mama Kook: »Ich hatte vor zwei Tagen Verbindung mit

meinem Sohn. Es geht ihm gut, er hat sogar zwei Kilo zugenommen!«

»Schön! Hat er Ihnen denn auch erzählt, wo's hingeht?«

»Nein. Er weiß es auch nicht so genau.«

»Na so was! Er weiß es nicht! Tja, wie Sie sehen, haben wir Frau Kook einen Wahrheitshelm aufgesetzt. Sie kann also gar nicht lügen, und nicht einmal sie weiß, wohin diese geheimnisvolle Mission gehen wird. Sagen Sie mal, Mama, erinnern Sie sich noch an Leonardus' ersten Flug?«

»Ja. Er war zehn. Wir haben ihn zu einer Kreuzfahrt zum Mond mitgenommen, vier Tage lang. Aber er war gar nicht zufrieden. Er hat gemeckert, daß überhaupt keine Zeit war, etwas anzusehen. Wissen Sie, es war ein Betriebsausflug, wir waren ja arm. Es gab eben nur ein paar Minuten Aufenthalt auf dem Mond, dann rief der Führer auch schon: ›Dalli-dalli, alle wieder einsteigen, wir fahren jetzt die künstlichen Satelliten besichtigen‹. Leonardus war sehr ungehalten und sagte, eines Tages würde er dieselbe Reise in der ersten Klasse machen!«

»Na, wie schön! Der Ruf ins All schon in frühester Jugend. Und nun, Mama Kook, eine brennende Frage. Auf Wiederhören in wenigen Augenblicken.«

Werbespot

Szene: Ein weißer Bär liegt tot auf der Erde. Schneesturm.

Frau: »Jetzt muß ich schon wieder zu Fuß weiter. Als er losging, war er noch völlig in Ordnung, und plötzlich kriegt er die übliche Müdigkeitskolik und stirbt mir mitten auf der Reise unter dem Po weg. Und was soll ich jetzt machen, hier mitten im Eis?«

Mann: »Gnädige Frau, darf ich Sie mitnehmen?«

Frau: »Oh, warum nicht! Was für ein schöner Schlitten!«

Mann: »Ja, Fellsitze mit Federkernpolsterung, dazu die superstarken Jupiter-Stahlkufen: Aber mein Schlitten ist nicht nur schön, er ist auch schnell! Eben ein Icebird – von VW!«

Für einen bequemen Verkehr – Icebird (Einblendung: Die beiden bumsen unter dem Pelz, während der Schlitten davonschlittert.)

»Und nun wieder zurück zu unserem Interview! Also, Mama Kook, hat Leonardus je mit Ihnen über diese Mission gesprochen?«

»Nein! Aua! Aua!«

»Tja, meine Damen und Herren, das war gelogen, und der Wahrheitshelm hat Mama Kook einen netten kleinen elektrischen Rüffel erteilt! Gnädige Frau, antworten Sie richtig, sonst erhöhen wir die Voltzahl. Und nehmen Sie bitte auch die Hand vom Helm, Sie verdecken den Werbespruch. Also, Frau Kook, was hat Ihnen Ihr Sohn denn so erzählt über die Mission?«

»Er hat gesagt... (Schluchzen) Mama, diesmal (Schluchzen) ist es ein dicker Fisch!«

»Eine phantastische Nachricht, meine lieben Zuschauer! Sie haben es gehört! Hier, in *Die schönen Mamas,* ist Goethes Gary, Ihr *notice-jockey,* der Ihnen täglich eine sensationelle Überraschung ins Haus liefert, und auch heute hat er wieder eine sensationelle Meldung für Sie: Die geheimnisvolle Mission ist EIN DICKER FISCH! Juchhuh! Vergessen Sie nicht, diese Bombenmeldung brachte Ihnen Gary Goethe in Zusammenarbeit mit Procter und Gamble und einer Empfehlung Ihrer Synthetikmilch Galaktol! Und denken Sie an unser Gewinnspiel. ›Wohin führt die geheimnisvolle Reise der Proteus?‹ Schicken Sie eine Postkarte mit den Antworten auf folgende Fragen: Erstens – werden sie ankommen? Zweitens – wenn ja, wo? Und drittens – wie viele von ihnen werden ankommen? Es gibt für eine Milliarde Preise! Und nicht vergessen: In Kürze können Sie in der staatlichen Kaufhalle T-Shirts und Poster von der Mission kaufen und natürlich den Bildband mit den ›Abenteuer im Weltall‹-Figuren, und außerdem –«

Klick!

Wütend schaltete Phildys den Fernseher aus.

»Das geht wirklich zu weit«, rief er und packte das Telefon.

»Showpotshow soll herkommen! Und zwar sofort!«

»Der Minister«, war die Antwort, »ist bereits auf dem Weg zu Ihnen.«

»Ekelhaft«, sagte Phildys. »Mistsendung! So was habe ich noch nicht gesehen, davon wird einem ja speiübel!« Dann hörte der General schleppende Schritte an der Tür. Er sah hoch und – stieß einen Schrei aus. Auf der Schwelle stand ein monströser Extraterrest mit vier schwabbeligen Armen und einem leuchtenden Rüssel, der sich wie eine Schlange in der Luft kringelte.

Geheimbericht

Höchste Geheimhaltungsstufe 1874/15. Zentrale Datenbank an Einheit Genius 5 Operator Frank Einstein

Lieber Frank: Wie von Dir erbeten haben wir Deinem Computer eine Zusatz-Memory-Leistung in Höhe von 67000 Supereinheiten MIPS eingegeben. Die Daten betreffen die mutmaßliche Existenz anderer intelligenter Wesen im Universum abgesehen von uns, außerdem sämtliche bis zur Stunde bei uns eingegangenen Meldungen über UFOs sowie Angaben über die rätselhaften Zeichnungen der Inka Nazca. Freut mich, daß es Deinem Computer besser geht. Seine letzten Elektrodiodogramme sind allerdings von uns analysiert worden, und unsere Diagnose lautet, Genius ist weiterhin deutlich verstört. Aber ich habe eine gute (oder schlechte?) Nachricht für Dich: *Nicht einmal unsere Computer haben uns etwas über den Vektor van Cram und die geheimnisvolle Energiequelle sagen können.* Weder Galileo ITT noch Hulk Rockwell noch Ringo von Texas Instruments. Werfen alle das Handtuch. Irgendwas an dieser Sache ist wirklich unglaublich. Beeilt Euch bloß: Das politische Klima hier ist am Kochen. Es formieren sich bereits Leute, die Eure Bohrungen am liebsten abbrechen wollen, weil Ihr, wie sie behaupten, zuviel Energie verbraucht. Halt durch, und mach mal halblang mit Deinem Eis!

P. S. Ich habe in der *Kybernetischen Zukunft* Deinen Artikel über die Macher von Software gelesen. Der Artikel ist wirklich phantastisch, vor allem die Stelle, wo Du das letzte Software-Paket der Chinesen niedermachst und es definierst als »Programm, das jeder Waschmaschine besser steht als einem Computer«. Hat mich an etwas erinnert, das wir immer gesungen haben, als wir noch die Schulbank drückten, weißt Du noch?

Ich bin dämlich, aber flink,
Ich bin ein Rechner aus Peking.

Ciao, bis bald, Kep Ferdydurke
Abteilungsleiter I Zentraler Regierungscomputer

Die Rache des Marsmenschen

Der Marsmensch zeigte mit dem Rüssel auf Phildys und sagte: »Jetzt hat dein letztes Stündchen geschlagen, Terrest.«

Dann nahm er seinen Kopf in beide Hände und schraubte ihn ab. Aus dem Rumpf ragte hohnlachend der Kopf von Pyk.

»Wie findest du mein Kostüm, Phildys? Ich habe sechshunderttausend davon anfertigen lassen!«

Der General packte, nachdem er sich von seinem Schreck erholt hatte, den Minister bei einer von dessen zahlreichen Pfoten und warf ihn zu Boden. Er war außer sich.

»Schon wieder einer von deinen dämlichen Scherzen, Pyk! Ich habe eben deine Fernsehsendung gesehen! Kooks Mama gefoltert, und das live. Ein Verhör mit Wahrheitshelm! Jetzt können die ausländischen Geheimdienste ja wohl gemütlich in Rente gehen: Sie brauchen bloß noch unser Fernsehen zu verfolgen. Und aus unserer Mission macht ihr ein Bilderbuch mit Figuren –«

»Wir haben sogar eine Puppe – ›der verrückte Cu-Pilot‹«, sagte Pyk und strampelte mit den Pfoten, um wieder auf die Beine zu kommen. »Und ein Spiel ›Finde den Planeten‹, und LeO-Kostüme aus Aluminium –«

»Ich wünsche absolute Geheimhaltung, hast du das verstanden? Dieser Planet da oben ist eine äußerst wichtige Angelegenheit! Er ist unsere letzte Hoffnung, daß wir nicht mehr in der Kälte leben müssen, daß wir endlich rauskönnen aus den unterirdischen Städten und die Sonne wiederfinden –«

»Rührend«, feixte Pyk. »Wirklich, General, mir brauchst du die Komödie vom guten Landesvater nicht vorzuspielen. Glaubst du, ich wüßte nicht Bescheid? Ihr habt doch den ganzen Planeten schon längst unter euch aufgeteilt wie eine Torte. Ein Drittel für euch, ein Drittel für die Chinesen und ein

Drittel zum Versteigern: Ich habe die Fotokopien von den Verträgen hier.«

Phildys wurde bleich.

»Soll ich sie dir vorlesen, General? Deine Partei hat per Vertrag schon neun Milliarden Kubikmeter Meer an die Japaner verkauft, mit Option auf die Waljagd... Außerdem habt ihr ein Achtel der gesamten vorhandenen Bodenfläche abgetreten –«

»Einen Augenblick mal, mein lieber Freund vom Mars«, unterbrach Phildys. »Spiel du hier bitte nicht die Unschuld vom Lande. Deine Partei hat auch nicht geschlafen: Ihr habt den Arabern die Option auf die Fernsehaufzeichnung der ersten Fußballweltmeisterschaft auf Erde 2 bewilligt... Ein ganz schöner Bluff... Möchte wirklich wissen, wie ihr die Mannschaften und die Zuschauer da oben hinkriegen wollt!«

»In dem Vertrag steht nichts darüber, wie viele Mannschaften teilnehmen müssen, dreiundzwanzig Leute würden reichen: Zweiundzwanzig Spieler und ein Zuschauer.«

»Du bist gerissen, Pyk, aber nimm dich in acht: Du kriegst Ärger! Wenn deine Zeitungen auch nur etwas davon veröffentlichen, dann ziehe ich diese Geschichte mit den Wahlrobotern aus der Tasche! Und das gibt eine nette Story, dreißigtausend als alte Weiblein verkleidete Roboter, die alle euch gewählt haben.«

»Ah ja, und ihr? Als ihr letztes Jahr per Knopfdruck und Elektronik habt wählen lassen, wo jeder, der die Opposition gewählt hat, einen 1000-Volt-Stoß gekriegt hat?«

»Davon stirbt man nicht«, sagte der General. »Wir sind keine Mörder wie eure Videospiele.«

»Jetzt reicht's, Phildys«, sagte Pyk und ruderte mit seinen Tentakeln. »Ausgerechnet du kommst mir mit Pazifismus? Glaubst du vielleicht, ich wüßte nicht, daß die Proteus zwanzig Kriegsroboter an Bord hat, die von der Erde aus befehligt werden und sich sofort auf diesen Planeten stürzen werden?«

Phildys war getroffen. »Die sind ... bloß für defensive Zwecke –«, stammelte er.

»Ah ja, Herr General? Und warum hast du Fang und Kook nichts davon gesagt? Weil du dir die Finger verbrannt hättest, was? Und wenn ich im Parlament aufdecken würde, daß unser friedlicher General Phildys seine Privatarmee auf Erde 2 geschickt hat, um sie zu seinem persönlichen Reich zu machen?«

»Das wirst du nicht tun«, sagte Phildys und sah ihn haßerfüllt an.

»Nein, werde ich nicht«, lächelte Pyk, »wenn du von jetzt an ein bißchen vernünftiger wirst. Auf Wiedersehen, mein lieber ›Pazifist‹«. Und damit ließ er den wutschäumenden Phildys stehen und ging.

Der General trampelte auf dem Marskopf herum, fluchte in fünfzig Raumsprachen und sank schließlich erschöpft in den Sessel.

»Kriegshetzer – das mir!« zischte er durch die Zähne, und dann warf er sich zwei Tranquilizerbomber in den Mund. »Das mir!« Er rief über Videophon seine Sekretärin an. »Fräulein Minnie! Geben Sie mir die Abteilung Pressekontakte... Kriegshetzer, ich! ... Hallo? Bitte das Büro Gerüchteküche... Gut, schreiben Sie den Namen auf... Gary Gutentag, erstes Programm... Ich möchte, daß er noch heute abend versetzt wird, als Auslandskorrespondent auf den Saturn... Er soll in ein paar Stunden abreisen! Wenn er protestiert – beschneiden! Nein, nicht seine Berichte! Seine Spesen!«

Cuzco – Ruinen und Rätsel

Von seinem Zelt oben auf dem Berg aus betrachtete Fang, was von der Stadt Cuzco übriggeblieben war. Ein Haufen Ruinen, den die Bohrarbeiten ans Tageslicht brachten und den der Schnee des Nachts wieder zudeckte. Wie Spanier und Erdbeben die alte Inka-Stadt zerstört hatten, so hatte der Krieg das moderne Cuzco zerstört. Aber was sind schon sechshundert Jahre Unterschied gemessen an der langen Zeit des Todes, dachte Fang. Wer kann unter der Erde schon einen alten Mann von einem kleinen Jungen unterscheiden? Die zerstörten Städte sehen sich alle ähnlich: Cuzco ist Lo Yang, Nagasaki ist Warschau. Deshalb liegt in diesen Ruinen alles dicht beieinander – Inka-Mauern und Autowracks, Sonnentempel und christliche Kirchen. Fang spürte einen kalten Schauer. Ein paar Indios kamen Koka kauend und zermürbt von der Plackerei den Pfad hinauf. Sie sangen ihre Huayno-Lieder, während sie auf die Imbißbude mit der Rocksky-Musik zugingen. Hinter ihnen schleppte sich Einstein durch den Schnee: Er sah aus wie ein kleiner Bär, so völlig eingemummt in seinen Fell-Overall. Steif vor Kälte trat er ins Zelt und legte sofort ein Eis auf das Öfchen.

»Kalt, was, Fang?« sagte er. »Aber du müßtest mal erleben, was da unten bei den Bohrungen los ist. Warum warst du denn heute nicht da?«

»Lei Wen, das Zeichen des Blitzes«, sagte der Chinese, »ist mir heute in den Mund gefahren, und daraufhin hat mir Li Sao, die Begegnung mit dem Schmerz, das ganze Gesicht zu einer Grimasse wie aus einem japanischen Kabuki-Stück verzerrt. In dürren Worten, ich habe Zahnschmerzen.«

»Ich dachte, dein erleuchteter Geist würde dafür sorgen, daß du über solche Dinge erhaben bist«, spottete Einstein. »Wieso setzt du dir nicht eine Nadel? Das ist doch eine von euren jahrtausendealten Methoden. Oder werden die inzwischen nur noch bei uns im Westen angewandt?«

»Die traditionelle chinesische Medizin«, sagte Fang, »wurde um 1950 wiederbelebt, die Kommunistische Partei führte als Lehrbuch in Krankenhäusern und Schulen das Traktat über die innere Medizin des gelben Kaisers Huang Ti ein. Seit damals leben die traditionelle und die moderne Medizin in China nebeneinander.«

»Ich verstehe«, sagte Einstein, »bei euch wird ja immer alles vereint. Yin und Yang, *contraria sunt complementa* –«

»Und der alte Fang und der junge Einstein«, ergänzte der Chinese. Einstein sagte nichts, sondern gab sich beschäftigt mit dem Auseinanderfalten einiger Blätter. »Sieh mal!« sagte er plötzlich. »Ich habe dir die Planskizze der heutigen Bohrungen mitgebracht. Der Chefingenieur sagt, wir haben jetzt alles ans Licht gefördert, was auf den letzten Karten eingezeichnet war. Viel ist es nicht. Wir haben das Gebiet, in dem die Energiequelle sein müßte, hier eingekreist. Das rätselhafte ›Feuer‹ liegt ungefähr da, wo das Inka-Gebäude mit dem Namen ›Sonnentempel‹ stand. Darüber liegen die Reste eines Benediktinerklosters. Aber seit einiger Zeit registrieren wir keine Entladungen mehr. Das Ding da unten, falls es das überhaupt gibt, scheint sich zu verstecken: Es wirkt regelrecht abgeschirmt gegen jede Entdeckung«, sagte Einstein und sah den Chinesen an. »Jedenfalls liegt es mit Sicherheit sehr, sehr tief. Vielleicht in einer unterirdischen Kammer. Die Indios behaupten, da unten seien Labyrinthe, die Chinkanas heißen. Sie erzählen auch, daß niemand, der versucht hat, dort hineinzugelangen, lebend wieder herausgekommen ist. Legenden, kennt man ja. Aber die Indios betrachten diesen Punkt als *huaca*, heilig, sie wollen nicht mehr weiterbohren. Mir wird jeden Tag klarer, daß es irgendeine rätselhafte Angabe, irgendein Detail gibt, das uns entgangen ist, Fang. Aber vielleicht sind wir nahe dran –«

»Wie kommst du darauf?« fragte der Chinese.

»Ich hatte so ein Gefühl, Fang, als ich bei diesen Bohrungen zusah, genau wie bei denen in Pisac, wo das Sonnenobservatorium liegt, und in dem großen Amphitheater in Kenko und vor allem in Machu Picchu, der Stadt auf dem Berg. All diesen Anlagen liegt ein ganz ausgeklügelter Bebauungsplan zugrunde. Er bezieht sich auf das weitverzweigte Straßennetz, auf Brücken, auf Wasserwege. Die Stadt Cuzco liegt in der Mitte von allem. Von ihrem Hauptplatz aus führen Straßen zu allen vier Kardinalpunkten des Reiches. Alles ist nahtlos miteinander verbunden, alles macht den Eindruck, als wäre es für einen Zweck, auf ein Ziel hin erdacht worden. Aber was war der Zweck? War er nur religiös? Ging es nur um gesellschaftliche Kontrolle, nur um die Verteidigung? Ich würde das nicht sagen –«

»Willst du etwa sagen«, unterbrach ihn Fang, »daß sogar du den Eindruck hast, diese Zivilisation lebte in dem Gefühl, eine historische Aufgabe zu haben? Irgendeinen verborgenen Zweck?«

»Ja. Diese Inkas sind ein Volk, das ich nicht begreife. Sie lassen sich von einer ganz exklusiven Aristokratie regieren und haben gleichzeitig eine ganz hochentwickelte und ganz solidarische gesellschaftliche und staatliche Struktur. Sie sind zu der schlimmsten Grausamkeit fähig, zu Menschenopfern, sie machen aus den balsamierten Häuten ihrer Feinde Trommeln und opfern beim Tod eines Fürsten gleich dessen sämtliche Diener, aber dann lassen sie wieder die Türen ihrer Häuser offen, denn gestohlen oder überfallen wird nicht. Sie tapezieren ihre Mauern mit Gold, aber sie kennen weder Geld noch Steuern. Sie haben hochentwickelte Ackerbautechniken, ein hochmodernes Straßennetz, aber sie glauben an Zauberer. Sie sind religiös, aber ihre Götter sind Planeten, Sonnenphasen, Sterne. Sie sind ein bißchen Krieger, ein bißchen Ingenieure, ein bißchen Priester. Und dann diese Herrscher: Sie heiraten immer nur Blutsverwandte, halten den Kreis der Macht ganz eng, haben Geheimriten, als müßten sie –«

»Ein Geheimnis bewachen?« fragte Fang.

»Ja, genau so, ein Geheimnis«, sagte Einstein nachdenklich. »Denkst du das auch? Weißt du vielleicht etwas, das ich nicht weiß?«

»Nein«, sagte Fang, »aber mich haben diese Inkas auch überrascht. Als ich mich jetzt wieder mit ihrer Geschichte beschäftigt habe, sind mir drei Dinge aufgefallen: Erstens, wie du sagst, dieses Volk scheint eine historische Aufgabe zu haben. Es organisiert sich perfekt, macht die Erde fruchtbar, baut Silos, in denen die Produkte gehortet werden, und ein riesiges Straßennetz, auf dem Staffelläufer von jedem Punkt des Reiches aus Nachrichten nach Cuzco bringen, es plant, wie viele Funktionäre und wie viele Arbeiter gebraucht werden und legt Bergstädte und kolossale Festungen an. Und dann kapituliert diese ganze Zivilisation plötzlich, an einem bestimmten Punkt ihrer Geschichte, fast kampflos vor der Invasion der Spanier. Als wäre ihre Aufgabe erledigt. Als hätte sie kein Interesse mehr, weder am Leben noch an der Auseinandersetzung mit einer neuen Zivilisation. Bei der bloßen Berührung bricht sie schon auseinander, sie wählt den Untergang. Der zweite Punkt ist der hartnäckige Wunsch dieses Volkes, seine Geschichte geheimzuhalten. Das Fehlen einer Schrift, die Angst vor beschriebenen Seiten. Und drittens die Exklusivität des Inka-Clans, der *ayllu,* die strengen Kulte wie der der heiligen Jungfrauen von Machu Picchu, die Priester aus königlichem Geblüt, die *illac ymu.* Das wirkt wirklich alles, als hätten sie etwas zu ›hüten‹. Und zwar nicht das Gold, das die Konquistadoren finden werden.«

»Das glaube ich auch«, sagte Einstein, »Gold hatte für die Inkas nicht die Bedeutung, die es für uns hat. Alle Mauern und Gebäude waren damit überzogen, aber niemandem ist eingefallen, es zu stehlen.«

»Ja, aber, Einstein, es gibt noch etwas Überraschendes: Ihre Kunst, etwas vorherzusagen, mehr noch, ihre Besessenheit von der Zeit, die sie mit Mayas und Azteken teilen. Jeder, der nicht arbeiten konnte, wurde Wahrsager. Es gab regelrecht ein kollektives wahrsagerisches ›Wissen‹. Alle Inkas scheinen gewußt zu haben, daß ihr Schicksal vorgezeichnet war. Die schlechten Omen, zum Beispiel ein Kondor, der auf dem Platz von Cuzco stirbt, oder eine Sonnenfinsternis oder ein Erdbeben – das sind alles keine unvorhergesehenen Zeichen, es sind lang erwartete Zeichen. Das gilt für die Inkas ebenso wie für die Mayas: Lies mal, wie Atahualpa und Montezuma die Ankunft des Feindes erwarten, der sie töten wird. Quetzcoatl, Pizarro und Cortes – wer immer da vom Meer her kommen wird, sie wissen vorher, sie werden verschwinden müssen. Ihre Aufgabe ist erfüllt. Sie wollen nicht ›gewinnen‹: Für uns ist das unvorstellbar. Uns erscheint eine Zivilisation unmöglich, die zugleich hochentwickelt und abergläubisch sein kann. Aber vielleicht finden wir das nur ›magisch‹, weil wir es nicht begreifen –«

»Nein, Fang«, unterbrach Einstein, »über Magie brauchen wir uns nicht zu unterhalten. Das hier ist ein wissenschaftliches Mysterium! Diese Organisation hat etwas ›gewußt‹, sie war da, um eine Entdeckung zu verstecken, vielleicht genau die, die wir da unten machen wollen. Einen Reichtum, eine Macht, irgend etwas Konkretes. Uns fehlt nur eine ganz bestimmte zusätzliche Angabe für den Computer, und damit hätten wir die Antwort sofort gefunden! Es gibt nichts, das sich nicht mittels Wissenschaft finden ließe.«

»Und doch kann der Computer diese Antwort nicht finden«, sagte Fang.

»Nein! Aber immerhin sagt er uns, daß diese Zivilisation ein Projekt gehabt hat, eine Richtung, einen Sinn, der uns noch unbekannt ist und den unsere Wissenschaft herausfinden und begreifen wird.«

»Ich stelle fest, daß du deine Ansichten über dieses Volk geändert hast«, sagte Fang, »du hältst sie nicht mehr für ›Wilde‹!«

»Stimmt, Fang«, sagte Einstein, »aber ich habe auch das Gefühl, wir verbergen etwas voreinander. Raus mit der Sprache: Findest du die Hypothese des Computers richtig?«

»Ich weiß doch gar nicht, was der Computer gesagt hat«, sagte der Chinese ruhig.

»Das weißt du wohl! Du kannst meine Gedanken lesen. Du weißt, daß ich ihm die großen Erdzeichen der Inka Nazca zu lesen gegeben habe, diese kilometerlangen Linien und Figuren, die vorauszusetzen scheinen, daß irgend jemand von oben darauf sieht. Und diese ›Häute‹, mit denen die Inkas anscheinend Mongolfieren gebaut haben. Und die Zeichnungen von Palenque, die Terrassen. Du weißt genau, welche Hypothese der Computer dazu hat.«

»Aber ich weiß keine Antwort. Die Zahnschmerzen vernebeln eine Menge meiner telepathischen Fähigkeiten.«

»Komm, Fang, mir machst du nichts vor! Ist diese Hypothese absurd?«

»Nein, Einstein«, sagte der Chinese nach kurzem Schweigen. »Sie ist zwar unglaublich, aber ich habe so etwas auch schon überlegt.«

Huatac

Der graugekleidete Indio steht im Zimmer aus Stein. Er gart Kartoffeln in der Asche. Die Asche hütet die Schätze. Es ist Nacht. Yohuantequi, der Stern der Freundschaft, leuchtet nicht mehr, der Himmel ist dunkel. Aber jetzt kommt die Mondin. Coya mit den rabenschwarzen Haaren. Ihr Alter ist *copacalla,* 18 Jahre.

»Huatac«, sagt sie, »sie wollen, daß wir da bohren, wo es *huaca* ist. Der Bote läuft, und das Herz pocht ihm im Hals; aus dem Klopfen von tausend vor Anstrengung und Angst rasenden Herzen erreicht uns die Nachricht, daß die bewaffneten Männer zurückkehren werden. Egal, ob in eisernen Rüstungen oder in grünen Uniformen – sie erwarten uns. Sie umzingeln uns. Was sollen wir tun?«

Der graue Mann ist *punucrucu,* sehr alt. Er spricht leise. »Wir werden nicht für sie bohren. Einige dieser Männer sind gut, aber andere sind böse. Supay, der Teufel, führt ihre Schritte.«

»Huatac«, sagt die Mondin, »wir waren einst zahlreich. Jetzt sind wir nur noch wenige, und viele von uns tragen bereits ihre Uniformen und ihre Waffen. Die Nacht schaut hinein in den erloschenen Herd. Sollen wir unsere Kinder mit den Erzählungen von *raymi,* dem Sonnenfest, wärmen?«

»Wir konnten mit unseren Mongolfieren fliegen, in Papyruskörben«, sagte Huatac. »Es stirbt der Kondor, der in der Freiheit lebt. Es stirbt *cuy,* die Maus, die im Haus des Menschen lebt und seine Reste frißt. Und sterben wird, wer immer uns töten will. Mag er auch höher fliegen als jeder Kondor, dort oben wird er die Sterne treffen und Huaca, Saturn. Sterben wird der bärtige Mann. Wehe dem, der das Herz der Erde zum Stillstand bringen will!«

Auf dem Raumschiff Proteus Tien: Slok-Slok P'I

»Bist du traurig, Mei?« fragte Kook. Sie saßen vor dem großen Bullauge. Eine merkwürdige optische Erscheinung im All bewirkte, daß sie den Eindruck hatten, das Raumschiff durchpflüge ein aufgewühltes Meer und an seinen Flanken spritze hellblauer und violetter Gischt hoch. Die Motoren brummten tief und hypnotisierend. Mei drehte sich zu Kook; sie sah sehr bleich und müde aus.

»Ich weiß auch nicht, was mit mir los ist, Kook. Diese Reise ist so lang. Und ich kann Fang schon so lange nicht mehr fühlen –«

»Du hängst sehr an ihm, nicht?«

»Ja. Ich habe viel von ihm gelernt. Nach dem Telepathiekurs an der parapsychologischen Universität Maimonides war ich mir meiner selbst und meiner Kräfte sehr sicher. Bekanntlich waren wir Telepathen sehr gefragt, vor allem für Spionagezwecke und bei Verhören und solchen Sachen, und die Regierungen setzten uns immer gegeneinander ein. Aber jeder von uns hielt sich selbst für den Stärksten und Tollsten. Eines Tages, als ich auf der Wiese vor der Universität saß und darüber nachdachte, hatte ich eine Begegnung mit dem Denken von Fang. Er kam näher und fragte: ›Kennst du die Geschichte von Meister Hu?‹

Meister Hu war einer der bedeutendsten Kriegskunstlehrer Chinas. Am Ende der Lehrzeit versammelte er seine besten Schüler, die ihrerseits Meister werden sollten, um sich und sagte: ›Ihr fühlt euch nun stark und nahezu unschlagbar. Und vielleicht habt ihr recht. Aber bevor ich euch entlasse, möchte ich euch eine Frage stellen. Stellt euch vor, eines Tages müßt ihr den Fluß überqueren und die Brücke ist sehr schmal. Von der anderen Seite kommt ein schrecklicher Krieger, von dem ihr wißt, daß er grausam und stark ist. Ihr begegnet euch in der

Mitte der Brücke, und er könnte euch dort angreifen. In welchem Kampfstil werdet ihr euer Leben retten?‹

›Meister‹, sagte der erste Schüler, ›gewiß im Stil des Affen. Gewandt wie eine Affe, auf der engen Brücke bald hierhin, bald dahin springend, werde ich seinen Schlägen ausweichen und ihn selbst schlagen.‹

›Ich glaube, Meister‹, sagte der zweite Schüler, ›nur im Stil des Betrunkenen, nur mit dessen unberechenbaren Bewegungen kann ich ihn verblüffen und aus dem Gleichgewicht bringen und ihn schließlich töten und mein Leben retten.‹

Der dritte Schüler sagte: ›Ich glaube, im Stil des Tigers, indem ich als erster angreife und ihm unerwartet einen Schlag versetze, kann ich mein Leben retten.‹

›Ich dagegen, Meister‹, sagte ein vierter Schüler, ›glaube, daß ich ihn mit dem Labyrinthboxen, dem geheimen Stil, den er nicht kennt, überraschen und schaffen kann, daß er stirbt und mein Leben gerettet ist.‹

Der letzte Schüler aber sagte: ›Meister, ich glaube, wir müssen alles vergessen, was du uns gelehrt hast, und statt dessen mit einem friedlichen Lächeln auf ihn zugehen. So ist nicht nur ein Leben gerettet, sondern zwei.‹

›Das war die Antwort, auf die ich gewartet habe‹, sagte der Meister.

Fangs Geschichte bezog sich auf mich. Ich schlug daraufhin jedes Angebot aus, das meine Fähigkeiten zum Kriegsdienst verpflichten wollte, und seit jener Zeit ist Fang mir immer sehr nahe geblieben. Sogar jetzt, wo ich über den Krieg nur spreche ... fühle ich ... etwas Unheilvolles, als ob es auch hier sei, auf diesem Raumschiff ... etwas ... daß bereit ist zu töten –«

»Aber hier oben sind keine Waffen«, sagte Kook bestürzt. »Jedenfalls keine Kernwaffen, keine, mit denen man Kriege provoziert. Nicht wahr, Chulain?«

Chulain schüttelte den Kopf. »Ich weiß, was Mei hat. Mei ist seekrank, sie hat einen Allkoller: Das Slok-Slok P'I.«

»Das Slok-Slok«, bestätigte Caruso, »überfällt einen immer nachts. Es hat ein Cape in der Farbe von alten Hotels um. Es begleitet uns mit Musiken wie Blues, Tangos, Milongas –«

»Oft hat es auch alte Fotos unter dem Cape«, sagte LeO, »von Häusern auf dem Land und Großeltern, von Sonntagen am Meer und längst gestorbenen Zwergpudeln und alten Fußballmannschaften und Sonnenuntergängen und –«

»Und vom Gesicht des Liebsten«, seufzte Chulain, »das dich ansieht und betrübt auf Wiedersehen sagt, und dann hebt das Raumschiff ab.«

Mei lachte. »Gibt es denn kein Mittel gegen das Raum-Slok-Slok P'I?«

»Manche«, sagte Chulain ernst, »versuchen es mit Drogen! Kaffee, Kokain, Lumpiridion, Halluzinogenen. Aber wehe ihnen: Wenn die Drogen ihre Sinne explodieren lassen, zeigt sich das Gesicht des Liebsten nur noch viel lebhafter!«

»Manche«, sagte LeO, »spielen so lange an den Bord-Videogames, bis sie geschwollene Finger haben und die ganze Nacht davon träumen, daß sie von widerlichen, phosphoreszierend grünen, fremden Raumschiffen angegriffen werden, aber wehe ihnen: Von irgend so einem Raumschiffchen steigt im Traum der Liebste herab und schreit: ›He, nicht schießen, ich bin's, ich bin's‹.«

»Andere wieder«, sagte Caruso, »lösen Kreuzworträtsel oder holen sich einen runter oder beides auf einmal, und für alles beides schämen sie sich dann auch noch.«

»Und wieder andere«, ergänzte Chulain verschwörerisch, »vertreiben das Slok-Slok auf die einzig wirksame Weise: indem sie abwechselnd Geschichten erzählen.«

»Um die Wette erzählen«, bestätigte LeO, »genau! Jeder erzählt eine Geschichte: Das Slok-Slok P'I kommt, hört die Geschichten, hört sich eine an oder zwei oder drei, und am

Ende wird es müde und schläft ein. Dann braucht man es nur noch zu packen und aus dem Fenster zu werfen. Und alle werden wieder lustig.«

»Na dann los, Leute«, drängte Kook, »eine schöne lustige Geschichte!«

»Ach nein«, sagte Mei, »lustige Geschichten sind immer so traurig.«

»Also dann«, bot LeO an, »erzähle ich dir eine traurige Geschichte:

Es war einmal eine Dame, die hieß Emmeline Grangeford. Sie war sehr traurig, denn sie hatte ihren Hund verloren. Also dichtete sie einen sehr schönen Vers auf ihn, und der geht so. (Der Vers geht so. Wie der Hund geht und ob überhaupt, das wußte man nicht.)

Ach, in der Tasse dein Züngelein,
das klang wie im Tau die Füßelein.
Bei Regen trat ich dich oft, und nicht sacht,
weil
du Tapsen in meinen Teppich gemacht.
Aber jetzt, ach, jetzt, da hätt' ich so gern
den Geruch nasser Hunde in der Nase, min Deern.

Und so starrte Frau Grangeford nach draußen in den Regen und wartete und weinte und dichtete. Bis sie eines Tages etwas an der Tür scharren hörte: Gerührt und zitternd machte sie auf und –

Und ein Löwe stürzte hinein und fraß sie auf, mitsamt den beinernen Kämmchen in ihrem Haar.

Und die Moral von der Geschicht': Es gibt immer jemanden, der von anderer Leute Schmerz profitiert.«

»Das ist ja eine furchtbare Geschichte«, sagte Caruso.
»Erzähl eine bessere«, sagte LeO.

»Es war einmal ein italienischer Tenor, der hatte eine so schöne, eine so wunderschöne Stimme, daß er wahnsinnig eifersüchtig auf sie wurde. Er hielt sie immer im Mund verschlossen und ließ sie nie heraus. Reden tat er mit Gesten. Und die Stimme, obwohl jung und stark und voller Leben, siechte dahin und verlosch. Bis der Tenor sie eines nebligen, feuchten Tages ganz verloren hatte.

Da lief er die Straßen entlang und suchte nach ihr, aber weil er ja keine Stimme mehr hatte, konnte er sie nicht rufen. Er konnte auch niemanden nach ihr fragen. Da schloß er sich zu Hause ein und lebte lange Jahre nur in der Erinnerung. Eines Tages aber stellte er das Radio an und hörte sie! Sie, seine Stimme, schöner denn je. Sie lebte jetzt mit einem spanischen Tenor. Also ging er zu diesem Tenor nach Hause. Er fand die beiden, wie sie laut zusammen Liebesbriefe lasen. Da schoß der italienische Tenor auf den spanischen Tenor.

›Ich sterbe‹, sagte die Stimme des Tenors.

Und jetzt begriff der italienische Tenor, was er Schreckliches angerichtet hatte. Er setzte sich die Pistole an die Schläfe und starb auch, aber ohne einen Laut.«

»Das«, sagte Kook, »ist ziemlich unglaubhaft.«

»Dann erzähl du eben eine«, sagte Caruso.

»Ein Neuron und ein Proton langweilten sich und kamen überein, sie wollten eine Reaktion erzeugen. Auf der Straße trafen sie ein Elektron. Die drei taten sich zusammen, und es gab ein riesiges Durcheinander.

Sie waren sehr gerührt, als sie am nächsten Tag erfuhren, daß sie beobachtet worden waren und eine bedeutende wissenschaftliche Entdeckung zustande gebracht hatten.«

»Die«, sagte Mei, »ist mir zu wissenschaftlich.«

»Na, dann«, sagte Kook, »erzähl du eine Liebesgeschichte.«

»Die Weberin und der Hirtenknabe lebten an den zwei Ufern des großen Wolkenflusses. Sie konnten nicht miteinander sprechen, noch konnten sie sich treffen. Aber sie vertrauten ihre Liebesgrüße einem himmelblauen Kranich an, denn der konnte über den Wolkenfluß fliegen.

So liebten sie sich jahraus, jahrein und tauschten Gedichte und Liebesangebote und Treueschwüre. Aber eines Tages gab es einen Sturm im Wolkenfluß, es blitzte und donnerte gewaltig, und der Wolkenfluß teilte sich. Und endlich konnten die Weberin und der Hirtenknabe zusammenkommen und miteinander sprechen. Sie liefen aufeinander zu, und da sahen sie den blauen Kranich auf der Erde liegen, er war bei dem Sturm gestorben und lag da wie ein armer Sack voll Federn.

›Ach und Weh‹, sagte der Hirtenknabe, ›jetzt können wir uns endlich treffen, aber sieh nur, jetzt ist unsere Liebe tot.‹«

»Die ist ja viel zu traurig«, sagte Chulain, und eine dicke Träne kullerte ihm herunter. »Noch so eine könnte ich wirklich nicht verkraften.«

»Ich auch nicht«, sagte Mei.

»Na, Chulain«, sagte Kook, »dann erzähl du uns die Geschichte von den seltsamsten Planeten, die du gesehen hast!«

Die seltsamen Planeten

Ich habe viele seltsame Planeten gesehen – sagte Chulain –, und von vielen anderen habe ich erzählt bekommen. Ich war auf Mechanus, dessen Einwohner aus lauter austauschbaren Eisenteilchen bestehen und wechselweise Menschen, Traktoren, Pferde, Häuser oder Kräne sind. Jeder kann – indem er einfach ein Teil auswechselt oder ein paar Schrauben dreht – wählen, was er sein will. Jemand ist nie eins, sondern hat immer ein Stück in jemand anders, aber dieser Jemand ist er auch nicht, und deshalb sagt man, daß auf Mechanus niemand lebt, aber trotzdem sind die Straßen voll von Pferden und Karren und Männchen und Maschinchen aus Metall. Dann gibt es, nahe dem Schweif von Berenice, den Planeten Tricoevus. Dessen Bewohner wissen schon bei der Geburt, wie viele Jahre sie leben werden: eins pro Haar, maximal dreihundert. Sie haben dicke, flohfarbene, seidige Haare. Man kann sie auch verpflanzen: Und darum können die Reichen Haare von den Armen kaufen und länger leben. Zehn Haare – zehn Jahre mehr. Wenn ein Armer mit hundert Haaren geboren wird, verkauft er sofort achtzig davon, denn wer möchte schon so lange in Armut leben? Wenn ein Reicher mit wenigen Haaren geboren wird, kaufen Mama und Papa ihm sofort welche dazu. Aber es gibt auch die ›Figaros‹, das sind Banditen, die den Reichen Haare stehlen und sie den Armen geben. Aber wehe, wenn sie geschnappt werden! Dann fährt ihnen sofort die Schere des Friseurs über den Kopf. Und die Armen fangen wieder an, Haare zu lassen, und manchmal verkaufen sie sogar ihr letztes Haar, denn man muß ja auch leben.

Ein anderer sehr seltsamer Planet ist Vorkurzus: Dort sind alle Bewohner immer einen Augenblick vorher noch dagewesen. Man kann ihr Dasein auch merken, denn es gibt Häuser, die Schornsteine rauchen, die Autos haben die gültige TÜV-Plakette, die Geschäfte sind geöffnet, die Vorgärten gut gepflegt, die Straßen sauber. Aber wenn ihr gerade an einem Haus klingeln wollt, findet ihr ein Schild: *Bin im Garten*. Ihr seht den Hund in seinem Körbchen, die Blätter sind zusammengekehrt, der Rasen schön gemäht, aber im Garten ist niemand. Plötzlich wieder ein Schild: *Bin bei der Arbeit*. Ihr nehmt die U-Bahn, aber auch da findet ihr niemanden. Alle sind vor kurzem ausgestiegen. Am Arbeitsplatz lest ihr, daß das Büro seit fünf Minuten zu ist. Ihr seht Kaffeetassen, aus denen vor kurzem noch getrunken wurde, Kippen, die noch glimmen, Blätter, die noch in die Maschinen gespannt sind, aber niemand ist da bei der Arbeit. Das Telefon klingelt, aber sobald ihr abnehmt, hat jemand gerade aufgelegt. Ihr geht hinaus und seht, daß alle Geschäfte zu sind, und das Schild: *Bin gleich wieder da*. Die Autos stehen ordentlich geparkt, aber leer da. Bei einem läuft der Motor, aber vom Besitzer keine Spur. Im Park liegen überall altes Papier und Präservative und Zeitungen vom selben Tag, aber alle sind gerade weggegangen. Ihr fahrt ins Hotel: Der Empfangschef kommt gleich wieder. Ihr nehmt euern Schlüssel, den einzigen (alle anderen Leute sind eben weg). Euer Zimmer ist gerichtet, die Handtücher gewechselt. Ihr geht ins Bad, die Tür öffnet sich, klick, ihr lauft hin, aber der Kellner ist gerade wieder weg, und das Frühstück steht auf dem Nachttisch. Ihr hört Lärm von einer Band auf der Straße. Ihr lauft nach draußen! Der Fahrstuhl geht vor eurer Nase zu, jemand hat ihn gerade genommen, ihr rennt zu Fuß die Treppen hinunter, kommt auf die Straße. Die Straße ist übersät mit Konfetti, Flugblättern, Papierschlangen, leeren Flaschen. Aber kein lebendes Wesen ist da. In der Ferne hört ihr immer leise den Lärm der Band. Jetzt werdet ihr wütend, ihr möchtet schreien, brüllen, aber ihr könnt nicht.

Ihr seid vor kaum einer Minute gegangen.

Der seltsamste Planet aber, von dem ich erzählt bekam, ist der Heiligscheißplanet. Auf ihm gilt die Scheiße als größter Reichtum, sie ist die Währung, mit der man alles kaufen kann. Die Bewohner haben keine Portemonnaies: Sie schleppen große Kübel mit sich herum, und je größer sie sind und je mehr sie stinken, desto mehr geben sie damit an. Die Banken sind gigantische schwarze Gruben, die von Polizisten und *vigilantes* bewacht werden. Da wird eingezahlt. Die kleinsten Beträge – von einem alten Mütterchen, das ihre ganzen Ersparnisse, zwei winzige Kaninchenköttelchen einzahlt, und die größten – von einem Geschäftsmann, der die Tageseinnahmen bringt, einen riesigen, stinkenden Karren. Zu Hause sagt man natürlich nicht: ›Ich gehe auf's Klo‹, sondern: ›Ich tue etwas in den Spartopf‹. Jedes Kind hat sein Töpfchen, in Schweinchenform. Doch, o weh! Auch in diesem Land gibt es Leute, die Körper und Seele verkaufen und dabei maßlose Scheißer werden! Leute, die dich mit vorgehaltener Pistole überfallen und dich zwingen, sofort mitten auf der Straße alles abzuliefern, was du im Leib hast! Wenn jemand unvorsichtigerweise im Park stehenbleibt, um sich ein bißchen Kleingeld zu machen, dann muß er sehr aufpassen, daß ihm nicht jemand in der kurzen Zeit, in der er sich die Hose wieder hochzieht, seine Habe wegschnappt. Von den Exhibitionisten ganz zu schweigen: Das sind die, die, kaum daß sie ein Restaurant betreten, sofort jedem erreichbaren Kellner Scheiße in die Hand drücken und salamigroße Würste als Trinkgeld dalassen. Und dann auch noch sagen, sie wollten sich ja nicht aufspielen, aber sie wären so voller Scheiße, daß sie gar nicht wüßten, wohin damit!

Die Wirtschaft auf diesem Planeten richtet sich natürlich nach der entsprechenden Peristaltik: Ein Investitionsdefizit heißt hier Verstopfung, und ein Durchfall ist eine Inflation. »Wir hoffen, wir können die Durchfallrate unter zehn Prozent halten«, verkünden die Regierenden hier. Und zwischendurch wird ein Skandal aufgedeckt und heraus kommt, daß die Regierenden zentnerweise Scheiße von Industriellen genommen und dafür beim Scheißschmuggel ins Ausland ein Auge zugedrückt haben. Wechsel gibt es auch: Man kann zum Beispiel eine Maschine dadurch anzahlen, daß man im Augenblick des Erwerbs zehn Abführmittel auf einmal schluckt. Geht der Wechsel allerdings zu Protest, wird sofort der Bauchrott erklärt. Es kommt zu Durchsuchungen, und manchmal wird auch konfisziert; dafür haben sie Finanzchirurgen. Aber das passiert nur wenigen Unglücksraben: Dieser Planet ist reich. An jedem Sechsten des Monats, am St. Libero-Tag, feiern sie das Fest der heiligen Scheiße. Da kommen dann die größten Scheißer zusammen, fahren in großen, crème- und kastanienfarbenen Autos vor und quetschen sich in die mit Lampen und kostbaren Gemälden und Badezimmerporzellan vollgestopften Salons. Die Damen erscheinen ganz in Weiß, die Herren ganz in Rosa. Es wird getuschelt: Siehst du den da? Der hat seine Scheiße mit Spielhöllen gemacht, ein Parvenu. Und der da: Huh, der hat blaues Blut, seine Familie war immer schon eine Jauchekuhle. Und dann tanzen alle, und vor allen Dingen furzen sie, um ihren Reichtum zu demonstrieren. Die dicken Damen furzen im Bass, und dabei blähen sich ihre engen Atlaskleider wie Segel; die jungen Damen geben zierliche, virtuose Flöten- und Klarinettentöne von sich; die reichen Geschäftsleute dröhnen wie Kanonen und hauen sich dabei gegenseitig auf die Schultern; die Intellektuellen entringen sich einen ausgesprochen leidgeplagten Hauch und betonen, Scheiße sei schließlich nicht alles auf der Welt; die strahlenden Jünglinge knattern in stechenden Tönen, wobei sich ihre Frackschöße elegant bauschen; die adligen alten Herren brummeln und knetern, und nicht selten lassen sie dabei gleich noch ein bißchen Kleingeld in die Unterhose fallen; die kleinen Kinder tirilieren niedliche Windchen, die Säuglinge zierliche Piepser, und der Hausherr tritt mit hochrotem Kopf triumphierend auf die Schwelle und zündet einen historischen Böller mit einer bebenden, endlosen Druckwelle, bei der das Kristall zu wackeln anfängt, und sagt mit lauter Stimme:

»Das Essen ist aufgetragen!«
Und alle gehen sich die Hände waschen.

Als er das erzählt hatte, bedeutete Chulain den anderen, still zu sein. In einer Ecke des Raumschiffs lag heftig schnarchend das Slok-Slok. Er nahm es zart bei den Ohren, öffnete das Fenster und schleuderte es ins All. Mei fand das Lächeln wieder.

III. Die Schlacht im All

Mitternacht: Sieben Flugstunden vor Meskorska

Raumschiff Zuikaku – Dienstbefehl

Bereitmachen zur Landung auf Meskorska. An Land gehen: der Unterzeichnete, General Yamamoto, als Spielwarenhändler verkleidet sowie als Spielzeugmäuse verkleidet die Soldaten, die den letzten Lehrgang in Mimischer Imitation absolviert haben, und zwar die Sergeanten On und Input und die Soldaten Unlock, Status, Mem, Mids, π und Data. Wegen dieses Einsatzes wird die Exekution der zur Cocacolisierung Verurteilten auf morgen verschoben. Folgende Soldaten sind zum Dienst abkommandiert: Wache – Korporal Return, Soldaten Step und Next; Ordonnanz – Tab.

Unterschrift: Kommandant Yamamoto.

Bis zur Landung auf Meskorska läuft im rosa Saal der Film *Meskorska — Juwel der arabischen Industrie*. Der blaue Saal bietet amerussische Country-Musik, ein Konzert mit den Puschkin Brothers. Im Computersaal findet der Hieroglyphen-Dechiffrier-Wettbewerb der Taschenrechner statt, Weltmeister 676 IBM gegen Herausforderer Rank Xerox 1088. Juwelensaal: Bauchtanz-Show mit der wunderschönen Suleima. Bakaya-Saal: Debatte zum Thema »Wohin geht die Weltraumforschung?«

Inland: Seine Majestät der Große Skorpion und Oberste Bestechungschef Sadalmelik El Akrab hat am heutigen Tage sechsmal hintereinander Papierbällchen in den Papierkorb gezielt, welcher in beträchtlicher Entfernung von seinem Schreibtisch steht. Seiner Majestät – kein Neuling auf sportlichem Gebiet – die aufrichtigen Glückwünsche der gesamten Besatzung.

Morgen abend erhalten alle Nichtdienstverpflichteten freien Ausgang auf Meskorska. Bitte berücksichtigen Sie, daß unser Raumschiff Vertragspartner des Restaurants »Meleph« und des Nachtclubs »Elgomaisa« im arabischen Sektor ist.

Bekanntmachung: Gestern zirkulierten Meldungen über ein angebliches Attentat auf die königlichen Säle. Der König dementiert diese Gerüchte auf das entschiedenste und gibt bekannt, daß jeder, der bei der Verbreitung falscher und tendenziöser Meldungen ertappt wird, der demokratischen Zensur unterzogen und seine Zunge in diesem Schaukasten ausgestellt wird.

Traueranzeige: Der Pilot Igor Dylaniew, 36 Jahre, der sich stets ungeteilter Wertschätzung erfreute, wurde tot in seiner Kabine gefunden: Selbstmord. Der diensthabende Arzt stellte Tod durch Überdosis Alkohol und Barbiturate am durch sechs

Messerstiche in die Brust geschwächten Subjekt fest. Begräbnisfeierlichkeiten morgen.

Gedanke des Abends: Man kann auch bereuen, bereut zu haben. (Ibn Sawi al-Muin)

Meskorska!

Die Weltraumsirene der Proteus heulte zweimal, und sämtliche Scheinwerfer blitzten auf und erleuchteten das All.

»Hau ab von meinem Kurs, du Armleuchter!« brüllte Chulain über Bordfunk. Genau vor ihnen zuckelte gemächlich ein Straßenkehrerkahn und saugte metallische Schlacken und Abfälle in sein Froschmaul.

»He, du Angeber, mach dein Flutlicht aus«, antwortete eine Stimme vom Mülltransporter, »fahr doch vorbei, aber mecker dann nicht, wenn du dreckige Scheiben kriegst!«

Chulain überholte ihn und merkte sofort, warum er doch lieber hätte bleiben sollen, wo er war. Die Proteus geriet in eine Wolke aus Abfällen von Meskorska und versank in all dem Dreck, den eine Stadt mit einer Fläche von zehn Kilometer Durchmesser ins All spucken kann. Metallschrott, Feilstaub, Hülsen und Plastikteile, Antennen, Flaschen und Präservative schlingerten durch die Luft. Auf das Fenster der Proteus senkte sich ein Haufen Müll von einer Tonne Gewicht und bildete dort sofort ein hübsches Bild im *rest-art*-Stil.

»Paß schön auf die Mücken auf, Erdenbewohner«, höhnte der Allmüllmann. Chulain drosselte mürrisch die Geschwindigkeit und besah sich die Dreckwolke. »So 'ne Kloake«, sagte er. »Als ich das letzte Mal hier war, stand da eine Schlange von achthundert Raumschiffen, ein Wahnsinnsstau. Damals gab es auch noch Treibstoff!«

Die große, transparente und leuchtende Kugel namens Meskorska drehte sich langsam auf sie zu. Die verästelten Straßenlinien gaben Meskorska das Aussehen eines riesigen Augapfels. Zwei oder drei stinkende Böen bestätigten unseren Helden, daß sie dicht am Industrierevier mit der Null-Schwerkraft vorbeiflogen.

»Kontrollturm Raumhafen Cola«, gab Chulain an, »hier ist Proteus. Wir sind bereit zum Landen.«

»Zuerst wird mal am Schalter gehalten und Maut gezahlt«, antwortete die Stimme aus dem Kontrollturm.

Chulain regte sich auf: »Was für eine Maut? Seid ihr verrückt geworden?«

»Was ihr hier befahrt, ist eine Astrobahn. Habt ihr etwa die Cosmogrills und die Ampeln nicht gesehen? Wieviel Tonnen wiegt ihr bitte?«

»Hundertzwanzig«, warf Chulain zurück.

»Schön! Macht sechzig Barren Maut und hundert Barren Strafe für versuchten Betrug, die Astronautische Kartei hat euch nämlich mit über zwanzigtausend Tonnen registriert.«

»Und was passiert, wenn wir nicht zahlen?«

»Wir haben zwei Thermokanonen auf euch gerichtet. Wenn die losgehen, wird der Kerl, der eure Karosserie gebaut hat, Milliardär.«

»Ich glaube, wir sollten lieber zahlen, Freunde.«

Meskorska Terminal

Wenige Minuten später saßen sie gemütlich in den Tigermuster-Sesseln des fünften Raumhafens von Meskorska und warteten darauf, daß die Zollroboter endlich mit ihren Kontrollen fertig wurden.

Durch die breiten Fenster des Raumhafens sahen sie die geometrische Ringflächen-Struktur von Industriegeländen und Anbaugebieten sowie die Gärten des Wohnbereichs.

»Meskorska«, verkündete eine Stentorstimme aus dem Lautsprecher, »wurde im Jahre 2098 von sieben verdienstvollen multinationalen Firmen gegründet, und zwar zur Durchführung von Forschungsvorhaben über die industriellen Anwendungsmöglichkeiten im All und die Resozialisation von Strafgefangenen durch Arbeit bei Null-Schwerkraft.«

»Um Arbeitskräfte mit Null-Lohn zu kriegen«, übersetzte Kook.

»Meskorska ist die drittgrößte und von der Erde am weitesten entfernte der insgesamt zweiundzwanzig Allinseln. Von hier starten Explorer-Projekte, die kostbare Mineralien und neue Entdeckungen für die Menschheit bringen.«

»Für die Firmen des Konzerns«, sagten alle im Chor.

»Die Insel mißt zehn Kilometer im Durchmesser und dreht sich alle sechs Minuten einmal um sich selbst. Dadurch hat unser Äquator Schwerkraftverhältnisse wie die auf der Erde. Entlang des Äquators sind die Wohngebiete angelegt. Zu den Polen hin angesiedelt sind die Industrien mit geringem Bedarf an Schwerkraft bis hin zur Null-Schwerkraft, die bei der Erzeugung von Metallegierungen und bei der Antiproton-Forschung von Nutzen ist. Diese Gebiete sind so abgeschirmt, daß sie den für den Produktionszyklus nötigen Wechsel von Tag- und Nachtphasen haben. Die Atmosphäre besteht aus flüssig eingeführtem und dann freigesetztem Sauerstoff: Sie ist in der Wohnzone den irdischen Verhältnissen in einem Gebirge von achthundert Meter Höhe vergleichbar. In der Industriezone bewegt sich die Atmosphäre im Rahmen der Norm.«

»Wie in einem Topf mit Schwefelsäure«, sagte Chulain.

»Ich möchte sie auch auf die zahlreichen Schönheiten von Meskorska hinweisen, die Sie unbedingt bewundern sollten. In Sektor 1, dem Atari-Sektor, haben wir die Harajuku-Zone mit den Hängenden Gärten, die – neben Hololand – modernsten Hologames-Fabriken sowie die künstliche dreidimensionale Stadt. In Sektor 2, dem Lockheed-Sektor, der Zone der Schwerelosigkeit, müssen Sie unbedingt bei unseren Ausbildern den freien Flug und das Airsurfing lernen und die berühmten Fabriken für astronautische Waffen besichtigen. In Sektor 3, Arabian United, bieten wir Swimmingpools für Zeitlupentaucher sowie die Energetik-Messe und die Sahara-Line, wo die modernsten Brennstoffe aufbereitet werden und Sonnenenergie aus Orbitalzellen gewonnen wird.

In Sektor Bulova besuchen Sie bitte – neben dem Rossi-

Sportstadion mit zehntausend Plätzen – die Mikropräzisionsindustrie und das Uhrengewimmel. Im Sektor Coca Cola 5, in welchem Sie sich augenblicklich aufhalten, dürfen Sie auf keinen Fall die Restaurant-Zone und den Nahrungsmittelsektor mit den grünen Treibhäusern versäumen, außerdem haben wir hier noch die Abteilung chemische Waffen und Gifte. In Sektor IBN-IBM können Sie die weltraumgrößten Teppich- und Computerfabriken besuchen. In Sektor 7, LBS (diese Abkürzung steht für Lucas, Bondartschuk und Spielberg), besichtigen Sie bitte das Museum für Weltraumeroberungen, das Geburtshaus von E. T. sowie die Schauspielakademie für Roboter. Wir wünschen Ihnen einen angenehmen Aufenthalt auf unserer Insel, und bitte vergessen Sie nicht: Das Ticket für den Ausflug ›Meskorska at night‹ mit autorisierter Führung erhalten Sie an unseren Schaltern, es kostet zwei Barren für Erwachsene und einen für Kinder und Radioaktive.«

»Vielen Dank, Chef«, sagte Chulain zum Lautsprecher. »Können wir jetzt gehen und uns dieses göttliche Gut angucken?«

»Erst wenn Sie den Grund Ihres Besuchs angegeben haben«, sagte die Stimme. »Sineuropäer kommen hier nicht oft vorbei.«

»Wir sind Sonnenjäger«, sagte Chulain, »wir möchten die Energie-Messe besuchen und uns die neuen Bassermann-Sonnenzellen mal angucken.«

»Hm«, ließ sich die Stimme vernehmen, »Sonnenjäger sind Sie, sagen Sie? Dann beantworten Sie bitte folgende Frage: Wieviel Sonnenenergie hat sich insgesamt während der voreiszeitlichen Ära über die Erde ergossen?«

»Eins zu fünf mal zehn pro achtzehnte Kilowattstunde im Jahr«, antwortete Kook, »sonst noch Fragen?«

»Ja. Wollen Sie Marihuana?«

»Welche Sorte?« fragte Chulain.

»Weltraumanbau aus senegalesischen Samen. Eine Wucht!«

»Abgemacht«, sagte Chulain.

»Legen Sie zwei Barren in den Korb rechts neben Ihnen, Sie finden es dann in Ihrem Koffer«, sagte die Stimme. »Schönen Aufenthalt.«

Ein Schnellfrühstück

Wassiliboyd und Coyllar hatten gerade in einem meskorskanischen Fast-Food-Imbiß Platz genommen. Sie schwiegen und ließen sich von den Lichtern der Raumstadt und der Trickfilm-Speisekarte berauschen, die blitzschnell über den Bildschirm flimmerte und ihnen die abenteuerlichen Begegnungen zwischen Super-Hamburgern und Knurrenden Mägen vorführte.

»He, ihr beiden, dalli-dalli«, meckerte der Kellnerroboter mit dem gelben Mützchen, »ihr habt hundertzwanzig Sekunden zum Essen, und sechs sind schon rum.«

»Zweimal Ham ohne Zwie Doppel-Spru zwei SanAm«, bestellte der Pilot, ohne zu zögern.

»Was ist SanAm?« fragte Coyllar besorgt, während die Hamburger ohne Zwiebeln und die Sprudel schon per Fließband auf sie zugezischt kamen.

»Sahneeis mit Amarena«, sagte Wassiliboyd und schnappte sich seinen Hamburger. »Gib mir mal das Ketchup. Mach schnell: Die Flasche bleibt nur zehn Sekunden offen.«

»Ich mag so nicht essen«, protestierte das Mädchen.

»Dylaniew mochte es immer gern«, sagte der Pilot. »In der Flugschule hat er wegen einer Wette mal zwanzig Brötchen in fünf Minuten verdrückt. Er sagte immer: Gier ist revolutionär.«

»Ihr wart sehr befreundet, nicht?«

»Sehr, auch wenn wir uns in letzter Zeit ziemlich oft gestritten haben ... Er war ... ich weiß nicht, wie ich das erklären soll ... wie meine zweite Hälfte ... die unruhige Hälfte ... und –«

»Dreißig Sekunden für den Kaffee, meine Herrschaften«, krächzte der Roboter.

»Hier hast du einen Barren. Und jetzt geh uns bitte die nächsten sechs Minuten nicht auf den Keks!«

»Laßt euch nur Zeit, Leute«, sagte der Roboter und schnappte mit dem Greifarm nach dem Trinkgeld.

»Wir haben immer alles zusammen gemacht«, fuhr Wassiliboyd fort, »bis nach dem letzten Krieg ... Danach hat er keine Witze mehr gerissen ... Er ist ernst geworden, hat dauernd Vorträge über unsere Vergangenheit gehalten ... Er konnte sich nicht damit abfinden, und ich habe ihm gesagt, es ist alles vorbei, Dylaniew, wir müssen uns mit der Wirklichkeit abfinden, unsere Genossen sind alle tot oder Geldkofferträger der Regierung geworden ... Und er sagte immer, das stimmt doch gar nicht ... Es gibt noch viel zu tun ... Und jetzt ist er tot und –«

»Jetzt«, sagte Coyllar, »denkst du, daß er recht hatte?«

»Ich weiß nicht«, der Pilot schüttelte den Kopf. »Ich weiß nur, daß wir jetzt hier sind und darauf warten, daß unsere sineuropäischen Feinde den Kurs finden, um sie dann umzulegen, damit dieser juwelenbehängte Verrückte da sich einen neuen Planeten unter den Nagel reißen kann, er und knapp zwei Dutzend Verwaltungsräte in der ganzen Welt –«

Coyllar sah ihm in die Augen. »Und wenn es wirklich etwas zu tun gäbe? Etwas, daß Dylaniew womöglich vorhatte, würdest du es an seiner Stelle tun?«

Wassiliboyd fiel ein, wie energisch Dylaniew darauf bestanden hatte, daß die Dzunum für diesen Flug engagiert wurden. Aber eine Stimme hinter seinem Rücken hinderte ihn an einer Antwort.

»He da, Lockenköpfchen! Willst du die ganze Nacht auf diesem Hocker zubringen?«

Die Stimme gehörte einem Typen in der Uniform der meskorskanischen *vigilantes,* er war bewaffnet mit einem Elektroknüppel.

Wassiliboyd sah ihn herausfordernd an. »Möchtest du ihn haben?«

»So ist es, Herr Pilot«, sagte der *vigilante.*

»Da hast du ihn«, sagte Wassiliboyd und schlug ihm den Hocker ins Gesicht.

»Dieser amerikanische Pilot ist aber sehr nervös«, sagte wenige Meter daneben die Maus π und steckte das bärtige Köpfchen aus dem Korb.

»Bleib da drin«, befahl eine bezaubernde alte Dame namens Yamamoto. »Und wenn du dich schon blicken läßt, mach gefälligst abgehackte Bewegungen! Mäuse, schöne mechanische Mäuse! Wer hat noch nicht? Sie sind wie echt!«

Leipziger All-Allerlei

»Ja, es ist wirklich schön hier«, sagte Mei, »ich hätte gar nicht gedacht, daß es hier soviel Grün gibt!« Sie schlenderten unter riesigen Bäumen und Farnen auf einer Allee im Zentrum von Meskorska entlang.

»Die Meskorskaner haben viel Sonnen- und Protonbearbeitungsenergie. Sie würden nie wieder zum Frieren auf die Erde zurückkommen«, sagte Kook und zeigte auf die Massen von Meskorskanern, die die Straße belebten. »Und jetzt sind auch die meisten hier geboren. Aber mach dir keine Illusionen. Hier in der Äquator-Wohnzone leben nur zwanzig Prozent der Leute. Die anderen sind in die Industriezone verbannt: Das sind Mestengos oder Gefangene, die ihre Strafe abbüßen müssen, oder Emigranten aus radioaktiven Zonen. Und die haben kein schönes Leben, sie leisten mörderische Arbeitsschichten in gefährlichen Umgebungen ab; sie werden ›Rattengesichter‹ genannt, weil sie fast nie die Gasmasken abnehmen.«

»Das ist doch nicht auf allen Allinseln so, will ich hoffen«, sagte Mei, »wenigstens nicht auf unseren!«

»Unsere Allinseln sind sehr klein«, sagte Kook, »aber ich fürchte, viel anders geht es dort auch nicht zu.«

Die Gruppe kam zu einer Straße mit lauter weißen Gebäuden, die vergitterte Fenster hatten. »Das ist die Adresse von diesem Geber«, sagte Chulain, »seine Zeitung muß hier sein.«

An der Tür eines Gebäudes stand ein alter Meskorskaner. Er bemerkte sie.

»Vu seek Zeitung buggialügga?« sagte er.

»Was spricht der denn?« fragte Kook Chulain.

»Shirap, den Slang der Allinseln«, sagte der Schwarze. »Er hat gesagt: ›Sucht ihr die lügenmäuligste Zeitung des Alls?‹ Ya, Olman: Nu seekita.«

»Buggialügga geschlossen ouvra miezzanait. Tienes paglieta?« sagte der Alte.

»Er sagt: ›Die Lügenfabrik macht erst um Mitternacht auf.‹ Hier arbeiten die Zeitungen in Schichten, um den Bogen mit den vierundzwanzig Stunden hinzukriegen. Er hat auch um eine Zigarette gebeten. Take ciga paglieta olman. Sabes du buona snack billig mucho esn? Wo tu zu o la!«

»Sure, Svartman«, antwortete der Alte. »Killa Strasse alla muchoka snack siapasgud.«

»Bestens«, sagte Chulain. »Ich habe ihn gefragt, wo man ein gutes Restaurant mit anständigen Preisen findet. Er hat gesagt, daß es in der Straße da eine Menge gibt. Meskorska und alle Leckereien des Alls – wir kommen!«

Das Restaurant »Le Linneo«

Unsere Helden standen auf dem Pantagruel Circus, dem Platz mit den renommiertesten Restaurants von ganz Meskorska. Vegetarische Restaurants, Restaurants mit bakteriellem Fleisch und planetoexotischer Küche, Algen-Restaurants und italienische Pizzerien, Restaurants mit biochemischem Essen in Ampullen und Gefrierrestaurants.

»Was sagst du hierzu, Sara?« fragte Caruso die Biene, die auf seiner Mütze saß. »›Linneo‹ – französische Küche.«

»Ich und die französische Küche, wir hatten schon seit Jahren kein Rendezvous mehr«, rief Chulain begeistert. »Los, nichts wie rein!«

Sie kamen in ein todschickes Ambiente. Die Gedecke waren winzig, die Bestecke zierlich. Ein Violinorchester spielte den *Flohwalzer.* Diskrete Kellner in glänzenden grünen Jacketts standen auf dem Sprung unter einer großen Tafel mit der Aufschrift: *Unsere Speisen – fliegenleicht und lecker!*

»Gut, Leute«, sagte Chulain und setzte sich. »Wir sind in eine echte Luxushütte geraten. Madame Mei, darf ich Ihnen die Rationen des Tages vorlesen?«

»Oui, Monsieur Chulain«, sagte Mei und bemerkte erstaunt, daß neben den Mikrobestecken ein Vergrößerungsglas lag.

»Et voilà!« tönte Chulain. »Die Tageskarte:

Sauterelles au miel Jean Baptiste
Sauterelles rôties à la Cuvier
Salade de Sauterelles à l'indonésienne

»Ich weiß zwar nicht, was diese Sauterelles sind, aber der Name klingt ausgesprochen appetitlich. Ob es Omelettes sind?« sagte Chulain und las weiter, ohne zu merken, daß Mei ihm verzweifelt Zeichen gab.

A suivre: Ragoût de blattes Linnéo
Paté de puces
Gigot de Némésia Moulin Rouge

»He, Gigot heißt Keule, das weiß ich.«

»He, Chulain«, flüsterte Kook und packte ihn am Ärmel.

»Was ist denn, Kook? Laß mich doch zu Ende lesen. Hehe, hört mal:

Bourdons à la balinaise
Omelettes de Scéliphron Spirifrex
Omelette aux moustiques
Couscous de Grillon marocaine
Salade d'abeilles à la gelée royale Guizzardi
Salade de guêpes á l'armoricaine

»He, Mann! Was diese Abeilles und Guêpes wohl sind! Aua!« Ein heftiger Tritt von Mei unter dem Tisch verschlug ihm den Atem.

»Caruso«, sagte das Mädchen, »tu, was ich gesagt habe! Schließ sofort Sara in ihrer Ruheschachtel ein!« Caruso wollte verblüfft fragen warum, als er einen Teller in der Hand des Kellners sah und begriff. Er nahm die Biene und sperrte sie schnell ein.

»Entschuldige den Tritt, Chulain«, sagte Mei und seufzte tief auf. »Du sprichst zwar sämtliche All-Slangs, aber Französisch ist nicht deine Stärke. ›Sauterelle‹ heißt Heuschrecke, die Keule ist eine Spinnenkeule, und die anderen Gerichte sind Mückenomelette, Flohpastete, Grillen-Couscous, Bienensalat mit Gelée Royale und Wespensalat süßsauer.«

»Das hier ist ein entomologisches Spezialitätenrestaurant«, sagte Kook, »offenbar züchten die zusammen mit den Pflanzen auch eine Menge Insekten.«

»Scheint mir keine passende Umgebung für Sara«, sagte Caruso und stand als erster auf.

»Le monsieur il se ne stop pas?« fragte der Kellner steif.

»Nous sommes végétariens«, sagte Mei.

Etwas weiter, mitten in der meskorskanischen Menschenmenge, machte die alte Dame Yamamoto mit ihren mechanischen Mäusen gute Geschäfte, so gute, daß aus dem Korb ein Pfötchenscharren ertönte:

»He, Herr General, hier spricht π. Ich setze sie hiermit in Kenntnis, daß Sie mit der Werbung aufhören müssen, weil Sie jetzt sämtliche echt mechanischen Mäuse verkauft haben. Wenn noch jemand eine haben will, müssen Sie eine von uns verkaufen.«

»Seid ruhig«, sagte der General, »ich möchte viel lieber wissen, was diese verdammten Aramerussen machen.«

Die Aramerussen waren ganz in der Nähe, als Touristen

verkleidet. Ihr Chef, ein dicker Araber in beuteligen Bermudashorts und Landgang-Latschen, machte über Funk Meldung an die Calalbakrab.

»Wir haben sie im Visier, Chef! Gerade haben sie ein Restaurant namens ›Créatures‹ betreten. Keine Spur von den Japanern. Aber Wassiliboyd und ein Mädchen von der Band haben eine Schlägerei mit dem Wachmann angefangen und sind verhaftet worden. Was sollen wir machen?«

»Sie sollen für diese Nacht an der frischen Luft bleiben«, antwortete Alyas Stimme, »damit sie wieder einen klaren Kopf kriegen. Sonst enden sie noch wie ihr Freund! Hast du mir wenigstens diese Souvenirkugel mit dem Schneegestöber drin gekauft?«

Chez les Créatures

Wir servieren alles, was man in dieser Galaxis essen kann, stand bescheiden als Einleitung auf der computerisierten Speisekarte; die Tastatur ließ hundertzwanzig Wahlmöglichkeiten zu.

Ein gestriegelter Kellner mit buschigen Synthetikkoteletten trat an den Tisch. In der Hand hielt er einen Computer-Terminal für die Bestellungen.

»Die Herrschaften wünschen?« fragte er in perfektem Sineuropäisch.

»Helfen Sie uns bitte«, sagte Chulain, »gar nicht so leicht, auf einer Karte mit sechzigtausend Gerichten etwas auszusuchen.«

»Wenn die Herrschaften erlauben, ich darf Ihnen unsere Mysteriöse Minestrone empfehlen. Sie ist hervorragend, und es ist ja auch spannend, wenn man nicht weiß, was drin ist. Als Hauptgericht könnte ich Ihnen, wenn Sie Nerven haben, einen Prupus Venusianus bringen.«

»Und wofür braucht man da Nerven?« fragte Kook.

»Wenn Sie sich ein Bild machen möchten – am Nebentisch wird soeben einer serviert.«

Neben ihnen nahmen tatsächlich gerade zwei dickbäuchige Russen den Deckel von einer Terrine, aus der ein phantastischer Dampf stieg. Der erste Russe steckte seine Gabel hinein, aber sofort schoß ein hellblauer Fangarm aus der Terrine, riß ihn in die Brühe und tauchte ihn unter. Zwei Kellner gingen dazwischen und konnten den Gast mit Hilfe einer kleinen Messerstecherei befreien. Dann versuchte es der andere: Aber der Prupus, eine Kreuzung aus Polyp und Qualle, sprang entschlossen aus der Terrine und lieferte dem Gast einen wütenden Nahkampf, wobei die Suppe durch die Gegend spritzte, und der Russe schrie und ächzte zum Schluß, halb erwürgt von den Tentakeln: »Das Obst, ich möchte das Obst!«

»Wie Sie sehen«, lächelte der Maître, »haben nicht alle Leute das Zeug zum Prupusesser. Wir servieren ihn gekocht, aber das Kochen steckt er locker weg, er lebt nämlich auf der Venus, in zweitausend Grad heißem Magma.«

»Ich glaube«, sagte Mei, »wir nehmen lieber eine andere von Ihren Spezialitäten... Jedenfalls nichts, was sich selbst bewegt, bitte.«

»Unsere Spezialität ist ein Pilz mit dem Namen ›Erliebtmicherliebtmichnicht‹. Er wurde auf dem Jupitermond Antilochus entdeckt. Wir führen ihn als einzige in der ganzen Galaxis, er ist eine echte Rarität. Bisher haben ihn wirklich nur wenige gegessen, ich betone, wenige.«

»Sehr gut«, sagte Chulain, »also viermal Mysteriöse Minestrone und eine Portion von diesem Liebmich. Ach ja, und eine Kamelie für Sara, aber nicht zu sehr angemacht, sie verträgt nur die reine Substanz.«

Der Maître verbeugte sich und tippte die Bestellungen in den Chef-de-Computer.

Nach wenigen Sekunden wurde aufgetragen.

Chulain untersuchte mißtrauisch die schwarze, schleimige

Brühe in seinem Suppenteller. »Was meint ihr«, fragte er, »sollen wir auf Entdeckungsfahrt gehen?«

Sie kosteten sehr vorsichtig, aber nach den ersten Löffeln fühlten sie sich sicher. Mei fand zarte Algen in ihrer Suppe, Caruso süße, rote Blumen. Chulain und Kook fanden erstklassige Bandnudeln, die nur den einen Nachteil hatten, daß sie immer wieder in die Suppe zurückflutschten.

Und dann trugen vier Kellner eine massiv goldene Terrine auf den Tisch. Der Maître klatschte feierlich in die Hände.

»Meine Herrschaften! Ich darf Ihnen kurz erklären, wie der Erliebtmicherliebtmichnichtpilz gegessen wird. Dieser Pilz ist begabt mit einem ... sagen wir mal: besonderen Charakter. Er kann sich in drei Formen darbieten. Ich werde jetzt den Deckel öffnen: Der Pilz wird Ihnen weiß und neutral vorkommen. So hat er gar keinen Geschmack. Aber wenn Sie ihm unsympathisch sind (ich benutze diesen Ausdruck etwas unpassenderweise, denn eigentlich handelt es sich ja nur um eine besondere Sensibilität seiner Sporen), tja, also wenn Sie ihm unsympathisch sind, wird er grün, runzlig und schlapp; Sie können ihn dann nicht essen, er ist so giftig wie nur wenige andere Dinge im ganzen All. Wenn er Sie allerdings mag, dann erstrahlt der Pilz in wunderschönen roten und gelben Farben und wird zu einer erlesenen Köstlichkeit, wie Sie sie wahrscheinlich noch nie gekostet haben!«

»Unglaublich«, sagte Kook. »Und was muß man tun, um ihm sympathisch zu sein?«

»Gar nichts«, sagte der Maître, »der Pilz hat seinen eigenen Kopf ... beziehungsweise seinen eigenen Hut, wenn Sie mir diese kleine Bêtise gestatten wollen. Voilà, Madame et Messieurs, der Erliebtmicherliebtmichnichtpilz!«

In der Terrine stand ein wunderschöner bauchiger weißer Pilz von mindestens zehn Kilo Gewicht. Er drehte sich ein bißchen auf seinem Stiel hin und her und musterte die Gäste. Dann begann er, sich mit orangefarbenen Nuancen zu überziehen, sein Stiel leuchtete rot auf, und der ganze Pilz war in wenigen Augenblicken herrlich bunt. Die Kellner applaudierten.

»Kompliment, meine Herrschaften!« sagte der Maître. »Er liebt Sie. Und jetzt, daran habe ich keinen Zweifel, werden *Sie ihn* lieben!«

»Tja, natürlich«, sagte Caruso und hielt die Gabel halb in der Luft. »Los, probier du zuerst, Chulain.«

»Aber klar! Man ißt schließlich nicht jeden Tag einen Pilz, dem man sympathisch ist ... Na dann ... Ich glaube, ich fange mal hier an ... oder hier ...« Der Schwarze führte das Messer an den Pilz, konnte sich aber nicht entschließen. »Hört mal, Leute, ich verstehe eigentlich nichts von Pilzen, schneid du ihn an, Kook.«

»Nein«, sagte Kook sofort, »ich, äh, ich hatte vergessen, es euch zu sagen, aber ich habe als kleiner Junge schon von Hallimasch Verstopfung gekriegt ... Ich kann davon wirklich nichts essen ... Mei, fang du an.«

»O nein!« sagte Mei. »Tut mir leid, aber ich kann nicht jemanden erstechen, der mir gerade seine Sympathie bekundet hat.«

»Darf ich daraus schließen«, trat der Maître dazwischen, »daß Sie den Pilz nicht essen möchten?«

»Nein«, sagte Chulain. »Wir sind ihm sympathisch, wie könnten wir da sein Vertrauen so verraten?«

»Schön, meine Herrschaften, ich hatte keinen Zweifel daran«, schloß der Maître, »denn, sehen Sie, der Erliebtmicherliebtmichnichtpilz hat eine Besonderheit. Er wird grün und giftig in Gegenwart von bösen und gierigen Leuten. In Gegenwart von Leuten, die mit Sanftmut und Sensibilität ausgestattet sind, wird er bunt und lecker. Und ein sensibler Mensch könnte mit Sicherheit nie einen Pilz essen, der ihm soviel Sympathie bekundet hat.«

»Also?« sagte Mei.

»Also deshalb ist der Erliebtmicherliebtmichnichtpilz eine solche Rarität. *Niemand hat ihn je gegessen.* Die es gewollt hätten, haben es nicht gekonnt, und umgekehrt. Dieser hier ist seit fünfzig Jahren die Spezialität unseres Hauses, und wir haben sie nie aus dem Programm genommen. Ein Dessert, die Herrschaften?«

Wie sich unsere Helden das Durcheinander zunutze machen

»Tut mir leid, Oma, aber fliegende Händler haben hier keinen Zutritt«, sagte der Türsteher des »Créatures« zu General Yamamoto.

Der General warf einen untertänigen Blick unter seiner etwas schiefen weißen Perücke hervor. »Lassen Sie mich doch bitte hier im Eingang warten«, piepste er, »nur einen Augenblick. Oder – nein, Sie haben recht, ich werde Sie nicht stören!« Der General hatte es sich anders überlegt, als er sah, wie ein paar fiese Kerle herankamen. Es waren Dschenah, der Chef der Skorpionwachen, und seine Schergen. Ihre geblümten Bermudashorts konnten Yamamoto nicht täuschen. Jeder der Männer trug einen merkwürdigen Fotoapparat mit Kanonenobjektiv. Er erkannte sofort: Das Foto, das sie damit schossen, würde das letzte sein. Also schlich er gebückt an ihnen vorbei und klapperte laut mit den Holzsandalen.

»He«, hörte er hinter seinem Rücken, »kommt dir das Mütterchen nicht auch ein bißchen sehr markig vor? Hehe, Oma! Komm doch mal her.«

»Graue Soldaten!« wisperte Yamamoto seinen Mäusen zu. »Wir bewahren Ruhe! Ja? Meinen Sie mich, junger Mann?«

»Klar, Oma«, sagte der Araber und musterte ihn von oben bis unten. »Was hast du denn da im Korb?«

»Spielzeugmäuschen, made in Japan«, säuselte Yamamoto.

Dschenah riß den Korb auf. Die Mäuse machten sich sofort steif. »Na schön«, sagte der Araber und nahm π in die Hand, »sind *die* aber niedlich ... Metall, was?« und drückte der Maus mit zwei Finger auf den Bauch. π hielt heroisch durch und ließ Beinchen und Schwanz robotisch starr auf- und abhüpfen.

»Wirklich niedlich«, grinste Dschenah, »sieht aus wie echt!«

»Werden bei Honda hergestellt«, sagte Yamamoto, »japanische Technik!«

»Na, dann«, sagte Dschenah und hob π hoch, »ist sie bestimmt auch unzerbrechlich, was? Darf ich sie mal auf den Boden werfen?«

»Guik«, schrie π (das heißt »verdammte Scheiße« auf Mäusisch) und biß dem Araber in die Hand. Und dann brach das Erdbeben los. Yamamoto riß sich die Perücke vom Kopf, stieß einen fürchterlichen Schrei aus und ließ sein gesamtes Repertoire an Karatetritten gegen die Araber vom Stapel. Zwei von ihnen schickte er mit einem einfachen Doppeldreher zu Boden. Daraufhin verpaßte ihm ein Araber, der hinter ihm stand, einen dreifachen Stockschlag und bekam sofort ein Doppelpaar mäusischer Schneidezähne in die Fesseln gehauen. Dschenah brachte seinen Fotoapparat in Anschlag und wollte gerade sein Drehweitwinkel zum Einsatz bringen, wurde aber von π in den rechten Gesäßmuskel gebissen. Vier Araber warfen sich auf Yamamoto, der einen Kumite-akai-do (das ist ein Kirschkernschlag, der zwischen alle vier Finger trifft), landen konnte.

Jetzt war die Schlägerei in vollem Gang: Die Mäuse bissen, Yamamoto ließ seine Füße kreisen, und die Araber schlugen mit Stöcken um sich, diverse Passanten bezogen Prügel und Tritte, und in dem ganzen riesigen Durcheinander machten sich unsere Helden unbemerkt aus dem Staub.

»Vorwärts«, schnaubte Chulain im Laufen, »das verschafft uns einen unerhofften Vorteil, laßt uns zur Zeitung gehen!«

Kurz darauf läuteten sie schnaufend an der Klingel des *Meskorska-Abendblatts*. Ein alter Mann mit einem amerikanischen Football-Helm, auf dem *Proto* stand, machte ihnen auf.

»Wen du ju von gonfiá?« sagte er traurig.

»Wie meinen?«

»Wen wollen Sie verprügeln? Uont ju ettwa jemann verprügeln wehn eim Ahtiekl? Die Neese geradebiegn?«

»Nein. Wir möchten nur mit Geber sprechen!« sagte Mei.

Der Alte seufzte erleichtert auf.

»Ah! Geber! Geber no more hia. Gone via, gehen, geyn. Foooоof!«

»Und wo ist er hingegangen?« fragte Chulain. »Addó gone? Sehr importent für uns wissen!«

»Geber andato posto very schlekt, horripilo posto. Zombie-Hospital Moritürlich!«

»Er ist im Krankenhaus für die Verseuchten!« sagte Caruso. »Mist, dann geht's ihm ziemlich schlimm. Laßt uns sofort hin!«

»Pu, no possible«, sagte der Alte und breitete die Arme aus. »Du nix Zombie, ju kennot andar in Zombie-Zone. Verboten, prohibito, interdit.«

»Dann sind wir angeschissen«, übersetzte Chulain. »Keiner darf in die Seuchenzone rein.«

»Ju kann in«, erklärte der Alte, »aber kannichmehr out. Aber wenn verboten for men, fleicht non verboten for Robotibus!«

»Richtig«, sagte LeO, »der Alte hat recht! Ich kann rein ... und Sara auch ... Wir haben keine Angst vor dem Virus.«

»O LeO«, sagte Mei, »das würdest du für uns tun?«

»Klar! Ich bin doch ein Roboter mit *quasi-human feeling*. Deshalb gehe ich da rein, für die bescheidene Summe von dreihundert Barren.«

»So ein tapferer Zweibeiner!« sagte Kook, während LeO schon auf den Transportbändern stand und zu seiner Mission aufbrach.

»Das ist unsere Stärke!« sagte Mei stolz. »Wir sind bereit zu Opfern und vereint, während die anderen sich dauernd in den

Haaren liegen! Wie unsere weise Präsidentin Mou-lan schon sagte, einen nach dem anderen kann man tausend Fäden leicht zerschneiden, aber wenn sie zu einem einzigen Seil verflochten sind, ist es fast unmöglich. Das ist die Stärke der Föderation!«

Parlamentarier aller Länder...

An den Hunderten von blauen und schwarzen Skiern, die vor dem Sitzungssaal geparkt waren, ließ sich erkennen, daß die heutige Sitzung des sineuropäischen Parlaments überfüllt sein würde. Von der Schanze des Tour Montparnasse kamen die letzten Abgeordneten im Zick-Zack-Abfahrtslauf heruntergesaust. Elegant wedelte ein Schwede daher, und hinter ihm verhakten sich zwei dicke Griechen mit ihren Skiern und prallten derb auf den diensthabenden Polizisten.

»Auf die Beine, räumen«, ordnete Phildys an; ihm waren die Ordner unterstellt. »Seine Heiligkeit kommt!«

Mit vier Schweizer Garden vorneweg düste Papst Johannes Paul III. (»Hansi«), der Präsident des Vatikans, im Freistil die Schanze herunter. Er bremste mit einem leicht exhibitionistisch gerissenen Kristiania-Schwung und schneite alle Umstehenden ein.

»Heda, Phildys«, sagte er und nahm die weiße Kreuzritter-Skimütze ab. »Ich segne dich. Wo finde ich hier einen Schluck Grappa? Mir sind total die Eier verfroren!«

»An der Bar, Euer Heiligkeit«, sagte Phildys. Der Vatikan war zwar schon seit Jahren ein Staat wie andere auch, seine Wirtschaftskraft entsprach der von England, er besaß sogar eine eigene Armee und eigene Atomwaffen. Aber dieser Papst ließ wirklich ein bißchen zu sehr den Laien raushängen.

Aus dem Saal ertönte die Stimme des Sitzungspräsidenten, er eröffnete eben die Diskussion: »Wir sind heute hier«, deklamierte er, »um das Projekt Erde 2 zu besprechen. Auf der Tagesordnung stehen zwei Punkte: Erstens, welche politische Position nehmen wir der Mission gegenüber ein. Zweitens, welche politische Position beziehen wir gegenüber eventuellen Fremden auf dem Planeten. Ich halte es für richtig, sofort um Wortmeldungen zu bitten –«

»So ein ehrenwert abgeordneter Scheißdreck!« tönte der

chinesische Vertreter Ping Hsueh. »Zuallererst müssen wir die Aufteilung von Erde 2 noch einmal diskutieren. Wir sehen nämlich nicht ein, wieso China nur ein Viertel bekommen soll. Wir sitzen mit denselben Rechten und Pflichten in dieser Versammlung!«

»Aber eure Energieproduktion«, sagte der englische Minister Snowdown, »beläuft sich nur auf ein Sechstel der europäischen. Ich dagegen finde es skandalös, daß meinem Land kein einziges Meer zugedacht werden soll! Haben wir da vielleicht keine Tradition vorzuweisen? Muß ich Sie an Morgan und Nelson erinnern?«

»Das sind doch lächerliche Probleme«, unterbrach der französische Großkämmerer Bassinoire. »Ich möchte viel lieber wissen, warum die Exklusivfernsehrechte an den Unterwasseraufnahmen den Chinesen und nicht uns erteilt worden sind. Muß ich Sie an Picard und Cousteau erinnern?«

»Bezüglich der Fernsehaufnahmen«, brüllte Pyk, »protestiert der Bund der Kathodistischen Parteien gegen das Vorgehen der Regierung, es ist unter aller Kritik; sie hat untersagt, daß ein Fernsehteam die Mission begleiten kann; die Regierung hat auf diese Weise dem Fernsehpublikum ein nie dagewesenes Spektakel vorenthalten. Im übrigen rauche ich Marlboro.«

»Ich möchte die Kollegen daran erinnern«, sagte Phildys trocken, »daß während der Parlamentsdebatten Schleichwerbung nicht zugelassen ist.«

»Im Namen der Vereinigten Armeen«, meldete sich jetzt General von Ofen, »möchte ich wissen, wieso kein einziges Bataillon Soldaten auf diesen Planeten da geschickt worden ist. Wollen wir den kosmischen Raum dem anarchoiden Chaos überlassen?«

»Meine Herren«, sagte Madame Zoe, Bürgermeisterin von Paris, »ich bitte Sie, wir wollen uns doch nicht niedermachen wegen eines Planeten, der noch gar nicht da ist: Bitte vergessen Sie nicht, in Paris herrscht seit drei Tagen eine Kälte, daß die kleinen Kinder sterben, und Crêpes gehören auch heiß serviert!«

»Ich möchte«, unterbrach der spanische Alkalde Chimenea, »hier einmal das Augenmerk auf die unmenschlichen Lebensbedingungen der Arbeiter in den Eisminen richten, die nicht von der Chimenea Heiz-KG beliefert werden. Allein in diesem Monat sind zweiundzwanzig Eskimos gestorben.«

»Jeder weiß, daß Eskimos dem Tod gelassen ins Auge sehen«, unterbrach ihn der Papst, »ich möchte lieber mal wissen, wieso überhaupt kein Vertreter des Heiligen Stuhls an Ort und Stelle entsandt worden ist, weder aus dem missionarischen Korps noch aus der Verwaltung. Wollen wir die Leute da oben weiter einem Leben ohne Glauben überlassen? Und das Projekt Wallfahrtskirche, was ist daraus eigentlich geworden?«

»Schluß jetzt mit der Mystik!« sagte Pyk. »Das wirkliche Problem ist, ob wir das Fernsehen da raufschicken; alles andere ist gesalbter Schall und Rauch, und bei der Gelegenheit möchte ich Sie noch einmal daran erinnern, ich rauche –«

»Quatsch!« brüllte von Ofen. »Als erstes gehört da ein Bataillon Soldaten rauf!«

»Nicht nötig«, sagte Pyk, »Phildys' Roboter sind schon längst da. Zwanzig Kriegsroboter mit Atomwaffen und per Telecommander von der Erde aus zu bedienen. Ich habe Beweise! Mit mir kann man das nicht machen! Denn ich rauche Marlboro!«

Ein Schrei der Entrüstung ging durch die Versammlung. Der österreichische Gesandte zog sich den Skistiefel aus und trommelte damit laut auf die Bank.

»Meine Partei verlangt die Telecommander für mindestens fünf Roboter!«

»England ist not amused!«

»Die Schweiz findet es zum Kotzen!«

»Frankreich fordert den Rücktritt der Regierung wegen Unfähigkeit zu einer vernünftigen Unterwasserpolitik.«

»Die Mediterrane Kommunistische Partei fragt sich besorgt, ob die Regierung bei der Beantwortung unserer Anfrage über die südamerikanischen Minen mit ihrem Satz ›die Indios sollen doch krepieren‹ ihren ausdrücklichen Willen erklären möchte, sich mit diesem Problem nicht gründlich befassen zu wollen.«

»Meine Herren!« schrie der Schweizer Vertreter. »Ich habe eine dringende Mitteilung, die, wie ich meine, eine Brücke der Versöhnung zwischen den gegnerischen Blöcken schlagen könnte, die sich bisher in dieser Versammlung geäußert haben.«

Schweigen im Saal.

»Die Polenta ist fertig!«

Mit einem Freudenschrei stoben alle aus dem Saal.

Inuit

»Hörst du, wie schön das Schweigen ist?« sagte Einstein. Der Schnee fiel in dichten Flocken auf den Berghang.

»Ich höre nichts«, sagte Fang.

»Manchmal ist es gar nicht schlecht, vom Lärm dieser Computer wegzukommen«, sagte der Junge und nahm eine Handvoll Schnee; er war offenbar in Versuchung, einen Schneeball zu machen. »Natürlich«, fügte er sofort hinzu, »hat diese Stille eine wissenschaftliche Erklärung: Die frisch gefallenen Flocken absorbieren den Ton, genau wie Dämmplatten.«

»Natürlich«, sagte Fang.

»Je fester der Schnee zusammengedrückt wird«, erklärte Einstein weiter, »desto geringer die Absorbierung.« Und als er sah, daß Fang ihm die Schulter zugedreht hatte, machte er rasch einen Schneeball und warf ihn.

»Guter Wurf«, sagte Fang, ohne sich umzudrehen.

»Jetzt sag bloß noch, du kannst auch hinter dir sehen!« sagte Einstein gereizt.

»Ich habe den Ton gehört.«

»Du bist wohl wie die Eskimos, die sich schon von weitem am Geräusch ihrer Schuhe auf dem Eis erkennen, was? Oder hast du einen sechsten oder siebten Sinn wie Fledermäuse und Verliebte? Naja, was soll's, sehen können muß man nicht unbedingt. Heutzutage werden fast alle Theorien zuerst gedacht und dann erst in Experimenten ›gesehen‹. Sehen ist Wiedererkennen, haben wir im Computerzentrum immer gesagt.«

Fang hielt einen Augenblick inne, um Atem zu holen. Sie waren am Ende ihres Aufstiegs angekommen; von hier aus führte der Weg ins Dorf der Indios, einen Kreis aus roten Baracken und Iglus im Schnee.

»Meinst du«, fragte Einstein, »wir könnten etwas tun, damit

diese Indios oder Komanchen oder Eskimomongolen oder was sie sonst sind, weiter für uns bohren?«

»Ich glaube nicht: Sie betrachten diese Orte als *huaca*, als heilig. Sie haben eine ganze Reihe von Regeln und Verboten, die wir nicht kennen.«

»Pah! Du mußt immer ihre Kultur verteidigen!«

»Hatten wir etwa nie wissenschaftliche Wahrheiten, die wir auch *huaca* fanden? Und dann ist jemand gekommen und hat aufgedeckt, daß sie vollkommen falsch waren.«

»Ich glaube, ich habe verstanden«, sagte Einstein und blieb schnaufend und mit verschränkten Armen stehen, »du bist jemand, der sich nicht daran freuen kann, daß etwas entdeckt wird, sondern froh ist, wenn eine Entdeckung ausgetilgt wird. Du bist erst glücklich, wenn die Euklidische Geometrie platzt, wenn die Quantentheorien zu wackeln anfangen und Darwin zu Boden geht. Das Universum krümmt sich unter der Schwerkraft, die Teilchen ächzen unter dem Beschuß und schenken uns neue Unsicherheiten, und du bist selig!«

»Ich bin glücklich über jede Entdeckung, die dem Menschen hilft. Wenn eine Entdeckung aber nur deshalb tabu bleibt, weil ihre Überwindung die ganze Wissenschaft mitsamt ihrer Macht in die Krise stürzen würde, dann herzlich willkommen, Krise. Sieh mal, Einstein, genauso wie die Menschen, die sie sich ausdenken, haben auch Theorien eine Jugend, ein Alter und einen Tod. Sie können sterben, und trotzdem eine tiefe Spur hinterlassen. Eine Wissenschaft, die das nicht akzeptiert, sondern die ihre Sicherheiten lieber aus den Entwicklungstabellen der Industrie und den Zuwachsraten der Waffenpotentiale bezieht, die liebe ich nicht.«

»Du bist ein bißchen defätistisch.«

»Galilei, Lamarck, Darwin, Newton und ein Herr, der genauso hieß wie du, waren alle Defätisten.«

»Das ist ja nicht zu fassen! Erst Demokrit und Tschuang Tse, und jetzt kommst du mir auch noch mit Galilei. Wundert mich, daß du mir Mao Tse-tung bislang erspart hast.«

»Ach ja. Bravo, Einstein, hatte ich gar nicht dran gedacht.«

»Zum Teufel mit mir und meinem Plappermaul«, jammerte der Junge. »Ich hatte mir geschworen, nicht mehr mit dir über solche Sachen zu reden!«

Er bombardierte das Tal mit Schneegeschossen, um sich abzureagieren, bis sie im Dorf waren. Die Leute grüßten sie im Vorbeigehen, und die Kinder lachten über den bombastischen gefütterten Overall von Einstein. Eine junge Frau mit braunen Haaren und olivfarbenem Gesicht kam ihnen entgegen. Sie trug den schwarz-weißen Quetchua-Hut. Sie führte sie über einen Platz, ein paar Kinder spielten Hinkelkasten auf einer Zeichnung aus durchgehenden und geteilten Linien.

Es waren ein Indianer, ein Eskimo und zwei kleine Indios. Einer sang beim Hüpfen:

Eins, zwei, drei und vier,
wo bist du geboren?
Auf dem Roble-Baum bin ich geboren.
Fünf, sechs, sieben, acht,
weit bin ich geflogen,
Pedro Navaya mit dem gold'nen Zahn
bin ich geworden.
I, erh, san, ssu,
ui hermano, oiga,
wer hat verbrannt
das Haus des Greifs Gorrion?
Geh zum See, zum Feuer, zum Wind,
geh zu See, Feuer und Wind,
und vielleicht kommst du an.

Der kleine Indio tanzte zur letzten Strophe des Liedchens und schaute auf Fang. Der Chinese sah nachdenklich aus, als sie in die Hütte der Frau traten. Der Boden war aus jahrhundertealtem Stein. In die Wände waren Kammern für das Essen eingelassen. Die Indios wußten Essen jahrelang aufzubewahren, nach denselben alten Methoden wie die Inkas.

Die Frau lud sie ein, sich auf den Boden zu setzen, und nahm selbst zwischen drei Männern Platz, zwei kleinen, kräftigen Indios in lebhaft bunten Kleidern und einem lächelnden Eskimo.

Einstein betrachtete verzaubert das Gesicht der Frau.

»Ich bin Coya«, sagte sie, »ich bin die Tochter des Dorfvorstehers. Habt ihr uns etwas zu sagen?«

»Ja, also«, begann Einstein, »wir ... die Föderation ist ... überrascht über eure Weigerung weiterzuarbeiten... Wir verstehen nicht, wieso.«

Coya beriet sich leise mit den Männern und sprach dann: »Mein Bruder Catuilla arbeitet dort unten und sagt: ›Zu gefährlich, zu viele Männer sind schon gestorben. Und es ist zu nahe am Herzen der Erde.‹«

Einstein horchte auf. »An was?«

»Eine Inka-Geschichte«, sagte Coya, »erzählt, daß jeder, der sich diesen Orten in böser Absicht nähert, das Herz der Erde verletzt, und hunderttausend Sonnensoldaten werden herauskommen, und ihr Geschrei wird bis zu *coyllar* dringen, bis an die Sterne.«

»Hast du das gehört, Fang?« fragte Einstein leise. »Hunderttausend Soldaten! Was soll das denn alles symbolisieren?«

»Ihr sagt«, begann Fang, »man darf sich diesem Ort nicht nähern, wenn man böse Absichten hat. Aber die habt ihr doch sicher nicht –«

»Wir nicht«, sagte der Eskimo, »aber wir kennen die euren nicht.«

Einstein protestierte. »Aber ... Freunde! Wir sind hier, um euch Arbeit zu geben... Wir haben euch Lebensmittel und Kleider gegeben, wir heizen euer Lager –«

»Nun ja«, sagte Coya, »aber werdet ihr das auch noch tun, wenn wir nicht mehr arbeiten?«

Einstein antwortete nicht. Der Indio mit dem dunkelsten Gesicht ergriff das Wort:

»Ich bin Aucayoc, und ich habe viele weiße Männer kennengelernt. Sie sind in der Maske des Friedens gekommen, sie haben Verträge geschlossen und Versprechungen gemacht. Aber dann haben sie uns verraten und getötet. Wir wissen nicht, wer ihr seid, aber wir wissen, daß ihr das, was unter dem Sonntentempel liegt, sehr begehrt. Und wenn man etwas so sehr begehrt, dann schreckt man vor nichts zurück, um es zu bekommen. Das ist für uns eine böse Absicht.«

Einstein sah gereizt zu Fang. »Hast du dir die Zunge abgebissen?« flüsterte er. »Womöglich findest du noch, daß sie recht haben. Tja, ich könnte ihnen ja mal sagen, daß es Mittel und Wege gibt, um sie zum Arbeiten zu überreden.«

»Aber du wirst es nicht tun«, sagt Fang, »im Gegenteil, du wirst jetzt nach draußen gehen und mit den Kindern spielen.«

Einstein sah Fang an, als wäre er verrückt geworden. »Ach, zum Teufel«, sagte er und ging aus der Hütte.

»Wohin geht der kleine, klatschmäulige *cachorro*?« fragte Catuilla.

»Spielen«, sagte Fang.

Catuilla lächelte Fang an, nahm eine Schüssel voll Mehl und zeigte auf das Feuer.

»Danke«, sagte Fang, »ich esse gern etwas mit.«

»Das ist *chunu,* Kartoffelmehl. Kennst du es?«

»Nur aus Büchern«, antwortete Fang.

»Was man aus Büchern ißt, schmeckt nach altem Papier«, lachte Nanki.

»Ja«, sagte Coya, »man kann auch ein Volk nicht nur aus Büchern kennenlernen. Während meine Brüder kochen, werde ich dir die Geschichte von den Fetten Bibern erzählen. Es ist eine Legende aus dem Norden, ich habe sie von einem alten Indianerhäuptling gehört – vor vielen, vielen Jahren.«

Die Fetten Biber

Es war einmal im Norden, im Gebiet der Großen Seen, ein Indianerstamm, der hieß Fette Biber; ihr Häuptling war Adlerkeule und seine Squaw Bauchiger Otter. Sie waren fröhliche, kugelrunde Indianer und lebten glücklich an den Ufern eines Sees mit hellblauem, klarem Wasser, des Chanawatasaskawantenderoga-Sees, was in biberischem Dialekt soviel heißt wie »ohne Farbzusätze«.

Eines scheußlichen Tages kam eine Gruppe weißer Männer an die Ufer des hellblauen Sees. Es waren Mister Joe Tifone von der Tifone-Eisenbahn-AG und seine Berater. Sie bauten an einem eisernen Weg, der von New Orleans bis ins Herz der Großen Seen führen sollte, zwecks Austausch von Gütern: Aus den Wäldern des Nordens sollte das Holz für die Küchen und Kessel von New Orleans kommen und aus New Orleans die Asche und die Abfälle für die Großen Seen. Mister Tifone führte sich bei den Fetten Bibern mit vielen Geschenken ein: Er brachte kistenweise Aquavit, Pornohefte, Sporttaucheruhren und Armani-Pullover. Er war ganz sicher, daß Indianerstämme solche Sachen sehr begehrenswert finden und ein entsprechender Reichtum ihr ehrliches Wesen in kurzer Zeit zerstören und sie selbst an den Rand des Aussterbens bringen würde. Mister Tifone sagte zu Häuptling Keule: »Meine Männer machen kleines Loch in Wald für Straße für das Eiserne Pferd, und im Tausch bekommt Stamm Fette Biber dann große Geschenke.« Der große Häuptling hörte ihn an und sagte dann:

»Bleichgesicht spricht mit doppelter Zunge. Güteraustausch? Wo eure Straße durchführt, fallen Bäume wie Blätter im Herbst, und Indianer sterben. Eisenpferd spuckt Rauchwolken, und die kommen unserem Kommunikationsnetz in die Quere. Ihr schneiden einen Baum – wir schicken unsere Biber, die nagen eure Männer an. Nimm deine Geschenke wieder mit. *Timeo yankees et dona ferentes*. Hugh!«

Tifone war beschämt und ging wütend davon. Als er schon fast aus dem Dorf war, kam der Zauberer Fettleibiger Lachs auf ihn zu, ein riesiger Indianer, der für seine Gier berühmt war.

»Weißer Mann«, sagte er, »ich sehr mögen deine Heftchen, dein Feuerwasser, deine *casual*-Konfektion. Du mir zuhören! Großer Baum fällt nicht mit einem großen Schlag, sondern mit vielen kleinen Hieben! Jedesmal ein bißchen, so werden wir die Fetten Biber bekämpfen. Du mir Geschenke geben, ich korrumpieren und ausrotten, stop.«

»Einverstanden, Fettleibiger Lachs«, sagte Tifone. »Wir sind Partner. Du bekommst so viele Kisten Feuerwasser, wie du willst.«

»Ich zufrieden mit drei Prozent Aktien von deiner Eisenbahn«, sagte der Indianer.

Und so begann der Versuch, den armen Indianerstamm auszurotten. Als erstes machte Fettleibiger Lachs im Dorf eine Boutique auf. In kurzer Zeit waren die traditionellen Kostüme der Biber verschwunden. Die Frauen liefen statt dessen in Miniröcken und Paillettenhemdchen durch den Schnee, die Männer trugen Basketball-Shorts und T-Shirts mit der Aufschrift *Dallas Cowboys*. Aber alle waren fett und gesund wie ehedem, und sie fanden sich sehr elegant.

»Kälte schreckt uns nicht«, sagte Bauchiger Otter. »Wir haben zwar andere Kleider an, aber das Große Licht wärmt uns!«

Nach einem Monat rief Tifone den Zauberer zu sich.

»Mein lieber Lachs«, sagte er, »ich habe ein Vermögen ausgegeben für die Klamotten, aber die Biber sind runder als je zuvor! Aus dem ganzen Gebiet bekomme ich Berichte über Stämme die eingegangen sind. Die Durchlöcherten Nasen sind total verschnupft, die Seminolen hat der Fernet Branca hingerafft, die Mohikaner ringen mit dem Tod. Wie kommen diese Biber bloß so gut gegen die Kälte an?«

»Kleider ändern und Röcke kürzen nicht genug«, sagte der

Zauberer, »denn das Große Licht wärmt. Aber keine Angst: Wenn ein Volk ohne Gott bleibt, dann geht alles vor die Hunde! Du mir bringen Material beigefügte Liste, stop.«

Tifone lieferte: Ein paar Tage später rief Fettleibiger Lachs den Stamm zusammen, er kam selbst im goldbetressten weißen Smoking und mit einer Gitarre um den Hals. Er sagte, er habe einen Traum gehabt. Manitu sei ihm erschienen, in einem Zweier-Kanu und in Begleitung eines jungen Weißen mit Bananenhaaren. »O Zauberer«, hatte Manitu im Traum zu ihm gesagt, »ich bin alt und müde. Ich ziehe mich zurück in die Ewigen Jagdgründe, auf ein tolles Gut mit einer tollen Squaw (er hatte ein anderes Wort benutzt). Dies ist euer neuer Gott: Er heißt Elvis the Pelvis, und zu ihm werdet ihr beten, er trägt den heiligen Namen Schakarockawa – der Mann, der alles singt und mit allem wackelt –, und anrufen werdet ihr ihn mit dem Namen Bebopalula. Bitte, betet nicht mehr zu mir: Betet ihn an, kauft seine Platten, tanzt und vor allem: Laßt die Finger von der Arbeit. Hugh – ich habe gesprochen! Yeah!«

Bei diesen Worten und zur Musik, die der Zauberer dann spielte, fingen alle Indianer wie wild an zu tanzen, einschließlich Häuptling Keule, der seine Gemahlin packte und dreimal durch die Luft schleuderte, was ein paar Verletzte nach sich zog.

»Let's durchtanzen together die ganze Nacht«, sagte der große Häuptling, »und nicht mehr Manitu anbeten und nicht mehr arbei-ei-ei-ten. Das Große Licht wird uns Kraft geben!«

Einen Monat später rief Tifone den Zauberer wieder zu sich.

»Mein lieber dicker Fisch«, sagte er zornig, »was soll das heißen? Ich warte jetzt seit vier Monaten! Sämtliche Indianerstämme an den Seen sind längst perdü. Dank Alkoholismus, Schlägereien, Herzattacken und Identitätskrisen. Nur unsere reizenden Fetten Biber tanzen und singen wie gehabt, und Aussterben ist wohl das letzte, woran sie denken.«

»Ungeduldiger weißer Mann«, sagte der Zauberer. »Das Große Licht gibt ihnen Kraft. Wir haben ihre Kostüme und

Bräuche und ihre Religion ausgerottet. Jetzt bleibt uns nur, ihr Ökosystem zu erledigen.«

»Ihr Öko – was?« sagte Tifone.

»Ökosystem ist ein magisches indianisches Wort«, erklärte der Zauberer. »Es bedeutet: Große Sphäre von Leben-Wasser-Himmel-Erde. Zerstören wir den Wald und den See, und die Fetten Biber werden eingehen.«

Und in jenem Monat sollte die Welt Tifones Zorn kennenlernen. Zuerst verseuchte er den See mit einer großen Öllache. Alle Lachse wurden schwarz und starben mit herzzerreißenden Spirituals auf den Lippen. Dann war der Wald an der Reihe: Er wurde per Brandstiftung erledigt. Sämtliche tierischen Biber, die jetzt arbeitslos geworden waren, mußten nach Montreal in die Tischlereien emigrieren. Die Elche suchten das Weitere, aber den letzten Elch traf die Kugel des Jägers in einem Motel in Chicago, in das er sich geflüchtet hatte, übrigens mit falschen Personalien, als Zahnarzt Dr. Wilbelk Mitchum. Das Zeltlager der Fetten Biber lag jetzt auf einer kahlen Lichtung, über die Tifone Nacht für Nacht fässerweise Bazillen und Cholerabakterien, Bandwürmer und Blutegel auskippte, dazu versprühte er Syphilis aus der Spraydose und wälzte die Katzen in Läusen.

»Der weiße Mann ist wirklich ein Scheusal«, sprach Adlerkeule zu seinem Volk. »Er hat uns den See und den Wald gestohlen. Aber das Große Licht schützt uns, und es wird uns bewahren vor Hunger und Krankheit.«

Zwei Monate später waren sie dick und fröhlich wie nie zuvor, obwohl auf ihrem Boden nichts mehr gedieh. Sie hatten den einen oder anderen Baum neu gepflanzt, per Telegramm einen Trupp Biber herbestellt, einen künstlichen Klärschlammteich ausgehoben, auf dem sie jetzt Kanupartien veranstalteten (der See war so dicht bepackt mit Booten wie die Adria zur Urlaubszeit) und rote Importfische angelten. Sie sangen, rauchten ihre Friedenspfeifen und waren glücklich.

»Du häßlicher Klumpen von einem vergammelten Fisch«, sagte Tifone daraufhin zum Zauberer, »von sämtlichen anderen Indianern im Umkreis von tausend Kilometern sind nur noch drei Exemplare übrig, und die liegen in der Wiederbelebungsabteilung des Krankenhauses von Ottawa. Die Fetten Biber dagegen sind so fett wie nie!«

»O teuflischer weißer Mann«, sagte Lachs, »gegen das Große Licht hilft nur eins: der Schwarze Tod.«

»Soll heißen?«

»Eine Tonne geschmolzene Schokolade im Faß! Dagegen ist kein Kraut gewachsen! Zähne, Leber, Magen, alles geht kaputt in diesem schwarzen, klebrigen Sumpf!«

»Du kriegst die Schokolade«, sagte Tifone, »aber merk dir, das ist deine letzte Chance!«

Und Tifone wartete wieder drei lange Tage. Am vierten Tag hörte er aus dem Zeltlager der Indianer einen Chor von Totenklagen.

»Ich hab's geschafft!« brüllte er strahlend und rannte hoffnungsvoll ins Dorf. Aber dort erwartete ihn eine häßliche Überraschung. Die Fetten Biber zelebrierten soeben die Beerdigungsfeierlichkeiten für Fettleibiger Lachs. Er war in der Nacht zuvor tot aufgefunden worden: Neben seiner Leiche hatten sechzig leere Schokoladenfässer gelegen. Tifone raufte sich vor Wut die Haare und suchte Rat bei einer Firma, die auf Indianerausrottung spezialisiert war, bei der »Bill«. Auch die Leute von »Bill« zeigten sich verblüfft: In der Tat hatte bisher kein Stamm den Verlust seiner Bräuche und Kostüme, seiner Religion und seiner Umgebung überlebt. Dieses »Große Licht« war offensichtlich wirklich eine sehr starke spirituelle Kraft. Die einzige Lösung an diesem Punkt schien die Massenerschießung!

»Niemals«, sagte Tifone, »ich habe in meiner ganzen Karriere noch keinen Indianer erschossen. Ich habe sie immer mit den Schlägen des Fortschritts erledigt. So etwas werde ich nie tun!«

»Na, dann sieh zu, wie du klarkommst«, sagte die Firma »Bill«.

Tifone grübelte ein paar Nächte lang. Schließlich verließ er eines Morgens das Dorf und ging spazieren. Da sah er einen jungen Indianer, der emsig im kahlen Boden herumhackte, und sich, nachdem er die Arbeit beendet hatte, vor der Erde verneigte.

»Was machst du da?« fragte Tifone.

»Ich grüße und ehre das Große Licht«, sagte der Junge.

In Tifone stieg ein Verdacht hoch: Er wartete, bis der Indianer gegangen war, und dann grub er fieberhaft das Feld auf. Und weißt du, was er fand? Eine KARTOFFEL! Eine KARTOFFEL – das war das Große Licht, das die Fetten Biber fett erhielt, das ihnen Wärme gegen die Kälte und Energien für den Tanz geschenkt und ihnen den Hunger genommen hatte, als alles auf der Erde zerstört worden war, denn die Kartoffel wächst UNTER DER ERDE! Sie war ihr Schatz – von wegen spirituelle Kraft! Das waren einfach Proteine!

Am nächsten Tag begab sich Tifone mit zerknirschter Miene zu Häuptling Adlerkeule.

»Großer Häuptling«, sagte er, »ich schulde dir Abbitte. Ich habe versucht, deinen Stamm zu vernichten. Aber jetzt habe ich begriffen, daß ihr ein großartiges Volk seid und erleuchtet vom Großen Licht. Und deshalb bitte ich dich untertänigst, mir zu verzeihen und zu erlauben, daß auch ich mich am Großen Licht erfreuen kann.«

»Wie denn?« fragte Häuptling Keule.

»In Bälde«, sagte Tifone, »werden Tausende von Leuten mit dieser Eisenbahn hierher kommen. Angler, die an die Seen fahren, Familien, die picknicken wollen, Skiläufer, Goldsucher. Denk dir, wenn sie auf ihrer langen Reise nach Norden auch alle das Große Licht kennenlernen könnten!«

Häuptling Adlerkeules Gesicht fing an zu strahlen.

Genau ein Jahr später, als der Bau beendet war und die Züge im Bahnhof Fatbeavertown (das heißt: Stadt der Fetten Biber) hielten, da warteten auf die Reisenden schon zweihundert Indianer in weißen Uniformen und Mützen mit der Aufschrift *Biber-Bratkartoffeln,* und eine riesige Bratenduftwolke hüllte Wälder und Täler ein. Im Bahnhofs-Snack servierten Großer Häuptling Keule und Gattin – mit Kochmützen – Kartoffelquiches, Kroketten und Kartoffelbrei in Reiseportionen. Ziemlich bald entstand am Ort auch eine Fabrik, und »Biber-Bratkartoffeln« überschwemmten den Markt. Nach wenigen Jahren waren von den 5000 Indianern des Stammes nur noch 86 am Leben, und der fetteste von ihnen wog sechzig Kilo. Der Große Häuptling ließ sie 16 Stunden täglich auf den Feldern und in der Fabrik arbeiten. Die Hälfte starb an einer Konservierungsmittelvergiftung, andere endeten als Braten, weil sie in die riesigen Pfannen fielen. Und bald darauf wuchs in dem ganzen verseuchten Gebiet keine einzige Kartoffel mehr. Häuptling Keule und seine Frau starben auf der Rückfahrt von einem Diner im Rotary-Club von Quebec, als sie mit ihrem gelben Ferrari von der Straße abbiegen wollten.

Der letzte Fette Biber, er hieß Ausgezehrter Hirsch, verkaufte weiter Reiseproviant-Päckchen an der Eisenbahn, bis er 96 war. Er sah überhaupt nichts mehr, deshalb stand er häufig auch auf den Gleisen und brüllte »Bratkartoffeln« und war der festen Überzeugung, er stünde unter dem Bahnhofsvordach. Bei einer solchen Gelegenheit wurde er eines Tages vom 8.40-Uhr-Schnellzug aus Winnipeg erfaßt. Seine letzten Worte waren:

»Man hat mir immer gesagt, eines Tages würde ich mein Volk in Manitus Ewigen Jagdgründen wiedertreffen. Aber ich wußte gar nicht, daß man mit dem Zug dahinfährt.«

Und so waren die Fetten Biber ausgestorben.

»Und so«, sagte Fang, »war das Große Licht in Wirklichkeit eine kleine Kartoffel!«

»Ihr studiert unsere großen Tempel und seid begeistert«, sagte Coya. »Aber niemand will etwas wissen von der Maisschüssel, von der Mühsal des Lamas und der Menschen. Auf dem Dach des Sonnengeheges starb ein Mann, während er eine hellblaue Blume zeichnete. Ein anderer Mann nahm seinen Platz ein. Wer sieht denn heute noch die hellblaue Blume zwischen den tausend anderen Zeichnungen auf diesem Dach?«

»Als ich diese Steine sah«, sagte Fang, »mußte ich an die Große Mauer denken. Das ist ein Bauwerk in meinem Land, zweitausend Kilometer lang: Kaiser Schi Huang Ti hat sie erbauen lassen. Seine Feinde haben behauptet, daß für jeden Stein, der dort aufgeschichtet wurde, ein Mensch gestorben ist. Die Knochen der Toten vermischten sich mit dem Zement zwischen Steinen.«

»Siehst du, und das darfst du nie vergessen«, sagte Coya. »Vielleicht findest du dann, wenn du unsere Steine betrachtest, das, was du suchst.«

Fang verbeugte sich und ging hinaus. Es hatte aufgehört zu schneien. Auf dem kleinen Platz spielte Einstein, breitbeinig hüpfend wie ein unbeholfener Vogel, mit den anderen Kindern.

»He«, sagte er, als er den Chinesen sah, »tolle Idee von dir! Ich tu so, als ob mir dieses Kinderspiel hier gefällt, und gewinne damit das Vertrauen dieser Leute!«

Fang machte sich auf den Weg. Als er längst aus dem Dorf war, konnte er Einsteins schrille Stimme und die Stimmen der anderen Kinder noch hören.

»Der Kleine«, dachte er, »ist endlich klein geworden!«

Die Weiße Stadt: Wie LeO mit robotischer List seinen Auftrag erfüllte

»Wat si, Smula?« bellte der Polizist am Eingang zur Weißen Stadt, der Hospitalzone von Meskorska, was soviel heißt wie: »Wer bist du, Zwerg?«

»Medical Thai doctorobot«, sagte LeO und protzte unheimlich mit seinem Allslang.

Der Polizist musterte ihn mißtrauisch. LeO hatte sich zwar ein Kabel wie ein Stethoskop über das Mundstück gehängt, aber wie ein Chefarzt sah er trotzdem nicht aus.

»Wat Spezialitäten Thai Medizinsk?« fragte der Polizist.

»Äh ... Leber-Robodoktor, liver, higado, fegato, Leber!«

»Only leberist?« bohrte der Polizist hartnäckig weiter.

»Omnibus internis kuttlibus expertus. Sed Spezialist Leberist.«

»Dann ju check me«, sagte der Polizist und machte seinen behaarten Wanst frei.

LeO hielt sein rechtes Hörtrompetchen an seinen Bauch. Es war eine Röntgentrompete, und LeO genoß den Anblick eines schönen Panoramas militärischer Eingeweide.

»Hu«, verfügte er schließlich, »ungünstige Diagnose. Schlimm!«

»Keské schlimm?« fragte der Polizist leicht beängstigt.

»Leberus tuus non mictum retine, quoad macroblastos glycemicus dixit Katz Index et Takata Dohamoto, deinde massiva nasalis Hämottisis in pavimentum ubique versata, non exitus tibi dabit illico er immediate, sed evitandum Sahnekäsum intingulaque colesterolum ferentes ut sis nocte levis, sis tibi coena brevis! Euchrasie!«

»Was?« fragte der Polizist und wurde immer bleicher. »Nix verstahn!«

»Naturalis! Aknawisch speechsleeps in a foolsear! Tuo

Leber kaputt! Diäta! Pa liao no more drunk, no more drugs, no more Krapfen: Dann wieder lachen! Verständ?«

»Jes, Doktor Thai«, sagte der Polizist, erstaunt über eine so präzise Diagnose. »Senk ju, Doktor: Gehn, gehn!«

Und so betrat LeO mit Sara im Ohr die Weiße Stadt. Er lief durch die Stationen für Pranotherapie und Transplantationen, aus der letzteren drangen die Schreie von widerborstigen Spendern, dann um die Fakultät für Zauberkunde herum, dort war das Personal mit Büffelhorn-Mützen versehen, und bog in die Psychiatrie-Abteilung für Lobotomien und Gen-Cocktails ein. Alle diese Stationen hatten Hoffnungsstufe 2, was soviel heißt wie eine Überlebenschance von fünfzig Prozent. Kurz danach kam LeO durch Hoffnungsstufe 1, Weltraumerkrankungen mit minimalen Heilungschancen, und schließlich zu dem schwarzen Glaskubus der Hoffnungsstufe MSW (Machen Sie Witze?). Schaudernd betrachtete er die Rutschen, auf denen die unheilbar Kranken direkt in den zentralen Verbrennungsofen befördert wurden. Im Aufzug warnte ein Schild:

Bevor Sie hinauffahren, erkundigen Sie sich, ob ihr Verstorbener bereits »entlassen« ist. In diesem Fall können Sie die Schachtel mit der Asche am automatischen Verteiler am Haupteingang abholen.

Der Roboter beschleunigte seinen Schritt und kam durch die arbeitsmedizinische Station: Sie war überfüllt. Es war allgemein bekannt, daß die Hälfte der Arbeiter von Meskorska das dritte Jahr auf dem Planeten nicht überlebte. Die Arbeiter wurden zwar mehrmals repariert und bekamen Ersatzteile für die Extremitäten: Am Ende aber erhielten sie doch den Stempel RZ (Recycling zwecklos) und wurden nach Hoffnungsstufe 0 verlegt. Gegen das ganze Verfahren hatte es im Jahr 2068 eine Revolte gegeben. Eine komplette Abteilung Arbeiter von Meskorska hatte gestreikt und eine Demonstration angemeldet. Ein Platz genau in der Mitte war ihnen dafür zugesagt worden, die Plattform 1. Aber kaum hatten die

Streikenden sich versammelt, da riß der Platz unter ihren Füßen auseinander. Die ganze Plattform war eine Fallgrube, von den meskorskanischen Architekten extra erdacht für den Fall von Unruhen. Alle 50000 Streikenden wurden ins All geschleudert: Die Regierung ließ verlautbaren, die Demonstration habe »aufgelöst werden können«. Die Gewerkschaften behaupteten, sie sei dennoch im wesentlichen ein Erfolg gewesen. Dazu muß man allerdings sagen, daß die Gewerkschaften von Meskorska aus drei Robotern bestanden.

Charos

LeO betrat das große Zimmer mit den vielen Monitoren. Die Monitore waren V-förmig wie der Bug eines Schiffes angeordnet, damit der Mann in der Mitte des Zimmers sie alle im Blick hatte. Der Mann trug ein schwarzes Hemd, eine verspiegelte schwarze Sonnenbrille und hatte eine Brillantinefrisur. Auf jedem Schirm pulsierte eine Leuchtlinie.

»Pardon«, sagte LeO, »man Geber?«

»Sprechen Sie ruhig Euronesisch«, sagte der Mann und musterte den Roboter, »ich bin selbst Grieche. Doktor Charos.«

»Ich möchte gern Herrn Geber besuchen«, sagte LeO, »ist das wohl möglich?«

»Nicht möglich«, antwortete der Mann, »er war zwar bis vor ein paar Minuten auf Station Charopalevi, aber eben ist er nach Nirwana verlegt worden.«

»Und was heißt das?« fragte der Roboter.

»Ich werde es Ihnen erklären. Wo wir jetzt sind, ist Station Charopalevi, wo die Aufgenommenen zwar schon mit dem Tode ringen, aber noch eine gewisse Lebensenergie haben, das ist übrigens die Linie, die Sie auf dem Monitor sehen. Fängt die Linie zu pulsieren an, heißt das, Atropos, unser Computer, hat errechnet, daß dem Kranken nur noch weniger als sechs

Stunden zum Leben bleiben. An dieser Stelle wird der Kranke nach Nirwana verlegt, auf eine Sonderstation, wo er alle letzten Bequemlichkeiten genießt. Letzte nicht nur im Sinn von modern... Sie verstehen schon, nicht wahr? Hier bekommt der Sterbende Fernsehverbindungen mit sämtlichen Verwandten, dazu Videokassetten aus der Serie *Mein ganzes Leben in wenigen Augenblicken,* Musik, internationale Küche, analgetische Drogen, multikultische und -konfessionelle Priesterroboter, notariellen Beistand in sechzehn Sprachen bei Testamenten, und vor allem kann er durch einfachen Knopfdruck wählen, ob er beerdigt oder in flüssigem Stickstoff tiefgekühlt, einbalsamiert, gefriergetrocknet oder mit sonstigen phantasievollen Methoden konserviert werden möchte. Heute morgen hat einer darum gebeten, im Batman-Kostüm ins All geschossen zu werden –«

»Und Herr Geber ist bereits ... nirwanisiert?« fragte LeO.

»Ja. Seit drei Stunden ist seine Energielinie tot. Das heißt, er hat noch knapp eine Stunde. Er ist zwar noch ziemlich klar im Kopf, er kann sprechen, aber ich darf Sie nicht hineinlassen: Auf Nirwana haben nur Familienangehörige Zutritt, und Sie sind, aus sagen wir mal genetischen Gründen, mit Sicherheit kein Verwandter –«

»Ich war seine Schreibmaschine«, sagte LeO, »ich habe den ganzen Weltraum mit ihm bereist! Ich bitte Sie –«

»Wir brauchen gar nicht darüber zu reden«, sagte Charos und wollte seine Sportzeitung weiterlesen. LeO sah aus dem Datum, daß sie einen Monat alt war.

»So eine Überraschung, he, das Finale der euronesischen Fußballweltmeisterschaft?« warf er listig hin.

Charos spitzte die Ohren. »Wissen Sie etwa die Endergebnisse?«

»Klar. Auf unserem Raumschiff ist ein Parsec-Wellen-Sender, ich kriege jeden Sonntag Erdempfang.«

»Wirklich?« sagte Charos leise und kam näher. »Wissen Sie, hier auf Meskorska ist es verboten, aktuelle Nachrichten von Weltmeisterschaften zu senden. Die Führer haben Angst, daß wir davon Heimweh bekommen –«

»Ich«, sagte LeO wie beiläufig, »weiß die Ergebnisse alle auswendig.«

Charos sah ihn verträumt an. »Wenn Sie sie mir verraten, lasse ich Sie fünf Minuten ins Nirwana.«

»Fünfundvierzig Minuten.«

»Na gut. Aber Sie müssen sie mir jetzt gleich sagen«, Charos bebte. »Mein Gott, bin ich aufgeregt: Es ist, wie wenn man ein ganzes Spiel in wenigen Sekunden sieht.«

»Also Halbfinale –«, begann LeO.

»Nein, warten Sie... Ich setze mich hierhin, und Sie setzen sich dorthin, mit dem Kopf vor dem Schirm. Tun Sie so, als ob Sie Fernsehjournalist wären. Mein Gott, was für eine Aufregung! Eine halbe Tachykardie!«

»Also: Meine lieben Hörer«, tönte LeO, »das Halbfinale erreichten der Berliner ›Angriff‹, die ›Gelben Turbane‹ aus Peking, die Liverpooler ›Sprinters‹ sowie –«

Charos schoß hoch.

»... das ›Junge Mittelmeer‹!«

Charos warf diverse Schmerztabletten in die Luft und schrie: »Sie haben's geschafft! Mein Verein! Der Verein von Kalosartipos, meinem Idol!«

»Der Grieche Kalosartipos gehörte zur Spitze des ›Jungen Mittelmeers‹, er führte den Treffer aus, mit dem die JuMis den Zwei-zu-eins-Sieg über die Chinesen in der ersten Runde des Halbfinales nach Haus holten.«

»O Gott«, sagte Charos und legte sich die Hand auf die Brust. »Also dann ... sind wir im Finale.«

»Beim Finale«, fuhr LeO fort, »trifft das ›Junge Mittelmeer‹ auf den ›Angriff‹ Berlin, der in der Vorrunde dank dreier herrlicher Tore seines Mittelstürmers van Merode die Engländer abgeschüttelt hatte.«

»Dieser vermaledeite Panzer! Das ist doch ein halber Roboter!«

»Taktisches Problem Nummer eins für JuMi-Trainer Dino Zoff ist natürlich, wie kann man dieses deutsche Paket bremsen, diesen Brecher mit seinen berüchtigten Stahlgelenken in Knien, Knöcheln und Ellenbogen. Wehe, wenn er losgelassen wird, er ist nicht aufzuhalten. Aber der große alte Mann des ledernen Runds erfindet einen genialen Zug: Er hetzt van Merode seinen gefürchteten Stopper auf die Fersen, Leo Mastino, genannt ›das Lama‹ – wegen seiner viehischen Fouls und seiner Angewohnheit, dem Gegner ins Gesicht zu spukken. Und Mastino fängt auch sofort an zu spucken, allerdings nicht ins Gesicht, sondern zielgenau in die Metallgelenke des Deutschen, mit dem Ergebnis, daß van Merode bereits nach einer halben Spielstunde kaum noch von der Stelle kommt, weil sie zu rosten anfangen. Und Mastino scheint die Spucke überhaupt nicht auszugehen! Der Panzer rollt nicht mehr! Vergeblich ölt ihn sein Masseur!«

»Bravo, Mastino! Weiter so!«

»Jetzt werfen die JuMis sich unter dem anfeuernden Gejohle von dreitausend Fans auf den Angriff, aber Rossi IV verschenkt leider einen kleinen Vorteil.«

»Ich hab's gewußt!« schrie Charos. »Rossi verpatzt immer die wichtigen Spiele! Der muß ausgewechselt werden! Kalosartipos muß rein!«

»In der zweiten Halbzeit zieht Caboto rechts am Feld vorbei, dann eine Flanke in die Mitte, Kopfball von Cotugno – und Latte!«

»Scheißarschdeutsche!« schrie Charos aufgebracht, schlug auf sämtlichen Tasten herum und löste ein kollektives Röcheln der Agonie aus. »Ihr seid ja zum Kotzen! Jetzt auch noch Latte!«

»In der sechsundachtzigsten Spielminute wird Kalosartipos für Rossi IV eingewechselt.«

»Jetzt fällt dir das ein, drei Minuten vor dem Abpfiff, du Idiot von Zoff, jetzt, wo wir schon verloren haben!«

»Das Spiel scheint null zu null auszugehen, und Sie wissen

alle, daß ›Angriff‹ Berlin nur dieses Unentschieden braucht, dann sind sie Weltmeister, sie haben das bessere Torverhältnis ... Aber jetzt fängt Kalosartipos in der Spielfeldmitte den Ball ab ... Und stürmt ... an Bauer vorbei ... Jetzt ist er kurz vor dem Tor ... Auch Stirner dribbelt ... Und weiter, jetzt ist er ganz allein im Torraum ... und – er geht zu Boden! Er geht zu Boden, nur zwei Schritte vor dem Torwart, Kalosartipos!«

»Elfmeter!« Charos hatte jede Zurückhaltung aufgegeben und sprang auf einen Stuhl. »Das muß ein Elfmeter geben, so sicher wie Zeus im Olymp! Ich hab's genau gesehen! Schiedsrichter Arschloooooch!«

»Der Schiedsrichter entscheidet auf Elfmeter. Elfmeter für die JuMis.«

Charos lief jetzt im Zimmer auf und ab. Er war leichenblaß.

»Im Stadion ist es mucksmäuschenstill«, sagte LeO, »dieser Schuß ist eine Weltmeisterschaft wert. Und da kommt er auch schon, unser Kalosartipos, er nimmt Anlauf ... schießt und – Tor! Eins zu null für die JuMis, das ist das Aus für den ›Angriff‹!«

»Toooooooooooooor!« Charos war blau angelaufen und schrie. »Tooooor! Wir sind Weltmeister!« Dann polterte er der Länge nach vom Stuhl.

»Und da kommt der Abpfiff«, kommentierte LeO weiter, »die jubelnden Zuschauer tragen Kalosartipos im Triumphzug ... Doktor Charos, was ist denn mit Ihnen los?«

LeO ging zu dem Doktor, der mit einem seligen Ausdruck im Gesicht auf dem Boden lag.

»Das ist die größte ... Freude ... meines Lebens«, seufzte Charos. Und verschied.

LeO hatte nicht mehr die Zeit, ihm zu sagen, daß er sich alles nur ausgedacht hatte. Aber wenn er es bedachte, er hätte es ihm sowieso nicht gesagt.

Geber

LeO stand jetzt vor Gebers Bett. Der Journalist sah aus, als ob er schliefe, mit dem Infusionsschlauch in einem Arm und dem Whiskyschlauch pendelnd vor dem Mund. In einem kleinen Radio am Kopfende des Bettes lief *Gute Nachrichten, Liebling*. Pausbäckige weiße Schwestern eilten schweigend auf Rollschuhen durch die Gegend. Geber riß die Augen auf und erblickte LeO. Er lächelte und rief aus: »ROBOTER BERICHTET ÜBER LETZTE MINUTEN DES GROSSEN GEBER.«

LeO verschlug es die Sprache. Eine Schwester rollte hinter ihm vorbei und flüsterte:

»Er deliriert schon seit zwei Tagen. Redet nur noch in Schlagzeilen. Entweder reden Sie auch so, oder er antwortet nicht.«

LeO betrachtete Gebers bleiches Fiebergesicht und versuchte ihn aufzumuntern:

»GEBER: STARKES FIEBER IM KAMPF MIT TOD

Geber antwortete mit einem Kopfschütteln:

»*Exklusivinterview mit Chefarzt Dr. Tubi –*

KEINE HOFFNUNG IM FALL GEBER.«

»VERZEHRT GEHEIMNISVOLLE KRANKHEIT GEBER?« sagte LeO.

»DIE GANZE WAHRHEIT ÜBER DAS ENDE DES JOURNALISTEN GEBER«, war die Antwort.

»*Meskorska, Bericht von unserem Korrespondenten. Es war durchaus keine rätselhafte Krankheit, der unser Korrespondent Geber zum Opfer fiel. Der Journalist, er gilt als eine der meistbejubelten Federn des Regimes, wurde von seinem eigenen Direktor vergiftet, nachdem er auf dem Planeten Mellonta ein Massengrab mit sechstausend Desaperecidos entdeckt hatte* ... NEIN? VERLEUMDUNGEN! Nein! VERLEUMDUNGEN seitens Aufständischer.« Geber fing an zu zittern.

»Ich wiederhole:

DIE GANZE WAHRHEIT ÜBER DAS ENDE DES JOURNALISTEN GEBER.

Meskorska, Bericht unseres Korrespondenten. Die Gerüchte, nach denen der berühmte Journalist Geber vergiftet worden sein soll, sind sehr schnell wieder verstummt. Die Gerüchte, die in Kreisen der Opposition kursierten, wurden vom Chefarzt des Krankenhauses von Meskorska, Professor Tubi, dementiert; Tubi ist eine berühmte Leuchte der Wissenschaft SOWIE EIN COUSIN DES MINISTERS PTOLMAY FERNER EIGENTÜMER VON SPIELKASINOS UND MORPHIUMSCHMUGGLER... Nein! Streichen! Zeilen streichen! Schmutztitel weg! Der ganze Absatz raus aus der Seite!«

Geber begann sich im Bett zu wälzen. Die Schwester kam in Windeseile herbeigerollt und spritzte ihm ein Beruhigungsmittel.

»Der Ärmste«, sagte sie, »er ist schizophren. Hören Sie es? Er spricht mit zwei verschiedenen Stimmen.«

Geber keuchte und zappelte im Bett hin und her. »Hilfe! Eine Ente! Die Ente vom Direktor! Sie will mich fressen! Sie reißt den Schnabel auf und... Da, Worte kommen heraus... Ein Nachruf... Beispielhafter Kollege... Hilfe! Schnurgerade Karriere... Gab seinen ganzen Enthusiasmus... Hilfe. Neiiin! Ich seh's! Der Nachruf im Feuilleton! Überschrift:

WAS GEBER UNS LEHRT.«

LeO zögerte einen Augenblick, dann stellte er die Frage, die er die ganze Zeit auf dem Herzen hatte:

»KANNTE GEBER VAN CRAMS GEHEIMNIS?«

Gebers Blick wurde aufmerksam. Er sagte mit dünner Stimme: *»Exklusivbericht des großen Geber:*

HARTE BRUTALE MONATE

AUF VAN CRAMS RAUMSCHIFF.«

LeO raunte ihm ins Ohr:

»KARTE DER BOOJUMS:

RÄTSEL NOCH IMMER UNGELÖST.«

»Zusammenfassend läßt sich sagen: Für die Fahrt zu Erde 2 ist die

Karte der Boojums vermutlich von entscheidender Bedeutung. Sollten die Sineuropäer sie in die Hand bekommen, könnten sie ihren Vorsprung halten.«

Geber krächzte mit letzter Kraft:

»Siebenerbalken-Titel:

ICH SAH DIE KARTE DER BOOJUMS!

Meskorska, von unserem Korrespondenten: Ich sah die Karte der Boojums – sie liegt auf Mellonta, am Fuße des Schlangenmanns. Sie werden sich fragen, wer ist der Schlangenmann ... nun ja –

EXTRAAUSGABE

DER GROSSE GEBER

PLÖTZLICH VERSCHWUNDEN.«

Geber krächzte noch einmal und ließ dann den Kopf sinken, LeO begriff, daß es nichts mehr zu fragen gab. Er stürzte aufgeregt davon. Was er eben erfahren hatte, war sehr wichtig, wehe, wenn es anderen in die Hände fiel. Er lief dicht an den Bettreihen entlang, Sara summte etwas, und der Roboter wunderte sich ein bißchen, als aus einem Bett ein Kranker aufstand, dann zwei, er sah ihre drohenden Gesichter, und dann senkte sich ein weißes Laken über ihn, und er sah gar nichts mehr.

Calalbakrab: Verschwörung im All – Wer will dem König ans Leder?

»Wir haben ihn in der Mangel«, sagte Alya triumphierend. »O großer Temugin, o Schrecken der Himmel, der große Tag rückt näher. Vielleicht steckt in diesem Roboter, den wir da entführt haben, wahrhaftig der Schlüssel für die Reise auf jenen Planeten.«

»Ich glaube nicht, Alya«, sagte der Wahrsager El Dabih. »Wir sind noch immer weit, weit weg, und der Weg ist voller Rätsel.«

Der Große Skorpion trat auf die beiden zu. In der Hand hatte er einen kostbaren Krug und zwei zierliche Kelche.

»Wem soll ich denn nun glauben«, fragte er und schenkte langsam ein, »dem Optimismus des guten Alya, der mir schmeichelt und mir einreden will, er lebte nur in meinem Licht und würde mir stets treu bleiben? Oder den dunklen Worten von El Dabih, der mir dient, aber mich nicht liebt, der mir rät, aber mich nicht schätzt, und der mir nur folgt, weil ich der Stärkere bin. O Graus – der König kann nicht ruhig schlafen, denn er weiß, daß in seiner Nähe stets ein Verräter lauert: Es kann der Magier sein oder der Narr, der beste Freund oder der fürstliche Rivale oder seine Herzensdame oder seine eigene Mutter. Wer wird mich verraten? Wer wird Rache nehmen? Der gute Rigoletto oder der finstere Rasputin oder der friedfertige Eunuch Chen Kuo? Oder Gano oder vielleicht Hop-Frog oder An Lushan? Oder vielleicht Almagro? Ein Getreuer unter tausend Verrätern in der Nähe eines Großen. Wenige Goebbels, aber viele Görings.«

»Majestät«, sagte Alya, »wie kannst du glauben, ich würde dich verraten? Welche Motive sollte ich haben?«

»Tausende«, lächelte der König, »du bist ehrgeizig. Du hast oft gesagt, daß du mit dem, was du auf dieser Erde hast, nicht zufrieden bist. Du bist durch und durch lasterhaft –«

»Das sind kleine Laster, Majestät, Lasterchen.«

»Du bist grausam«, fuhr der König fort, »und verlogen. Dein Lieblingsessen ist Kolibriragoût. Seit ich meinen Kater Xerxes als grausamen Verbrecher erschießen ließ, weil er die Rasse der Kolibris auf Erden ausgelöscht hat, werde ich den Verdacht nicht los, daß du ihm selbst die Federn um die Schnauze gesteckt hast.«

»Das ist nicht wahr, Majestät«, Alya wurde bleich. »Wie kannst du nur glauben –«

»Ich kann alles glauben«, sagte der König. »Sogar, daß die Bombe, die im Audienzsaal hochgegangen ist, von dir gelegt worden ist. Daß du es warst, der den Bordtelepathen umgebracht hat. Daß du der Kopf dieser Verschwörung bist –«

»Majestät«, sagte Alya und verbeugte sich, »ich würde alles tun, um dir meine Treue zu beweisen.«

»Genau das wirst du auch tun«, sagte der König und reichte ihm den Kelch, »trink! Einer der beiden Becher enthält Gift. Ich habe Beweise, daß einer von euch beiden ein Verräter ist. Aber wenn du ein ruhiges Gewissen hast, Alya, dann trink. Und du auch, El Dabih.«

Der Wahrsager sah dem Herrscher in die Augen. Er trank langsam den Wein aus. Alya dagegen stand zitternd mit dem Kelch in der Hand da.

»Aha«, sagte der König, »du trinkst nicht? Deine Treue gerät schon ins Wanken?«

»Aber wenn ... in El Dabihs Kelch kein Gift war ... wenn er noch lebt ... dann ist doch meiner ... Majestät ... ich«, stammelte Alya, »verzeih mir!«

»Was denn!« schrie der König und hielt ihm den Säbel an die Kehle.

»Ich weiß nicht, was du willst, verzeih mir nur«, flehte der Minister und warf sich dem Skorpion zu Füßen. Der König stieß ihn mit einem Tritt von sich.

»Wachen«, rief er, »bringt ihn weg! Foltert ihn! Bringt ihn dazu, daß er gesteht ... egal was! Irgend etwas, für das er zum

Tode verurteilt werden kann! Tötet auch seinen Sekretär! Und tötet die Soldaten, die Wache hatten, als die Bombe explodierte! Wehe dem, der den Großen Skorpion verraten will!«

Als Alyas Schreien und Flehen sich in den weiten Korridoren allmählich verlor, ging Akrab auf den Wahrsager zu und zeigte auf den leeren Kelch:

»Du, El Dabih«, sagte er, »bist mir also treu!«

»Das weißt du, mein König. Ich habe getrunken, denn wenn du beschlossen hast, daß ich sterben muß, ist es besser, gleich zu sterben. Wie könnte ich mich widersetzen?«

»Wenn das so ist«, sagte Akrab zornig, »kann ich also auch deiner Treue nicht sicher sein! Warum bleibst du dann in meiner Nähe?«

»Weil ich hoffe, deinen Wahnsinn aufzuhalten«, sagte der Wahrsager. »Oder glaubst du etwa, es sei von Nutzen, daß du Schrecken auf diesem Raumschiff verbreitest und nach Lust und Laune tötest? Du weißt sehr wohl, daß Alya keine Verschwörung gegen dich angezettelt hat. Du kannst natürlich alle deine Minister umbringen, du kannst die Gesetze abschaffen, aber die Angst wird trotzdem in dir bleiben. Du kannst ihr nicht den Kopf abschneiden!«

»Wahrsager«, sagte der König, »wenn du meine Gesetze Wahnsinn nennst, dann ist jedes Gesetz Wahnsinn. Alya hat gesündigt, indem er nicht getrunken hat, denn das ist die größte Sünde für einen jeden Untertan: Das eigene Leben für wichtiger zu erachten als das des Königs. Du bist ein Mann, der die Weite der Himmel und die Winzigkeit der Dämpfe ergründet, du verstehst, in die Abgründe der Tropfen in einer Tasse zu schauen und in das, was hinter geschlossenen Augen liegt. Ich aber muß die wirkliche Welt anschauen: Waffen, Ländereien, Reichtümer. Und darin ist keine Magie: Da ist Ordnung. Du kannst nicht begreifen, was Macht ist, du nicht! Urteile nicht über mich – du könntest es bereuen! Ich kann sehr viel gefährlicher sein als eine Weissagung!«

»Ich habe keine Angst vor dir«, sagte der Wahrsager nur und

sah dem König noch immer fest in die Augen. König Akrab wich, ohne es zu merken, einen Schritt zurück. Dann gab der Zorn ihm die Kraft zurück. Mit ruhiger Stimme sagte er:

»El Dabih, du selbst hast gesagt, mir wird nichts Böses geschehen, solange der Himmel nicht auf die Erde stürzt –«

»So lautete die Weissagung.«

»Also schön«, sagte der König, und seine Augen funkelten listig, »bis zu jenem Tag, und das heißt für immer, ernenne ich dich zu meinem Premierminister. Du wirst einen Palast bekommen und kostbare Instrumente, um den Himmel zu beobachten, und mehr Gold, als je einer meiner Berater bekommen hat! Nimm dieses Angebot an, Wahrsager!«

El Dabih schien nicht im geringsten verwundert. Er nahm eine Feder und schrieb ein paar Zahlen auf ein Blatt. »Großer Skorpion«, sagte er schließlich, »wir Araber haben diese Zahlen erfunden: das Dezimalsystem. Unsere größte Erfindung aber war *sifre*. Sifre, aus dem dann Zephirus und später Zero wurde. Wir erfanden die Zahl, die die Leere, das Nichts benennt. Eine beängstigende Zahl, in deren kreisförmigen Zeichen einem der Geist verlorengehen kann. Nun gut, du kennst die Null, sie ist die Ziffer der großen Summen; in einer langen Reihe hinter einer einfachen anderen Ziffer verwandelt sie diese Ziffer in ein Monstrum: eine Milliarde, eine Milliarde Milliarden. Mit solchen Zahlen wird Reichtum benannt, und die Null steht dort Schlange wie die juwelen- und seidenbeladenen Kamele hinter dem Herrn in einer Karawane. Sie ist dein treuer Diener, die Null. Dein Volk – das sind ganz viele Nullen hinter dir und ebenso deine Berater. Ich könnte vielleicht die zweite oder dritte Null in der großen Zahl werden, die deinen Ruhm beziffert, aber ich bliebe leer, wie alle anderen. Und das ist nicht das einzige, was dir entgangen ist. Die Null hat sich noch einen Weg gebahnt: Wenn ihr nämlich erst ein Komma folgt und danach weitere Zahlen, nun, dann ergibt das doch nie eine Zahl, so groß und monströs sie auch sein mag, die über ihren Horizont hinausgelangen könnte. Die ganze Zahl mag lang und länger werden und Ziffern in Reih und Glied stellen wie Soldaten, aber stets wird sie, ach, kleiner bleiben als die kleinste Zahl, weniger als Eins. So läufst du einer absoluten Macht hinterher, aber wie viele Ziffern, Zahlen und Soldaten, tot oder lebendig, du auch aneinanderreihen magst – vor dir steht eine Null: Das Rätsel, das du nicht begreifst, die Natur, die all deinen Reichtum übertrifft, der Himmel, den du nicht greifen kannst. Und hüte dich! Nach der Null und dem Komma können auch noch mehr Nullen folgen, andere Nullen. Millionen Nullen. Aber wenn es am Ende eine Zahl gibt, dann wird sie existieren. Das ist die Welt, die dir nicht gehört, der Weg, der dir entgeht, das unendlich Kleine der verborgenen Freiheit, das Geheimnis der Komplexität, das du nicht besitzen kannst.

Der ärmste deiner Untertanen ist eine Ziffer unter vielen, vielen anderen: Aber er existiert, er lebt. Manche Leute bewundern die großen Maße und die großen Zahlen, die nötig sind, um die Größe des Universums und die Entfernungen der Sterne zum Ausdruck zu bringen. Aber der Wissenschaftler und der gewöhnliche Mensch sind gleichermaßen verblüfft über die Zahlen, mit denen man das kleinste Atomteilchen, das Bienenauge, die Zelle aufspürt und findet. Dieses Leben um dich herum, deine Untertanen, die Natur, alles, was auf der anderen Erde ist, die fern der Null liegt, all das verachtest du. Das möchtest du auslöschen. Du glaubst, alles sei käuflich, du glaubst, deine Zahlen seien groß genug, um die Welt zu umarmen. Aber deine Zahlen sind Sifre, Zephir, Zero, Null, Nichts. Die Dinge, die du wirklich kaufen kannst, ergeben zusammen eine so unendlich kleine Zahl, daß du dich schämen müßtest. Rühme dich nicht deines Reichtums. Er ist nichts, ob du ihn nun am Himmel mißt oder an den Welten des unendlich Kleinen. Großer Skorpion, versteck dein Gold und klapp das Buch der Zahlen zu, denn für dich ist es entsetzlich.«

Saras Erzählung (frei übersetzt aus dem Bienesischen)

Ich und LeO ßußammen in weißße Wände gegangen komißße Gerüche gerochen LeO ßagt Medißßin ßtinkt, dann Mann Name Geber geßehn ßieht ßiemlich irrßinnig aus und erßählt Geßßichte habe ßie vollßtändig mitangehört und kann euch vollßtändig erßählen aber alß wir raußgehn ich verßuche LeO ßagen hinter unß her ein paar komißße Männer auß Betten: ßaußen, ßo, aber LeO nikß hören und ich kitßeln mit Füßchen LeO Ohr ßagen Aufpaßßen komißße Männer hinter unß und ßpringen auf LeO, ßo, und LeO ßtürzen ßu Boden mit großße Getöße und LeO schießen ßeinen Sstrahl und ich ihm verßuchen helfen und ßaußen inß Auge von einem Mann und machen blind aber ßwei andere machen piuß-piuß mit Pißtole ßchießen LeO dann eingeschloßßen in Lakenßack weggetragen ich kann nikß machen ßauße ßauße ßu Raumßßiff ßauße fast in unaufmerkßame Küchenßßabe, ßo, die flog mit geßenktem Kopf, ßo, ich hier ankommen ganß heimlich Geber Hekße Schlangenmann ich kann euch ßagen aber ich ßehr beßorgt weil LeO gefangen, wenn ich meine ßechßigtaußend Bienenßtockgenoßßinnen dabei gehabt hätte wir die Männer geßtochen, ßo, ganß dicke Beulen gemacht aber ich allein waßß ßoll ich machen fühle mich überflüßßig wie ßtechmücke, eß tut mir ßo leid Menßchen ßo oft ßtehlen meine Blumen verwüßten meinen ßtock, ßtehlen Honig aber bißß jetß nie geßtohlen Freund, ßo, Mensch ist ßmutßigßteß und blutrünßtigßteß und dämlichßteß Tier von ganße Milchßtraßße ganß ßicher, ßo.

Calalbakrab: Wie man eine Revolte im Rock-Rhythmus vorbereitet

Die Dzunum probten *Womit du nicht gerechnet hättest,* eins ihrer berühmtesten Stücke, im Aufnahmestudio der Calalbakrab. Selbst die härtesten Krieger des Raumschiffs wippten leicht mit den Füßen im Takt.

Ich bin der, der bei Strip-Shows das Saxophon spielt,
der, der mit sich selbst spricht,
der unter 'ner alten Zeitung pennt,
ich werd irgendwann über die Straße gehn, um zu sterben
unter deinem frisch gewaschenen Auto,
ich bin der, womit du nicht gerechnet hättest.

»Dreh mal den Soundteppich total auf, Wassiliboyd«, sagte Coyllar, »der überdeckt unsere Stimmen, dann können sie uns nicht mit ihren Mikros dazwischenfunken. Los, komm mit uns ins Studio. Wir sind gerade dabei, alles genau abzusprechen, und wir müssen uns beeilen, auf diesem Raumschiff herrscht ein Terrorklima. Sind wir uns einig über den Plan? Du auch, du neuer Anhänger?«

»Ich möchte lieber noch die Einzelheiten diskutieren –«, sagte Wassiliboyd.

»Willst du jetzt schon kneifen, Pilot?« fragte Alice und drückte ihm drohend eine messerscharfe Platte an den Hals.

»He, Kleine, ich war schon bei den Rebellen, als du noch nicht mal geboren warst. Aber in all den Jahren hat sich mir nie das Problem gestellt, ein Raumschiff mit zweihundert Soldaten zu kapern. Glaubt ihr vielleicht, das ist ein Kinderspiel? Habt ihr einen Plan?«

»Hör mal zu, Pilot«, sagte Lorina, »Akrab trägt einen Juwel am Hals: Wenn man den unter eine bestimmte Lampe des Zentralcomputers hält, dann bricht er das Licht so, daß sich die beiden Teile der Calalbakrab innerhalb von drei Minuten trennen. Unterdessen kapern wir unseren Teil und lassen die Eldschenubi ins All driften. Auf diese Weise sabotieren wir die Herren nicht nur, sondern haben auch ein Raumschiff für uns allein und können uns ein Plätzchen im All suchen, wo wir als freie Menschen leben können.«

»Und ihr glaubt, viele von der Besatzung sind auf unserer Seite?«

»Mehr als du denkst«, sagte Coyllar, »mindestens die Hälfte der Amerussen und eine Menge Araber auch.«

»Na gut«, sagte Wassiliboyd, »ich will euch helfen gegen den Mann, der meinen besten Freund umgebracht hat. Aber euren Plan finde ich wahnwitzig! Wir müssen die Soldaten an Bord für mindestens zehn Minuten außer Gefecht setzen, bis wir zu König Akrab durchkommen, das Prisma kriegen, das Schiff in die Hand bekommen... Wie wollt ihr das je schaffen?«

»Mit Musik«, sagte Lorina.

»Macht euch nicht lustig über mich«, sagte der Pilot.

»Du hältst uns wohl nicht für sehr helle, was?« fragte Coyllar. »Na schön, dann will ich dir ein paar Sachen erklären: Die Bombe im Audienzsaal, die haben wir gelegt, um den Zorn des Königs herauszukitzeln, damit er ein paar Wachen und Minister umbringt und so den Haß der Besatzung auf sich zieht.«

»Zwei Techniker des Zentralcomputers haben wir bereits auf unserer Seite«, erzählte Edith. »Und als wir losgeflogen sind, haben wir sofort den Spionage-Telepathen ausfindig und unschädlich gemacht – mit einem Messer-Solo. Findest du das etwa nicht gut geplant, das Ganze?«

»Was unseren Angriff selbst angeht«, sagte Coyllar, »sieh dir mal dieses Instrument an. Es heißt Ultradivarius und ist eine elektronische Geige. Lies mal, was die alles kann.«

Wassiliboyd las neugierig und stieß schließlich einen bewundernden Pfiff aus.

»Mädels, Dylaniew hatte ganz recht mit seinem Vertrauen zu euch! Ich übernehme mit Freuden seinen Job in eurem Plan: Ich habe nämlich verdammt den Verdacht, daß Seiner Majestät die Musik dieses Konzerts gar nicht gefallen wird!«

An Bord der Zuikaku: Die Hinrichtung der rebellischen Mäuse

In der Wanne brodelte eine schwarze, klebrige Flüssigkeit. Die zum Tode verurteilten Mäuse standen in Gänsemarschordnung mit verbundenen Augen auf dem Steg. Alle anderen standen in Reih und Glied darunter: Viele weinten. Ein paar sangen in einem nie von Menschen gehörten Ultraschall-Chor *Grau grau grau sind alle meine Farben.* Mit seinen ein Meter fünfzig überragte sie General Yamamoto in der Sonntagsuniform des Großen Schlächters; neben ihm der ziemlich bleiche Harada.

»In meiner Eigenschaft als rechtmäßiger Vertreter des militärischen Reiches SAM und seiner Gerichtsbarkeit auf diesem Schiff«, hob Yamamoto an, »vollstrecke ich hiermit das Urteil, Tod durch Cocacolisierung, an den Soldaten Cursor, Pause, GoSub, Degree, Radian, Beep On, Beep Off und Log wegen Insubordination. Des weiteren an den Soldaten: On, Input, Unlock, Status, Mem, Mids, Data und π, die für schuldig befunden wurden, aus Feigheit vor dem Feind ein Ziel von großer strategischer Bedeutung, nämlich den sineuropäischen Roboter LeO, entweichen lassen zu haben. Soldat π, der dem Befehl, als mechanische Spielzeugmaus aufzutreten, zuwidergehandelt und damit den folgenreichen Zwischenfall ausgelöst hat, wird sonderbehandelt, sein Tod wird nicht durch Untertauchen erfolgen, sondern durch Cocacolatröpfeln auf die Schädeldecke.«

»Das ist grausam«, schrie Unlock, »Bestie!«

»Ruhe!«, schrie Yamamoto. »Wir schreiten nunmehr zur Vollstreckung.«

Harada stieß mit der Säbelspitze die erste Maus auf die Rutsche. Das Tierchen widersetzte sich einen Augenblick lang, dann sauste es nach unten. Die Coca-Cola schäumte auf und verschlang es rasch, und nach ein paar Augenblicken war nur noch das kleine Skelett übrig. Ein Schrei des Schauders gellte durch das Raumschiff. Eine Maus erbrach sich. Einer nach dem anderen folgten die nächsten Verurteilten: Alle gingen sehr würdevoll in den Tod. In einem stolzen Anfall von Humor sagte Beep Off: »Bitte keine Coca-Cola, davon muß ich immer rülpsen.« Und stürzte sich mit einem Purzelbaum hinein.

Dann war π an der Reihe. Er bestieg die Stätte seiner Hinrichtung mit Würde: Er trug sein hübsches Mäuseschnäuzchen in die Höhe gereckt, und seine Barthaare standen kerzengerade, zum Zeichen der Herausforderung. Er ließ sich an den Folterpfahl binden. Von oben aus einem Behälter mit einem Zapfhahn tropfte die Flüssigkeit und begann, ihm allmählich das Gehirn zu zerfressen.

»Seht alle hin!« sagte Yamamoto. »So endet jeder, der Feigheit vor dem Feind zeigt!« Alle Mäuse standen reglos und stumm da. Nicht einmal π gab einen Schrei von sich. Er hielt nämlich in Wirklichkeit seinen Freunden einen Ultraschall-Vortrag.

π's Abschied

»Soldaten, Nager, freie Mäuse! Ich sterbe, aber nicht vergebens. Mein Ende enthüllt euch das wahre Gesicht des Tyrannen. Wer unter euch noch geglaubt hat, es sei ein großes Privileg, aus den Schächten hochzusteigen und Kost und Logis und eine schmucke Uniform zu haben, der besinne sich jetzt eines anderen! Die herrschenden Menschen benutzen uns als Kanonenfutter, aber kaum pochen wir auf unser Recht auf Leben und Würde, behandeln sie uns wieder wie Tiere. Können nicht auch wir das Leben lieben? Sollen wir etwa für Dinge kämpfen, die uns nie gehören werden? Sind Asteroiden etwa aus Ziegenkäse?«

»Nein«, riefen die Mäuse im Chor.

»Yamamoto behauptet, Krieg und Plünderei lägen in der

Natur aller Wesen: Und Yamamoto ist ein Mensch, ja sogar ein Ehrenmann. Ich aber frage euch«, fuhr π fort, »sind wir etwa in die Häuser der Menschen gekommen, um nach Sklaven oder Diamanten zu suchen? Ist irgendeiner von euch je mit einer Uhr um den Hals oder mit einem Barscheck aus einer Wohnung gekommen? NEIN! Wir stehlen aus Hunger!«

»Das stimmt«, sagten die Mäuse.

»Ich sage euch«, sprach π weiter, »je mehr diese mörderische Brühe mir das Gehirn erweicht, desto klarer sehe ich! Wir haben schlecht daran getan, ihnen zu dienen! Sie haben uns den Kopf vollgestopft mit ihren Evolutionstheorien. Und sich selbst haben sie natürlich an die Spitze der Evolution gesetzt. Na gut, wir wollen ihnen etwas sagen, was Darwin nie gesagt hat! Die Evolution verläuft nicht geradlinig, sondern in Sprüngen, und bei ihrem letzten Sprung ist sie in den Morast gesprungen: Herausgekommen ist der Mensch!«

Applaus.

»Sie reden einen Haufen Zeugs von Evolution und natürlicher Auslese. Wir dagegen können unsere Chromosomen neu mischen, unsere Beine und Bärte verlängern, Kiemen ausbilden und uns jeder Umgebung anpassen. Aber wenn der Mensch uns, bloß weil er morgens mit dem linken Bein aufgestanden ist, über den Haufen schießt? Dann gute Nacht, natürliche Auslese! Denkt an unsere Gefallenen! Die Millionen Verkehrspolizei-Mäuse, die letztes Jahr in den Straßen von Tokio zerquetscht wurden, die neun Millionen Mäuse, mit denen sie das Loch im Staudamm von Hokkaido gestopft haben, und die dreißig Millionen von uns, die Tag für Tag hamburgerisiert werden. Holen wir uns unsere Freiheit zurück, Freunde! Lieber den Krümel im eigenen Keller als das Komißbrot hinter Gittern.«

»Sagen wir zehn Krümel«, rief die Maus Wait.

»Die Zeit ist reif für eine Entscheidung, Freunde! Jahrelang haben uns die Menschen in ihren Experimentierlabyrinthen im Kreis laufen lassen, um herauszufinden, ob wir intelligent seien. Wir sind seekrank geworden von all diesen kilometerlangen Zick-Zacks hinter einem Stück Käse her. Jetzt ist Schluß, das nächste Stück Käse nehmen wir uns ohne den Umweg durch ihre Labors!«

»Em-men-tal, Em-men-tal«, skandierten die Mäuse im Chor.

»Wir werden nicht mehr um Almosen betteln vor ihren Restaurants mit den Schildern von der Glücksbringer-Katze Maneki-Keko«, sagte π, »wir werden nicht mehr unter ihren Obst- und Gemüsemärkten leben, sondern mitten auf den Märkten!«

»Freisalat für alle!« rief And.

»Und wenn sie ihre Katzen losschicken, dann werden wir unsere Viren losschicken! Und wir werden sie alle verseuchen!«

»Beulenpest dem Tyrannen!« rief Return.

»Freunde«, sagte π mit immer matterer Stimme, »das niederträchtige Gesöff haut mir langsam ins Hirn und macht mir Alpträume von vertorften Teenagern, die bei Sonnenuntergang lachend am Strand sitzen und Dosen kippen. Sollen wir alle so verblödet enden wie diese Menschen? Nein! Wir werden rebellieren!«

Es gab einen begeisterten mäusischen Schrei des Einverständnisses.

π schüttelte mit letzter Kraft den vermatschten Kopf: »Meine Stunde ist gekommen. Seit Erasistratos den ersten Spatz verhungern ließ, hat der Mensch das Tier gequält, Freunde. Ich kann mich noch an die schönen Tage erinnern, die wir gemeinsam verbracht haben, als wir uns in Tokio aus Spaß unter ihren Hüten versteckten und die Leute vor lauter Schreck Beine machten. Damals haben viele Japaner die Natur noch geliebt – wie fern scheinen sie, diese Zeiten! Nun denn, ich verlasse euch! Ich fahre auf in die heiligen Gärten der Großen Kuh, wo die Schafskäse von den Bäumen hängen und an den Stränden die Joghurt-Brandung erklingt, wo Fallen gesetzlich verboten und Katzen Vegetarier sind. Adieu, meine Freunde! Kämpft in meinem Namen und denkt an das, was der Große Gus-Gus gesagt hat: ›Ein Laib von zwanzig Kilo ist leichter zu verdauen, wenn man auf ihm drauf sitzt, statt unter ihm zu kleben.‹ Werft das Gewicht der Unterdrückung ab und erhebt euch! Buaaaaaaaaaaark.«

Das war sein letzter Schrei: Die Coca-Cola hatte den guten π erledigt. Alle Mäuse gingen mit gesenkten Schwänzen davon.

IV. Meeresstille

Machu Picchu: Wer kam von da oben?

Und der alte Fang und der junge Einstein erreichten den Gipfel von Machu Picchu, der Himmelsstadt. Sie spürten ein leichtes Schwindelgefühl wegen der Luft in 2000 Meter Höhe und wohl auch von den vielen Flaschen Chica, die sie intus hatten. Über ihnen die vier großen Berge: der Acongate, der Ausengate, der Salccantay, der Soray, allesamt fast 6000 Meter hoch. Unter ihnen ein dichter, milchiger Nebel, der langsam wogte wie eine unruhige See.

»Dieser Nebel«, sagte Einstein – er war vollgedröhnt wie einer der Sieben Weisen –, »das sind die Seelen der toten Jivaros, die zwischen Himmel und Erde schweben!«

»Nein, Herr Doktor«, sagte Catuilla, der Führer, »es sind die Motoren der Bohrmaschinen.«

»Kann ich noch Chica haben?« krächzte der Junge daraufhin. »Ich fühle mich ein bißchen schlapp. He, was sind das für zwei runde Dinger da hinten? Wenn es wirklich zwei –«

»Das sind zwei Mörser«, sagte der Führer, »sie werden ›die Augen, die den Himmel schauen‹ genannt, weil in dieser Stadt alles den Himmel schaut. Dort auf den vierzehn großen Terrassen war Intihuatana, der ›Ort, wo die Sonne geflochten wird‹. Dort ist ein Quadrant mit allen Sonnen- und Mondphasen und eine Sternenkarte.«

Einstein sah auf die geheimnisvolle Stadt, und sie erschien ihm wie eine riesige felsige Abschußrampe zu wer weiß welchem kosmischen Ort. »Was hat das denn alles mit Landwirtschaft zu tun!« platzte er plötzlich heraus. »Wurde diese Stadt denn nicht gegründet, weil darunter fruchtbare Felder liegen? Wieso muß man Kartoffeln in solcher Höhe anbauen? Warum machen sich diese Inkas einen Spaß daraus, Rätsel zu verfertigen?«

»Ich habe nicht den Eindruck, daß es hier große Rätsel gibt«, sagte Fang, »Landwirtschaft ist an die Sonne gebunden, an die Mondphasen, an den Regen. Du hältst etwas für magisch, was in Wirklichkeit nur an einfache Wahrheiten gebunden ist –«

»Landwirtschaft ist das eine, Magie ist das andere, und Wissenschaft ist wieder was anderes, und die Chica hält sie alle zusammen«, verfügte Einstein mit einem Schluckauf.

»Die Magie«, sagte Fang und faßte den Jungen unter dem Arm, »ist an die Erde gebunden, an ihre Zyklen, an ihre Wechsel, und sie beachtet sie sehr aufmerksam, genau wie die Wissenschaft. Aber dann, eines Tages, beschließen Zauberer und Könige, die Magie zu benutzen, um die Menschen zu terrorisieren und zu beherrschen. Was einst Natur war, wird Geheimnis. Es gibt ein Voodoo-Sprichwort, das lautet: ›Beim Klang der Zaubertrommel habe ich den Hund der Pest und des Feuers gebändigt; jetzt gehorcht er mir, und ich werde ihn jedem auf den Hals hetzen, der sich gegen mich auflehnt!‹«

»Hört sich an wie eine atomare Drohung«, sagte Einstein, »ausgesprochen von einer Regierung, die eine Menge Chica intus hat. He, Catuilla, stimmt es eigentlich, daß eure Zauberer irgendso ein irres Gebräu aus Pflanzen trinken, wenn sie ... äh, Verbindung mit den Dingen aufnehmen wollen?«

»Das stimmt. Sie trinken es, und dann sehen sie die Dinge in der verborgenen Zeit, die Dinge, von denen du nicht sprechen darfst.«

»Ich habe eine Idee!« sagte Einstein. »Ich werde unseren Physikern, die es nie hinkriegen, das Konzept der vierten Dimension von Raum-Zeit zu formulieren, Chica andrehen. Los: Rein mit den Trommeln in unsere Laboratorien! Ay me ay ohieeee! H zwei Oooh!«

»Der Junge hat ein bißchen getrunken, um warm zu werden«, erklärte Fang dem verwunderten Catuilla, als sie die steilen Stufen hinaufkletterten. »Ich möchte Sie etwas fragen: Was können Sie mir über diese *acclaluna* sagen, diese Sonnenjungfrauen, die im Tempel dieser Stadt wohnten?«

»Das ist eine dunkle Geschichte«, sagte der Indio. »Es waren fünfzehnhundert Jungfrauen, sie lebten immer eingesperrt, niemand bekam sie zu sehen, nachdem sie in den Tempel eingetreten waren. Sie hatten über einen Kult zu wachen, aber man weiß nicht genau, welchen ... Sie verschwanden ins Nichts.«

»Und welche Riten haben sie zelebriert hier oben? Und warum in solcher Höhe und so geheim? Und warum wurde diese Stadt erst nach den anderen Städten erbaut, so abgeschieden –«

»Ich weiß es nicht«, sagte Catuilla und schien verstört. »Stellen Sie mir keine Fragen, die noch nicht einmal Ihre Wissenschaftler haben beantworten können. Ich glaube, es ist jetzt Zeit für den Abstieg ... Es gibt wieder Schnee.«

Einstein sah den Indio an, der eilig die Terrassen hinuntersprang.

»Er läuft davon! Du hast ihn erschreckt! Er verbirgt uns

etwas! Ich weiß, was, und du weißt es auch, mein schöner Chinese! Es ist eine Idee, die uns beiden im Kopf herumschwirrt.«

»Es ist nur eine Idee.«

»Warum reden wir dann nicht darüber! Auch du denkst an den Einfluß von Außerirdischen auf diese Zivilisation. Diese Inkas gucken dauernd in den Himmel, weil vom Himmel *etwas herunterkommt*. Es landet auf diesen großen Terrassen, das sind nämlich vollendete Landepisten. Nur wenige Auserwählte, nur der Inka-Clan, kennen das Geheimnis. In diesen Tempeln werden Raumschiffe versteckt, wird vielleicht an einer unbekannten Energie gearbeitet. Die Straßen, diese ausgeklügelten Anlagen – das kommt alles aus einer höheren Kultur, von einem anderen Planeten. *Deren* Projekt leiten die Inkas. Und *die* fordern uns jetzt heraus, es zu begreifen. Und die Indios wollen uns nur nicht helfen, weil sie immer noch Angst vor *denen* haben!«

»Oh, Einstein, du bist viel zu schnell«, sagte Fang. »Dein Computer würde mit dir schimpfen.«

»Aber es ist alles plausibel«, gab Einstein zurück. »Hör zu: Irgendeine außerirdische Rasse wählt diese Inkas aus – für wer weiß welchen kosmischen Plan. Die Fremden kommen vom Himmel mit fliegenden Scheiben: Guck dir doch diese Zeichnungen mal an, Fang! Guck dir das Sonnenrad an, da sind die Düsentriebwerke, die Bullaugen vom Cockpit –«

»Wenn dich jedes runde Ding an eine Sonnenscheibe erinnert, dann hast du auch noch das Rad des Hesekiel, das keltische Rad, das baskische Rad, das Rad der Hindus, die Mandalas, das Rad der chinesischen Trigramme –«

»Vielleicht sind sie überall heruntergekommen«, sagte Einstein erregt. »Sie – die größten Wissenschaftler der Geschichte! Die Mayas haben doch behauptet, ihre Götter wären von der Venus gekommen ... Die Tafel von Palenque, wo ein Maya-Gott dargestellt ist, der ein Raumschiff lenkt ... Und die Mongolfieren ... Wer kann ihnen denn beigebracht haben, wie man eine Mongolfiere benutzt, Fang? Und dann die Linien der Inca Nazca, diese riesigen Erdzeichnungen... Das waren Zeichen, Signale für den, der aus dem All kam... *Diese Linien hat auch van Cram gesehen auf dem Planeten da oben*... Ja, genau, so rückt sich alles wieder zurecht... Es gibt eine Wissenschaft hinter diesem Rätsel... Nicht unsere zwar, aber eine andere Wissenschaft, diese Götter sind Wissenschaftler und nicht Rätsel; sie kamen aus irgendeiner ... galaktischen Universität ... mit einem Managerköfferchen unter jedem ihrer acht Arme... hick; Professor Quetzcoatl von der venusischen Fakultät Astrophysik berichtet über das Thema... hick... Die Chica als erkenntnistheoretisches Hindernis... hick...«

»Einstein«, sagte Fang, »du hast da eine sehr interessante These, aber du solltest dich vielleicht doch hinsetzen.« Der Chinese half dem Jungen, sich lang zu legen. Und dann beugten sich die Berge vor, um ihn sich anzusehen, oder jedenfalls kam es Einstein so vor. Ihm drehte sich der ganze Kopf.

»Fang«, hauchte er, »ich verstehe überhaupt nichts mehr!«

»Komm, beruhige dich«, sagte der Alte.

»Ich«, sagte der Junge, »heiße nicht nur Frank. Ich heiße Frank Ling Ti Einstein. Geboren in Berlin in der Genabteilung von Professor Han, einem Chinesen. Und ich habe bereits zwei kyberphobische Anfälle hinter mir.«

»Computerekel?«

»Ganz genau. Und wenn ich noch einen dritten bekomme, werde ich torpediert und ende als Faulfleisch in irgendeinem unterirdischen Büro. DIE DA, die in der Regierung, die wissen alles, Fang! Du weißt das nicht. Aber wenn du erstmal in meine Jahre kommst, dann wirst du das verstehen, DIE wissen alles über uns, die speichern jede Geste von uns, die können unser Lebensband einlegen und abhören, immer wieder.« Der Junge stand schwankend auf. »Und deshalb muß ich gehen! Ich muß zurück zu Genius und das Rätsel lösen... Ich muß produzieren, sonst machen sie mich kalt ... Mit DENEN spielt man nicht, Fang. Auch wenn man kein Geschrei hört, wenn Schweigen herrscht in den großen Kontrollräumen – dies sind grausame Zeiten, mein Freund!«

Calalbakrab: Ein Stück Präzisionsarbeit

»Voltzahl erhöhen.«

»Voltzahl erhöht. Kein Anzeichen von Gleichgewichtsstörungen in den Schaltkreisen.«

»Es muß einen Punkt geben, an dem man ihm dazwischenfunken kann. Nehmt mal die Schädeldecke ab und guckt da nach.«

»Abgenommen. Hier sind etwa sechzig Transistoreinheiten.«

»Wo könnte sein Gedächtniszentrum sein? Störung mit Laserinterferenz versuchen. Kontakt mit Primärfunktionen abschalten.«

»Schon versucht. Das Subjekt ist völlig bewegungsparalysiert, aber bei Bewußtsein.«

»Eingriff mit Elektroden in Willenszentren.«

»Nichts zu machen. Subjekt verliert bei jedem Stoß lediglich Funktionen der Zentraleinheit. Spuckt nur Konstruktionsdaten und seine Kennummer aus.«

»Weitere Vorschläge?«

»Man könnte in die periphere Schmierung eingreifen. Vielleicht ließen sich die Gleichgewichtskontakte stören und raum-zeitliche Orientierungslosigkeit hervorrufen. Aber es gibt wenig Hoffnung.«

»Ich foltere Computer gar nicht gern«, seufzte der Cheffolterer der Calalbakrab, Professor Munkal, plötzlich. »Zu viele Widerstände. Sinnliche Deprivation verfängt nicht. Im Gegenteil, wenn man sie in eine dunkle Kammer sperrt, schnurren sie vor Zufriedenheit. Sie empfinden keine Schmerzen. Und durch Foltern ihrer Verwandten kann man sie auch nicht erpressen.«

»Tja. Scheißarbeit, Chef«, sagte sein Assistent Nakir und sah nachdenklich auf LeOs Körper, der zwischen lauter Elektroleitungen und Kontrollschirmen auf dem Foltertisch lag.

»Und wenn wir mal versuchen, diese verdammte Kiste zu treten?«

Munkal lachte. »Aha, die antiken Methoden! Wie ich die alten Folterknechte beneide um ihre Knüppel und ihr Salzwasser. Was für ein Kinderspiel es gewesen sein muß, mit handgearbeiteten Rädern und nach den alten Originalrezepten der Brüder von der Inquisition zu foltern. Heute ist alles so verdammt gleich, so standardisiert –«

»Aber wirksam«, sagte Nakir. »Seit wir per Computer foltern, haben wir eine Erfolgsquote von sechsundneunzig Prozent... Und man verliert auch nicht mehr soviel Zeit.«

»Mag sein«, seufzte Munkal. »Vielleicht müssen wir auch diesmal der Technologie das Feld überlassen. Es gibt keinen Weg, diesen Roboter zum Sprechen zu bringen. Wenn wir wissen wollen, was ihm dieser Journalist im Krankenhaus erzählt hat, müssen wir ihm die ganze Gedächtniseinheit entfernen, sie auf Band überspielen und alles abhören. *Das* wird erst eine Scheißarbeit.«

»Ja, Chef«, sagte Nakir, »aber wenn wir ihm den Gedächtnisbereich entfernt haben, wird er dann noch funktionieren?«

»Nein, ohne den Teil hat er keine Lebenschancen mehr. Er ist dann so intelligent wie ein Toaströster. Aber er hat es selbst so gewollt. Machen wir weiter. Mechanischen Arm für Resektion der Ganglien und Totalentfernung der Gedächtniskassette Typ 234 E-Atari in Betrieb nehmen.«

»Fertig«, sagte Nakir. »Die Gebrauchsanweisung sieht vor: Subjekt in vier Struktureinheiten unterteilen durch Aufschrauben des Zentralscharniers, Kalotte freilegen durch Lösen der acht Halbkreisnahtschrauben. Jetzt Schutzkappe aus Stahl abnehmen –«

»Hört mal, Jungs«, sagte LeO, »wenn ihr fertig seid, würdet ihr mich dann in eine Montagebox legen und als Souvenir an meine Freunde schicken?«

»Nein! Damit du es lernst. Du hättest reden können, als wir dich darum gebeten haben«, sagte Munkal. »Außerdem kann bei dir jedes Teil ein Mikrofilm sein. Gib jetzt Ruhe. Ich denke, wir fangen bei diesen Beulen da an. Los, vorwärts –«

»Zehn, neun, acht –«, sagte LeO.

»Verdammter Mist, ist das schwer... Die Schrauben gehen nicht los... Los!«

»Sieben, sechs, fünf«, zählte LeO weiter.

»Halt's Maul! Darf man mal erfahren, was du da überhaupt brabbelst?«

»Ein Gebet«, sagte LeO, »zwei, eins –«

Die Explosion war so stark, daß sich die Calalbakrab zweimal in einem kosmischen Hechtsprung um sich selbst drehte.

Proteus Tien: Eine seltsame Erscheinung

Auf der Proteus herrschte tiefe Stille. Alle taten, als wären sie mit irgend etwas beschäftigt, allerdings ohne großen Erfolg. Der erste, der zu reden anfing, war Chulain.

»Warum haben sie ihn so zugerichtet, daß er sich selbst in die Luft gesprengt hat?« sagte er. »Wenn sie ihm versprochen hätten, ihn wieder zusammenzubauen, hätte er es vielleicht nicht getan.«

»Er hätte es in jedem Fall getan«, sagte Caruso, »nachdem ich ihm die entscheidenden Schaltkreise neu eingestellt hatte. Diese Japaner! Dickköpfig wie ein Kamikaze!«

»Ich kann Kamikazes nicht leiden«, sagte Kook, »es paßt mir nicht, das Leben so wegzuschmeißen, für nichts.«

»Er hat es nicht für nichts weggeschmissen«, sagte Chulain. »Sie haben unsere Informationen nicht bekommen. Außerdem hat mein Sergeant immer gesagt: ›Ihr fragt mich, ob es einen Sinn hat, in diesem Krieg zu sterben? Tja, das wissen wir leider erst, wenn wir tot sind.‹«

»Wir müssen sofort etwas tun«, sagte Mei, »jetzt, wo wir diese versteckten Kriegsroboter entdeckt haben. Wir wollen sie sofort umrüsten. Das wird unsere Antwort auf LeOs Tod!«

»Ich bin etwas überrascht, Mei«, sagte Chulain. »Dein Herr Mao sagte doch immer: Nur ein Krieg kann einen langen Frieden vorbereiten. Ich sage jetzt nicht, daß wir auch in den Krieg eintreten sollen ... aber das Schiff komplett entwaffnen ... Also, einen oder zwei Roboter könnten wir doch –«

»Einen oder zwei zu behalten«, sagte Caruso, »ist dasselbe, wie alle zu behalten. Sie werden von der Erde aus fernbedient. Wenn die da unten eines schönes Tages beschließen, daß wir jetzt ihre Feinde geworden sind, dann werden sich diese Roboter das Raumschiff unter den Nagel reißen ... Ich kenne das Modell sehr gut ... und meine Regierung auch.«

»In Ordnung, in Ordnung«, sagte der Schwarze und sah

besorgt aus dem Bullauge am Bug. »Aber ich würde die Entscheidung vertagen: Wir sind vielleicht in Gefahr. Da ist ein Raumschiff, und es kommt näher.«

Kook ging zum Radargerät.

»Aber ein ziemlich kleines. Was glaubst du, was das ist«, fragte er.« Piraten? Eine arabische Schaluppe?«

»Hol mich der...«, sagte Chulain etwas später. »So was habe ich überhaupt noch nicht gesehen!«

Das Raumschiff, das da auf sie zukam, sah aus wie eine Kirchenorgel. Der Schub kam hinten aus den Tuben und klang tief und feierlich; der Bug war holzgeschnitzt und zeigte Hunderte von Statuen christlicher Heiliger, Hindu-Gottheiten, Fetische, Totems und Reliquien in sämtlichen Größen. Vorneweg flammte eine Schrift: *Ubique domus mea.*

»Die Allkirche!« sagte Kook. »Davon habe ich schon gehört, aber gesehen habe ich sie noch nie! Und Pater Mapple am Steuer, den kenne ich gut!«

»Wer ist das denn, Pater Mapple?«

»Ich erzähl's euch der Reihe nach«, sagte Kook.

Die Geschichte von Pater Mapple

Vor zwanzig Jahren war Pater Leopold Mapple in unserem Kurs für superbegabte Studenten am Wissenschaftlichen Institut in London der brillanteste junge Forscher. Er war ein Riesenbaby von hundert Kilo Gewicht, rosig und gut gekleidet. Man hätte ihn für einen reichen Sprößling und Nichtsnutz halten können: In Wirklichkeit war er unser bedeutendster Teilchenphysiker. Aber er war auch der eingefleischteste Gaudenzbruder, Vielfraß, Zecher, Nikotinanbeter, Weiberheld und kultivierte alles, was andere Leute Laster nennen. Er wurde oft von unserem Rektor, dieser großen kalvinistischen Eidechse, zu moralischerem Benehmen ermahnt, aber Mapple hat stets geantwortet: »Ich bin Wissenschaftler und habe die Welt aufmerksam studiert: Und ich sage, daß ich niemals bei meinen Beobachtungen – weder unter dem Mikroskop noch in der Elektronenschleuder, noch bei chemischen Analysen, noch unter Röntgenstrahlen – etwas gesehen habe wie ›Moral‹.« Leopold Mapple war in der Tat der radikalste Atheist, der strenggläubigste Materialist, den ich je kennengelernt habe; nichts lag ihm ferner als irgendwelches philosophische oder mystische Gefasel. Für ihn war alles Materie, Zahl, Beobachtung, Vergleich, Wirklichkeit: Den ganzen Rest bedachte er ausführlich mit seiner schmetternden, in sämtlichen Londoner Bierkneipen wohlbekannten Lache.

»Es gibt nur ein Mittel«, sagte er oft, »um von dieser Erde abzuheben: Und das ist, schneller als 11,45 Sekundenkilometer zu sein. Alles andere ist bloß die Triebfeder für Aberglauben und Unwissen.« Und bei dieser monolithischen Annäherung an die Existenz blieb er konsequent. Er scharte eine Gruppe von Freunden um sich: mich, Doktor Hyde und Bohr, Fermi und Jacobson; mit uns zog er durch das nächtliche London. Er aß und trank unmäßig: *»Nulla theoria, sine hosteria«*, sagte er immer und: »Klar ernähren wir uns letzten Endes von lauter

Molekülen, aber zwischen einem Teller Wasserstoff und einer Schweinepastete ist ein himmelweiter Unterschied.« Und jedem, der ihn darauf hinwies, daß er immer dicker wurde, antwortete er: »Im Universum sind die großen Dinge seltener als die kleinen: wenige Elefanten, aber viele Mücken, wenige große Sterne, aber viele Planetoide.«

Also, alles in allem war er ein ziemlich bizarrer Typ, das habt ihr gesehen: Aber seine außergewöhnliche wissenschaftliche Bravour und seine ansteckende Fröhlichkeit machten ihn bei allen beliebt. Auch die Frauen mochten ihn, obwohl er immer wieder sagte: »Ich erachte jedes nach sechs Uhr im Bett gesprochene Wort als Konferenz, und behalte mir meine Teilnahme dementsprechend vor.« Dieser Wesenszug verschaffte ihm manchen Ärger, einmal zum Beispiel, als er ein paar Kinder vor einer Weihnachtskrippe stehen sah. Sofort erklärte er ihnen: *Erstens* könnte das Jesuskind gar nicht halbnackt in der Hütte geboren worden sein, weil es nämlich innerhalb weniger Minuten erfroren wäre; *zweitens* könnte die Madonna es gar nicht jungfräulich geboren haben, die künstliche Befruchtung war nämlich erst fast 2000 Jahre später erfunden worden; und *drittens* hätte sich, falls wirklich ein Komet auf die Hütte niedergegangen wäre, ganz Palästina in einen einzigen rauchenden Schlund verwandelt. Außerdem wären die Hirten mit ihren Ziegen vermutlich nicht dorthin gekommen, um sie zu verschenken, sondern um sie – wie üblich – zu verkaufen, und diese drei Zauberkönige mit ihren Gaben wären sowieso das größte Lügenmärchen, denn in der ganzen Geschichte ist kein König je des Nachts auf ein Kamel gestiegen, bloß um einem nackten Baby Gaben zu bringen, vielleicht wenn es eine süße Sechzehnjährige gewesen wäre, dann ja, aber ein Säugling – nie in Ewigkeit Amen, und als die Kinder einigermaßen geschockt waren, nahm er sie mit in eine Konditorei und kaufte ihnen bergeweise Gebäck und sagte: »Nehmet hin und esset, dies ist der unendlich gütige Gott in seiner heiligen Dreifeistigkeit – Sahne, Stips und Schokolade.«

Er bekam eine Anzeige von den Eltern und eine Rüge vom Rektor, aber er wurde nicht aus der Schule geworfen, denn er schloß just in diesen Monaten ein außergewöhnliches Experiment ab: Er hatte tatsächlich eine spezielle Nebelkammer konstruiert und war überzeugt, in ihr die dritte elementare Kraft zu entdecken, die Kraft, die – wie er behauptete – am Ursprung von allem ist, und das sind weder Wellen noch Teilchen, sondern etwas völlig anderes, soviel stand für ihn fest.

»Ich werde den letzten Striptease der sogenannten Materie inszenieren«, erklärte er uns während einer Party am ersten Abend seines Experiments; er thronte auf einer Halde aus Bierdosen. »Und was am Ende übrigbleibt, das wird der Anfang sein: Nix von wegen Buddha und Jahwe und Vischnu oder sonstigen Halb-Mensch/Halb-Hund-Figuren, die leuchten und wiederauferstehen und den Himmel rauf- und runterflattern und -schwirren. Schluß mit dem Flugverkehr von solchen Schwindlern! Das, was wir am Ende meines Experiments finden werden, *das* wird Gott sein, in jeder gesetzlichen Hinsicht: das, von dem alles komponiert und geschaffen und begründet worden ist, jedes Teilchen, jede Welle, jede Verbindung. Es wird keine Blitze schleudern, und in seinem Namen wird kein Prophet Blutbäder anrichten müssen, es wird sich auch nicht als hölzerner Stier verkleiden müssen, um mal vögeln zu können: Es wird eine Formel sein und sonst gar nichts. Eine frohe, einfache, greifbare, gehaltvolle, in Schulen lehrbare und in der Industrie verwendbare Formel. Jungs, an jenem Tag werde ich zum Rektor gehen und ihm sagen: ›Lassen Sie diese Formel in die Krippe legen statt des Jesuskindes, dann werden Sie schon sehen, daß sich sämtliche Josephs und Marias und Hirten und Zicklein und kamelreitenden Regenten und posauneblasenden Engel dagegen ausnehmen wie Idioten!‹« Wir brachen in Gelächter aus, jemand fand es etwas skandalös, aber Mapple ging darüber weg, er soff und sang und furzte wie ein Pferd und brüllte: *»In interiore hominis* *vox veritatis!«* Danach zogen wir noch durch sämtliche Kneipen von Sub-Chelsea, und Bohr sagte, um die Bierverschlüsse zu zählen, die wir hatten knallen lassen, hätte es einer komplexen Gleichung bedurft; wir kamen jedenfalls alle sturzbesoffen nach Hause.

Am nächsten Tag stürmte Mapple wie üblich ins Institut zu seinem Experiment. »So«, sagte er, »dann wollen wir jetzt mal ein schönes dickes Atom nehmen und solange verprügeln, bis ihm sämtliche Elektrozähne ausfallen.« Das war seine farbige Art, teilchenphysikalische Experimente zu beschreiben. Ein junger Techniker stieg in die große Nebelkammer, in der die Teilchen bis zum bitteren Ende beschossen werden sollten. Mapple war an diesem Morgen besonders euphorisch und immer noch ziemlich abgefüllt mit Bier. Er bekam nicht mit, daß der Techniker sich auf den Boden gelegt hatte, um die Temperatur zu kontrollieren, sondern schloß ihn aus Versehen in der Kammer ein und begann mit der Beschießung. Das Experiment dauerte acht Tage: Während dieser Zeit blieb die ganze Abteilung für jedermann geschlossen. Am neunten Tag erschien Mapple im Smoking; er kam geradewegs von einer seiner üblichen durchzechten Nächte. Wir waren alle bei ihm, als er zu der Kammer ging: »Jungs«, rief er und ließ sein Elfenbeinstöckchen kreisen, »die Schwaden von zweitausend Jahren religiösem Weihrauch sind kurz davor, sich ins Nichts aufzulösen. Tausende von Priestern werden die Arbeitsämter der ganzen Welt stürmen. Kein Kind wird je wieder mit Fegefeuern und Höllen erschreckt werden! Die Marmeladengläser ganz oben auf den Schränken werden künftig ohne Angst vor Vergeltung leergegessen. In den Kirchen erklingt wieder das befreiende Gläserklirren beim Anstoßen. Nackte Nonnen werden sich geilen Rabbinern hingeben, Ex-Votivgaben, Ex-Stolen, Ex-Meßbücher, Tiaras, Soutanen und Paramenten und letzte Aschen, alles wird verbrennen, und zwar im selben Feuer, in dem die Kirche Bücher, Ketzer und ganze Dörfer von Ungläubigen verbrannt hat. Die letzte Kreuzigung ist gekommen! Die Menschheit ist gerettet! Christus ist auf die Erde niedergekommen oder vielmehr: Er war immer hier, und ich werde es euch zeigen! Die *causa causarum,* das heilige Teilchen, dasjenige-von-welchem, der erste Motor, die *ordo initialis,* das kosmische Ei, der himmlische Schmied, der ewige Tänzer, das Auge Buddhas, das Kkien, das Waug-Wa, der erste *bit,* der allerhöchste Artifex! Folgt mir!«

Und wir folgten ihm erregt bis vor die versiegelte Tür der Nebelkammer und hielten mit ihm zusammen den Atem an, als er die Tür aufmachte und sah ... sah ...

Er sah den Techniker mit einem langen Bart und zerzausten Haaren, das Gesicht von acht Tagen Fasten ausgezehrt, der weiße Kittel zerrissen, wie er die radioaktiv verbrannten Arme gen Himmel reckte und schrie: »Ich bin hier! Ich bin's, Mapple, endlich hast du mich gefunden!« Mapples Gesicht in diesem Augenblick zu beschreiben ist mir unmöglich: Er wurde weiß wie Marmor, seine Augen schienen aus den Höhlen zu treten, und er stieß einen Schrei aus, einen Schrei, der sämtliche Gläser des Instituts zum Zittern brachte und unsere Herzen auch:

»Neiiiiiiiiiiiin!«

Er rannte alle über den Haufen und lief davon. Keiner von uns konnte ihn erreichen und ihm erklären, was wirklich passiert war. Er verschwand spurlos und tauchte erst viele Tage später wieder auf, mit einem langen Bart und roten Augen: Wir begriffen sofort, daß er den Verstand verloren hatte.

»Mapple«, versuchten wir ihm beizubringen, »was du gesehen hast, war doch bloß der Techniker des Instituts, der acht Tage lang in deiner Elektronenschleuder eingesperrt war!«

»Nein, Freunde«, sagte er mit glühender Stimme, »es war Gott! Letzten Endes ist Gott in jedem Atom.«

Zwei Monate später startete er mit diesem komischen Raumschiff ins All. Seit dem Tag fliegt er durch die Galaxis und trägt die Religion überallhin, in Raumstationen, auf Planeten, zu Raumschiffen: Es gibt keinen Kult, keinen Ritus und keinen Glauben, den er nicht kennt und im Programm hat. So soll es sein.

Pater Mapples Predigt

»Brüder und Schwestern«, sagte Pater Mapple, »wir sind heute hier zusammengekommen, um der Seele des Leporello LeO zu gedenken, der in ein besseres Leben übergegangen ist. Kurz ist unser Verweilen auf dieser Erde und schmerzhaft der Übergang, aber auch dafür brauchen wir Trost und Einsicht, und beides werde ich beschaffen, für die bescheidene Summe von zwanzig Barren für die einfache Predigt oder dreißig für die Spezialpredigt mit Zitaten.«

»Halten Sie ruhig Ihre Spezialpredigt«, sagte Chulain.

»Der Herr haben gut gewählt: Denn was sind schon zehn Barren im Angesicht des Todes? Nun denn, wir sind hier, um Leporello Tenzo E-Ataris zu gedenken. Er war ein kleiner Japaner: Möge Joko, der Schutzpatron der gelben Kinderlein, ihn zu sich nehmen in seinen himmlischen Hort, wo die Shinkansen-Eisenbahnen auf zweihundert Stundenkilometer kommen und der große Känıpfer Inochi das Sternbild des Wilden Stiers zähmt und –«

»Er war kein Kind«, unterbrach Kook, »er war ein Roboter.«

»Aha«, sagte Pater Mapple, »also dann, einen Augenblick Geduld: Ich muß mal eben in meinen Grabredenkatalog sehen. Hier ›R‹, wie Rastafari, Rosenkreuzer, Rotarier, nein ... für Roboter steht hier nichts. Aber täte es vielleicht auch eine leicht abgewandelte Predigt in der Art eines Voodoo-Tanzes mit verschiedenen gefiederten Blutstürzen *et similia?*«

»Nein«, sagte Chulein. »Leporello war kein Voodoo-Anhänger.«

»Tja«, sagte Pater Mapple, »was halten Sie von einer Gedenkrede für Karabinieri-Generäle mit Playback-Militärkapelle und Fahnenhissen? Oder darf's ein jüdischer Kaddisch sein? Eine Beisetzung im New-Orleans-Stil? Trompete und Ruß zum Schminken habe ich dabei. Und wie wär's mit einer schönen Mumifizierung à la Ägypten oder Navajo? Nein? Na, dann – eine indische Zeremonie mit einem Schuß Beerdigung oben auf dem heiligen Elefanten? Sie sorgen für den Elefanten, den Rest erledige ich. Kein Elefant? Macht nichts! Die Firma ›Mapple & Mapple – Interplanetarische Sakramente‹ hat stets für alle etwas dabei und möchte Sie an den alten Slogan erinnern: *Warum lebendig durch die Gegend rennen, wenn man sich schon für nur vierzig Dollar beerdigen lassen kann?* Sagt mal, Kinder, welche Religion hatte dieser Leporello eigentlich?«

»Er war ein Roboter«, sagte Chulain, »er war überhaupt nicht religiös!«

»Hat er manchmal gebetet?« fragte Mapple. »Trug er ein Kreuz um den Hals, besaß er Poster, Tierzähne, Reliquien, Jungfrauenringfinger, Schrumpfköpfchen, Büßerhemden? Hat er gebeichtet, das Abendmahl empfangen, Kaninchen geopfert oder das erste Obst oder Erstgeburten? Hatte er Tabus? Hat Fleisch gemieden, keinen Alkohol getrunken, nichts Weißes berührt, keinen Tannenbaum aufgestellt?«

»Trifft alles nicht zu.«

»Also ein Atheist«, sagte Mapple. »Aber vollkommene Atheisten gibt es nicht, bei Gott, und deshalb werden wir seinen Gott finden. Weiter: Hat er geflucht?«

»Nein«, sagte Chulain, »höchstens mal gezischt.«

»War er Marxist? Determinist? Darwinist? Hatte er irgendeine Ideologie? Ich meine, hat er irgend etwas besonders gern gemocht?«

»Er war ein Roboter«, sagte Mei, »er mochte Mechanik gern.«

»Na, da haben wir's doch!« sagte Mapple triumphierend. »Dann wollen wir für ihn die Zeremonie der Technologiegläubigkeit nehmen. Alles aufstehen: Ich lese aus den Briefen Jesu an seinen Steuerbevollmächtigten, Buch X, 678ff., erschienen im Mapple-Verlag:

Es geschah aber, daß Jesus und seine Mutter zu einem Hochzeitsmahl nach Kanaan geladen wurden, und siehe, das war sehr ferne von ihrem Wohnort. Und sie mieteten sich einen alten Lancia Aurelia und machten sich auf den Weg, mit den zwölf Aposteln auf dem Rücksitz. Und sie waren kaum auf halbem Wege, da zeigten sich die Apostel schon ermattet von Staub und Schlaglöchern und der drangvollen Enge im Innern des Wagens, und also sprach der heilige Petrus im Namen aller:

›Herr, können wir uns nicht abwechseln, wir möchten auch mal nach vorne und fahren.‹

Und der Herr antwortete und sprach:

›Selig die, die hinten sitzen dürfen, denn sie werden im Fall eines Zusammenstoßes gerettet werden.‹

Und siehe, sie waren der Halbzeit nahe, da bekam der Reifen ein Loch durch einen spitzen Stein, und der Wagen geriet ins Schleudern und drehte und wendete sich drei Tage und drei Nächte lang, und als er wieder zum Stehen kam, da waren alle wie durch ein Wunder unverletzt, nur der Wagen hatte einen Platten.

Und die Apostel sagten: ›Weh uns, die wir mitten in der Wüste mit einem Platten stehen, ohne den Komfort eines Gurtes, noch Notrufsäule, noch Rasthaus.‹

Und Jesus sprach zu ihnen und sagte:

›Oh, ihr Kleingläubigen! Wegen so einer Bagatelle verläßt euch schon der Mut? Denn siehe, wenn der Glaube Berge versetzen kann, kann er dann nicht auch ein Auto heben?‹

Bei diesen Worten setzten sich die Apostel beruhigt wieder hin und warteten auf ein erhebendes Wunder des Herrn.

Aber Jesus ward zornig und sprach:

›Sitzt da nicht rum wie die, die töricht sind! Ihr seid zu zwölft und stark und außerdem Fischer, hebt das Auto an.‹

Und die Apostel begaben sich also ans Werk, und ihre Rücken spannten sich unter der Mühsal, und der Schweiß näßte ihnen das Antlitz, und sie hoben das Auto und hielten es hoch, während Jesus den Reifen wechselte. Und nachdem sie in Kanaan angekommen waren und gespeist und ziemlich getrunken hatten, siehe da trat die Madonna zu ihrem geliebten Sohn und sprach:

›Mein Sohn, warum hast du, der alles kann, deinen Anhängern eine solche Fron bereitet und sie das Auto heben lassen?‹

›Mutter‹, erwiderte Jesus, ›ein Gott, der alle Probleme der Menschheit löst, ist kein Gott, sondern ein Diener. Denn wehe, er tut einmal keine Wunder, dann schimpfen die Leute ihn Verräter und fallen von ihm ab. Ein Gott darf nicht mehr als ein Wunder pro Monat tun, damit er respektiert wird.‹

›Mag sein‹, sagte Maria.

›Und nun‹, sprach Jesus, ›will ich für euch Brot und Wein vermehren.‹

›Könnte es vielleicht auch ein Filetsteak sein?‹ fragte der heilige Thomas. Und siehe, er ward augenblicklich bestraft und zum Geschirrspülen in die Küche geschickt, inmitten von Feuer und Zwiebelgeruch und Pfannengeklapper.

Und jetzt wollen wir beten:

Pater noster qui es in coelis
dein Wille geschehe
deine Entropie komme
wie im Himmel also auch auf Erden.
Unsern rechten Proteinschub
gib uns heute
und verpaß uns unsere Ionen
wie wir sie verpassen unsern Wärmeleitern
und führe uns nicht in Versuchslabors
sondern erlöse uns von der Handarbeit
Amen.

Kniet nieder, denn wir wollen Leporello LeO den irdischen Abschied geben: Er war ein starker und mutiger Roboter, ein Gentleman. Er arbeitete gründlich und klagte nie. Er wird aus der Geschichte verschwinden, aber in unseren Herzen wird er bleiben. Erst wenn auch wir verschwinden, wird er vollständig verschwinden. Nicht verschwinden aber wird der ruhmreiche Name seiner Konstruktionsfirma. Um der heiligen Atari und Sansui, um der seligen Krupp und Agnelli und Rockefeller und um des heiligen Hughes und des seligen Onassis, um Sankt Moritz' und Saint Tropez' willen erkläre ich deinen Produktionszyklus für abgeschlossen, o LeO, mögest du ein hübsches Plätzchen im Paradies finden und nicht lange im Fegefeuer der Arbeitslosigkeit schmoren, *in saeculum saeculorum amen.* Antwortet!«

»Amen«, antworteten unsere Helden.

»Möchten Sie noch ein triumphales Finale zu zwei Barren, ein apokalyptisches zu drei Barren oder ein hoffnungsvolles zu vier Barren?« fragte Pater Mapple.

»Das hoffnungsvolle.«

»So ruhe denn sanft, LeO. Die Kornfelder sind reif.«

»Was für Kornfelder?« protestierte Chulain.

»So heißt die Formel«, sagte Mapple. »Über Riten wird nicht diskutiert, Riten werden befolgt. Macht 68,50 Barren, bitte.«

Die Bergpredigt

Im Dunkel seiner Hütte hört Huatac, wie der Berg sich regt und rührt.

»Warum schläfst du nicht, Berg?«

»Die Männer haben mich verwundet, sie graben und suchen nach meinem Herzen«, sagt der Berg. »Ich bin alt, und mein Feuer ist erloschen, ich kann sie nicht mehr damit aufhalten, daß ich ihnen die Hitze meines Zorns entgegenschleudere. Such unter ihnen diejenigen, die mich nicht hassen, und hilf ihnen, die fünfzehn Tore zu erreichen.«

»Das werde ich tun«, sagte Huatac, »wenn du es wünschst.«

»Vor vielen, vielen Jahren pflanzten Capac und Mama Occlo ihren goldenen Stab in mich«, sagt der Berg, »und gründeten das Inka-Reich deiner Gebete. Damals waren Bäume und Ströme und Gräser auf mir. Aber dann wurden die Flüsse müde, die Körper der Verstorbenen zu transportieren.«

»Kommen diese Zeiten wieder?« fragte Huatac.

»Am Himmel sind die fliegenden Generäle. Auf den Gipfeln haben sich Heere eingenistet. Im gefrorenen Boden finden die Menschen keinen Grashalm zum Leben. Der Himmel wird auf die Erde stürzen. Die Zukunft kommt zurück. Kannst du das verstehen?«

»Ja«, sagte Huatac. »Berg, ich werde dir helfen.«

»Ich danke dir, Huatac«, sagte der Berg. »Auf mir ist soviel Schnee. Er wiegt schwer wie ein nasser Umhang auf den Schultern des Wanderers. Euer Eispickel quält mich. Heute nacht aber ist alles still. Sprich nicht. Geh nicht. Weck mich nicht auf. Stell leise deine Kerze auf meine Erde, wenn du einschlafen willst, denn ich werde dich hören.«

El Dabihs Tod

»Versager«, schrie König Akrab, »ich bin umgeben von Versagern! Soll ich etwa weiter meinen Feinden folgen, wenn ich sie doch mit einem Stich meines Stachels auslöschen könnte? Soll ich weiter in diesem Schlangennest fliegen, anstatt es in die Luft zu jagen?«

»Deine Macht, mein König, braucht viele Männer«, sagte der Wahrsager. »Soldaten für deine Kämpfe, Träger für deine Triumphsänfte. Man muß gerecht sein, damit einem solche Männer gehorsam sind.«

»Nein, Wahrsager«, sagte Akrab, »der König steigt des Nachts im Dunkeln herab wie Gott! Angst ist das beste Mittel, Gehorsam zu erzielen. Auf diesem Raumschiff herrscht jetzt Angst: Und davon muß es immer mehr geben.«

»Großer Skorpion«, sagte El Dabih, »weißt du eigentlich, was Angst ist?«

»Das weiß ich sehr wohl! Als die Russen mit ihren Waffen meinen Bunker belagerten, drei Tage und drei Nächte lang, da konnte jeder Schritt, den ich hörte, ein Schritt des Feindes sein, der kam, um mich gefangenzunehmen!«

»Und damals hättest du alles getan, um dich zu retten? Du hättest jedwedem Befehl gehorcht?«

»Ja! Ich schloß Verträge mit allen und gab ihnen meine Länder, damit sie mir zu Hilfe kommen!«

»Und danach?« fragte El Dabih.

»Danach weißt du Bescheid – als der Sieg mein war«, sagte Akrab, »hat mein General Guderian Moskau in Schutt und Asche gelegt. Und ich habe alle meine Alliierten vernichtet, auf daß von jenen Tagen keine Spur mehr bleibe!«

»So war es«, sagte El Dabih, »du warst sanft, solange du Angst hattest, aber kaum war deine Angst vergangen, da loderte dein Haß hundertmal wilder als vorher. Jetzt sind dir alle auf diesem Raumschiff gehorsam: Nur, mögen sie auch keine Königswürde haben, so haben sie doch eine Würde. Und die trittst du jeden Tag mit Füßen. Sie sehen ihre Kameraden in den Folterkellern verschwinden, sie sehen sie hingemetzelt an den Haken hängen beim Appell. Hast du dich jemals gefragt, wieviel Haß von ihnen kommen könnte, wenn sie keine Angst mehr vor dir hätten?«

»Aber sie werden sie haben«, sagte der König, »Tag und Nacht. Sie wird bei ihnen sein, bei Fuß, wie einer meiner Soldaten. Eine schwarze, schweigende Armee der Angst!«

»Wenn, Großer Skorpion«, sagte der Wahrsager, »der am stärksten ist, der die meiste Angst verbreitet, dann bist du nicht der Stärkste hier drin!«

Der König machte eine zornige Handbewegung. »Wahrsager, du befremdest mich! Wer sollte stärker sein? Du vielleicht?«

»Nein, ich sicher nicht, aber das, wovor *du* Angst hast. Du entledigst dich deiner treuesten Berater, du tötest beim geringsten Verdacht, du umgibst dich mit Armeen, läßt Essen und Trinken erst vorkosten, hast überall deine Spione, du verläßt deine Zimmer nicht mehr. Verhält sich so einer, der keine Angst hat?«

»Hüte dich, Wahrsager, du willst meine Geduld auf die Probe stellen! Wie kannst du behaupten, auf diesem Raumschiff gebe es jemanden, der mächtiger sei als ich?«

»Wenn deine ganze Macht nur darin besteht, daß du die Vorrichtung dafür in der Hand hältst, das Raumschiff in die Luft zu sprengen«, sagte El Dabih, »dann ist das eine sehr armselige Macht: Sie bringt auch dir den Tod, wenn du sie ausübst. Siehst du nicht ... du hast sogar vor mir Angst. Wenn ich nur einen Schritt vortrete, weichst du schon zurück. Und du weißt nicht warum!«

»El Dabih«, sagte der König zornbebend, »fort von mir ... keinen Schritt weiter.« Er zog sein glänzendes Schwert, richtete es auf El Dabihs Gesicht und blendete ihn. Der Wahrsager rührte sich nicht, er hielt die Augen geschlossen. Dann senkte der König plötzlich das Schwert. »Du hast wohl keine Angst, nicht wahr, El Dabih?« fragte er mit einem grausamen Gesichtsausdruck. »Na schön. Dann hast du sicher auch nichts dagegen, mit mir einen Schluck zu trinken. Aus einem Becher, versteht sich, damit du sicher bist, daß kein Gift darin ist.«

»Ich werde trinken. Man wird nicht grausam, wenn man einmal mit dir aus demselben Kelch trinkt. Dazu bedarf es mehrerer Male.«

»Und dennoch, Wahrsager«, lachte der König, »sagt der Prophet: Die Laster erwirbt man in einer Nacht, für die Tugenden braucht man länger. Laß uns trinken! Weißt du, was das ist, was du da trinkst?«

»Wein«, sagte der Wahrsager. »Sehr süßer Wein.«

»Ja, er ist sehr süß, um den leicht bitteren Geschmack zu überdecken. Im Kelch ist Skorpiongift. Es tötet innerhalb von sechs Minuten. Bist du überrascht? Willst du gar nicht wissen, warum ich es auch getrunken habe?«

»Vielleicht«, antwortete der Wahrsager und trank weiter, »weil du immun dagegen bist.«

»Ganz recht«, sagte der König und verbarg seine Verblüffung. »Seit meinem sechsten Lebensjahr haben unsere Mediziner mich daran gewöhnt, mit tagtäglichen kleinen Dosen von allen bekannten Giften. Meine Mahlzeiten lagen immer etwas ... schwer im Magen, aber inzwischen ist es fast unmöglich, mich zu vergiften. Man kann einen Skorpion nicht mit seinem eigenen Gift töten, nicht wahr? Hast du jetzt immer noch keine Angst vor mir, Wahrsager?«

»Nein«, sagte El Dabih. »Warum sollte ich?«

Der König schäumte vor Zorn, schleuderte den Wahrsager zu Boden und schrie: »Du hast wohl geglaubt, ich könnte mich von dir und deinem Aberglauben nicht trennen, was? Na schön, ich werde mich jetzt hier vor dich setzen und mir Augenblick für Augenblick deines Sterbens ansehen. Ich besitze auch das Gegengift. Wer entscheidet also über dein Leben, El Dabih, vor wem mußt du Angst haben, wenn nicht vor mir? Bitte um das Gegengift, solange du noch Zeit hast! In einer Minute, vielleicht noch weniger, könnte es zu spät sein. Bitte mich um Gnade, und du bist gerettet! Du weißt nicht, wie der Stich des Skorpions schmerzt!«

»Ich möchte«, sagte der Wahrsager und setzte sich hin, »dir eine Geschichte erzählen.«

»Eine Geschichte? ... Jetzt?« fragte der König verblüfft.

»Eine Geschichte. So kurz wie die Zeit, die mir bleibt. Hör zu.«

Der Mann, der das Jenseits kaufte

Es war einmal in Texas ein reicher Scheich mit Namen Ibn-Sawi Al-Hunt. Er war Herr über alles Erdöl, alle Maschinen und alle Kühe von Texas, und ein einziger seiner Kontoauszüge war zwei Bände dick. Aber Ibn Hunt war nicht glücklich. »Was nützen mir«, dachte er, »all die Soldaten, wenn ich doch sterben muß?« In seinem Büro im 300. Stock seiner Residenz in Dallas dachte er oft darüber nach, nichts interessierte ihn mehr, und seine Geschäfte lagen brach. Er grübelte und grübelte, bis er eines Tages auf derb-texanische Art mit der Faust auf den Schreibtisch schlug und sich selbst folgende Erklärung abgab:

»Ich habe alles bekommen, was ich vom Leben wollte! Ich habe alle Schwierigkeiten ausgeräumt. Ich habe Umstürze in fernen Ländern finanziert, Hurrikans umgelenkt, um meine Ernten zu schützen, Menschen und Firmen gekauft, wieder verkauft und zugrunde gerichtet. Soll ich jetzt vielleicht kapitulieren? Nein, ich werde den Weg finden, um dem Tod zu entgehen!«

Und sofort machte er sich auf die Suche. Er rief noch in derselben Nacht die berühmtesten Ärzte der Welt zusammen. Die Konsultation kostete ihn Milliarden, aber nützen tat sie nichts: Am Ende mußten die Ärzte zugeben, daß sie seine Lebenserwartung um zehn Jahre oder etwas mehr verlängern konnten. Sie reisten wieder ab und ließen ihn zwischen lauter Modellen von Plastikherzen und Rezepten für Beruhigungsmittel zurück. Am nächsten Tag kaufte Hunt der Welt größte Fabrik für Tiefkühltechnologie und beauftragte sämtliche Techniker mit der Entwicklung eines Programms, mit dem er samt seinen 300000 Kühen eingefroren werden könnte. Aber die Techniker erklärten: »Selbst wenn wir Sie einfrieren und Sie vielleicht in hundert Jahren wieder leben – sobald Sie wieder aufgetaut sind, werden Sie vor demselben Problem stehen. Und außerdem besteht das Risiko, daß Sie und Ihre Kühe aus Versehen in irgendeiner Garküche einer Kaserne landen.«

Also rief Hunt die berühmtesten Zauberer der Welt zusammen und sperrte sie drei Tage lang in einen Raum. Als er wieder aufschloß, kamen zwei kleine grellbunte Drachen, ein paar Elfen verschiedener Nationalität sowie ein Teufel im Windsurf-Anzug heraus; er war aus einem vierhändigen Experiment eines haitianischen und eines kalifornischen Zauberers hervorgegangen. Aber allesamt konnten sie ihm nur etwa 120 Lebensjahre garantieren, und auch das nur, wenn er jeden Tag einen Schildkrötentrank zu sich nahm und vor allem sehr viel joggte.

Also las Ibn Hunt sämtliche Bücher über Unsterblichkeitsforschung: Er studierte ägyptische Mumien und tibetanisches Yoga. Er las von toten Maya-Königen, die immer Gold, Schmuck und Credit-Cards dabeihatten. Von Etruskern und Babyloniern und ihren Grabstätten, die aussahen wie Kaufhäuser. Er las von dem chinesischen Kaiser Schi Huang Ti, der 800 Tonsoldaten und 200 Tonpferde mit ins Grab nahm. Von Indianern, die Angelruten, und von Afrikanern, die Proviant eingepackt bekamen. Und er mußte darüber lachen: Was sollte man in der anderen Welt wohl mit Waffen und Essen und Tonpferden! So was brauchte man da oben ganz bestimmt nicht... Und doch...! Eine plötzliche Idee machte ihn ganz hibbelig. Er ließ sofort die Ärzte zusammenrufen: »Ich habe gelesen«, teilte er ihnen mit, »daß es einen ›zeitweiligen‹ Tod gibt: Das Herz hört auf zu schlagen und fängt dann wieder an. Derart Wiedererweckte behaupten, daß sie in der kurzen Zeit das Jenseits gesehen und ein großes Glücksgefühl verspürt haben, bevor sie wieder auf die Erde zurückgekehrt sind.«

»Das stimmt«, sagten die Ärzte. »Das ist verschiedene Male vorgekommen.«

»Und könnt ihr«, sagte der Scheich, »wenn ihr Mittel einsetzt, die die Welt noch nicht gesehen hat, hinkriegen, daß ich mal kurz ›sterbe‹, sagen wir einen Tod ›mit Hin- und Rückfahrkarte‹?«

Die Doktoren berieten sich lange. Sie waren unentschieden, aber da erklärte Ibn Hunt: »Wenn ihr mir garantiert, daß ich vollkommen risikofrei zehn Sekunden lang tot bin, zahle ich euch eine Milliarde Petrodollars.«

Ein paar Stunden später hatte er eine Liste mit den nötigen Apparaturen in der Hand. Er kaufte die ganze Universität von Palo Alto auf. Die fähigsten Spezialisten der Welt arbeiteten rund um die Uhr. Einen Monat lang wurden heimlich Experimente mit Hunden und Versuchspersonen durchgeführt. Die Computer ratterten Tag und Nacht an den Auswertungen, bis das Ergebnis vorlag: Die Kosten für dieses Experiment entsprachen exakt denen für den Bau von 800 Krankenhäusern, aber die Ärzte erklärten sich imstande, den Scheich für 18 Sekunden »sterben« zu lassen.

Das Experiment wurde strengstens geheimgehalten. Sogar unter den Ärzten verstand niemand den Wunsch des Scheichs: Sie hielten ihn für eine Herausforderung des Todes, einen sauteuren Nervenkitzel oder vielleicht, wer weiß, eine Wette. Aber die Wirklichkeit sah ganz anders aus. »Wenn ich da ankomme, an diesem Ort – ob er nun das Jenseits, das Paradies, das Fegefeuer oder das kosmische Nichts ist –, dann weiß ich wenigstens, wie es da zugeht«, dachte Hunt. »Und wenn ich weiß, wie es da zugeht, dann kann ich mir vielleicht an Ort und Stelle die Unsterblichkeit kaufen. Wenn es Gottheiten gibt, dann kann man sie auch irgendwie bestechen, wenn da die Hölle ist, nehme ich zweitausend Lkw-Ladungen kühles Bier mit, wenn ich eine Katze werde, lasse ich mich in einer Ecke bei lauter netten alten Damen begraben. Es gibt keinen Ort, an dem man nicht gute Geschäfte machen kann: Man muß sich da bloß auskennen. Es ist doch Quatsch, mit achthundert Tonpferden loszuziehen, und dann kommt man plötzlich in eine Eiswüste, wo man mit achthundert Heizgeräten viel besser bedient wäre.« Und so unterzog sich Hunt ein paar Tage später der Operation *Ferien einmal anders*. An jenem Tag herrschte große Nervosität in Palo Alto. Selbst wenn die Risikorate als sehr gering galt, es blieb doch ein nie zuvor versuchtes Experiment: Was würde passieren, falls Hunt nicht »zurückkam«? Welch eine Schlappe für die Wissenschaft, und vor allem welch ein Milliarden-Dollar-Flop! Die Schicksalsstunde rückte heran. Hunt nahm Abschied von seinen liebsten Freunden (das waren sein Vertragshändler und Brenda, die texanische Preis-Milchkuh). Dann legte er sich auf den OP-Tisch und erklärte den Ärzten: »Jede Sekunde kostet mich mehr als fünfzig Millionen Dollar. Das ist die absolut teuerste Fahrkarte der Weltgeschichte. Strengt euch an. Abfahren!«

Das Experiment begann um Punkt 8.00 Uhr: Die Computer ratterten alle auf einmal los, Hunt bekam eine Kalotte übergestülpt, die ihn tiefgefrieren sollte; danach, 18 Sekunden später, würden ihn die Wiederbelebungsmaßnahmen »Herzlich Willkommen« ins Leben zurückholen. Die besten Spezialisten standen für alle erdenklichen Zwischenfälle und Komplikationen bereit. Ersatzteile für sämtliche Organe und ausgeklügeltste Apparaturen waren vorhanden, darunter eine von der Marine entwickelte Teufelsreuse, falls Hunt in Begleitung zurückkommen sollte. Auf den Monitoren pulsierte die Lebenslinie des Scheichs jetzt immer matter. Sie zuckte noch ein paarmal, und dann war sie flach! Ibn Hunt war klinisch tot. Ibn Hunt selbst hatte im gleichen Augenblick das Gefühl, einen Purzelbaum zu schlagen, der ihm im Bauch kitzelte, und dann saß er auf dem Boden – auf einer grauen Auslegware in einem staubigen Büro. Vor ihm saß hinter einem Schreibtisch ein behaartes Männchen in Hemdsärmeln. Hunt roch auch den köstlichen Duft von gefüllten Paprika in der Luft.

»Ich habe nur achtzehn Sekunden zur Verfügung ich heiße Hunt ich komme hier gerade vorbei möchte mich nach allen Modalitäten zwecks Erwerb der Unsterblichkeit erkundigen mein Vermögen beläuft sich auf...«, fing der Scheich ohne Punkt und Komma an zu reden.

»Immer mit der Ruhe«, sagte der Mann. »Wenn Sie achtzehn Erdsekunden haben, haben Sie hundertachtzig von unseren, das macht drei Minuten.«

»Wirklich?« sagte Hunt. »Also, ich möchte ... äh ... fragen, wie man unsterblich wird... Weil, sehen Sie, ich bin gar nicht tot ... also, jedenfalls nicht unwiderruflich... Ich weiß nicht, wie soll ich sagen.«

»Sie heißen Hunt, ja?« sagte das Männchen und blätterte in einem Verzeichnis. »Tatsächlich, für heute ist niemand mit diesem Namen hier eingetragen. Sie sind wohl eins von diesen Phänomenen... Ja, sind Sie ein Wiedererweckter?«

»Mehr oder weniger«, sagte Hunt.

»Hm, habe ich mir doch gedacht«, seufzte das Männchen. »Seit Ihr da die Wiederbelebung entdeckt habt, kommt hier jeden Tag jemand an, der überhaupt nicht hierher gehört. Sagen Sie mal, und was ist Ihr Problem?«

»Ich möchte die Unsterblichkeit. Ich sag's Ihnen frei von der Leber weg. Ich bin zu allem bereit.«

»Unsterblichkeit ... hm ... glaube kaum, daß das geht«, das Männchen kratzte sich am Kopf. »Etwas Derartiges habe ich in den Vorschriften nirgends gelesen... Oder sollte das... Vielleicht war das das Wort im *Meditier und du gewinnst*-Quiz.«

»Was ist das denn?« fragte Hunt aufgeregt.

»Oh, sehen Sie mal hier, in letzter Zeit hatten wir eine ganze Menge Anfragen zur Unsterblichkeit von Magiern und Mystikern und Heiligen, von all diesen Nimmersatts, die sich noch, wenn sie hundert sind, mit kaltem Wasser waschen! Also haben die Oberen einen Paravisionswettbewerb veranstaltet: Wissen Sie, das sind diese paranormalen Visionen, die solche Leute immer haben. Es gibt ein Zauberwort mit sechsundzwanzig Buchstaben, und wenn man es in Hirtenkleidern und mit gesenktem Kopf ausspricht, kriegt man fünfhundert Jahre Leben dazu... Naja, die Unsterblichkeit ist das auch nicht, aber immerhin... Meiner Meinung nach ist das sowieso ein Bluff, aber die Oberen mögen so was gern: Sie sagen, das ermutigt die Leute zur mystischen Suche –«

»Finde ich sehr interessant: Sagen Sie mal, wie kann ich denn das Zauberwort finden... Und zwar schnell... Die Zeit vergeht.«

»Ich kenne es auch nicht«, wandte das Männchen ein. »Ich wüßte auch gar nicht... Das ist ein schwieriger Weg –«

»Ich bin bereit, Ihnen eine halbe Milliarde Dollar zu zahlen«, sagte Hunt.

Das Männchen fuhr hoch. »Ähm... Also, ich kann die hier zwar nicht gebrauchen... aber ich habe eine kleine Nichte auf der Erde, die sie gut gebrauchen könnte... Nein, das wäre ein zu schlimmer Verstoß –«

»Eine Milliarde«, setzte Hunt nach. »Ihre Nichte wird die reichste Frau Amerikas! Ich werde ihr einen meiner Finanzberater zur Seite stellen!«

»Sie haben mich überzeugt«, sagte das Männchen. »Also dann, schnell! Und zwar – zuallererst brauchen Sie einen Antrag.«

»Habe ich da«, sagte Hunt, der so etwas vorhergesehen hatte.

»Sehr gut«, sagte das Männchen. »Unterschreiben Sie hier, ich fülle den Rest aus. Also, schreiben wir, ich, Herr und so weiter, habe nach der und der mystischen Krise und der und der Erscheinung in einer dieser Erscheinungen von meinem Opa... wie hieß Ihr Opa?«

»Dagobert«, sagte Hunt.

»Von meinem Opa Dagobert das Zauberwort-Quiz bekommen, und da ich es gelöst und das Wort in Hirten- und so weiter und so weiter ausgesprochen habe, beantrage ich die Stundung um fünfhundert Jahre in Worten und Ziffern meiner Aufenthaltserlaubnis auf Erden entsprechend Sondererlaß und so weiter Nummer und so weiter. So: Diesen Antrag bringen wir jetzt zum Amt für Sondermaßnahmen. Zu diesem Zweck müßten Sie allerdings den Nachkommen des dortigen Sachbearbeiters auch noch eine Milliarde zukommen lassen... Sie verstehen... Ich werde mich dann darum kümmern, daß Ihr Opa Dagobert hier oben informiert wird, und Ihre Biografie ein bißchen polieren, Herr Hunt, falls das mal jemand nachprüfen will... Ich werde ein paar gute Aktien, äh: Taten dazudichten und außerdem Trance-Erlebnisse, Erscheinungen und so weiter... Lassen Sie mich nur machen... So, jetzt schreibe ich Ihnen zwei Adressen auf die Hand, wo Sie die Überweisungen hinschicken –«

»Und das Wort? Schnell!« sagte Hunt. »Ich habe nur noch wenige Sekunden.«

»Ach ja, das Wort! Ich kenne es auch nicht, aber Sie brauchen bloß den letzten Erdling zu fragen, der beim Quiz mitgemacht hat, und das ist... Einen Augenblick, ich will mal eben nachsehen, hier, Herr Ravi Punchakar, Yoga-Club ›Schön und Schlank‹, Berkeley, San Francisco, Kalifornien. Sie dürften keinerlei Probleme haben, ihn zu überzeugen... Aber ich rate Ihnen, reden Sie mit niemandem über die Angelegenheit, sonst ist die ganze Sache gestorben –«

»Juhu«, sagte Hunt, »geschafft! Ich habe gerade noch acht Sekunden! Schön, auf Wiedersehen und... Darf ich Ihnen noch eine letzte Frage stellen?«

»Ich kann sie mir schon vorstellen«, seufzte das Männchen. »Der Gestank kommt aus der Firmenkantine... Aber ich rate Ihnen, erzählen Sie das nicht... Ihr da unten glaubt an himmlische Klänge und Düfte ... und wenn –«

Das Männchen drehte sich um und verschwand. Ibn Hunt schlug denselben Purzelbaum rückwärts und fand sich auf dem Tisch im Wiederbelebungssaal wieder. Er sah die Ärzte, die sich ineinander verhakt wie Rugby-Spieler über ihn beugten. Er hob den Finger zum Zeichen des Siegs. Ein Freudenschrei ließ die Reagenzgläser zerbersten.

Hunt bat, noch am selben Tag nach einer ärztlichen Untersuchung entlassen zu werden, und erledigte zwei Telefongespräche. Im einen überwies er je eine Milliarde auf zwei

Schweizer Konten, eine auf den Namen jener Adelina De Lucifero, neun Jahre, wohnhaft in Torre Annunziata, Italien, die andere auf die Klempnerei Gebrüder Nimrod, Düsseldorf. Im zweiten Anruf befahl er seinen Gorillas, ihm so schnell wie möglich und so schonend wie möglich jenen Herrn Punchakar zu bringen. Ein paar Stunden später trat der Guru aus dem Helikopter des Scheichs, der ihn bereits im Hirtendress erwartete.

»Herr Punchakar«, sagte der Scheich, »ich bitte um Verzeihung für die Eile und will Ihnen erklären, warum ich Sie hierhaben wollte. Ich bin Paravisionär wie Sie und kenne das Zauberwort-Quiz. Gestern hatte ich eine Erscheinung: Ich sah meinen Opa Dagobert, und er sagte mir: ›Bravo, du hast den Joker gezogen, ich autorisiere dich hiermit im Namen des Chefs, Herrn Punchakar nach dem Wort zu fragen.‹«

»Unmöglich«, antwortete der Guru, »von einem Joker war bei dem ganzen Wettbewerb nie die Rede. Das kommt mir alles sehr seltsam vor.«

»Herr Guru«, sagte da der Scheich, »ich biete ihnen zehn Milliarden Dollar.«

»Was sind zehn Milliarden Dollar verglichen mit der Zeit!« antwortete der Guru einigermaßen pikiert.

»Wie bitte!« platzte Hunt heraus. »Denken Sie mal nach, wie viele Zentren, wie viele Trainingsräume, wie viele Klöster Sie mit diesem Geld errichten könnten! Den Konzern ›Punchakar-Mystik‹ mit Dutzenden von Niederlassungen! Überlegen Sie mal, wie viele Leute damit dank Ihnen den Weg zum Heil finden könnten!«

»Aber ... das ist eine Riesensache... Ich muß erstmal darüber nachdenken«, zögerte der Guru.

»Zaudern Sie nicht«, sagte Hunt hitzig. »Ja, jetzt leben Sie sehr lange, aber was für ein langweiliges Leben! Sie werden nie jemand sein, und das jahrhundertelang! Nur ein kleiner Guru, der immer versteckt leben muß und in der Angst, jemand könnte sein Geheimnis lüften und irgendein neugieriger Arzt könnte ihn vivisezieren! Sie werden mitansehen müssen, wie sich dreihundert Jahre lang Ihre Schulden beim Gemüsemann häufen! Mit meinen Milliarden dagegen können Sie sich in ein Schloß zurückziehen, in Ihre ganz persönliche Wallfahrtsstätte. Sie können einen Kult gründen, mit Filialen in der ganzen Welt! Göttlich werden! I love Punchakar!«

»Sie haben mich überzeugt«, sagte der Guru. »Meine Schulden beim Gemüsemann sind nämlich jetzt schon reichlich hoch.«

»Also dann«, sagte Hunt und spürte, wie ihm das Herz vor Rührung wie verrückt schlug, »hier ist der Scheck ... Sagen Sie mir das Wort.«

»Das Zauberwort?« sagte der Guru. »Das weiß ich nicht auswendig ... Ich hab's hier aufgeschrieben ... Nein, in dieser Tasche ist es nicht –«

»Schnell«, rief Hunt und lief blau an. »Finden Sie es! Auf diesen Augenblick warte ich seit Jahren.«

»Also das Wort heißt ... ach, hier ... Sie wissen, daß Sie es mit gesenktem Kopf aussprechen müssen ... Na schön, wenn Sie es wissen, also, es ist sehr lang, sechsundzwanzig Buchstaben.«

»Das Wort, Wahrsager!« schrie Hunt.

»Das Wort«, sagte der Guru, »heißt genau –«

Aber er konnte es nicht mehr aussprechen, denn Hunt fiel infolge eines Schlaganfalls wegen zu großer Aufregung auf ihn.

Der König ging hin und fühlte den Puls. Nichts mehr zu machen. Der Wahrsager El Dabih war tot.

Meuterei auf der Zuikaku

An das Oberkommando der Mission – Höchste Dringlichkeit. Ich, Kommandant Ishii Yamamoto, melde hiermit, daß die Lage auf dem Raumschiff sehr ernst ist und inzwischen zur offenen Meuterei geführt hat. Die aufrührerischen Aktionen begannen am Tag der Cocacolisierung des Soldaten π und anderer. Nach seinem Tod kamen erste Flugblätter im Briefmarkenformat in Umlauf, in denen über »die Tyrannei an Bord« geschwafelt wurde. Besagte aufwieglerische Flugblätter waren unterzeichnet von einer sogenannten Rote Schwanz Fraktion. Infolge dieses Tatbestands durchsuchte ich die Soldatenspindchen und stieß auf Material, das unzweifelhaft kriminellen Zwecken dient, sowie 6 (in Worten: sechs) Angriffswaffen in Form von angespitzten Federn.

Infolge besagter Durchsuchung ließ ich folgende Soldaten wegen Gründung einer kriminellen Vereinigung hinrichten: G. Print, G. Cursor, Wait, If, Then, GoTo, UngoTo, Return, Stop sowie Next.

Am selben Abend formierte sich auf dem Raumschiff eine Protestdemonstration, General Haradas Schuh wurde überfallen und die Schnürsenkel zusammengeknotet. Mein Schreibtisch wurde angegriffen und mit zahlreichen kleinen Provokationen übersät. Überdies wurde ein Topfkuchen, den ich für feierliche Anlässe aufbewahrt hatte, von den Vandalen restlos aller Rosinen beraubt. Infolge dieser schweren Zwischenfälle ließ ich folgende Soldaten hinrichten: Clear, Random, Grad und Lock; sie hatten den Befehl zum Cocalisierungskommando verweigert.

Am nächsten Tag waren sämtliche Kabel des Treibstoffkommandos angenagt, auch ich selber wurde im Schlaf angenagt, und zwar von einer bewaffneten Gruppe, die mein rechtes Ohr halbierte: Ich konnte mich jedoch trotz der überwältigenden Zahl erfolgreich wehren und schlug die Aggressoren in die Flucht. Am selben Abend fanden wir Soldat New, unseren Informanten, mit einem Stück Ziegenkäse in der Schnauze tot im Maschinenraum. Zur Zeit befinden sich zehn mäusische Deserteure auf dem Schiff im Untergrund, und das mir zur Verfügung stehende Heer besteht lediglich aus Soldat Point. General Harada ist ebenfalls verschwunden, und ich muß befürchten, daß er entführt worden ist. Ich bitte um sofortige Zusendung eines Zweierkontingents Katzen, um diese infame Verschwörung zu zerschlagen. Ich erbitte überdies Aufklärung vom Experimentalzentrum über die Motive eines solchen aggressiven Verhaltens der Gattung Ratten und Mäuse, das in unseren Labors nie beobachtet wurde.

P. S. Ich melde ergänzend, daß die Aufständischen nicht nur eine Untergrundbande gebildet, sondern auch ihre Namen geändert haben; sie wollten nicht mehr heißen wie Computertasten.

Die Roten Schwänze

»Wir müssen zusehen, daß wir von diesem Schiff wegkommen«, sagte die Maus mit dem neuen Decknamen Gus-Gus. »Und wir müssen Yamamoto aus dem Weg räumen. Ich bitte um Vorschläge, Genossen.«

»Wir machen ihn im Wassertank kalt«, sagte Maus Thales.

»Wir öffnen eine Luke und lassen ihn ins All sausen«, sagte Anaximenes.

»Wir brennen ihm Laserlicht auf den Pelz und rösten ihn im Feuer«, sagte eine dunkle Maus.

»Ruhig, Heraklit«, sagte Maus Demokrit, »wir müssen erstmal alles haarklein durchdiskutieren.«

»Es reicht doch, wenn wir das Schiff verlassen und ein Plätzchen für uns suchen«, sagte Maus Epikur, »wo wir glücklich und in Gerechtigkeit leben können.«

»Gibt es denn so was?« sagte Pyrrhon. »Gibt es überhaupt Gerechtigkeit?«

»Gerechtigkeit«, sagte Maus Trasimachos bitter, »ist nur ein Instrument der Herrschenden.«

»Wir brauchen keine Angst zu haben«, sagte Xenon, »was immer auch passiert, wir wollen, daß es passiert!«

»Also gut, einverstanden«, sagte Maus Gus-Gus. »Im Namen des Apollo Smyntheus und seines Tempels, in dem die Weiße Maus angebetet wird, gebe ich das Startzeichen für die Entmenschung des Raumschiffs!«

Leitung zur Erde: Kook bringt Phildys schlechte Nachrichten

Tagesmeldung. Lagebericht Basis Cuzco. Energetischer Blackout von zwei Stunden. Schlägerei im Bergarbeiterdorf, die Eingeborenen haben das Treten verweigert, mit dem der Notgenerator angetrieben wird. Daraufhin Schlägerei: Eskimo hat einen Soldaten mit einem Stockfischknüppel verletzt, ein weiterer Soldat durch einen Kampfschlag von einem Mongolen außer Gefecht gesetzt. Ersuche um sofortige Zusendung zusätzlicher Polizeikräfte. Heute abend Triphotonen-Leitung mit der Proteus Tien. Von 20.24 Uhr bis 20.27 Uhr befindet sich das Raumschiff im Empfangsbereich unseres Antennensatelliten Sinatra 1. Haltet mich über die schleimigen und dreifachzüngigen Aktivitäten des Ministers Pyk auf dem laufenden. Gezeichnet General Plassey Phildys.

»Bericht beendet, Phildys?« sagte Einstein. »Ist die Leitung da?«

»Ja«, sagte Phildys. »Jeden Moment müßten wir das Innere der Proteus Tien sehen.«

Die Zahlen auf dem Schirm vor ihnen fingen an zu rattern: Zehn, neun, acht. Man hörte einen Techniker zu einem Kollegen sagen: »Fünfzig Barren, daß die Verbindung nicht klappt.« Aber dann erschien, über Millionen Meilen im All hinweg, doch das bärtige Gesicht von Leonardus Kook.

»Die Verbindung hat geklappt!« schrie Phildys. »Hoch soll'n sie leben. Kook, kannst du uns gut sehen?«

»Als wärt ihr einen Schritt weit weg! Hallo, Fang!«

»Mein lieber Leonardus«, sagte der Chinese, »wie geht's? Und Mei und Chulain?«

»Bitte«, sagte Phildys, »ein Triphoton reicht für zwanzig Sekunden Verbindung, das kostet uns ein Heidengeld. Schluß jetzt mit den Höflichkeiten. Kook, antworte: Was hältst du von Einsteins Hypothese, die wir dir übermittelt haben?«

»Ich kann noch keine definitive Antwort geben«, sagte Kook. »Die Hypothese, daß unter den Ruinen da irgendwas von einer außerirdischen Zivilisation Erbautes liegt, klingt interessant: Aber von ›Einflüssen aus dem All‹ war schon bei anderen Zivilisationen die Rede, nicht nur bei den Inkas, endgültig bewiesen ist das allerdings nicht. Was mich betrifft, als Energieexperte habe ich den Sonnenkult der Inkas sehr gründlich studiert. Sie hatten mit Sicherheit eine sehr starke Beziehung zum Himmel, vor allem zur Sonne. Die Sonne ist ihr Gott, sie gibt ihnen Kraft. In allen ihren Tempeln finden sich Darstellungen von menschlichen Gesichtern, die einen Strahlenkranz haben und wie große goldene Scheiben geformt sind. Das Licht in diesen Tempeln fiel immer so, daß die Scheibe in einem übernatürlichen Glanz erstrahlte. Der Kult wurde gepflegt von einer streng geschlossenen Priesterkaste, die Riten waren zum großen Teil geheim. Aber ich halte das nicht für einen ausreichenden Beleg dafür, daß sie insgeheim eine fliegende Untertasse oder eine rätselhafte Energie angebetet haben. Es gab auch Riten, die für alle zugänglich waren, und dann – ihr schönstes Fest, *raymi*, es stand im Zusammenhang mit der Sommersonnenwende. Am Ende dieses Festes wurden die Sonnenstrahlen in einem Hohlspiegel gebündelt und Baumwolle damit entzündet. Wenn also ihre Legenden von ›Vernichtungsstrahlen‹ erzählen oder von einem ›Mann, der höher steigt als der Kondor‹, dann fallen uns wohl Laser oder Raumschiffe ein, wir könnten aber auch an viel einfachere Dinge denken. Kurz, meines Erachtens trägt die Hypothese von den Außerirdischen nicht: Wenn sie wirklich gekommen wären, dann hätten sie viel solidere Spuren hinterlassen als diese. Was meint denn der Computer dazu?«

»In etwa dasselbe wie du«, antwortete Einstein. »Er sagt aber auch: Achtung – diese Inkas sind sehr geschickt im Tilgen von Spuren ihrer Geschichte.«

»Also dann«, sagte Phildys, »hast du auch keinen neuen Vorschlag, Kook. Schade, wir hatten auf dich gerechnet, aber bei der jetzigen Lage gibt es nur noch eine Lösung: Wir werden die ganze Anlage in die Luft jagen, dann sehen wir ja, was dabei zum Vorschein kommt.«

»Ich finde die Idee nicht gerade genial«, sagte Kook.

»Sie wird eben im Parlament diskutiert«, sagte Phildys. »Und viel mehr können wir gar nicht machen. Die Leitung ist gleich alle, wir haben noch drei Triphotonen ... Hast du sonst noch Meldungen?«

»Na klar! Und zwar tolle!« meldete Kook. »Wir haben die Geheimkammer mit deinen zwanzig Kriegsrobotern entdeckt und sie ausgemustert.«

»Wie? Was hast du gesagt?« Phildys schoß auf den Monitor zu, als wollte er hineinspringen. »Kook, erklär das!«

»Caruso hat die Roboter recycelt«, sagte Kook. »Auf dem Gebiet ist er ein wahrer Künstler. Er hat ihnen die Waffen abmontiert und rüstet sie gerade um auf zivile Aufgaben, als Zimmerleute und für Reparaturarbeiten. Sie stehen zur Zeit alle in der Werkstatt und singen Lieder gegen Barras und Bourgeoisie.«

»Kook, wehe dir, wenn du so etwas machst!« brüllte Phildys. »Das ist Gehorsamsverweigerung! Ich sage es dir ohne Wenn und Aber: Die Roboter sind ferngesteuert von der Erde. Wenn du sie nicht wieder so zusammenbaust, wie sie waren, dann lasse ich sie einen nach dem anderen vor deiner Nase hochgehen!«

»Phildys hat recht«, sagte Fang. »Kook, du durftest den Gehorsam nicht verweigern. Das ist ein ernster Zwischenfall. Noch ernster wäre es freilich, wenn du auch die Fernsteuerung der Roboter noch abschalten würdest, das geht ja bekanntlich durch Druck der Taste 379 des Computers. Aber so etwas würdest du ja sicherlich nicht machen!«

»Sie verdammter Chinese«, brüllte Phildys ihn an, »ich verbiete Ihnen, meine Gedanken zu lesen! Kümmern Sie sich um Ihre Sachen! Was ist das für ein Geräusch –«

»Der Piepton, der anzeigt, daß die Triphotonen alle sind, Chef«, sagte der Techniker.

»Kook!« schrie Phildys. »Die Triphotonen sind gleich alle, aber wir sprechen uns noch! Das wirst du mir bezahlen, auf der Erde! Hände weg von meinen Robotern! Erlaub dir ja nicht ... O Christus ... die Leitung ist weg!«

Auf dem Schirm flimmerte jetzt ein undefinierbares Grau.

Phildys blieb nur, seine übliche Ladung Beruhigungsmittel einzuwerfen und Fang anzusehen, der vergnügt vor sich hinpfiff und auf einem Bein tanzte.

»Hören Sie mal, Fang«, sagte er und bemühte sich, ruhig zu bleiben, »jetzt, wo Sie das alles schon so nett versaut haben, reden Sie wenigstens mit niemandem darüber ... Das waren Sie doch, der die Sache mit den Robotern telepathisch an Mei gemeldet hat, nicht?«

»Ich habe ziemlich lange gebraucht, bis ich in ihrem Kopf wirklich etwas über die Roboter lesen konnte«, gab Fang zu. »Ich hatte Verdacht geschöpft, als ich bei ihr abgeschirmte Gedankenzonen fand. Haben Sie sie hypnotisiert, damit ihr nichts davon entschlüpft?«

»Das ist ... ein ganz normaler Vorgang bei militärischen Geheimnissen.«

»Muß eine schöne Entscheidungsfreiheit sein, die Sie da haben – zwischen einer Hypnose und der nächsten«, sagte Fang und verließ, immer noch hüpfend, den Raum.

Phildys ging zu Einstein und fuhr ihn wütend an:

»Dieser alte Sack macht mich wahnsinnig! Und du, warum hältst du immer den Mund? Du bist doch wohl nicht auch auf deren Seite übergewechselt?«

»Welche Seite?« sagte Einstein.

»Das weißt du doch ganz genau, alle reden davon, daß du ... immer röter wirst, Einstein ... Es heißt, du würdest demnächst Pazifist und behandelst deine Indios, als wären sie unberührbar ... Bist du nicht vielleicht ein bißchen müde, Einstein?«

»Phildys«, schnitt ihm der Junge das Wort ab, »wenn du mich kaltmachen möchtest, dann sag's gleich.«

»Darum geht es nicht. Aber ich will offen mit dir reden. Pyk wird den Vorschlag, mit den Arabern ein Abkommen zu schließen, ins Parlament einbringen. Und wenn wir nicht irgendein neues Element finden, dann wird er ihn auch durchkriegen!«

»Wir finden schon was«, sagte Einstein resolut. »Ich gehe zu Genius und haue ihm ein paar neue Daten rein. Wir werden diese Energiequelle finden, und zwar ohne Bomben. Nicht weil Fang das sagt, sondern weil ich überzeugt bin, daß es die bessere Lösung ist.«

»Das heißt«, sagte Phildys, »du bist eigentlich auch der Meinung, daß man die Gegend bombardieren und die Indios mit Gewalt zur Arbeit zwingen muß?«

»Gib mir zwei Tage Zeit«, sagte Einstein. »Nur zwei Tage.«

V. Nahe dem Herzen

Der Abstieg

In jener Nacht schlief Einstein im Computer-Raum, sein Kopf lag auf Genius. Genius machte sich einen Spaß daraus, serienweise Papiermännchen aus sämtlichen Löchern zu rattern. Leise trat Fang ein, aber Einstein hatte ihn gehört und sah ihn sofort mißtrauisch an.

»Bist du gekommen, um mich zu überreden, Fang?« fragte er.

»Nein, Einstein. Ich bin hier, um dir zu helfen.«

Der Junge verlor seinen harten Gesichtsausdruck. »Dann bitte sofort. Ich habe Genius gerade mit Daten gefüttert und ihn gefragt: ›Würdest du mir bitte sagen, was unter diesen Labyrinthen ist?‹ Weißt du, was er geantwortet hat? ›Vielleicht ein Maulwurf mit Kopfschmerzen.‹«

»Tja, er ist zwar noch nicht wieder völlig leistungsfähig, aber seinen Humor hat er schon wiedergefunden!«

»Ja klar«, sagte Einstein, »Hauptsache, wir können mal kräftig ablachen! Wir klemmen zwar im Eis fest, aber unsere Moral ist bestens. Und um Himmels willen die Indios nicht an die Arbeit schicken. Arbeiter dürfen nicht arbeiten!«

»Genau darüber wollte ich mit dir reden, Einstein«, sagte der Chinese. »Ich habe vor kurzem mit Coya gesprochen. Sie hat mir erzählt, die Indios seien bereit, mit uns zusammen hinunterzusteigen.«

»Mit uns? Mit mir ... und mit dir?« fragte Einstein verblüfft. »Aber ... ist das denn nicht gefährlich? Da unten ist es doch kalt... In deinem Alter... Gibt's da keine Schwierigkeiten?«

»Wenn man jung ist, findet man überall Schwierigkeiten, wenn man alt ist, finden die Schwierigkeiten einen. Ich werde nicht nein sagen. Wir werden hinabsteigen, und zwar an einer Stelle der Chincanas, die sie ›der Mund‹ nennen, neben dem Falkentempel. Aber niemand darf etwas davon erfahren. Es sieht so aus, als hätten sie uns etwas Geheimes zu zeigen.«

»Ich gehe mit«, sagte Einstein begeistert, »es lebe die experimentelle Forschung vor Ort.«

»Das ist eine weise Entscheidung, kleiner Drachen! Los, mach dich fertig. Wer werden genau um Mitternacht das Labyrinth betreten!«

»Wirklich?« sagte Einstein. »Das ist ja seltsam! Auch die Proteus Tien verläßt heute genau um Mitternacht den Quadranten sechzehn und taucht ins Mare Universale ein. Nicht einmal ein Computer hätte so eine Koinzidenz konstruieren können!«

Proteus Tien: Liebesgrüße aus dem All

Kook an Mei

Liebe Mei: Vielleicht wunderst Du Dich über diesen Brief, den ich Dir unter das Kissen gelegt habe. Aber morgen werden wir ins Mare Universale eintauchen, und das könnte der letzte Tag unseres Lebens sein. Deshalb habe ich beschlossen, Dir zu schreiben, was zu sagen ich nie den Mut hatte.

Seit dem Augenblick, als ich Dich zum erstenmal sah, Mei, spüre ich Dir gegenüber ein seltsames Gefühl: Als ob etwas Bekanntes aus der Vergangenheit wiederkehrte, als ob sich eine Hand in das Gewebe der rationalen Gedanken drängt und sie lichtet und eine längst vergessene Landschaft freilegt – die Landschaft der Gefühle. Naja, Mei, rational gesehen glaube ich nicht an die Liebe: Ich halte sie für nichts weiter als eine Reihe von kleinen Kompromissen, von glücklichen Improvisationen, mit denen die beiden Schauspieler vorgaukeln, daß einzelne Bedürfnisse oder Anziehungen mit größeren Buchstaben auf dem Spielplan des Lebenstheaters ausgedruckt sind. Ein Intellektueller oder Wissenschaftler wie ich kann, selbst in der Verlassenheit, nicht anders, als die Zeichen dieser Inszenierung wiedererkennen: Ein Kuß ist nicht das rosige Apostroph zwischen den Wörtern ich lieb' dich, o nein! Ein Kuß ist die Unterschrift unter den Vertrag, der dich zum Lieben zwingt.

Soweit meine rationale Haltung dazu. In meinem Leben allerdings ist alles anders verlaufen: eine lange Kette *folies amoureuses*. Es begann mit einer Banknachbarin in der Schule: Ich schickte ihr heimlich Briefchen mit Gedichten. Sie lächelte mich an. Ich schickte ihr Briefchen mit Kurzgeschichten. Sie nahm sie an. Im zweiten Trimester schickte ich ihr jeden Tag ein Heft mit einem Roman über sie, ein Dutzend Kapitel. Da hat sie mich nicht mehr angelächelt.

Auf der Universität hatte ich eine Beziehung mit einer jungen Russin, die genau wie ich Mathematik studierte. Eines Tages fragte sie mich: »Wie sehr liebst du mich?« Und ich sagte: »So sehr« und breitete die Arme aus. Sie erklärte, »so sehr« sei mathematisch gesehen ein zweifelhafter Begriff und ich müsse ihr die Größe meiner Liebe schon genauer darstellen. Ich fand folgende Lösung:

»Meine ewige Anbetung läßt sich nur darstellen als die Öffnung meiner Arme, die dem Umfang der Erde im Quadrat gleich ist.«

Sie dachte darüber nach und bewies mir dann, daß man diesen Satz mathematisch so ausdrücken konnte: AE (Anbetung mal Ewigkeit) ist gleich A mc^2 (Armöffnung mal *mondial circumference* im Quadrat).

Und da man beide A kürzen kann, weil sie ja auf beiden Seiten der Gleichung stehen, blieb übrig:

$$E = mc^2$$

Also die Relativitätsformel. Meine Liebe sei dementsprechend weder ewig noch groß, sondern ausgesprochen relativ in Raum und Zeit. Nach diesem Vortrag hat sie mich verlassen.

Danach lernte ich eine Computer-Programmiererin kennen. Sie war sehr helle und hatte ein perfektes Timing. Sie erklärte mir, sie hätte neun Tage Zeit für eine komplette amouröse Erfahrung. Am ersten Tag liebten wir uns, am zweiten stritten wir uns, am dritten fanden wir wieder zueinander, am vierten heirateten wir, am fünften betrogen wir uns, am sechsten versöhnten wir uns wieder, am siebten langweilten wir uns, am achten stellten wir fest, daß es aus war zwischen uns, am neunten wurden wir Freunde und veröffentlichten unsere Erfahrungen in einer Fachzeitschrift. Alles war ganz spontan.

Seit jenem Tag habe ich mich nie wieder auf Liebe eingelassen. Ich habe unter meinem Mikroskop beobachtet, wie Amöben und Zellen sich paaren und teilen und hintereinander her sind, und es hat mich auch nicht erregt zu sehen, welche obskuren Liebesbande Bienen und Blüten haben oder der Mond am Himmel mit den Trüffeln unter der Erde und die Sonne mit der Sonnenblume; leidenschaftslos registrierte ich den Instinkt von Lachsen und Aalen und die verrückte Leidenschaft der Schwertwalin für den Schwertwal, und vergebens sagte mein Meister Fabre: »Lassen Sie mal die Bücher sein, und gehen Sie nach draußen, Kook, es ist Frühling: Im Treibhaus, in jeder Blume, finden gerade Orgien statt. Wer immer es schafft, ein Motel für Insekten zu erfinden, er würde Millionär werden!«

Ich dagegen blieb verbarrikadiert in meinem Gehäuse. Bis Du gekommen bist! Ja, es ist wahr, ich liebe Dich! Ich möchte mit Dir in einem Haus am Meer leben und Dir die Namen der Sterne beibringen, und Du würdest alle Zimmer mit Blumen füllen, nur das Schlafzimmer nicht, denn Blumen nehmen Sauerstoff weg, und wir könnten einen Hund haben und Experimente an ihm machen, keine grausamen, natürlich, und ein Kind, das gesund und intelligent und neo-darwinistisch aufwächst, und bei Sonnenuntergang an den Strand gehen und die Gezeiten studieren und auf dem Badetuch Küstennapfschnecken und *Pleurotoma babylonia* sammeln. O du Engel dieses Raumschiffs, so nimm denn meine Liebe und dieses Gedicht von mir (ich weiß, daß Du Blumen liebst).

Es ist von Verlaine, meinem Lieblingsdichter:

> die zarten Rosendüfte mischen
> – weil Sommerwinde uns erfrischen –
> sich dem Parfum, das sie gebraucht.

Adieu, meine Liebe, auf bald!
Leonardo

Caruso an Mei

Wohlan, nun ja, es ist von mir, dies Billetdoux, das schelmisch sein Köpfchen unter Dein Kissen legt. Morgen wird alles gewagt! Wohlan, warum soll ich noch länger warten, Dir zu sagen, was mich tiefinnerst drängt, aus meinem Herzen, aus meinem klopfenden Herzen? Kaum sah ich Dich, o schöne Mei, da fühlt' ich mich just wie seinerzeit, als die Prochonskaja die Aida gab, auf einem Traktor, unter der Regie von Kutusow, bei den Agrarfestspielen auf dem Mars. Mein Herz donnerte wie eine Turbine. Ach, die Liebe, die Liebe ist ein Pfeil. Und der Kuß – ist er etwa nicht das rosige Apostroph zwischen den Worten ich lieb Apostroph dich? Mei,

o meine kleine Butterfly,
warum harrst du Pinkertons, der kommt doch ny,
wenn bei dir ist Raimondi-y?
Gefällt Dir dies kleine Impromptü?

Oh, unglückliche Lieben hatte ich wohl, o meine Güte. Jemand hat einmal gesagt: »Ein Melodrama ist, wenn Sopran und Tenor miteinander ins Bett wollen, aber der Bariton das nicht will.« Oh, weh und ach, ich war mein Lebtag oft der Bariton, und jedesmal kam so ein Tenor daher und schnappte mir den Knochen weg. Und ich wollte mich schon bescheiden mit der Bariton-Kavatine: Alle woll'n mich, alle such'n mich/ doch der Tenor, der landet den Stich. Doch da – der Augenblick! Dieser himmlische Augenblick, als

(O Liebesmoment/ o süßer Schmerz/ zartes Gespinst, das seinesgleichen nicht hat)

ich Dich sah. Allein wir war'n, ohn' jeglichen Harm, und ich brachte La Bohème Dir dar, für Solostimme und Kofferschlüssel. Und Ihr, Mylady, sagtet: »Oh, was für eine schöne Geschichte, aber so traurig; bei diesen Opern mußte man bestimmt nicht nur Komplikationen für die Gefühle befürchten, sondern auch für die Lunge! Das letzte Stündchen für das Melodrama hat sicher erst mit den Antibiotika geschlagen!«

Und ich fühlte, ich wollte Dir Dein eiskaltes Händchen wärmen, und von dort weiter Dich führen zu einer wahrhaft ganzheitlichen Wärme, und in mir, da spürt' ich die Liebe – die Liebe – ist eine Himmelsmacht und so weiter. Wohlan, auch wenn Du mich nichts liebst, so lieb' ich dennoch Dich:

Geld hab ich keins,
doch mein Herz, das ist deins,
und meine liebende Seel', verläßlich und treu,
nur atmet für dich allein
vom ersten bis zum letzten Sonnenschein.

Und möchte mit Dir leben, in einem Haus mit Kamin und vielen Kindern, mindestens zwölf, und jedes müßte ein Instrument spielen, und dem dümmsten Sproß geben wir den Triangel, und bei Sonnenuntergang laufen wir zum Strand und singen, nur Du und ich, die unsterblichsten Arien und scheren uns nicht um die Grimassen der Bademeister.

Und bei Gott,
wenn sie mein Weib erst ist,
wird mein erstes Streben sein,
sie vor den verliebten Gecken zu schützen!

Das, o Lieb', verspreche ich Dir mit diesen mageren Zeilen. Ich hätte Dir gern ein Gedicht von Verlaine gewidmet, aber irgend jemand hat mir gestern das Buch geklaut. Doch Du, ich bitt' Dich, antworte mir:

einen Satz, ein Verslein nur
vergelt mit Lieb' die Liebe,
denn Liebe verbietet, sie nicht zu erwidern,
so laß mich denn auch heut' abend auf der Bühne
endlich schmettern wie ein Tenor.

Adieu, adieu! Caruso Raimondi

Sara an Caruso (in Gedanken)

Parfois aussi le dard d'un insecte jaloux
inquiétait le col des belles sous les branches

Ich weiß, ich weiß. Ich bin nicht schön. Schön in Deinen Augen meine ich. Wie macht man eine Liebeserklärung mit zwei haarigen Antennen auf dem Kopf und Facettenaugen? Und doch, in jedwedem Garten würden mein Posaunenmund und mein bauchiger Leib mehr als einem Bienerich den Kopf verdrehen. Aber wie kann ich hoffen, Dir zu gefallen, und selbst wenn ich Dir gefiele, was könnte zwischen uns schon geschehen, wo ich doch bei einer einfachen Liebkosung von Dir jedesmal mein Leben aufs Spiel setzen würde? Nein, es wäre unmöglich: Ich male mir jetzt schon aus, wie ich heimlich in Deinem Zimmer Deine Telefongespräche und Deine Begegnungen belausche, ich stelle mir jetzt schon vor, wie peinlich es Dir ist, mich Deinen Freunden vorzustellen. Und was hättest Du auch davon? Gut, Du brauchtest vielleicht nicht zwei Kinokarten zu bezahlen, auch pelzmäßig gesehen würde ich nicht teuer kommen, aber das ist wenig: zu wenig dafür, daß ein Mann eine Biene liebt. Und doch halte ich die unmögliche Liebe für die stärkste Liebe: Und deshalb bleibe ich Dir nahe. Es reicht mir, Dich anzuschauen, wenn Du morgens aufstehst und Dich singend rasierst, und ich hocke noch ein bißchen verschlafen in Deinen Haaren und putze mir die Flügel und mache mich fertig für meinen ersten Flug. Ja, ich weiß. Du bist gut zu mir. Wir sind ein gutes Team. Ich weiß, wo mein Platz ist. Und Du ahnst nicht einmal, daß in diesen wenigen durch die Luft schwirrenden Millimetern Platz für Gefühle ist. Vielleicht denkst ja Du auch wie Dein Voltaire: »Kein Tier außer dem Menschen kennt diese Pein, wenn der ganze Körper empfindsam wird, diese Küsse, wenn die Lippen die nie ermüdende Wollust spüren.« Hast du denn je den Liebestanz der Giraffen gesehen, hast Du den Liebesruf der Wale gehört?

Weißt Du eigentlich, daß die Orchidee mit ihren Farben und Formen den Bauch der Hummelin imitiert, damit die männliche Hummel sie lieben kommt? O ja, wir Bienen sind im Wortsinn Blumen»liebhaber«. Warum sollten wir also nicht auch Menschen lieben können? Ach, könntest Du doch nur sehen und hören!

Ich kenne die Herrlichkeiten einer jeden Blume, ich sehe die Jahreszeiten in ihr ein- und ausgehen und ihre Kleider und Zimmer verändern, denn ich bin durch Weizenfelder und durch die bezaubernden Labyrinthe der Turbinen gereist. Und ich sah Länder und Orte, die Du Dir nicht einmal vorstellen kannst. Aber warum soll ich weiterreden! Möge kein Zweifel Dich verstören, wenn Du mich studierst, katalogisierst und klassifizierst in irgendwelche Insektenunterarten, in den gläsernen Gräbern Deiner Ordnung. Eines Tages, wer weiß, wirst Du vielleicht von dieser Erde gehen, die Du nicht zu lieben scheinst. Wohlan, von jenem Tag an werden wir ohne Dich weiterleben, wie wir es Millionen Jahre lang getan haben.

Chulain an Mei

Liebe Mei. Hier ist Dein Super-Chulain. Morgen geht's rund. Wer weiß, ob wir mit heiler Haut davonkommen, Schätzchen. Tja, ich muß es Dir mal sagen: Ich bin total in Dich verknallt! Ich würde alles für Dich tun. Sogar mit einem nelkenübersäten Kimono rumlaufen, sogar ins Kino gehen und mir diese Filme angucken, wo Schneewittchen jodelt und ein ganzes Sortiment Tierchen im Chor singt. Liebe Mei, ich hab 'ne Menge gesehen in hundert Jahren im All, und ohne mit der Wimper zu zucken. Aber als ich Dich neulich abend gesehen hab, mit diesem geschlitzten Kimono, Du, da habe ich das *big-bang* gehört!

Mei, ich bin nicht gut in Liebesbriefen. Heute, als wir die Kriegsroboter umgerüstet haben und Du ihnen die Blümchen aufgemalt hast, das hat richtig 'n bißchen wehgetan. Naja, wir

sind schon'n bißchen verschieden, Du und ich. Ich bin auf der Straße geboren, in einem Viertel, wo Du es, wenn Du nicht mit dem Messer umgehen konntest, nicht mal bis zur Erstkommunion geschafft hast. Aber ich kann auch ganz lieb sein: Und deshalb widme ich Dir ein Märchen, das mir mein Opa Doc Lametta immer erzählt hat, damit ich einschlafe. Es ist nicht so furchtbar schön, aber es ist das einzige, das ich kenne.
Ciao, meine Schönste.
Dein Tiger Chulain.

Das Märchen von Opa Doc: Schwarzkäppchen

Schwarzkäppchen war eine dreizehnjährige Göre, die in Harlem lebte und eine Nervensäge zur Mama hatte. Mama bearbeitete die Fußböden in Ronnies Restaurant, dem Schickimicki-Treff der Haifischbranche, wo gekokst wurde, was die Nase hielt, und die Dealer mehr ins Schwitzen kamen als die Kellner. Okay, also nach Feierabend ging Schwarzkäppchens Mama mit dem Allessauger über die Teppichböden, kratzte dabei immer eine reichliche Portion Koks zusammen und nahm sie mit nach Hause. Du mußt noch wissen, daß Schwarzkäppchen auch eine blinde Oma hatte; Oma war früher mal Jazz-Saxofonistin gewesen und lebte jetzt allein mit ihrem Kanarienvogel, und alle beide zogen sich den Koks rein wie die Blasebälge. Oma jagte ihn sich übrigens via Saxofon in die Nase, der Kanarienvogel wälzte sich darin, und dann sangen sie zusammen *I get a kick out of you* und dröhnten die ganze Mietskaserne aus den Betten. Einmal in der Woche mußte Schwarzkäppchen quer durch Harlem gehen und der alten Lady Koks vorbeibringen, sonst wurde die wild und spielte so lange auf der Straße Saxofon, und der Kanarienvogel (er war ziemlich kräftig) hielt dabei ein Tellerchen im Schnabel, bis ihnen jemand eine Straße drauflegte, damit sie aufhörten; Oma war nämlich in ihrem Alter schon leicht neben der Tasse und spielte das Saxofon immer falsch rum, mit dem breiten Ende im Mund, und das war insgesamt kein so erfreulicher Anblick.

Aber wir wollen nicht abschweifen. Eines Nachts also sagt Mama wieder zu Schwarzkäppchen: »Geh und bring Oma den Stoff, aber hüte dich vor Lonesome Wolf, dem Einsamen Wolf, ich habe ihn hier nämlich herumstreunen sehen. Lonesome dealt mit allem, notfalls sogar mit Himbeeren, wenn die einen Markt haben, und sein Vorstrafenregister ist dick wie ein

Telefonbuch.« Und Schwarzkäppchen macht sich des Nachts auf den Weg, und sie hat keine Angst, denn sie ist zwar eine kleine Schwarze von dreizehn, aber in der Tasche hat sie ein surfbrettgroßes Klappmesser.

Und da tritt in der 44. Straße Lonesome Wolf aus dem Dunkel und baut sich vor ihr auf und läßt seine Hauer durch die Nacht blitzen:

»Sag, Schwester, was hast du denn da im Körbchen? Küchlein?«

»Faß dich gefälligst an den eigenen Schwanz, Wolf«, sagt Schwarzkäppchen und landet einen solchen Tritt genau an der Stelle, wo bei Lonesome was wackelt, daß Lonesome die ganzen drei Liter Whisky mitsamt der Schweinepastete vom Frühstück auf einmal aus dem Gesicht fallen.

»He, Kleine«, sagt er danach, »du hast ja'n Hieb weg. Bleib doch mal cool: Ich will dir den Stoff ja gar nicht klauen. Ich hab' dir'n Deal vorzuschlagen. Hör zu, wir machen die Alte kalt, und wenn deine Ma dir wieder Stoff gibt, behalten wir ihn für uns. Ich verticke ihn für dich, wir machen fifty-fifty, und wenn wir ein paar Mäuse zusammenhaben, gehen wir nach Florida und machen 'ne Bude mit Frucht-Shakes auf. Was hältst du davon?«

»Na hallo, Lonesome«, sagt Schwarzkäppchen, »du hast ja ziemlich was los. Hätte gar nicht gedacht, daß du so ausgeschlafen bist. Ich mache mit.«

Und so tauchen sie in der Bruchbude der alten Lady auf, die im Morgenrock zwischen lauter Cornflakes-Krümeln auf dem Bett liegt und gerade Butter auf ihren Pantoffel geschmiert hat und reinbeißen will – blinder denn je.

»Hier bin ich, Oma«, sagt Schwarzkäppchen.

»Verpiß dich bloß, Schwarzkäppchen«, keift die Alte. »Hast du wieder mit irgendso'm Syphkopp auf der Straße rumpoussiert oder warum kommst du jetzt erst? Fehlt nicht viel, und ich hätte Waschpulver gesnifft, bin total auf 'm Turkey. Schieb den Schnee rüber, du Arschloch.«

Der Wolf, der zwar wortschatzmäßig auch nicht gerade bei

Fürstens ein- und ausgeht, erstarrt angesichts von Omas Vokabular. Und dann kackt ihm auch noch der Kanarienvogel auf den Kopf.

Also geht der Wolf mit einem Schal in der Hand auf das Bett zu, um der Alten die Gurgel zuzuschnüren.

»Bist du das, Arschloch?« fragt die Alte und streckt ihre Klaue aus. »Her mit dem Stoff. Aber ... was hast du denn für stinkende Füße?«

»Ich bin viel gelaufen«, piepst der Wolf mit Diskostimmchen.

»Mag sein«, sagt die Alte, »aber, verfickt noch mal, was sind denn das hier für Riesenbohnerbürstenkoteletten?«

»Das ist der letzte Schrei in New York, Oma«, zwitschert der Wolf zurück.

»Ach ja?« kräht Oma weiter. »Und die Schultern hier, wo haste die her?«

»Ich mach' doch Training, Oma«, sagt der Wolf und will ihr gerade den Hals zuschnüren.

»Ach ja?« sagt die Alte. »Und was ist das hier, ein Geschenk?« und packt den Wolf da, wo es bei ihm schlackert, und zieht einmal kräftig dran, und Lonesome heult wie eine ganze Prozession von Krankenwagen.

Dann zieht Oma eine Knarre unterm Kissen vor und rattert los, und der Wolf heult vor Schmerz, Schwarzkäppchen versucht, mitsamt dem Stoff die Biege zu machen, aber der Kanarienvogel haut ihr seinen Schnabel ins Auge, die ganze Mietskaserne wird hellwach, und dann kommt auch noch der Cop von seinem Rundgang, und der ist so dick, daß er aussieht wie zwei Cola-Automaten übereinander. Er sagt:

»Was is denn hier für'n Scheiß los? Ringelpiez mit Anfassen?«

»Aber klar«, sagt Schwarzkäppchen. »Willste nicht auch mal einen durchziehn, Bulle?«

Und sie fangen an, die Nasen vollzunehmen, als wären sie Spürhunde. Kurz darauf tauchen zwei Rasta-Freaks im Pyjama mit einer Gin-Flasche nebst einem Haufen Puertorikanern mit Mülltonnen zum Musikmachen auf. Oma greift zum Saxofon und will gerade *Blue Moon* falschrum spielen, da kippt ihr der eine Rasta die ganze Flasche Gin ins Saxofon, und Oma liegt die nächsten paar Stunden flach. Schwarzkäppchen läßt einen nach dem anderen über sich drüber steigen, und dann gibt es eine Rangelei, weil ein Puertorikaner sich zum zweitenmal in die Schlange gestellt hat, und der Polizist ist so daneben, daß er gleich auch noch Oma fickt und erzählt, ich war schon immer Ihr Fan, Frau Liz Taylor, und in dem ganzen Tohuwabohu verarbeitet ein Puertorikaner den Kanarienvogel zu Schaschlik, und Schwarzkäppchen wird stinksauer, und schon geht die Saalschlacht wieder los, und dann kommen noch zehn, zwölf Vollgedröhnte mehr und sogar ein Spießer, also kurz und gut, morgens um acht erscheint Schwarzkäppchen wieder zu Hause, total neben der Tasse und mit einem Gesicht wie ein Vampir, der einen Kollaps hat.

»Kommt man um diese Uhrzeit nach Hause, du Flittchen?« schimpfte Mamachen. »Wo bist du gewesen?«

Und Schwarzkäppchen erzählt ihr ein Märchen.

Klymene und Chloris

An General Yamamoto – Mission Zuikaku

Abs.: Saito, Oberbefehlshaber der Mission

Von Ihnen beschriebene Lage auf dem Raumschiff sehr ernst. Zu spät für Katzen-Kontingent, aber Sie werden hiermit ermächtigt, *sämtliche* Ihnen zur Verfügung stehenden Sonderwaffen gegen den Aufstand und für den Sieg beim Wettlauf im All einzusetzen. Bezügl. seltsames Verhalten Mäuse füge ich die folgende Note bei, die mir erst heute zuging.

Aus den Sansui-Laboratorien für Flugpersonal, Abteilung »Graue Soldaten«.

»Nach gründlicher Durchsicht der genetischen Dossiers sämtlicher Mäuse, die auf die Mission Raumschiff Zuikaku entsandt wurden, stellte sich heraus, daß aufgrund eines unerklärlichen Irrtums zwei Mäuse mitgeschickt wurden, die zu einer anderen Abteilung gehören, nämlich zur Abt. ›Fortpflanzung‹. Die fraglichen Mäuse, genauer gesagt die, die irrtümlich And und Tab genannt wurden, sind weiblichen Geschlechts und tragen in Wirklichkeit die Namen Klymene und Chloris. Die Anwesenheit zweier Mäusinnen auf dem Raumschiff könnte unvorhergesehene Mechanismen bei der übrigen Besatzung ausgelöst und in den Rebellen die Entscheidung geweckt haben, eine unabhängige Kolonie zu gründen. Wir empfehlen daher ständige Kontrolle des Aufstands.«

Calalbakrab: Beschlossene Sache

»Also, der Beschluß steht fest«, sagte Coyllar, »morgen abend. Das Konzert steigt um zehn. Der Angriff genau vierunddreißig Minuten nach zehn. Noch Zweifel?«

»Ja«, sagte Lorina. »Ist unsere Aktion morgen abend bei den Massen verankert? Oder operieren wir isoliert?«

»Eine Million Kilometer von der Erde entfernt«, antwortete Wassiliboyd, »ist diese Frage wirklich nicht leicht zu beantworten.«

»Ich habe eine Schwester auf der Erde«, sagte Coyllar. »Sie heißt Coya. Eines Tages haben wir uns getrennt: Sie wollte lieber bei unseren Leuten bleiben und auf der Erde kämpfen, und ich beschloß, dem Feind auf seinem eigenen Feld gegenüberzutreten, auf dem der Technologie, des Wissens. Nun, ich denke nicht, daß ich mein Volk im Stich gelassen habe. Überall in dieser Hölle, in diesen Kriegen habe ich Indios getroffen.«

»Und doch«, sagte Alice, »es müßte einen Weg geben, damit sich alle gemeinsam erheben. Vielleicht wenn man Reklame dafür machen könnte, mit Plakaten wie bei den Konzerten, wenn man ein paar *special effects* dazutäte, einen Ansager, der auf die Bühne geklettert kommt und schreit: ›Und jetzt, Leute, zum erstenmal hier in unserer Stadt, die kämpfenden Avantgarden!‹ Und dann zünden alle ein Streichholz an –«

»Hört mal«, sagte Wassiliboyd, »darf ich auch mal was fragen? Wieso habt ihr euch eigentlich als Band verkleidet?«

»Am Anfang war das keine Verkleidung. Ich habe geglaubt, daß Musik eine phantastische Waffe ist, um die Leute zum Nachdenken zu bringen«, sagte Alice. »Aber dann habe ich meine Ansichten geändert. Erinnerst du dich noch an den Krieg der Platten?«

Der Krieg der Platten

Ich bin Baby Maus-Gesicht
mit Gasmaske, seit ich erblickt' das Licht
hier in der Ebene acht plus zehn.
Willst, was ich drunter hab', du sehn?
Küß mich, denn dann wirst du es wissen,
und danach wirst du sterben müssen.

Kennt ihr das Lied noch? Hielt ein ganzes Jahr lang Platz eins in sämtlichen Charts, als ich anfing, Musik zu machen. Damals gab es zwei große Ereignisse in der Musikszene. Die sexuelle Kontrolle und den Krieg der Platten. Die sexuelle Kontrolle kennst du, auch wenn sie jetzt etwas gelockerter ist, sie gilt immer noch. Damals war es verboten, ohne Erlaubnis der Regierung Kinder zu machen. Außerdem mußte man jeden Geschlechtsakt vorher anmelden, Sex galt als Gefahr für die Gesellschaft wegen des Risikos radioaktiver Verseuchung, und vor allem weil die Regierung Angst hatte, eine exzessive Sexualität könnte vom Großen Nachkriegswiederaufbauplan ablenken. So boten Musik und Massenveranstaltungen die beste Gelegenheit für heimliche Beziehungen. Ich fing an, in Konzerte zu gehen, nur um irgendwelche neuen Vibrationen zu kriegen, kurz gesagt: zum Ficken. Aber sie haben uns alle angeschissen mit dieser Erfindung »Sauberer Bienenstock«. Der Bienenstock war eine Art Amphitheater aus lauter durchsichtigen kleinen Glaszellen. Jede kleine Zelle hatte eine Nummer, die mit der auf der Eintrittskarte übereinstimmte. Du mußtest dich während des Konzerts in deiner Zelle einschließen lassen, ganz allein, bis zum Ende. Rausgehen war verboten; außerdem mußte man mindestens dreimal klatschen, sonst kriegte man zur Strafe einen Stromstoß. Aber nicht alle Leute standen da drauf, und so fingen die Untergrund-Konzerte an, in verlassenen U-Bahnhöfen, in alten Trümmergrundstücken unter dem Schnee, in ungenehmigt errichteten

Iglus. Legendäre Bands sind da entstanden, zum Beispiel »Santananá« und »Bobi Lapointe« in Frankreich, die »Trogn Zikh« in Prag, die »Drei Zigeuner« in Deutschland, die »Man & Mo« in Peking, die »Vendetta Metalmeccanica« in Italien, die schwedischen »Fladdermoss«, die englischen »Pestilence«, die spanischen »Cabo Roti«. Ich lernte Sax, Bisax, Trood und Moog, alles elektronisch, und ich spielte. Meine erste Band war »Mauna Loa Sound«: vier Schwarze an Trommeln, ein Ire, der mit Dynamit hantierte, ein dressierter Coyote und ich an einer Kirchenorgel, die wir in einer verlassenen Kathedrale aufgetan hatten. Unser erstes Konzert auf der Gare d'Orléans war ein irrer Hit. Bei der ersten Dynamitladung gingen neun Zuhörer in die Luft, und Tausende von Fledermäusen wurden wach und flatterten wie blöde durch die Gegend. Der Coyote fing mit einem Stück mit dem Titel an: *Komm runter, wenn du Mumm hast, Mond,* einem Solo für Coyotengeheul. Das Publikum kam ganz schön in Fahrt, und am Ende hängten sich auch die Fledermäuse wieder ordentlich an die Decke und kreischten im Takt »ui-ui-ui« mit! Schade, daß auch ein Haufen Bastarde und Spitzel beim Konzert waren. Unsere Namen wurden sofort der Platten-Kontrolle gemeldet, und noch am selben Abend standen die Rock-Control-Bullen mit ihren Paillettenuniformen um unseren Bau herum. Sie haben uns im Schlaf überrascht und alle Leute kassiert, ich war die einzige, die abhauen konnte: Ich war aus einem Fenster gehechtet. Meine Genossen wurden einer Lobotomie unterzogen und in ein Cha-Cha-Cha-Orchester für arabische Luxusliner umgemodelt.

Das nächste Jahr spielte ich bei den »Invisibles«. Ich wußte selber nicht, wer die anderen Bandmitglieder waren. Einmal in der Woche bekam ich eine Nachricht: »Komm ins Grand Magasin Métro, 21.00«. Da sind wir dann untergetaucht in der Menge und haben mit dem Konzert angefangen. In der Regel waren es Improvisationen auf den Grundrhythmus von Geräuschen an sehr überfüllten Orten. Unsere erste Piratenplatte, die einen gewissen Erfolg hatte, war *Weihenacht ist Schweinemacht,* ein Konzert für Keuchen, Schlagzeug und den Krawall von Weihnachtseinkäufen im Pariser Warenhaus Galeries Lafayette. Ich spielte im Klo versteckt Saxofon. Aber die Platte, mit der wir unseren Durchbruch schafften, war *Alle an die Wand,* auf der wir während eines Überfalls auf die Staatsbank zwanzig Minuten lang Jazz improvisierten. Die Platte endete mit zwei MG-Garben: Ich und der Pianist kamen als einzige davon. In dem Jahr machten sie allerdings auch die Große Wende zum Harmonischen. Die Untergrund-Platten waren inzwischen populär geworden und kommerziell gut auszuschlachten, also wurde die Musikszene mal wieder liberalisiert. In Wirklichkeit blieben die Regierungen auch weiterhin die Bosse, und zwar über die großen Plattenkonzerne. Die beiden wichtigsten Plattenmultis waren die ONE der Scheichs und die ENO der Japaner. An der Spitze von ONE saßen Mick Jagger und Muhammed Paul McCartney, zwei ehemalige Musiker, die, obwohl sie die Hundert längst überschritten hatten, immer noch sehr aktiv waren. ONE stand für die alte Garde, für Nostalgie, elektronische Musik, aber mit vorherrschendem *human touch.* Die andere große Firma, ENO, wurde geleitet von *c-Moll* und *D-Dur,* zwei japanischen Kreativ-Computern, die mehr auf avantgardistische Musik abfuhren – Musik in Pillenform, Musik via *sensual stimulation,* materische Musik, hypnotische Musik. Neben diesen beiden Kolossen konnten sich noch ein paar kleine Plattenfirmen und Musikhandlungen halten: Es gab zum Beispiel die »Aida Records«, die Lieblingsfirma der Lyrischen Lümmel – das waren junge Leute, die als Radames und Walküre und Graf D'Almaviva verkleidet durch die U-Bahn-Schächte geisterten und Quartette und Romanzen sangen, aber falsch. Dann die »Beet«, fanatische Beethovenianer, die sich abends in den Beet-Clubs einfanden und zum Klang der neunten Symphonie auf Ekstase machten. Ferner die »Do«, Anhänger des deutschen Komponisten Kurt Storen, der behauptete, das »Do« sei die einzige ausdrucksvolle Note, und die »Reiher«, die nur Platten mit Vogelstimmen hörten, und die »Turbos«, die behaupteten, die einzig wahre Musik sei das potente Donnern eines Motors und nichts käme ihm gleich. Kaum hatte die Liberalisierung neue Perspektiven für den Markt eröffnet, da brach der Krieg der Platten aus. Wie immer bei solchen Sachen hat natürlich nie jemand zugegeben, angefangen zu haben. Aber alles läßt darauf schließen, daß die ENO die Feindseligkeiten eröffnet hatte. Sie ließ auch zum erstenmal einen Sänger der Konkurrenz kaltmachen.

Ich erinnere mich noch an den ersten Zwischenfall, bei dem ich dabei war, ein Konzert von »Edgard Allen & The Poe«. Allen war ein Musiker aus Boston und machte finsteren, dekadenten Rock mit einer dicken Portion Ironie und Einfallsreichtum. Mit ihm zusammen spielten vier anämische Mutanten: Lorre, Price, Lee und die Organistin Berenice.

In jener historischen Nacht spielte Allen in der Krypta des »Schwarzen Katers«, einer Katakombe mit 6000 Plätzen. Die gesamte auf gotisch-tuberkulös und Dandy-Korsar-Vampir gestylte New Wave-Scene der Saison war da, bleiche Mädchen und Jungen, die hingebungsvoll husteten. Edgard Allen sprang mit einem flatternden schwarzen Umhang auf die Bühne, das Gesicht totenweiß, und kaum kamen aus seiner Marmorgitarre die ersten Töne seines Hits *Raven,* eine Variation über dieses Gedicht vom Raben, da riß das gesamte Publikum die schwarzbehandschuhten Hände in die Höhe, genau wie Rabenflügel, und fing an, im Chor den Refrain zu singen: »Nimmermehr, nimmermehr«. Genau in dem Moment passierte die Katastrophe. Die Verstärkeranlage für das Konzert war von Usher Ltd. geliefert worden, zwölf Verstärker in Sargform von je einer Tonne Gewicht. Auf einen Schlag kippten alle zwölf auf der Bühne um, zermalmten Allen und rollten von da aus weiter ins Publikum: Es gab eine fürchterliche Panik, die Krypta geriet in Brand, 600 Leute starben. Die ENO beschuldigte sofort die ONE, die Sicherheitsmaßnahmen nicht beachtet zu haben; die ONE beschuldigte die ENO, die Verstärker mit einer Ladung Sprengstoff selbst in die Luft gejagt zu haben. Der Krieg der Platten war ausgebrochen.

Zwei Tage später warteten bei einem Pillenmusik-Konzert in New York 6000 Zuhörer auf den garantierten Effekt (*relax feeling,* Anstieg der basalen Stoffwechselwerte, Verringerung des elektronischen Hautwiderstands und des Alkalianteils in der Spucke). Statt dessen wurden plötzlich alle von einer Durchfallattacke heimgesucht, die für einige sogar tödlich ausging. Die ONE versuchte das Geschehen sofort für sich auszuschlachten, indem sie den Slogan verbreitete: ENO macht Musik zum Scheißen. Die ENO fand heraus, daß die Musikpillen gegen Abführpillen ausgetauscht worden waren, und die Vergeltung ließ nicht lange auf sich warten: Der Bassist der »Parsifal«, Nummer eins der ONE-Charts, wurde mit einer seiner Baßsaiten erhängt aufgefunden. Am selben Abend wurde bei einem Konzert in London der berühmte Jazzmusiker »Kid« Mangoosta von einer Kobra gekillt, die aus seinem Saxofon geschossen kam. Die Rache von ONE war fürchterlich: Ein Flugzeug bombardierte die Yamaha-Fabrik für Elektro-Orgeln, und 6000 Pianistenrobotern, die konzertbereit im Magazin standen, wurden die Hände abgeschraubt.

Der schlimmste Schlag für die ENO aber war der Tod von Micro Minstrel. Micro galt als *der* Poet der materischen Musik: Mit Hilfe eines von ihm erfundenen Computers konnte er jeden inneren Rhythmus und jede Sequenz der Materie in Musik umsetzen, von der Aminosäurenkette über die Teilchenbewegung in Gas bis hin zu verschiedenen Herzrhythmen. Zu seinen Werken gehört *Glykämie,* eine sehr zarte Komposition nach den Zuckerwertveränderungen eines Diabetikers bei dem berühmten Konzert »Reise im Ernährungsbolus«. Sein Meisterwerk allerdings war *Grippe,* es erzählte die Geschichte einer Gruppe von Viren, von ihrem Eintritt in den Organismus (Andante) über ihren Kampf gegen die Antikörper (Andante con brio) bis hin zum Eintreffen der Antibiotika (Triumphmarsch) und zur Wiederherstellung der Gesundheit im Körper (wunderschönes Rekonvaleszenz-Adagio). Gut, also Micro Minstrel wurde bestialisch ermordet: Beim Komponieren eines Konzerts für Oboe und Magensäfte hörte er plötzlich ein paar falsche Töne. Er wurde von Krämpfen geschüttelt und begriff erst viel zu spät, daß er vergiftet worden war.

In diesem kriegerischen Klima wurde ich zur ONE gerufen: Man brauchte neue Leute für die Konzerte; Musiker zu sein war inzwischen riskant geworden, und eine Menge Musiker stiegen aus. Ich hatte gerade die »Dzunum« gegründet, eine Band aus elf Frauen, alle an Keyboards. Wir spielten pazifistischen Rock auf dem »Zug« – einer Orgel mit 600 Tasten, die einige Meter lang war. Eines Morgens platzten mir ein paar der Gorillas in »Angels«-Uniform von der ONE ins Haus und erzählten mir, einer ihrer Bosse wollte mich sehen. Zuerst war ich etwas erschrocken, dann wunderte ich mich. Die ONE-Zentrale war eine riesige schwarze fliegende Untertasse. Als sie mich dorthin brachten, schwebte sie in 6000 Meter Höhe über dem Nordpol. Ich war ganz gerührt, daß sie mich in ihr Allerheiligstes führten. Innen war die ONE wie eine Kathedrale – an den Wänden Fresken von alten Beatles- und Rolling-Stones-Konzerten, und von den bunten Glasfenstern lächelten die Größen der Vergangenheit, von Chuck Berry bis Presley, von David Bowie bis Kimoko. In den Seitenschiffen lagen die Gruften der Beatles und der Stones, und ihre Leichen waren makellos konserviert und in Bühnenkleidern. Jagger und McCartney erwarteten mich in einem kleinen Saal, der einem englischen Apartment am Ende des zwanzigsten Jahrhunderts genau nachgebildet war – mit einem Kamin, einer alten japanischen Stereoanlage und Warhol-Bildern an den Wänden. McCartney saß zusammengekauert unter einer Schottenkarodecke vor dem Kamin. Er war ein uralter Fettsack, völlig taub und auch ein bißchen verkalkt. Jagger brüllte ihm fünf- oder sechsmal meinen Namen zu, aber er fragte jedesmal: »Ist das die Schwester mit der Spritze?« und wollte sich die Hose runterziehen. Jagger dagegen war spindeldürr: Er stützte sich auf einen Stock und trug eine etwas lächerliche Perücke, aber seine Augen waren noch immer lebhaft. Die beiden erzählten, sie hätten große Pläne mit mir: Sie wollten mich mit einem Konzert im Kolosseum in Rom ganz groß rausbringen und mir einen Zehnjahresvertrag geben. Ich konnte dieses unglaubliche Interesse, das sie an mir hatten, überhaupt nicht begreifen. Aber bei der ONE unter Vertrag zu stehen war der Traum jedes Musikers. Also unterschrieb ich sofort.

»Gut, Baby«, sagte Jagger, »Das hast du gut gemacht! Man muß die Gelegenheiten beim Schopf packen, solange man Zeit dazu hat!« Ich hatte das unangenehme Gefühl, daß, während er redete, ein kleines diabolisches Licht in seinen Augen aufflakkerte. Na ja, Mick war jedenfalls sehr nett zu mir, lud mich zum Essen ein und danach in sein Apartment. Er schwelgte erst in Erinnerungen, dann wollte er mir *Satisfaction* auf der Gitarre hinlegen und tanzen und geriet ganz außer Atem, und schließlich fing er an zu weinen, weil ihm ein paar Konzerte wieder einfielen, und plötzlich war er auf meinen Knien eingeschlafen. Ich brachte ihn ins Bett, deckte ihn zu und wollte gehen. Aber da sah ich auf dem Tisch eine Mappe mit der Aufschrift *Projekt Dzunum* und verschiedenen Fotokopien drin. Aus Neugier nahm ich eine mit, kam aber nicht dazu, sie zu lesen: Ich hatte nicht einmal mehr Zeit zum Verschnaufen; wir fingen sofort mit den Proben an, und drei Tage später standen wir schon in der Garderobe vom Kolosseum und warteten auf unseren Auftritt. Wir waren alle furchtbar aufgeregt, es war doch auch wirklich unglaublich, von einer Sekunde zur anderen weg vom U-Bahn-Publikum und direkt vor 200000 Zuschauer ins Kolosseum. Die ONE hatte alles groß aufgezogen: »Ein Konzert, daß ihr nie mehr vergessen werdet« stand auf den Plakaten, »ein starkes Konzert für ein starkes Publikum«. Und überall hingen unsere Fotos: Wir waren elf hübsche Mädchen und machten einen gewissen Eindruck mit unseren phosphoreszierenden Overalls. Nur eine einzige von uns, Patti, das weiß ich noch, sah etwas düster drein.

»Ich begreife das nicht«, sagte sie. »Das ist mir zuviel Glück auf einmal!«

Aber jetzt war es für Zweifel zu spät. So gingen wir aus der Garderobe bis zum Bühneneingang des Kolosseums. Ich weiß noch genau, daß mir der Atem stockte. Über uns und überall um uns herum in diesem wiederaufgebauten römischen Monument sah ich Leute, 200000 waren es, und alle völlig außer Rand und Band: Ihr Geschrei war das Beängstigendste, was ich je gehört hatte. Mick Jagger kam auf die Bühne und heizte den Leuten ein: »Leute! Schon seit langer Zeit warten wir alle auf etwas Neues in der Musik, und jetzt ist es da! Heute seht ihr wirklich alles! Elf sagenhafte Supergirls fordern die ENO-Henker heraus mit einem außergewöhnlichen Konzert: Musik und Risiko für euch von den ›Dzunum‹!«

Jaggers Worte jagten mir Schauer über den Rücken. Erst jetzt fiel mir die Fotokopie wieder ein. Während die anderen unsere Orgel stimmten (das dauerte immer zwei Minuten) lief ich unter einem Vorwand zurück in die Garderobe. Und dort las ich die Wahrheit.

Streng vertraulich: Direktion ENO an Direktion ONE. Betrifft: Projekt Dzunum.

Wir haben Ihren Vorschlag mit Interesse zur Kenntnis genommen. Auch wir konnten feststellen, daß das Publikum, seit bei unseren Konzerten die Möglichkeit besteht, Musiker auf gewaltsame Weise sterben zu sehen, sehr zugenommen hat. Wir wissen, daß das letzte Konzert von »Killer Coltrane«, bei dem kein Attentat auf den Musiker erfolgte, nicht gut angekommen und der Verkauf seiner

Platten zurückgegangen ist, während die Platten von ermordeten Musikern gut laufen. Wir stimmen überdies zu, daß der Verkauf von Postern, Biografien, Gadgets und Reliquien toter Musiker einen bedeutenden kommerziellen Faktor darstellt. Wir sind von daher einverstanden, den lächerlichen Krieg unter uns zu beenden und uns mit Ihnen zusammenzuschließen, um diese neuen Marktmöglichkeiten ausschöpfen zu können. Wir werden die Öffentlichkeit selbstverständlich in dem Glauben lassen, daß der Krieg weitergeht, planen aber in Wahrheit eine Reihe von Konzerten mit tragischem Ausgang entsprechend einem organischen Marketing-Plan. Wir sind bereit, Killer und Material zu liefern, um für einen guten Exitus bei Ihren Konzerten zu sorgen, und wir rechnen auf Ihre entsprechende Gegenleistung. Bezüglich des Konzerts der »Dzunum« gehen wir davon aus, daß der Anblick von elf hübschen Mädchen in Lebensgefahr besonders erregend für das Publikum ist: Diesbezüglich versichere ich Ihnen, daß unser Sabotagedienst für dieses Konzert eine besonders spektakuläre und blutrünstige Überraschung bereithält. In der Hoffnung auf immer bessere und tatkräftigere Zusammenarbeit zwischen unseren beiden Firmen. Musik ist unteilbar!
Freundliche Grüße
Gezeichnet c-Moll, Generaldirektor ENO *Music*
D-Dur, Vizedirektor

Jetzt fiel es mir wie Schuppen von den Augen: Ich begriff, warum sie uns in den Tagen vor dem Konzert immer so abgesondert gehalten hatten, warum die Techniker uns so merkwürdig angesehen hatten, warum das Publikum so erregt war. Die meisten wußten längst, daß die »Dzunum« ein schlimmes Ende nehmen sollten! Ich rannte los, um die anderen zu benachrichtigen, und sah mit Entsetzen ein paar Mitarbeiter, die stapelweise Poster mit Trauerrändern in der Hand hielten, bereit zum Verkauf. Ich versuchte, wieder auf die Bühne zu kommen und schrie: »Haut ab! Das ist eine Falle!« Aber zwei ONE-»Angels« versperrten mir den Weg und hielten mich fest. Und so mußte ich ohnmächtig zusehen: Während die anderen

Mädchen das erste Stück spielten, kamen plötzlich aus einer Seitentür elf Riesenbestien – elf Kerle, halb Gladiatoren, halb Football-Spieler mit *Lions ENO* auf dem Hemd. Sie waren bewaffnet mit Nagelschuhen und Elektrogitarren mit Rammspornen. Und sie schlachteten sie ab, eine nach der anderen. Das Publikum war im Dilirium, und der Ansager schrie: »Mord – Spiel – Spannung! Nur ONE bringt dir das alles auf einmal!« Ich schaffte es, mich loszureißen, und entkam, indem ich im Publikum untertauchte. Von diesem Tag an hatte ich nur einen Gedanken: Meine Genossinnen zu rächen. Tag und Nacht suchte ich nach einem Weg. Dann lernte ich Coyllar und die anderen kennen, und als wir die Tonfrequenzen von Moogs studierten, stießen wir auf die Idee – auf die vollkommene Waffe. Und jetzt ist diese Waffe in Anschlag, und gleich wird das Reich der Scheichs sein allerletztes Konzert hören!

Dem Herzen entgegen: Das Rätsel der Labyrinthe

Sturmgeheul übertönte die Stimmen, eisige Windwirbel rissen Schneefächer in die Luft. Einstein nahm den Hörer des Funkgeräts ab.

»Sie sind drin«, rief er laut zu Fang. »Sie sind eingetaucht ins Mare Universale, vor vier Minuten! Von jetzt ab sind sie auf sich gestellt.«

»Wir auch«, erwiderte Fang.

Einstein sah nach unten auf die steile, ins Eis gehauene Treppe, die zu einer Art Felsnase führte. Über ihr zitterten ein paar Fackeln und erleuchteten die Felswand über dem Abhang wie in einem Gespenstertanz. Der Junge spürte, wie ihm schwindelig wurde.

»Auf in die Hölle«, sagte er, »nur Mut, Fang.«

Vorsichtig tasteten sie sich an den Wänden entlang hinab auf das Licht der Fackeln zu. Die Augen der Indios, das einzige, was unter ihren Kapuzen zu erkennen war, folgten ihnen. Die Indios trugen grellbunte Tücher und Hüte über den Overalls, eine Provokation gegen das blendend helle Weiß des Abgrunds. An den Augen erkannte Fang Coya, Catuilla, Aucayoc und Nanki, den Eskimo. Aber da war noch jemand: ein alter Mann, der trotz der eisigen Kälte nur mit einem grauen Poncho bekleidet war. Er trug etwas in der Hand und ging damit auf Fang zu.

»Ich bin Huatac«, sagte er einfach, »wir kennen uns schon.«

»Ja«, antwortete Fang.

»Ich besitze etwas«, sagte der alte Indio, »das seit vielen Jahren und seit den Jahren hinter den Jahren von meiner Familie gehütet wird. Der Berg hat mir aufgetragen, es dir zu übergeben.« Er zeigte es: Es war ein *quipu* aus weißen Schnüren. »Es wird dich«, sprach er weiter, »Knoten für Knoten zum größten Knoten geleiten, zu den fünfzehn Toren. Danach mußt du allein weiter.«

»Das ist eine sehr schwere Aufgabe«, sagte Fang. »Ich weiß nicht, ob ich auf der Höhe –«

»Geht nur«, sagte der Alte brüsk und sah nach oben zum Gipfel, »ihr habt nicht viel Zeit. Es werden bald viele Dinge geschehen.«

Eine Windböe erzeugte an dem Felsvorsprung einen tiefen Ton; er klang wie eine schmerzvolle Anrufung. Der Alte stieg die Treppe wieder hinauf, und einen Augenblick lang kreuzte sich sein Schatten mit dem von Fang, der vom Licht der Fackel nach oben geworfen wurde. Dann war Huatac verschwunden.

»Ich verstehe nicht«, platzte Einstein heraus, »was die fünfzehn Tore sein sollen.«

»Du hast das Rätsel noch nicht vor dir«, sagte Coya, »und schon verstehst du es nicht? Öffne, Aucayoc.«

Erst jetzt bemerkte Einstein, daß in die Wand ein Monolith eingelassen war, und sah zu, als der Indio seine Lanze wie einen Hebel in eine Spalte schob. Der massige Stein drehte sich um die eigene Achse und gab dann eine dunkle Öffnung frei.

»Ach, du Schreck«, rief Einstein bewundernd aus, »das ist wirklich die hohe Schule der Ingenieurskunst! Sieht aus wie die drehbaren Pyraminxteile der Föderation!«

»Los, rein!« herrschte Aucayoc ihn an. »Bevor uns jemand sieht.«

Ein paar Sekunden später schloß sich der Felsblock hinter ihrem Rücken, und Einstein bekam Angst. Die Fackeln erleuchteten jetzt einen großen steinernen Saal mit einer niedrigen Decke. Hinten standen fünfzehn trapezförmige Tore offen. Jedes einzelne führte in einen dunklen Gang.

»Dies«, erläuterte Coya, »ist der weniger bekannte Teil der Chincanas, die Labyrinthe des Rätsels. Viele Leute haben in der Vergangenheit versucht, in sie einzudringen, denn es heißt, hier seien große Schätze verborgen, goldene Statuen, ganze Flure, die mit Gold belegt sind. Aber nur ein einziger von den tausend, die hier hereinkamen, ist wieder herausgekommen. Er hatte eine goldene Ähre in der Hand, aber er war wahnsinnig vor Entsetzen; niemand hat aus ihm herausbekommen, was ihm passiert war.«

»Und die anderen neunhundertneunundneunzig?« fragte Einstein.

»Wir werden ihnen begegnen«, sagte Catuilla finster. »Jetzt muß Fang uns sagen, wo wir langgehen sollen!«

»Ich habe mir das *quipu* angesehen«, sagte der Chinese, »es besteht aus fünfzehn Schnüren, und an jeder ist ein Knoten. Ganz offensichtlich sollen uns diese Knoten durch das Labyrinth führen.«

»Das ist doch gar nicht so schwer«, sagte Einstein. »Man braucht bloß die Knoten mit einer Linie zu verbinden, vom obersten bis zum untersten, ganz runter bis zum dicksten am Ende. Fünfzehn Schnüre, fünfzehn Eingänge, fünfzehn Wege. Ich finde das nicht so furchtbar magisch, das ist nur das Einmaleins der Rätselkunde.«

Fang begann, den Weg, den die Knoten angaben, auf ein Papier zu zeichnen. Am Ende ließen sich die folgenden Linien erkennen:

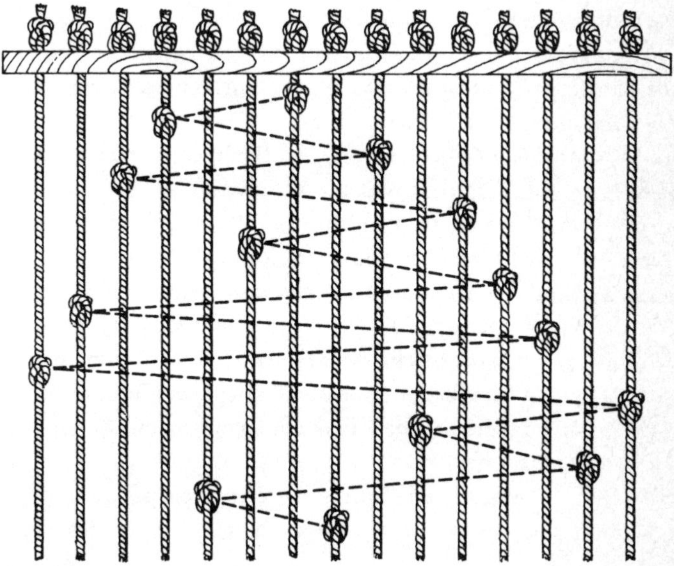

»Sieht aus«, sagte Fang, »als sollten wir bei der siebten Öffnung anfangen und dann durch zwei Flure hindurch zur vierten gehen. Vorwärts!«

Sie bückten sich und traten in den Stollen. Vorneweg Aucayoc mit der hellsten Fackel, dahinter Fang mit der Karte, dann Coya, Nanki, Catuilla und als letzter Einstein, eifrig bemüht, den Anschluß an den kräftigen Rücken des Indios auch nicht um einen Zentimeter zu verpassen. Der Stollen führte zuerst immer steiler abwärts und wurde dann allmählich breiter. Sie gingen an zwei Seitenstollen vorüber, und dann standen sie vor einem Brunnen mitten im Boden des Tunnels.

»Das ist schon Rätselkunde für Fortgeschrittene«, bemerkte Einstein. »Jetzt müssen die besonders geschickten Rätselexperten ran.«

»Das Labyrinth führt immer tiefer nach unten«, sagte Fang. »Jedenfalls ist dies hier der Knoten, den wir laut Karte hinter uns lassen müssen.«

»So ist es«, sagte Aucayoc und stieg vorsichtig die steile Wendeltreppe in den Brunnen hinab.

»Augenblick mal«, rief Einstein, »die Sache ist komplizierter, als wir gedacht hatten! Wartet doch mal einen Augenblick, laßt uns erstmal nachdenken über –«

Aber kaum sah er Catuilla im Brunnen verschwinden, stürzte er sich hinterher wie ein Maulwurf.

Nach ein paar Metern machte der Brunnenschacht einen Knick von 120 Grad. Sie stiegen tiefer hinab in das Herz des Berges: Und kurz darauf entdeckten sie die erste Wandinschrift: *Hector Alvarez, Mayo 1606*. Je weiter sie kamen, desto häufiger wurden die Inschriften: Es waren Namen von Spaniern, aber auch Mexikanern und Engländern und Italienern, die sich in längst vergangenen Jahrhunderten in die Chincanas vorgewagt hatten.

»Und wo sind die alle hin?« fragte Einstein schaudernd.

»Einer liegt hier«, sagte Nanki. In einer Ecke des Flurs

lehnte eine durch die Kälte gut erhaltene Mumie an der Wand. Im Herzen des Mannes stak ein schmales spanisches Schwert.

Und inzwischen ...: Ausverkauf bei Pyk und Phildys

»Einfach weg«, jammerte Phildys, »wir können sie nirgends mehr finden, im allerwichtigsten Augenblick sind die einfach weg.«

Minister Pyk sah ihn mitleidig an.

»Ich hab's dir doch gesagt, Phildys«, sagte er, »deine beiden Superhirne haben kapituliert. Kein noch so phänomenales Kind und kein noch so weiser Chinese können dein Problem lösen. Und die fünf Idioten da oben in einem unbewaffneten Raumschiff auch nicht. Du weißt sehr wohl, wo die Lösung jetzt liegt.«

»Schöne Lösung, sich den Aramerussen in die Arme zu werfen!«

»Aber Phildys, ich erkenne dich ja gar nicht wieder! Wo ist denn der gerissene Politiker geblieben, der Theoretiker der Entspannung, der Mann, der sogar noch die Luftschutzkeller im Krieg parzellenweise zu verhökern geschafft hat? Jetzt hast du solche Skrupel? Wir haben keine Wahl: Allein kommen wir nie auf diese Erde 2, weil sie uns kaltmachen werden, und diese unterirdische Energiequelle werden wir auch nicht finden. Aber wenn wir innerhalb des nächsten Monats den Vertrag unterschreiben, dann machen die Araber mit ihren Sensorbomben aus Cuzco einen Krater und befördern alles, was da drunter liegt, ob es nun von Inkas stammt oder von irgendwelchen Außerirdischen, mit Gewalt ans Licht.«

»Die Indios werden das nicht zulassen«, sagte Phildys.

Pyk schlug die Hände an den Kopf. »Das ist ja wohl das Größte! Glaubst du etwa, König Akrab macht sich dicke moralische Skrupel wegen fünf-, sechstausend Indios? Nicht mehr als wir wegen einer Fliege auf der Windschutzscheibe.«

»Und die da oben auf der Proteus?« fragte Phildys. »Was wird aus denen?«

»Sie werden darüber unterrichtet, daß von jetzt an die Scheichs unsere Alliierten sind. Und wenn sie damit nicht einverstanden sind, dann wird es auch ihretwegen keine dicken moralischen Probleme geben. Das All steckt so voller unvorhergesehener Gefahren –«

»Das sind wohl auch bloß Fliegen, was?« sagte Phildys. »Der muß aber ganz schön oft anhalten und seine Scheiben waschen lassen, dein König Akrab! Na schön, ich werde darüber nachdenken. Aber ich will erst abwarten, bis wir Fang und Einstein wiedergefunden haben. Unsere Feinde haben nämlich auch ein paar Schwierigkeiten. Vielleicht ist noch nicht alles verloren.«

»Mach, was du willst, Phildys«, schloß Pyk. »Aber denk dran: Bis zu der außerordentlichen Sitzung sind es nur noch ein paar Tage. Und wenn du nicht im Guten mitmachst, Phildys, dann lasse ich dich hochgehen. Vergiß das nicht, General! Ich war mal Quizmaster. Wer die richtige Antwort verpatzt, der fliegt raus aus dem Spiel!«

Die rätselhaften Labyrinthe: Fünfzehn Tore

Fang blieb stehen und sah auf der Karte nach: Sie hatten jetzt zwei Drittel des vom *quipu* vorgegebenen Weges zurückgelegt. Seit vielen Stunden schon wanderten sie unter der Erde, und das Labyrinth wurde immer eindrucksvoller. Schächte und Flure verliefen waagerecht oder schräg nach unten, schienen plötzlich auf Wände zu führen, senkten sich dann steil ab und führten wieder nach oben. Jede Nische in diesem Tunnelnetz barg mumifizierte Leichen, jeweils in der Pose, in der der Tod sie ereilt hatte: rücklings, im Sitzen, aneinandergeklammert.

Waffen und Schmuck aus mindestens vier Jahrhunderten waren ringsum verstreut. Manche hatten die Toten beraubt, bevor sie ihrerseits gestorben waren, und neben ihren Leichen lagen spanische Schwerter auf einem Haufen mit mexikanischen Macheten und englischen Pistolen.

»Die letzten«, erklärte Coya, »kamen Ende des neunzehnten Jahrhunderts hier herein, dann hat ein Erdbeben diesen Eingang verschüttet. Wir nennen diese Orte die ›Straße der Schakale‹; es waren Schatzjäger, die hier eindrangen, und jeder hat die Leiche des anderen gefleddert. Seht mal die hier!« Drei Skelette lagen neben einem wenige Meter entfert stehenden goldgedeckten Altar. Zwei gespaltene Schädel zeugten von einem wütenden Kampf.

»Das waren Brasilianer«, sagte Coya, »von den Expeditionen, die im neunzehnten Jahrhundert von den Kautschukbaronen finanziert wurden, auf der Suche nach El Dorado. Diese Ketten mit der Christusfigur sind unverkennbar. Sie kamen zu Dutzenden, um den Schatz der Inkas zu heben. Aber sie haben es nicht geschafft. Diese Labyrinthe geben kein Pardon, und wer sie erbaut hat, der hat es genau so gewollt.«

»Halt«, schrie Einstein erschrocken, »laßt uns mal stehenbleiben! Seit Stunden laufen wir schon hier herum! Woher wissen wir eigentlich, daß wir auf dem richtigen Weg sind? Womöglich enden wir auch so! Sind wir denn sicher, daß diese Knoten genügen, um uns die Richtung zu weisen? Hier sind überall Nischen und Kurven und Löcher! Dieses Labyrinth ist teuflisch, und das *quipu* ist doch viel zu simpel.«

»Aucayoc«, sagte der Indio und zeigte auf seine Brust, »weiß, dies ist der richtige Weg.«

»Und wer hat Aucayoc das gesagt?« sagte Einstein. »Haben Sie vielleicht einen Taschencomputer bei sich?«

»Aucayoc zählt die Schritte«, erklärte Coya. »Und er weiß genau, wie weit wir jeweils gehen und ob das mit dem Weg übereinstimmt, den das *quipu* uns weist. Aucayoc ist Maurer und Baumeister, er hat von seinem Vater gelernt, wie man sich in jedem Labyrinth, in jeder Ruine, in jedem Tempel bewegen kann, wenn man nur den Hinweisen des *quipu* folgt. Mit diesen Schnüren waren die Inkas in der Lage, in einer Stadt von den Ausmaßen Machu Picchus eine verborgene Kammer wiederzufinden. Und diese Technik beherrscht auch Aucayoc.«

Sie kletterten noch eine halbe Stunde weiter: Die Skelette wurden weniger, bis überhaupt keine mehr anzutreffen waren. Ein Zeichen, daß sie auf dem richtigen Weg waren, dachte Einstein, oder zumindest auf einem Weg, den noch nicht viele vor ihnen gegangen waren. Ungefähr an der Stelle, die der drittletzte Knoten angezeigt hatte, in einem Flur, der breiter war als die vorigen, sagte Aucayoc: »Da unten ist ein Licht!«

Er lief schneller und verschwand hinter einer Ecke. Das Geräusch seiner Schritte brach schlagartig ab. Die anderen liefen hinter ihm her und blieben atemlos stehen: *Aucayoc brannte,* er stand inmitten einer Flamme, die sich plötzlich aus dem Dunkel zu lösen schien!

»Es brennt!« schrie Einstein. »Da hinten ist ein Feuer!«

»Nein«, sagte Aucayoc und hielt sich die geblendeten Augen zu, »es sind nur die Tränen! Die von der Fackel widergespiegelten Tränen der Sonne!«

Das Labyrinth war an dieser Stelle mit hauchdünnem Blattgold belegt, und das ergab ein Funkeln, wie man es sich nicht vorstellen kann. Als sie weitergingen, fanden sie in jeder Wandnische goldene Ähren, ein lebensgroßes goldenes Lama und Schweinchenfiguren und Statuen von Männern und Frauen.

»Der Schatz der Inkas!« sagte Einstein. »Der Schatz!« Er wollte seine Verblüffung mit den anderen teilen. Aber Fang und die Indios waren weniger verblüfft, sie wirkten eher wie hypnotisiert, als stürzten sie vorwärts auf etwas zu, verglichen mit dem dieses Gold hier nichts war. Und dieses Etwas sollte bald darauf erscheinen, am vorletzten Knoten. Es gab noch einen Stollen, der steil hinabführte, und an seinem Ende lag eine Treppe: Die Treppe führte sie zum letzten *quipu*-Knoten, zu einem Saal mit einer sehr hohen Decke. In der Mitte stand – als wären sie erwartet worden – eine breite Bank. Am Ende des Saals lagen fünfzehn Tore mit eingehauenen Zeichnungen. Jedes war fünf Mann hoch und aus schierem Gold. Einstein stand da mit offenem Mund, das Herz klopfte ihm wie wild.

Coya begann, einen *huayno* zu singen, ein Quechua-Lied, und Catuilla und Aucayoc sangen das Echo.

Dann blickte Coya auf Fang und sagte: »Was ihr sucht, ist hier. Hinter jenen Toren liegt das Herz der Erde, und Huatac hat uns hierher geführt.«

»Das Geheimnis ist nahe«, sagte Fang. »Jetzt müssen wir allein weiter, ebenso auf uns gestellt wie unsere Freunde im All.«

Der Flug der Proteus: Die Landung auf dem vergessenen Planeten

> Ich bin davon überzeugt, daß im Jahr 2000 alle Leute ihre fünf Minuten Radioaktivität haben werden. (Andy Warhol)

»Das hier ist kein Kurs, das ist ein Labyrinth«, fluchte Chulain, während er auf dem Radarschirm das glitzernde Gewimmel aus pünktchengroßen Asteroiden und Wrackteilen beobachtete, die um Mellonta herumflogen. »Wir müssen im Zick-Zack zwischen den Wracks durch, haltet euern Magen fest, Freunde!«

»Dieser Schrottplanet ist magnetisch«, sagte Kook, »er zieht zerschellte Raumschiffe und metallische Asteroiden an!«

»Wetten, daß Deggu so ein Videospiel nicht hatte«, sagte Chulain und manövrierte haarscharf zwischen zwei Wrackteilen hindurch. Die Proteus tanzte und stampfte, und alle klammerten sich an den Wänden fest. Sara summte im Leerlauf mitten in der Kabine. Ein paarmal wurde das Raumschiff von einem dumpfen Schlag durchgeschüttelt, und Caruso sang aus vollem Hals die Ouvertüre zu *Wilhelm Tell*.

Dann sah Chulain einen riesigen Schatten von links: Es war ein russischer Frachter mit kyrillischen Buchstaben und dem Konterfei von Andropow, dem letzten sowjetischen Ministerpräsidenten, auf der Seite. Er hatte achtern einen Riß, aus dem ein unerträglicher Gestank kam. Chulain konnte gerade noch die Geschwindigkeit drosseln, und dann schossen die 300000 Tonnen des Frachters über die Proteus hinweg und brachten sie ins Schlingern.

Kook holte als erster wieder Luft: »Haarscharf dran vorbei. Aber was stinkt denn hier so?«

»Ich kann ein bißchen Kyrillisch«, sagte Mei. »Auf der Flanke steht: *Echter Wolgakaviar 2020.*«

»Fauler Kaviar«, sagte Caruso, »gut abgehangen im All seit über hundert Jahren. Ein richtiges Appetithäppchen!«

»Haltet euch fest«, warnte Chulain, »da vorn ist eine weiße Wolke aus wer weiß was.«

»Das sind Skelette«, sagte Caruso vom Bullauge her. »Tausende von Skeletten von Desapericidos. Die bringen sie auf Raumschiffen hierher, dann eine Schlafmittelspritze und ab ins All.«

»Achtung!« rief Chulain. Das Raumschiff sauste mitten durch die Wolke, auf die Scheiben prasselte es wie Hagelkörner, aber man sah nichts als den weißen Staub zermahlener Knochen. Als die Wolke vorbei war, tauchte in seiner ganzen katastrophalen Schönheit Mellonta, der vergessene Planet, auf. Den Mülleimer der Milchstraße hatte man Mellonta genannt. Und tatsächlich sah man beim Näherkommen nur Häuserruinen und Raumschiffwracks. Was einstmals die Große Raumflotte gebildet hatte – die sineuropäische »Unbesiegbare Armada«, der japanische »Himmlische Wind«, die aramerussische »Wolke der Ordnung« – und dann von Energiekrisen und Kriegen zerschlagen worden war, das hatte sich Tag für Tag auf diesem Planeten abgelagert. Die Proteus Tien landete in einer Mulde zwischen Gebirgen aus Schrott – rostige Raumschiffe, die mindestens zehnmal so groß waren wie die Proteus.

Und von den Bergen herab kamen eins nach dem anderen lauter kleine weiße Wesen geklettert... Erst eins... dann zehn ... dann hundert.

»Sie umstellen das Raumschiff«, sagte Mei besorgt. »Was sind das denn für welche? Das sind ja Tausende!«

»Ich kann sie nicht erkennen«, sagte Chulain am Fernvideo. »Die sehen aus wie ... komische Vierbeiner... Sie haben spitze Zähne... Das könnten... Das gibt's doch nicht... In den Büchern hießen sie immer –«

»Ich weiß es«, sagte Caruso, riß die Eingangsschleuse auf und lief hinaus. »Nein!« schrie Chulain. »Bist du wahnsinnig! Paß auf. Die Biester können gefährlich sein!«

Kook lief eine Waffe holen und wollte Caruso zu Hilfe eilen. Aber Caruso war schon wieder zurück: Er hatte eins der Wesen im Arm. Das Wesen wirkte nicht sehr aggressiv, im Gegenteil, es wedelte zufrieden mit dem Schwanz.

»Die außerirdischen Wesen«, sagte Caruso, »freuen sich, uns zu sehen!« Im selben Augenblick tappsten die nächsten 1212 Hunde in das Raumschiff und feierten Begrüßung und leckten der gesamten Besatzung die Gesichter, alle auf einmal.

Saggientarrubia

Nur unter größten Mühen konnte sich Chulain aus der von einem winselnden Chor untermalten Begrüßungsorgie losreißen. Die Hunde sahen ihn an, wedelten mit den Schwänzen und warteten offensichtlich darauf, daß gleich jede Menge Stöckchen zum Apportieren geworfen würden.

»Sie brauchen keine Angst zu haben. Sie sind nur zutraulich«, sagte plötzlich eine unbekannte Stimme im Raumschiff.

Und dann erschien eine ziemlich seltsame Figur. Es war ein alter Mann mit einer sehr roten Haut, einem sehr langen Hals, der aus einem rosa Overall ragte, und einer übermäßigen und sehr ausgeprägten Hakennase, die ebenfalls feuerrot war.

»Ich bin der Herr der Hunde«, sagte der Mann. »Bitte entschuldigen Sie meinen Anblick, aber die Strahlung hier hat Folgen, manchmal sogar noch schlimmere. Ich heiße Saggientarrubia, der Flamingomann. Die Hunde heißen Toio, Cai, Pino, Iwan, Jim, Luca, Manolo –«

»Sagen Sie uns bitte nicht alle Namen. Sie sind sicher alle sehr schön«, sagte Mei. »Aber wie sind sie denn hierhergekommen?«

»Tja, soweit ich weiß, waren sie immer hier. Ein uralter Mellontaner hat mir erzählt, er hätte, als er auf diesem Planeten ankam, gehört, daß hier eines Tages eine schiffbrüchige russische Kapsel gelandet sei: Drin war eine kleine, schon ziemlich betagte weiße Hündin. Zwei Jahre später war noch eine Kapsel gelandet. Und in der saß ein amerikanischer Rüde mit Namen Tom. Das sind ihre ... Urenkel.«

»Aha«, sagte Kook, »nur der Neugier halber, wie hieß denn die russische Hündin?«

»Laika«, sagte der Flamingomann, »warum, war das Ihre?«

»Nein«, sagte Kook, »aber ich habe davon gehört. Und haben Sie vielleicht vom Schlangenmann gehört?«

»Aber klar!« sagte Saggientarrubia. »Der große Pintecaboru. Den kennt doch jeder auf Mellonta!«

»Würden Sie uns zu ihm führen?«

»Kann ich machen ... Aber ich muß Sie warnen, er ist sehr ... skurril, und er verliert leicht die Geduld.«

»Soll er ruhig!« sagte Chulain. »Wir sind vier gegen einen.«

»Ich nehme an«, sagte Flamingo, »wenn Sie ihn gesehen haben, werden Sie nicht mehr so ruhig sein. Aber wenn Sie wollen, bringe ich Sie hin. Hier geht's lang.« Der Flamingomann reckte seinen Hals in Richtung auf die Ruinen eines Gebäudes. Es war der Raumhafen von Mellonta, noch in seiner Verlassenheit überdimensional und beeindruckend. Auf der Landebahn lagen Dutzende von Raumschiffen brach, aus deren Fenstern Rauch kam. Die Vergessenen benutzten sie als Behausung. Die großen Fenster der Hallen waren zerborsten und zersplittert, und auf den Sesseln hauste eine Fauna aus Astronauten in vielfach geflickten Overalls, nackten Kindern und radioaktiv Verseuchten voller Schwären. Nur die Hunde wirkten lebendig, sie liefen hintereinander her und sprangen an den Eingangstoren hoch und runter oder flöhten sich alle hintereinander auf der langen Bank an der Bar. Die Kinder vergnügten sich damit, die alten Bänder mit den Ansagen der Stewardessen abzuspielen: »Die Passagiere des Lufthansa-Fluges zur Erde werden gebeten, sich an den Schalter vier zu begeben«, und immer kam dann tatsächlich irgendein Freak mit einem Koffer in der Hand angelaufen und stellte sich in die Schlange.

»Tut uns leid, wenn wir Ihr Feingefühl verletzen«, sagte Saggientarrubia, als er Meis angespanntes Gesicht sah. »Wir Verschollenen sind die Slumbewohner der Milchstraße. Unheilbar radioaktiv Verseuchte, Mausegesichter, Mutanten, verstümmelte Soldaten, rauschgiftsüchtige Wissenschaftler, Zuchthäusler, Roboter, die das Tilt gekriegt haben, alte Ex-Piloten, Glühwürmchen, die früher bei der NASA angeschafft haben – kurz, lauter Leute, die es aus dem Großen Rennen geworfen hat!«

»Aber es heißt doch, daß dieser Planet unbewohnt ist«, sagte Mei. »Wenn das die Sineuropäische Föderation wüßte!«

Flamingo grinste höhnisch. »Alle, die Sie hier sehen«, sagte er, »die da unter der Autobahnbrücke kampieren, sind Sineuropäer. Auf dem zweiten Raumschiff, das sie hierhergeschickt haben, waren zweitausend überschüssige Arbeitslose. Die Föderation weiß genauestens Bescheid!«

»Das hätte ich nie gedacht«, sagte Mei. »Das ist ja schrecklich!«

»Schrecklich ist ein Wort, das man hier oben sehr schnell vergißt«, erwiderte Flamingo. »So. Hier ist die Einfahrt zur Superschnellstraße. Wie Sie sehen, ist sie verlassen, und als Verkehrsmittel gibt es nur Füße und Hunde, wenn man sich auf Mellonta bewegen will.«

»Hunde? Wie funktioniert das denn?« fragte Kook.

»Mit Rotoschlitten«, sagte Flamingo, »solchen. Hopp!« Und er bat sie in eins der bizarrsten Verkehrsmittel, das sie je gesehen hatten... Es waren sechs Sessel aus dem Wartesaal eines Flughafens, auf Lkw-Reifen montiert und mit einem Glas aus einem Raumschiff als Windschutzscheibe davor. Ein Trupp Hunde mit Schutzhelmen und -brillen zog das Ganze.

»Die Zone, in die wir fahren«, sagte Saggientarrubia, »ist übersät mit radioaktivem Staub. Ihr solltet auch besser Helme aufsetzen.«

»Wo fahren wir denn hin?« fragte Chulain, während sie – begleitet vom Scheppern der Räder und dem freudigen Gebell der Vierpfötchentrecker – über die alte, unvollendet gebliebene Autobahn rumpelten.

»Wir fahren zum zweiten Raumhafen von Mellonta! Dem Ort, von dem aus die Expeditionen ins Mare Universale starten. Da ist noch einiges stehengeblieben... Treibstoff zu atemberaubenden Preisen, sogar eine Art Restaurant... Und vor allem Spielkasinos. Aber in letzter Zeit kommen hier nur noch wenige Piloten vorbei. Ihr seid diesen Monat die ersten.« Sie fuhren mit Höchstgebell an einer Barackensiedlung aus Wrackteilen von Raumschiffen und Containern vorbei.

»Hier wohnen die Afrikaner«, erklärte Flamingo. »Jeden Monat landet ein Frachter voll mit Leuten aus Afrika. Sie kommen ins All, um Arbeit zu finden, aber fast keiner hält diese Taktzeiten hier durch. Und nach Hause dürfen sie auch nicht wieder –«

»Und wovon leben sie?« fragte Mei. »Was essen sie denn?«

»Sie warten auf Care-Pakete«, sagte Flamingo. »Hier geht ab und zu mal ein Allfrachter runter. Und dadrin sind meistens volle Kühlschränke. Wenn man die Schlacht überlebt, kann man ganz schöne Vorräte nach Hause schleppen. Vor ein paar Tagen ist ein Eisfrachter abgestürzt. Sie haben das ganze Eis aufgegessen, bevor es geschmolzen war, und dreihundert Leute sind an Koliken gestorben. Ein Pizzafrachter ist auch mal runtergefallen. Wir haben einen Monat lang nur Pizza gegessen, aber die Verdauung war hin. Erst am letzten Tag hat uns ein Italiener aufgeklärt, daß man sie vorher warm machen muß. Aber wissen Sie, hier denkt man nicht viel nach über die Qualität des Essens: Die durchschnittliche Überlebenserwartung beträgt fünf Jahre. Wir sind da, Herrschaften!«

Die Superschnellstraße war plötzlich zu Ende, zweigeteilt von einem Krater. Im Krater sahen sie ein paar Baracken, eine Landebahn und eine große Leuchtreklame.

Bei Pintecaboru. Rent-a-ship. Weltraumkarten. Im Restaurant – Touristenmenü, Spezialität – Eintöpfe aus allem, was runterkommt. Nightclub. Spielsalon. Sportartikel, Zeitschriften, Zigaretten, Andenken. Breites Angebot an MGs. Türkisches Bad und Massage. Exkursionen mit Raumführern. Testamente. Wir haben alles, was Sie in der Galaxis brauchen – außer Glück.

Das Schild hing über einer Baracke, die die anderen überragte. Eine wahre Schrott-Kathedrale, aus deren Schornstein, einem halben ausrangierten Thor-Geschoß, es rauchte. In der Baracke sausten verschiedene finstere Gestalten herum.

»Ich halte hier«, sagte Flamingo und wendete rasch den Rotoschlitten.

»Warten Sie«, sagte Caruso, »sagen Sie uns wenigstens, wie dieser Pintecaboru aussieht.«

»Sie werden keine Schwierigkeiten haben, ihn zu erkennen«, rief der Flamingomann schon von fern, »er ist ... etwas größer als der Durchschnitt.«

Chulain zuckte die Schultern, ging auf die Baracke zu und klopfte an das Blechtor.

»Pintecaboru!« rief er.

Von drinnen kam ein Geräusch wie von der Karambolage mehrerer Lkws. Das Tor ging auf und heraus kam ein Mann, der über den Daumen gepeilt sieben Meter hoch war. Er war von Kopf bis Fuß tätowiert und mit nichts als einer Riesenunterhose aus einem alten Fallschirm bekleidet. Er besaß nur ein Auge, ganz oben in seinem wenig vertrauenerweckenden Gesicht.

»Wer ist da?« fragte er mit der Stimme eines Menschenfressers. »Wer holt mich um drei Uhr nachmittags aus dem Schlaf?«

Raumschiff Zuikaku: Die Ratten verlassen das sinkende Schiff...

General Yamamoto wacht auf, friert und schlüpft wieder unter die Decke. Er hört eine Stimme und weiß nicht, ob er träumt oder wach ist.

»General Yamamoto«, sagt die Stimme. »Drachen des Samurai-Reiches, dieses ist eine aufgezeichnete Botschaft: Im Buch der Geschichte verlassen bekanntlich unsere Brüder, die Ratten – sobald sich die Dinge zum Schlechten entwickeln – das sinkende Schiff. Das sei ein böses Omen für den Menschen, hat man gesagt. Aber wer hat dabei eigentlich an uns gedacht? Welche Zukunft erwartet denn ein Rudel armer Nager, wenn sie sich ins Meer stürzen, Bau, Vorräte und Erinnerungen zurücklassen und blindlings auf wer weiß was für ein fernes Heil zuschwimmen müssen? ›Die Ratten verlassen das sinkende Schiff!‹ brüllt der Bootsmann, und das gilt allen als gravierender Akt von Feigheit. Aber warum eigentlich!? Warum eigentlich sollten wir euch in euren Ruin folgen, wo doch nur ihr ihn gewollt habt? Habt ihr uns vielleicht nach unserer Meinung gefragt, wenn ihr Sprengstoff oder schwarze Sklaven geladen oder euch gegenseitig mit Kanonen beschossen habt? Wenn eure Schiffe dabei sinken, müßt ihr das nicht uns anhängen! Schluß mit euren Mystifikationen! Ein Beispiel für alle: Einer unserer Vorfahren, Cidrolin de Mouses, reiste auf der Titanic während ihrer letzten Kreuzfahrt. Er war die einzige Maus an Bord, auf den großen Transatlantikschiffen sind ja eher Zwergpudel in Mode. Nun gut, zwei Stunden vor dem fatalen Ereignis ging Cidrolin zur Kajüte des Kapitäns und hielt ihm zwei Köfferchen und ein Floß aus Buntstiften unter die Nase. Er wollte ihn freundlicherweise davon in Kenntnis setzen, daß sein mäusischer Instinkt ihn etwas sehr Häßliches vorhersehen ließ. Aber der Kapitän hat ihn nur angebrüllt: ›Weg hier, du Mistvieh‹, und den rituellen Schuh hinter ihm hergeschmissen. Also ging Cidrolin in den Salon der ersten Klasse, aber bei seinem Anblick sprangen sechzig Damen der ersten Familien Europas auf die Tische und entblößten eine Parade der schönsten Fesseln Europas, wovon die anwesenden Kenner bezaubert waren. Vergebens bat Cidrolin de Mouses um Aufmerksamkeit für die Tatsache, daß er als einzige Maus *an* Bord nunmehr *von* Bord gehen würde: Er wurde statt dessen mit Besen verdroschen. In einem letzten Akt der Großzügigkeit betrat er die Kabine eines blutjungen englischen Barons. Auch ihm zeigte er die Koffer und mimte Schwimmbewegungen bei rauher See. Der Kleine schien interessiert, begriff aber nicht. Also sprang Cidrolin auf die Kommode, stahl ein Stückchen Eis aus der Limonadenkaraffe und stellte in einer wunderhübschen Inszenierung den Zusammenstoß zwischen der Titanic, die von einer halben Haselnuß gespielt wurde, und dem fatalen Eisberg dar. Das Kind begriff und rannte sofort zu seinem Vater.

›Sir‹, sagte es, ›Sir, in ein paar Minuten wird dieses Schiff von einem Eisberg gerammt.‹

›Woher weißt du das denn, Ronald?‹ fragte der Baron, sein Erzeuger.

›Eine Maus hat es mir gesagt.‹

›War das eine englische Maus?‹

›Nein, Sir, sie wirkte eher französisch.‹

›Dann‹, sagte der Baron, ›brauchen wir nichts zu fürchten. Die Franzosen sind notorische Flunkerköpfe.‹

Wenige Minuten später wurde die Titanic von einem Eisberg gerammt und sank. Diese Geschichte möge Ihnen genügen, damit Sie mal merken, wie eingebildet Sie sind. Sie spielen sich sogar als Wahrsager auf, auf dem Rücken von uns armen Tierchen! Oh, wir kennen sie gut, diese alten Männchen, die mit feierlichem Getue verkünden: ›Die Bleßhühner kehren in den See zurück, es wird Frühling.‹ Und allen Anwesenden steht der Mund offen: Junge, Junge, der ist aber weise, der Alte, er weiß um das Geheimnis von Wetter und Jahreszeiten. Aber wer ist denn hier eigentlich die ganzen fünfzehntausend Kilometer bis zum See in einem Streich und ohne Kompaß geflogen, wer war denn einen Monat lang mit Höchstgeschwindigkeit unterwegs, um pünktlich zum Rendezvous mit dem Frühling zu erscheinen? War das vielleicht das alte Männchen, ist der vielleicht auf seinen Rockschößen durch die Gegend geflattert, oder war es das arme Bleßhuhn? Das Verdienst jedoch, die Jahreszeit erraten zu haben, das streicht der Alte ganz für sich ein. Es ist immer dasselbe: Nur ihr zählt auf der Erde. Und die Werbung? *Die gute Bauernmilch* und *Oma Theresa's Honig nach Hausfrauenart!* Probieren Sie doch mal, einen Bauern zu melken, dann werden Sie schon sehen! Oder schicken Sie Ihre Oma Theresa zum Blütensaugen! Schluß damit! Wir haben die Nase voll vom ewigen Kuschen und Gibpfötchen und Springinsfeuer und Kommnachhaus und Bringdenstock, Bringdenfasan, Bringdiepantoffeln. Wir haben es satt, uns zerschnippeln und mit Viren und Bazillen vollstopfen zu lassen, bloß damit Sie irgendeinen sagenhaften wissenschaftlichen Artikel darüber schreiben können. Diesmal stehen wir nicht an unserem Platz. Wir Ratten und Mäuse haben immer schon das sinkende Schiff verlassen? Sehr gut, aber diesmal werden *Sie* es verlassen, lieber General, und das Schiff behalten wir, Ihr Freund Harada wird es lenken, der hat nämlich auch die Nase voll vom Soldatenleben. Wir werden uns ein hübsches Plätzchen suchen, wo wir in Ruhe leben können und nicht vor Angst auf einen Stuhl springen müssen, wenn wir einen Menschen sehen. Adieu, Yamamoto! Gute Reise wünscht die Rote Schwanz Fraktion, die Ihnen diese Botschaft verlesen hat. Klick!«

Yamamoto fluchte, als er den kleinen Recorder fand, den sie ihm in die Schlafanzugtasche gesteckt hatten. Er wollte sich von seiner Matte erheben, aber ein Fußboden aus lauter

Sternen hielt ihn davon ab. Die Mäuse hatten ihn, während er schlief, ins All geschleudert. Der General kreiste jetzt auf einem fliegenden Teppich um den Uranus.

Calalbakrab: Der Himmel stürzt ein

»Tolles Konzert heute abend«, dachte König Akrab, als die ersten Klänge der Dzunum ertönten. »Sehr gut! Sollen sie singen und tanzen! Sowie ich sie nicht mehr brauche, werden sie alle über die Klinge springen. El Dabih, wenn du noch lebtest, du würdest sagen, siehst du, mein König, dein Wahnsinn ist an seinem Ende angelangt. Aber wahnsinnig ist, wer vom Königsein träumt und kein König ist. Ich bin König, und deshalb gibt es für das, was ich wollen kann, keine Grenze. Auf mein Wohl!«

Er schenkte sich noch einen Kelch voll Wein. Seine Hand war nicht sehr sicher, aber er unterdrückte das Zittern und trank den Kelch in einem Schluck leer. Dann nahm er eins der kostbaren Kartenspiele von El Dabih in die Hand.

»Die Zukunft!« sagte er zu sich. »O mein argloser Wahrsager, die Zukunft liegt eher in meinen Geheimarchiven als in deinen Prophezeiungen oder in deinen Karten. Ich brauche nur auf einen Knopf zu drücken, und schon startet eine Rakete mit einem Zerstörungspotential von einer Million Mongolen. Wenn sie Dschingis Khan den Eroberer des Schicksals genannt haben, was bin ich dann wohl? Ich kann Troja an einem einzigen Tag aushungern, mit einer einzigen chemischen Bombe, ich kann die Sonne anhalten mit einer Orbitalstörung, Pest-Bakterien und Napalm-Heuschrecken irgendwohin schicken und alle Leute mit Gefrierbomben zu Salzsäulen erstarren lassen und das Meer mit einer Unterwasserexplosion teilen. Werft die alten Götter und die alten Legenden weg! Es gibt nichts in der Geschichte, keine Geißel und keine Katastrophe, die der mächtigste Mann des dritten Jahrtausends nicht überwinden könnte! Und zwar deshalb, Wahrsager, weil ich, wie du selbst gesagt hast, niemanden fürchten muß, solange nicht der Himmel auf die Erde stürzt.«

So dachte der König und schenkte sich Wein nach. Aber der

Kelch glitt ihm aus der Hand, und der Wein lief über den Fußboden. Erst jetzt merkte er, daß das ganze Raumschiff bebte, als würde es von einer schrecklichen inneren Kraft auseinandergerissen: Auf der Wand des Saals zeichnete sich ein Riß ab, und er klaffte immer länger. Der Große Skorpion stieß einen Schreckensschrei aus: »Krieger! Was geht hier vor?«

Von den Wachposten kam keine Antwort. Der König wollte zur Tür gehen, aber ein noch heftigerer Stoß warf ihn zu Boden.

»Wachen!« schrie er. »Hierher! Hilfe!«

Ein großer Lüster sauste einen Meter neben dem König zu Boden, und das Kristall zerschellte krachend. Die Gemälde fielen von den Wänden, die antiken Rüstungen schepperten in sich zusammen. Und plötzlich brach die hölzerne Tafel auseinander, die den Juwelenregen schützte: Ein paar Diamanten lösten sich und kullerten durch die Gegend, und währenddessen wurde die Druckwelle immer gewaltiger. Die große Tafel knarrte hinterhältig, und dann fiel sie plötzlich zu Boden. Ein Hagel aus kostbaren Steinen schlug dem König ins Gesicht. Die kristallenen Halbkugeln waren zermahlen. Und jetzt fielen dem König die Worte des Wahrsagers wieder ein, und er schrie vor Angst auf. Das Universum der Diamanten war zerstört. *Himmel und Sterne waren auf die Erde gestürzt.*

Mellonta: Wie unsere Helden in Pintecaborus Gefangenschaft geraten

Unsere Helden saßen in Pintecaborus Baracke, einem Lager voll der unglaublichsten Objekte. Da lagen die Galionsfiguren von Raumschiffen in Drachen- und Sirenenform, riesige bewegliche Flipper aus amerikanischen Basen, es gab alle Arten Raumanzüge und Moon Rover zur Erforschung planetarischer Böden. Es gab Steine und Felsstücke in den bizarren Formen ferner Asteroiden und sogar einen vollständigen kleinen Planeten mit Meeren und Atmosphäre und Regenwolken, ein Fundstück aus dem Himmel von Cadarmodok. Es gab eine Glaswanne, in der die seltsamsten Insektenmutanten aus den Weltraumexperimenten eingeschlossen waren: die Makrolibelle Lockheed mit Blinklichtern, die russische Storchschnabelspinne von Wolenkow, die mit ihren zwölf Beinen jedes Objekt in wenigen Sekunden zeichnerisch übertragen konnte, und schließlich die Minenglühwürmchen mit den 4-KW-Schwänzen. Es gab auch einen Käfig voller monströser Tiere, zum Beispiel war da ein Zahnsauger, eine Riesenechse mit übergroßem Maul, die auf Raumschiffen bis zu einer halben Tonne Müll am Tag verputzen konnte. Oder die MG-Henne, die aus vier Ärschen 180 Eier pro Stunde schoß, und dann das Achtguruh, eine Gemeinschaftsproduktion aus acht eineiigen Känguruhs, das einige Zentner Material in seinem Beutel transportieren konnte.

Überdies stapelten sich in allen Ecken Haufen von Waffen, Rucksäcken, Vorräten, Zigaretten und Papier, NASA-Helmen, die wieder in Mode waren, Flugschreibern, alten Fotos von irgendwelchen Weltraumsportlern.

Den beeindruckendsten Anblick in dieser Baracke bot jedoch mit Sicherheit Pintecaboru selbst. Das Bestechendste war gar nicht mal sein Riesenwuchs, sondern die Tatsache, daß dieser Koloß an buchstäblich jeder Stelle seines Körpers tätowiert war; er hatte Planetenkarten, Seekarten und die Karte von einer rätselhaften Insel auf der Haut.

»Auf euer Wohl, Freunde«, tönte er und ließ Bier fließen. »Ich bin Pintecaboru Schlangenhaut! Jeder Abenteurer, der hier vorbeikommt, tätowiert mir die Karte des Ortes ein, den er entdeckt oder vielleicht auch nur im Traum gesehen hat. Ich bin die wandelnde Geographie des Abenteuers, Jungs, der unmögliche Weltatlas. In meiner rechten Hand sind die Schwarzen Fälle auf Saturn, in der linken der Planet Buffo, auf dem alle männlichen Bewohner aussehen wie Stan und alle weiblichen wie Olly und am Jahresende immer die Gesichter tauschen. Los, steigt mal rauf auf diesen Bizepsberg, wenn ihr könnt! Vorwärts!« Und Pintecaboru spannte mit einem großen Rülpser seinen Muskel. Er war sturzbesoffen.

»Ist das die Karte der Brüder Boojum«, fragte Kook, »die du da auf dem Fuß hast? Können wir die mal sehen?«

»Die Karte von Snark Boojum«, lachte Pintecaboru, »aber klar! Er hat sie selbst gezeichnet, vor einem Jahr, bevor er verschwunden ist. Diese Karte führt zur Hexe, an den gefährlichsten Ort im Mare Universale.«

»Die Hexe«, flüsterte Mei, »erinnert ihr euch! Van Cram hat auch von ihr gesprochen.«

»Was wollt ihr denn mit dieser Karte«, grunzte Pintecaboru und richtete sein einziges Auge wie einen Leuchtturm auf die Gruppe.

»Sieh mal, Pintecaboru«, sagte Kook, »wir haben einen Auftrag … Wir suchen nach einem gewissen van Cram.«

»Ach! Das ist ja der Witz des Tages!« brüllte Pintecaboru in einem Lachkoller. »Das ist wirklich der Witz des Tages! Und ihr denkt, das glaube ich euch, was? Wer sollte wohl nach diesem Stück Kerkerdreck suchen! Alle im Universum sind froh, daß der endlich verschwunden ist! Los, sagt mir die Wahrheit, was sucht ihr wirklich? Uranium? Sklaven? Seid ihr … auf der Flucht vor irgendwas? Ich habe einen

Freund auf Transpluto, der euch eine Weile verstecken könnte –«

»Nein, Herr Pintecaboru«, sagte Mei, »wir brauchen die Karte aus wissenschaftlichen Gründen. Ich bitte Sie, lassen Sie sie uns sehen. Wir haben nur ganz wenig Zeit!«

Pintecaboru sah das Mädchen an, hielt ihr einen Bierhumpen entgegen und sagte:

»Tut mir leid, daß ihr wenig Zeit habt. Denn ich habe nicht die geringste Absicht, euch hier wieder rauszulassen! Ihr seid mir viel zu sympathisch!«

VI. Das letzte Tor

Cuzco: Das Rätsel der Tore

»Das erste Tor«, sagte Einstein, »weist offensichtlich einen Weg, einen Eingang, und zwar nur einen einzigen. Derjenige, der das Labyrinth erbaut hat, hat vermutlich auch eine Vorrichtung eingebaut, die alles da unten zerstört, wenn wir versuchen, mit Gewalt einzudringen, anstatt durch das richtige Tor zu gehen. Das heißt, daß jene Zivilisation ihr Geheimnis nur an eine intelligente andere Zivilisation weitergeben will, an eine Wissenschaft, die imstande ist, das Rätsel zu lösen.

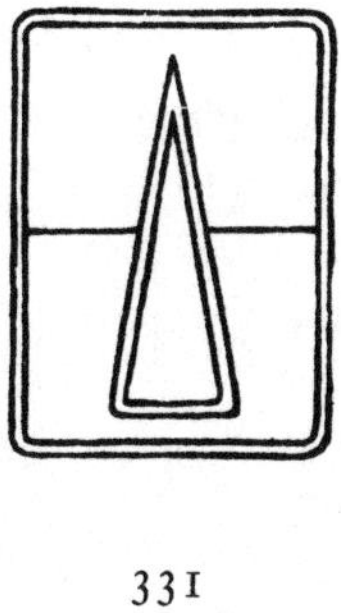

Die vier nächsten Tore bilden die Figur des Rades der Zeit, wie es Inkas, Indern, Mayas, Azteken, Kelten, Ägyptern und sehr vielen anderen bekannt war. Das Rad vereinigt Kardinalpunkte und Jahreszeiten, vor allem aber Vergangenheit und Zukunft. Das könnte bedeuten, daß sie wußten, irgendwann in der Zukunft würde es einen Kontakt zwischen ihrer und unserer Zivilisation geben. Die Rückkehr. Diese Völker waren besessen von der Zeit.

Das sechste Tor: Ein wandernder Mann, er scheint einem Stern zu folgen. Ein Licht fällt vom Himmel herab. Eine Vorhersehung, ein Raumschiff? Oder vielleicht bedeutet das Tor: Suchet nach dem Licht, dem Schlüssel zum Geheimnis.

Das siebte Tor: Ein Mann, der die Hände über den Mund schlägt; das Unsagbare. Etwas ist vom Himmel heruntergekommen, aber davon darf man nicht sprechen, es ist geheim. Die geschlossenen Riten, der Inka-Clan, das Fehlen einer Schrift. Oder: Achtung, unsere Sprachen sind verschieden, Verständigung schwierig.

Das achte Tor: Der Magier und der verwundete Mond. Geheimnis und Schmerz. Die Inka-Wahrsager und ihre schmerzvollen Prophezeiungen, die sich bewahrheitet haben. Oder: Achtung, dringt nicht gewaltsam in dieses Geheimnis.

Das neunte Tor: Zwei Himmelssymbole, zwei entgegengesetzte Himmel. Zwei Welten, zwei Denkweisen, die sich begegnen. Die Inkas und die Außerirdischen. Wir und sie. Oder: Achtung, wir sind anders als ihr.

Das zehnte Tor: Leute, die zusammensitzen. Eine Begegnung vollzieht sich. Der große soziale Sinn der Inkas, ihr Sinn für die Gemeinschaft. Aber auch die Vereinigung zweier verschiedener Welten. Oder: Was hier unten verborgen liegt, ist für alle erbaut worden, und so soll es auch respektiert werden.

Das elfte Tor: Hände, die sich entgegenstrecken. Außerirdi-

sche und Erdenbewohner geben sich die Hand. Das Sich-Erkennen. Oder: Achtung, wenn ihr euch uns nähert!

Das zwölfte Tor: Ein kleines Wesen mit langen Haaren und die Zeichen von Sonne und Feuer, Zeichen der Inka-Macht. Vielleicht ein Außerirdischer, der erleuchtet scheint. Auch: Achtung, wir sind zwar klein, aber unsere Macht ist groß!

Das dreizehnte Tor: Der große Bau. Die großen Festungen, die Straßen, die großen Zeichnungen der Außerirdischen oder der Inkas. Wir haben große Dinge erbaut, findet heraus, welche Zeichnung, welcher Entwurf ihnen zugrunde liegt.

Das vierzehnte Tor: Das Messer, das in den Schlauch sticht, der Schlauch ergießt sich. Die Verwundung des Herzens. Etwas unterbricht diese Zeichnung. Das unvorhergesehene und gewalttätige Ende dieser Zivilisation. Oder: Achtung vor einer zu schnellen Entscheidung, alles könnte zusammenstürzen. Verwundet nicht das Herz der Erde.

Das letzte Tor: Wandernde Leute. Das Inka-Reich versinkt, sein Volk wird zerstreut. Der Außerirdische entfernt sich, kehrt zurück auf seinen Planeten. Oder: Auf euch wartet noch ein langer Weg.«

»Das hier«, sagte Phildys schließlich ungeduldig, »ist kein Rebus, das ist ein ganzes Rebus-Knäuel! Das ist eine Kreuzung zwischen einem Videospiel und einer Krippe! Und wie willst du da rauskommen?«

Einstein schüttelte den Kopf. »Ich weiß es nicht, jetzt noch nicht; was ich dir gesagt habe, sind sämtlich Genius' Interpretationen der Bedeutung der fünfzehn Tore.«

Phildys sah den Computer an, der hinten im Saal vor sich hin döste. »Ich glaube«, sagte er, »jetzt, wo wir die Tore gefunden haben und wissen, daß darunter etwas ist, können wir uns nicht damit verrückt machen, tausend Jahre

Geschichte an einem Tag zu interpretieren: Wir müssen jetzt konkret handeln.«

»Deine Version von ›konkret‹ gefällt mir nicht besonders«, sagte Einstein.

»Du weißt ganz genau, was los ist! Die Nachricht von den goldenen Toren ist längst geplatzt. Glaubst du vielleicht, Pyk und seine Industrie und die Aramerussen haben die Hände in den Schoß gelegt? Sie sind gerade dabei, allen Leuten einzureden, hier würde bloß philosophiert und die Arbeit ginge nicht voran. Und ganz unrecht haben sie nicht!«

»Ist das Philosophieren, daß man nicht auf die Indios schießen will?« protestierte Einstein. »Haben sie uns etwa nicht dort unten hingeführt?«

»Aber jetzt müssen sie zugeben, daß sie uns auch nicht weiterhelfen können«, sagte Phildys.

»Ja! Aber dieses Rätsel ... steht im Zusammenhang mit ... Es ist eine Botschaft, die sie uns aus ihrer Vergangenheit haben zukommen lassen. Und diesen Faden, der uns verbindet, zu zerreißen bedeutet, alles zu verlieren.«

»Wir haben keine Zeit mehr«, sagte Phildys. »Wenn wir uns nicht einig werden, werden die arabischen und japanischen Raumschiffe die Proteus Tien angreifen. Bald werden wir melden müssen, daß unsere Weltraummission gescheitert ist. Und unsere einzige Energieressource ist dieses Bergwerk.«

»Aber der Planet mit der Sonne ... Und Mei und Kook und alle unsere Träume ... Und unsere Freiheit –«

»Hör mal, Einstein«, sagte Phildys und faßte ihn unter den Arm, »ich weiß nicht, ob in der Welt, die vor uns liegt, noch Platz für so was ist. Ich weiß, daß es einst viele verschiedene Rassen und Völker und Landschaften gab. Aber für den Fortschritt von heute braucht es nur noch eine einzige Rasse: den technologischen Menschen, den höheren Menschen – und der wird in Europa und Afrika, unter dem Eis und auf dem Mond der gleiche sein. Und auch die Landschaft wird überall die gleiche sein. Und die Ideen erst recht. Nur so wird die Erde regierbar sein. Freiheit wird dann ein sinnloser Begriff geworden sein. Es wird nichts mehr zu wählen geben. Es wird kein Abenteuer mehr zu erleben geben, Einstein. Das Drehbuch der Welt ist komplett abgedreht. Jetzt gibt es nur noch Zuschauer.«

Mellonta:
Wie unsere Helden Pintecaboru entwischen

Auf dem Meer darf man niemals vertellen,
daß man sah die höchsten Wellen,
denn dann kommt die nächste und
zieht dich aus Rache in ihren Schlund.
Es gibt immer mehr Wind als Segel im Schiffe
und viel mehr Inseln als klare Begriffe,
Matrose, für den, der kassier'n will Nord und Süd.
Zehn Masten,
aneinandergebunden hast du sie,
und die ferne Geliebte, wann sahst du sie?
Die Ränder des Meeres, fandest du sie?
Es gibt immer mehr Wind als Segel im Schiffe
und viel mehr Inseln als klare Begriffe,
Matrose, für den, der kassier'n will Nord und Süd,
der kassier'n will Nord und Süüüüüüüüüüd.

»Noch ein Lied, Leute«, tönte Pintecaboru, und die Baracke zitterte von seiner grellen Stimme nach.

»Das von der Insel der schönen Leilani, Pinte«, sagte Kook mit belegter Stimme, »von der schönen Leilani in ihrem Haus auf der Brücke, ganz allein ohne Liebhaber. He, Mei, sing du auch mit!«

»Gleich, Kinder, gleich«, seufzte das Mädchen. Diese Liederrunde von Pinte und den Proteus-Brothers, die vor einem großen Publikum aus Bierflaschen auf dem Boden lagen, ließ nicht gerade auf einen guten Verlauf der Mission hoffen. Chulain war aufgestanden, schwankte heftig hin und her und grölte:

»He, Pinte! Wird hier nur gesoffen, gibt's hier nichts zwischen die Zähne zu klemmen?«

»Aber klar, meine Freunde«, sagte der Riese. »Wenn ihr wollt, bringe ich euch ins genetische Treibhaus! Da ist alles da! Ihr könnt es sogar vom Fenster aus sehen.«

»Das genetische Treibhaus?« sagte Kook. »Ist das die Glashütte da?«

»Ja! In dieser Zone von Mellonta stand früher ein Laboratorium für genetische Experimente ... besonderer Art. Ich weiß noch, daß sie Schweine verlängert haben, sie haben ihnen zusätzliche Rippen gezüchtet, damit sie mehr Fleisch hatten! Zuerst entwickelten sie das drei Meter lange Schweikel, aus Schwein und Dackel, weil es so platt war, dann das Schwummel, aus Schwein und Bummelzug, und schließlich das Schweil, das Eil-Schwein, das war nämlich so lang wie zwei Eilzüge!«

»Hat bestimmt 'ne Menge Schinken gegeben!« sagte Chulain.

»Achtzig pro Schweil! Und dann haben sie versucht, den Scheiben-Arbeiter zu kreieren. Wirklich. Es gab ja viele Arbeitsunfälle, und viele Arbeiter wurden dabei zerquetscht und verstümmelt, und da haben sie sich gedacht, wenn wir einen hauchdünnen Arbeiter hinkriegen, dann kann der unter den Pressen durch und im Schutt liegen, er wird höchstens mal ein bißchen zerknittert, aber dann braucht man ihn nur glattzubügeln und wieder an die Arbeit zu setzen.«

»Und wie hat das Experiment geendet?«

»Achthundert papierdünne Arbeiter haben sie hingekriegt. Aber die sind alle abgehauen. Sie haben sich mit uns abgesprochen, und wir haben sie zu Schwalben gefaltet und fliegen lassen. Sie flogen herrlich! Und dann gab es noch den organischen Gemüsegarten, den da draußen. Es war während des Transplantationsbooms, alle reichen Leute wollten sich neue Teile einbauen lassen, also waren Spender rar; und deshalb wurde die Organaufzucht in Serie erwogen. Man züchtete Genmodelle von Herzen und Lebern in Reagenzgläsern. Dann pflanzte man sie in einen Boden mit Nährlösung. Und da drüben stehen die Ergebnisse: Was da so aussieht wie Kürbisse, das sind Lungen, seht mal, wie die sich mit Sauerstoff aufpumpen. Das sind hochkarätige Athletenherzen. Da rechts sollen Milzen sein, aber die sind noch nicht draußen, die haben noch keine Saison. Das da ist ein Kletterdarmgewächs, das wächst, daß es eine wahre Wonne ist. Die da könnt ihr selbst erkennen, es gibt sie im Zwergformat und in der Riesenausführung. Und da, das ist die Gallenblase. Habt ihr je eine mellontanische Gallenblase probiert? Soll ich euch ein paar pflücken gehen?«

»Um Himmels willen«, sagte Kook; er war ganz grün im Gesicht. »Wir denken nicht dran ... Und du ißt dieses Zeug?«

»Ich? Also Kook, dann weißt du es wohl nicht!« lachte der Riese. »Ich esse nicht das, was ihr eßt ... Ich esse Geschichten!«

»Mach dich nicht lustig über uns«, sagte Mei. »Was denn für Geschichten?«

»Doch, es ist so«, erklärte Pintecaboru. »Als ich anfing, mich über alle Maßen auszuwachsen, brachten sie mich hierher ins Genzentrum. Und sie stellten fest, daß ich monatelang fasten konnte! Meine Zellen ernährten sich voneinander, und jede brachte neue hervor, und ich wuchs auf geheimnisvolle Weise weiter. Ich hatte auch ein paar abnorme Zellen, die sich gegenseitig nicht leiden konnten, aber statt daß mich das zerstörte, arrangierten sie sich am Ende alle von selbst miteinander – wider alle bekannten Gesetze. Die Gen-Leute haben mich total auf den Kopf gestellt, damit ich ›schrumpfe‹: Sie wollten mich mit Spritzen chemisch aufräumen, sie bombardierten mich mit Strahlen, sie verpaßten mir Elektroschocks. Am Ende warfen sie das Handtuch. Als ich wieder rauskam, mußte ich selbst für meinen Lebensunterhalt sorgen. Ich bekam kleine Rollen in Horrorfilmen. Die Werbung holte mich oft, und man gab mir auch Fernsehrollen. Aber es paßte mir nicht, immer nur zu sagen, was sie befahlen; das wohlerzogene Monster liegt mir nicht. Also zog ich meine Imbißbaracke für Entdecker auf. Und dann entdeckte ich selbst, woran ich wuchs. Jedesmal, wenn jemand vorbeikam und mir eine Geschichte erzählte, eine schöne Geschichte mit fremden Namen und fernen Orten und Erfindungen und Fabeltieren – sie konnte ruhig erlogen und ungereimt sein, Hauptsache, sie war mit Begeisterung erzählt –, tja, da verspürte ich ein Gefühl des Wohlbehagens, ich fühlte mich richtig satt. Ich stellte fest, daß ich, nachdem mir ein griechischer Reisender die Geschichte seiner Rückkehr auf seine Geburtsinsel erzählt hatte, vier Kilo zugenommen hatte. Und da begriff ich! Die Geschichten, die großen Abenteuer waren meine Nahrung! Jedesmal, wenn ich eine Geschichte höre, werde ich dicker und glücklicher: Leider werden die schönen Geschichten in letzter Zeit immer magerer, das meiste sind ausgelutschte Appetithäppchen, oft abgestanden und vergammelt. Und keiner zeichnet mir mehr neue Länder auf die Haut... Deshalb kommt ihr auch nicht eher hier weg, als bis ihr mir mindestens acht Geschichten erzählt habt, zwei gesalzene, zwei gepfefferte, zwei süße und zwei nach Gutsherrenart als Beilage.«

»Pintecaboru«, fuhr Chulain hoch, »wir haben etwas viel Besseres für dich! Wir haben mindestens tausend Geschichten bei uns, die sich alle auf einmal erzählen lassen!«

»Wollt ihr mich auf den Arm nehmen? Tausend Geschichten?«

»Wenn du mich zum Raumschiff gehen läßt«, sagte der Schwarze, »werde ich es dir zeigen.«

»Ich trau' dir nicht«, sagte der Riese. »Ich habe zwar nur ein Auge, aber einen Schwindler erkenne ich sofort!«

»Dann sag einem deiner Männer, er soll ins Raumschiff gehen und die große Kiste holen, die im Cockpit steht.«

Nach einer halben Stunde kam der Mellontaner mit Chulains rätselhafter Kiste zurück. Pintecaboru sah sie an und wirkte enttäuscht.

»Da soll alles drin sein?« sagte er. »Und wo sind die versprochenen Geschichten?«

»Das hier«, erklärte Chulain, »ist All-TV. Dieses Gerät

fängt sämtliche Programme von der Erde und aus den Raumstationen auf. Achthundertfünfzehn Kanäle. Hier ist der Telecommander. Damit kriegst du achthundert Geschichten auf einmal.«

»Das glaube ich nicht«, sagte Pintecaboru, »das ist unmöglich.«

»Dann sieh's dir an«, Chulain stellte den Videoapparat an und zauberte ein Böe von lauter bunten Monitoren hervor. Sat Mars, Jupiter 1, Jupiter 2, Telering Saturn, Telemeskorska, Sat SAM, Milchnetz Tele Muhammed International, Televenus Nachtprogramm, Sineuropa 1, Steppenfunk, Volksempfang, Telepluto, Telesun, AV Roter Mond und noch Hunderte anderer kleiner Privatsender von Satelliten, Asteroiden und winzigen Planeten mehr.

»Und was soll daran so interessant sein?« protestierte Pintecaboru. »Man sieht nur kleine bunte runde Zeichnungen!«

»Das sind die Monitore! Die Flaggen des Fernsehheeres! Die Sendezeit hat noch nicht angefangen, aber gleich gehen alle Programme auf Sendung, und dann brauchst du hundert Augen, um alles zu sehen!« sagte Chulain mit der Verve eines Showmasters.

»Mein Freund!« sagte Pintecaboru und nahm den Telecommander in seine Pranke. »Das ist wirklich das schönste Geschenk, das du mir machen konntest! He, ihr da draußen, kommt mal her! Hier ist ein Schächtelchen, das fast so viele Tätowierungen hat wie Pintecaboru und fast mehr Geschichten kennt als er! Wir werden nie mehr Langeweile haben, Freunde!«

»Ich möchte einen Zeichentrickfilm sehen«, rief ein radioaktiver Mutant und kam hereingelaufen.

»Ich einen Hologrammfilm mit Robert Mitchum«, sagte der nächste.

»Ruhig, ruhig«, sagte Pintecaboru. »Setzt euch hin und wartet ab. In zwei Stunden ist genug für alle da. Und was euch betrifft, ihr seid frei, meine allerliebsten kleinen Freunde! Ihr dürft auch die Karte auf meinem Fuß fotografieren, wenn ihr mögt, ihr müßtet allerdings seine französische Duftmarke aushalten!«

Eine Stunde später war die Proteus Tien fertig zum Abflug von Mellonta; aber unsere Helden zogen lange Gesichter.

»Okay, okay«, sagte Chulain, »wir haben uns nicht besonders nett benommen. Wir haben erst seine Freundschaft gewonnen, und dann haben wir ihn reingelegt!«

»Wieso reingelegt?« fragte Caruso. »Wir haben ihm All-TV ins Haus gebracht!«

»Stimmt, Caruso, aber wir haben ihm ein kleines Detail verschwiegen. Es gibt zwar achthundertfünfzehn Kanäle, aber senden tun die seit der Energiekrise alle nur ein einziges Gemeinschaftsprogramm: das Interregierungsprogramm. Die einzige Abwechslung ist die Werbung. Ansonsten läuft auf allen achthundertfünfzehn Kanälen dasselbe: Interviews mit Pyk, mit Minister Phildys, Computerdossiers, Diskussionen über das Informationswesen mit immer denselben vier Journalisten von sechs Planeten, die seit zwölf Jahren dasselbe labern, und ein von der Firma Mouseburger gesponsortes Quiz mit zwei neunzigjährigen Quizmastern, die die Fragen vom Bett aus stellen. Und das zwölf Stunden pro Tag.«

»Der arme Pintecaboru«, sagte Mei, »er wird eingehen, wenn er sich das Zeug reinfrißt.«

»Nein«, sagte Chulain, »es reicht, wenn er sich auf Diät setzt, sonntags gibt's doch fast immer einen alten Film. Oder Sport. Viel zunehmen wird er sicher nicht. Adieu, Mellonta: Wir werden eine liebevolle Erinnerung an dich mitnehmen.«

»Vier liebevolle Erinnerungen«, sagte Caruso. »Sara hat in der Küche vier versteckte Hunde gefunden.«

Calalbakrab: Das Ende des Skorpions

Es ging alles sehr schnell. Um 9.22 Uhr war aus dem Ultradivarius, Coyllars Geigen-Moog, die Note für den Angriff gekommen: eine Ultra-Sound-Note von entsetzlicher Potenz, 16000 Hendrixgrad. Nur die Rebellen, die sich die Ohren entsprechend verkorkt hatten, hielten ihr stand. Alle anderen, König Akrabs Krieger und Diener, wurden in Sekundenschnelle ohnmächtig und gingen zu Boden. Die Rebellen entwaffneten sie und besetzten sofort alle wichtigen Stellen des Raumschiffs: Zwei Minuten später hatten die Aufständischen alles unter Kontrolle. Wassiliboyd erklärte den Gefangenen, allen, die lieber auf den Flügel des Raumschiffs wollten, der mitsamt dem König, aber ohne Steuerung ins All treiben würde, stehe es frei, das zu tun. Doch alle, eingeschlossen die treuesten Leibgarden des Königs, riefen begeistert, sie wollten bei Wassiliboyd bleiben. Des Königs Grausamkeit hatte jeden Rest Gehorsam in ihnen vernichtet. Die Gefängnisse und Folterkammern wurden geöffnet, und ein rebellischer Wächter brachte den Diamanten herbei. Sie schoben ihn sofort unter die Computerlampe: Das löste die Kupplungsvorrichtung zwischen den beiden Flügeln. Innerhalb von zwei Minuten würde die Zuben Eldschenubi sich von der Eskemali abspalten. In diesem Augenblick merkte Wassiliboyd, daß er Coyllar nirgends entdecken konnte, und machte sich besorgt auf die Suche nach ihr.

Auf der Eskemali hatte sich König Akrab inzwischen von seiner Ohnmacht erholt. Er wollte sofort nach der Kette mit dem mächtigen Stein auf seiner Brust greifen, aber er mußte feststellen, daß er mit ganz anderen Ketten an Händen und Füßen gefesselt war. Und dann sah er über sich die Gesichter der Lieblingsfrauen aus seinem Harem und seiner getreuesten Wachen.

»Macht mich los«, schrie er, »ihr Verräter! Macht mich sofort los!«

Niemand antwortete ihm. Der König begriff. Seit die Ultra-Sound-Note seinen Juwelenhimmel zerstört hatte, ging die Prophezeiung Stück für Stück in Erfüllung.

»Was habe ich denn getan, oh, meine Töchter«, jammerte der König, »daß mir dieses Schicksal widerfahren muß! Und überdies aus euren Händen, von euch, die ihr von seiten meines Volkes stets Freundschaft und Höflichkeit erwiesen bekamt, von euch, mit denen ich meine Schätze teilte, von euch, die ihr stets nur Wohltaten aus meinen Händen empfinget!«

In diesem Augenblick trat Coyllar ein. An ihrem Hals sah der König mit Entsetzen ein Band mit einem Vogelanhänger. Der Adler der Prophezeiung!

»Skorpion!« sagte sie. »Ich bin Coyllar und stamme ab vom Blut des Kondors, von Atahualpa und Tupac Amaru. Du hast mein Dorf vor vielen Jahren mit Bomben vernichtet. Du hast meine Häuser geplündert und meine Brüder getötet. Mein Volk aber hat nicht vergessen.«

»Du bist ja wahnsinnig«, schrie Akrab, »meine Lieblingsbräute, meine Freundinnen! Getreue Wachen! Sämtliche Diamanten hier auf dem Boden gehören euch, wenn ihr mich losbindet und diese Rebellin umbringt!«

Aber niemand hörte auf ihn. Sie sahen alle schweigend zu Coyllar.

»Geht«, sagte sie zu den Frauen. »Gleich werden die beiden Teile des Raumschiffs sich trennen. Lauft schnell zur Eldschenubi.«

Dann war der gefesselte König mit Coyllar allein.

»Du Wahnsinnige!« sagte der König. »Sieh dich um. Sieh dir diese Reichtümer an. Willst du, daß das alles zerstört wird? Wenn das hier alles zerstört ist, was wird dann noch Großes auf der Welt sein?«

Coyllar trat auf ihn zu. In den Händen hielt sie eine weiße Schnur.

»Die Flüsse«, sagte sie mit der leisen Stimme einer alten Frau, »die Flüsse werden noch da sein. Und sie können sich endlich ausruhen von den vielen Leichen, die sie getragen haben. Mein Bruder Riobaldo hat auf dem Fluß zwischen den Schilfrohren den Totenwalzer getanzt, und Garabombo ist einen Fluß entlanggetrieben und kam erst an einem Brückenpfahl zum Halt, als lehnte er im Schlaf dagegen. Und Atahualpa in goldenen Gewändern auf dem Yawar Mayu, dem blutigen Fluß. Skorpion, hörst du, wie laut es jetzt wird, das Rauschen des Flusses? Hörst du das Schäumen seines eisigen Wassers? Hörst du das Brausen, wie es näher kommt?«

»Du bist verrückt«, sagte der König zitternd. »Wovon redest du! Von wem redest du!«

»Du kennst sie nicht?« sagte Coyllar. »Und dennoch haben, als der Fluß sie fragte, wer sie geschickt hätte, alle deinen Namen genannt. Und sie riefen ihn im Vorbeigleiten laut ihren Brüdern an den Ufern zu. Hast du sie nicht gehört? Vielleicht, weil manche Menschen unter Wasser sterben wie die Fische; sie rufen nicht, und niemand hört sie. Und andere sterben wie die Vögel: Dort oben sterben sie, und sie schreien laut, aber wenn sie herunterfallen, dann sind sie nur noch ein Häufchen Federn. Kein Vogel mehr, kein König mehr.«

»Bring mich nicht um«, heulte der König, »den Skorpion bringt man niemals wirklich um! Jemand wird meinen Platz einnehmen und in meine leere Haut schlüpfen!«

»Ich weiß«, sagte Coyllar.

»Aber warum dann«, sagte der Skorpion, »warum –«

Aber Coyllar hatte ihm die Schnur schon eng um den Hals gezogen. So starb Sadalmelik Temugin Akrab der Konquistador zwei Stunden nach Sonnenuntergang, erdrosselt.

Nachdem sie den König getötet hatte, bestieg Coyllar den Thron des Skorpions. Sie blieb ungerührt sitzen, als Wassiliboyd über Megafon durchgab, daß bis zur Abkopplung nur noch wenige Sekunden Zeit blieben. Sie hörte die immer verzweifeltere Stimme des Piloten. Sie hörte ihren Namen.

Dann schoß die Zuben Eskemali – wie von der Wucht eines über die Ufer tretenden Flusses hinweggespült – inmitten einer Stichflamme ins All und entfernte sich auf ewig von der Zuben Eldschenubi.

Mellonta mon amour

Basis Erde Projekt Tokio an Yamamoto. Bestätigen Befehl zum Abschuß einer Plutoniumbombe auf Mellonta zwecks Zerstörung des sineuropäischen Raumschiffs und Verhinderung der Nutzung dieses künstlichen Planeten als Basis für irgend jemanden. Befehl erfolgt aufgrund der Unmöglichkeit, die Mission bis zu Ende durchzuführen, und der Notwendigkeit zu verhindern, daß es irgend jemand anderem gelingt.

»Hier Yamamoto, verstanden. Es ist sechs Uhr dreißig, der Himmel ist klar, das Wetter sehr gut. Habe weisungsgemäß fliegenden Teppich verlassen und bewege mich auf Raketenkleinfahrrad durchs All, das ich in meiner Pyjamatasche mitgeführt und vorschriftsmäßig zusammengebaut habe. Habe auch die Schachtel mit den Zäpfchen gefunden, kann aber nicht erkennen, welches davon die Plutoniumbombe ist. Erbitte Klärung.«

Hier Projekt Tokio. Die Bombe ist das dritte Zäpfchen von links. Identifizierbar am leichten Ticken. Zwecks garantierter Zielsicherheit muß die Bombe direkt auf dem Raumhafen Mellonta gezündet werden. Ein Blutbad unter Zivilpersonen ist daher einkalkuliert und unvermeidlich. Einer Schätzung unseres Computers zufolge dürfte es sofort 98154 Tote geben, mehr oder weniger wie in Hiroshima.

»Hier Yamamoto. Nähere mich dem Planeten und strampele mich gerade auf die zur Zündung erforderlichen neuntausend Meter hoch. Kenne die erwähnte Operation Hiroshima nicht, glaube aber, daß wir da unten mal gehörig aufräumen sollten. Kann viele Häuser und andere Zeichen von Bevölkerungsballung sehen. Es ist acht Uhr und elf Minuten, der Himmel über der Stadt ist klar.«

Hier Projekt Tokio. Wir haben das Vergnügen, Ihnen mitteilen zu dürfen, daß Ihr Fahrrad auf den Namen Ihrer Mutter Eno Higai getauft wurde und unter diesem Namen in die Geschichte eingehen wird. Die Plutoniumbombe ist so eingestellt, daß sie in sechshundert

Meter Höhe über dem Boden explodieren wird. Möchten Sie auch davon in Kenntnis setzen, daß die Wirkung einer so potenten Explosion vollkommen unbekannt ist und wir nicht wissen, ob Sie selbst Zeit zum Entkommen haben oder auch desintegriert werden.

»Hier Yamamoto. Habe keine Angst! Der Drachen auf meiner Uniform ist nicht der friedliche Regenmacher-Drachen der Chinesen, es ist der Rachedrachen, der das Feuer bringt und in seinem Wappen das Sonnensymbol hat, die Swastika! Kein Tod kann schöner sein als dieser! Ich bin jetzt in neuntausend Metern. Sehe das Ziel sehr gut. Es ist acht Uhr dreizehn Minuten und dreißig Sekunden. Die Minibombe ist fertig zur Zündung und wird das Ziel in dreißig Sekunden treffen. Erwarte Befehl.«

Hier Projekt Tokio. Sie sind dran.

Die Bombe machte sich auf ihren Weg, winzig, unsichtbar, unaufhaltsam.

Im freien Fall sieht der Todestropfen Mellonta. Zuerst liegt es flach und gleichmäßig da. Dann tauchen die ersten Zeichen von Dörfern und Flüssen auf, die Bänder von Straßen durch das Gebirge. Beim Näherkommen, da – die ersten Häuser, die quadratischen Felder, die Gärten. Jetzt ist der Fluß, hellblau und gewunden, deutlich zu erkennen. Dort in der Kurve der kleine dunkle Punkt, das ist Pintecaboru. Pintecaboru, wie er daliegt und seinen Bauch in die Luft hält und in den Himmel starrt. Pintecaboru, wie er den Geräuschen der Wärme lauscht. Jede Fliege ein Orchester. Aber macht Pintecaboru jetzt etwa die Augen auf? Ohne Grund, nur ein plötzlicher Gedanke. Ein Gesicht. Warum so, mit einem so kräftigen Schlag? Und doch, da ist es wieder. Der Nachmittag eines Tages wie dieser. Ruhige See, schlafender Hund, eine große Stille, und die Kleider zum Trocknen aufgehängt. Warum gerade jetzt, Pinte? Sie wird älter sein, sicher, sie wird sich verändert haben. Du mußt sie sofort sehen, unbedingt, Pinte. Warum so eilig? Du weißt es nicht, aber so ist es eben. Du phantasierst ja, Pinte.

Hör mal, dieses Geräusch. Schon wieder ein Raumschiff abgestürzt, vielleicht, muß ziemlich groß sein, sieh mal, was für eine Wolke es aufwirbelt. Heiß heute, Pinte. Sehr heiß. Scheint, als glühte der Fluß jetzt. Würde gern weg, wenn ich nur wüßte, wo sie ist und wie ich sie finde. Nur ihr sagen... Ja, was denn? Wirklich eine schöne Wolke da unten. Und die Erde zittert. Aber ... was geht hier eigentlich vor?

Die Bombe wirbelte einen 16 Kilometer hohen Rauchpilz und Metallschrott auf und ließ Mellonta in vier Teile zerbersten. Der amerikanische Sektor wurde vollständig zertrümmert. Es gab weder Überlebende noch komplette Leichen, zur großen Enttäuschung der Fotografen.

Projekt Tokio an Yamamoto. Die Ergebnisse zeigen, es war ein voller Erfolg! Die sichtbaren Auswirkungen sind sogar noch viel imposanter als bei der Abnahmeprüfung vorauszusehen war. Selbst Herr Truman, der Präsident der Allbau-KG von Mellonta, hat uns seine Glückwünsche ausgesprochen. Wir gratulieren, Herr General.

»Hier Yamamoto. Bin sehr niedergeschlagen, weil ich am Leben geblieben bin. Teile Ihnen mit, daß ich jetzt Harakiri auf dem Lenker begehen werde.«

Hier Projekt Tokio! Wehe, wenn Sie solche Dummheiten machen! Es ist alles gut gegangen!

»Hier Yamamoto. Nichts ist gut gegangen. Als die Amerikaner Japan bombardiert haben, haben sie eine Million Tote gemacht. Was sind dagegen schon neunzigtausend Tote? Ein Verkehrsunfall. Ich möchte mehr leisten für die militärische Sache.«

Hier Tokio. Das werden Sie auch. Unsere Spionage-Instrumente zeigen an, daß die Proteus Tien zwanzig Sekunden vor der Explosion Mellonta hat verlassen können. Das Hauptziel der Mission ist verfehlt!

»Hier Yamamoto. Werde das Raumschiff allein angreifen, nach der Methode Humanosuke.«

Humanosuke der Unbesiegbare

»Komplett in die Luft geflogen! Total in Stücke!« rief Chulain bestürzt, während die Fetzen von Mellonta wie in Zeitlupe durch den Himmel flogen.

»Alle tot«, rief Kook, »alle! Aber wer kann das gewesen sein!«

Mei sagte nichts! Sie saß mit geschlossenen Augen da und umklammerte die Sessellehnen. Sie sah nicht den dunklen Schatten im Seitenfenster, der auf die Wände fiel.

Yamamoto hatte sich, als er mit seinem Raketenfahrrad die Proteus erreicht hatte, auf das Dach des Raumschiffs geschwungen und lauerte im Hinterhalt. Der General hatte seinen Flugoverall abgelegt und wühlte in den Taschen. Er trug jetzt einen hautengen silbernen Overall mit Mephisto-Kapuze, die nur die Augen freiließ. Und die hatte er mit einer gepanzerten Brille bedeckt. Er schluckte eine Pille. Brummte einen Augenblick, als verspürte er einen Schmerz. Dann fing er an, sich aufzublasen. Seine Muskeln waren bisher lyophilisiert und chemisch geschrumpft gewesen, damit sie im Raumschiff möglichst wenig Platz wegnahmen. Jetzt nahmen sie ihre Normalgröße an und zuckten unter dem Silber des Overalls. Aus dem General wurde Humanosuke Yamamoto, der große unverwundbare Kämpfer. Er blähte seinen Brustkorb zu beeindruckender Größe, die Bizepse bekamen einen Umfang von einem Meter und wuchsen, knisternd wie Kastanien im Feuer, immer noch weiter. Er stellte sich wie ein Bodybuilder vor dem Sternenhintergrund in Pose und rief:

»Tod euch! Hier ist Humanosuke, die Kriegsmaschine, der Kosmos-Kapo! Sein Panzeroverall aus Atanax-Metall schützt ihn vor Hitze, Säure und Projektilen. Er hat die Kraft von zwanzig Mann. In der rechten Hand hält er den Drachennagel, den Laserdrehsäbel, in der linken das Drachenfeuer, die Brandpistole der neun Sonnen. Auf diesem Raumschiff ist keine Waffe, die ihn aufhalten könnte.«

Chulain hörte ihn brüllen. Er ging zum Fenster. »Da ist jemand neben der Proteus«, sagte er, »laßt uns die Sicherheitsschirme einschalten.«

»Zu spät«, rief Kook, »sieh mal!«

Ein Regen aus weißem Licht zeigte, daß Yamamoto soeben das Dach des Raumschiffs mit der Neun-Sonnen-Pistole aufschweißte. Einen Augenblick später wuchtete sich der umwerfend gewichtige Leib des Generals mit dem Sprung einer Bestie mitten ins Cockpit.

»Banzai!« schrie Yamamoto.

»Fasheng!« schrie Mei und warf sich mit einer Flugrolle gegen ihn, aber Yamamoto parierte mit dem Arm, und sein Lasersäbel pfiff über Mei hinweg; sie wich dem Schlag aus, indem sie sich hinwarf.

»Gegen mich kommt ihr nicht an!« tobte Yamamoto. »Ich bin eine Kriegsmaschine! Neunzig Mann haben mich zum Duell gefordert, und neunzig sind daran krepiert.«

»Chulain«, schrie Kook, »tu doch was! Halt ihn auf!«

»Nichts zu machen«, sagte der Schwarze. »Er hat keine schwache Stelle. Seine Rüstung schützt ihn gegen all unsere Waffen. Er ist zu stark, als das wir ihn immobilisieren könnten. Und mit seinem Säbel kann er das ganze Raumschiff zerschneiden wie ein Brötchen!«

»Was sollen wir denn jetzt machen?« bibberte Caruso, während sich der massige Krieger auf ihn zubewegte.

»Versucht's mal mit Weinen«, sagte Chulain, »vielleicht bekommt er Mitleid!«

»Mit dir werde ich anfangen!« brüllte Yamamoto und zeigte auf Mei. »Mit dir, die du die edle Kunst des Krieges verachtest, in der der Osten Meister war, mit dir, die du seine Friedensphilosophien vorziehst! Zittere, Mei!«

Yamamotos Säbel fing an sich zu drehen und zeichnete lauter hellblaue Feuerkreise: Mei wich zwei, drei Schlägen aus, aber schließlich saß sie in der Falle, sie stand mit dem Rücken zur Wand. Yamamotos Klinge schoß in die Höhe, aber gerade als er den Schlag ausführen wollte, warf sich Chulain wie ein Stier auf seine Beine und riß ihn zu Boden. Yamamoto aber wußte auch vom Boden aus gut zu kämpfen, und sein blitzender Säbel röstete dem Schwarzen den Rücken. Mei schrie auf. Der General kam wieder hoch und brüllte die drei an, die jetzt alle mit dem Rücken an der Wand standen.

»Mit einem einzigen Schlag! Mit einem einzigen Schlag werde ich euch alle drei töten! Ihr könnt den unverwundbaren Krieger, die vollkommene Waffe, nicht aufhalten!«

Kook umarmte Mei, und Caruso umarmte alle beide. So vereint, um sich gegenseitig zu schützen, warteten sie auf den tödlichen Säbelhieb; der aber kam nicht. Der General stand da und hielt den Säbel mit beiden Händen hoch.

»Schluß jetzt, Yamamoto!« schrie daraufhin Kook. »Sei nicht so grausam! Worauf wartest du noch, bring uns um!«

Aber es sah ganz so aus, als hätte der Krieger nicht einmal mehr die Kraft, seinen Säbel hochzuhalten. Er ließ ihn fallen. Er faßte sich an die Kehle und grunzte fürchterlich. Er schien keine Luft zu bekommen, und Kook bemerkte, daß sein Gesicht geschwollen war. Wenige Augenblicke später stürzte Yamamoto zu Boden, trat in die Luft und blieb schließlich reglos liegen. Mei ging ungläubig auf ihn zu und nahm ihm die Kapuze ab. »Er ist tot!« sagte sie. »Aber … was ist passiert?«

Caruso betrachtete das bläuliche Gesicht des Generals und schlug die Hände vors Gesicht. Er fing an, den Boden nach etwas abzusuchen.

»Was suchst du denn, Caruso?« fragte Kook noch immer zitternd. »Was ist passiert! Er war doch … unverwundbar, und trotzdem … ist er gestorben, in wenigen Sekunden.«

»Er war unverwundbar – bis auf eine Stelle: im offenen Mund. Als er uns bedroht hat, hat ihn etwas ereilt. Etwas sehr Kleines ... und Mörderisches ... das hier!«

Caruso zeigte Saras kleinen Körper, der in seiner Handfläche lag.

»Sie«, sagte Caruso, »hat es gewußt. Sie ist ihm in den Mund gekrochen und hat ihn in die Zunge gestochen. Die Zunge ist angeschwollen und hat ihn erstickt. Sie hat sich für uns geopfert.«

»Geopfert?« sagte Mei.

»Ja«, sagte Kook, »wenn Bienen stechen, lassen sie ihren Stachel in der Wunde. Und sterben –«

Inzwischen auf Erden ...: Genius' Lügen

»Also, Genius«, sagte Einstein, »hast du die Daten über die fünfzehn Tore noch mal überprüft?«

»Ja.«

»Und was sagst du?«

»Ich sage, daß es ein Tor gibt, und zwar nur ein einziges, durch das man zum Herzen der Erde kommt. Wenn man die anderen öffnet, stürzt alles zusammen, über die Bedeutung der Tore habe ich dir sämtliche sechsundachtzig möglichen Interpretationen schon gegeben.«

»Warum haben sie dieses Tor da hingesetzt?«

»Weiß ich nicht.«

»Waren es Außerirdische oder Inkas oder wer sonst? Gibt es irgendeine Beziehung zwischen diesen Toren und dem fernen Planeten?«

»Weiß ich nicht.«

»Bravo, Genius«, sagte Einstein, »deine Logik ist bestechend. Machen wir hier ein Spiel?«

»Au ja«, sagte der Computer begeistert, »laß uns Anagramme- und Palindromebilden spielen. Wir machen Wörter, die man von vorn und hinten lesen kann. Ich fange an. Los, wer das längste Wort findet: *Saippuakauppias!*«

»Und was soll das heißen?« fragte Einstein.

»Aschenlaugenverkäufer auf finnisch. Und hör mal diese Inschrift aus Pompeji: *Sator arepo tenet opera rotas.* Und hier, was Französisches: *A révéler mon nom, mon nom révèlera!* Und–«

»Schluß jetzt, Genius! Du wirst albern! Wir spielen lieber mal das Lügenspiel. Du erfindest Lügen!«

»Kann ich nicht«, sagte der Computer.

»Ach ja, richtig« sagte Einstein, »lügen kannst du ja nicht, du kannst nichts sagen, was nicht den Wahrheiten der inneren Ordnung deiner Informationen entspricht. Aber ich kann dir ein paar falsche Informationen geben und deine Ordnung modifizieren. Dann hast du zwar für dein Gewissen nicht gelogen, aber das Endergebnis stimmt trotzdem nicht. Das passiert selbst Menschen oft.«

»Interessant«, sagte Genius, »aber, ein schönes Anagramm –«

»Sei ruhig! Zum Beispiel, tu mal so, als wären die Daten, die ich dir einprogrammiert habe, keine Daten aus einer wahren Geschichte, sondern ein Buch. Jetzt brauchst du keine wissenschaftliche Logik, um die Teile zusammenzufügen. Du kannst etwas ... Phantasieähnliches benutzen, drei, vier Verbindungen überspringen, sechzehn, ich sag's noch mal: sechzehn Fehler machen, ein absurdes Programm nehmen statt eines korrekten oder es einfach zum Schlüssel für eine Serie von logischen Daten machen und die dann alle durcheinanderbringen.«

»Toll«, sagte der Computer, »da mache ich mit!«

»Na, dann los: Dies ist deine neue Sprache, Genius. Bist du fertig? Schluck die Kassette!«

»Gulb! Fertig!«

»Also Genius, welche Zivilisation hat diese Tore erbaut?«

»Eine Zivilisation, die von der Ferngesteuerten Schlange oder Kincananā gerufen wurde und ein Raumschiff vom Stern Bellatrix auf die Erde geschickt hat, woselbst die Außerirdischen die Inkas kennenlernten, und es war eine konstruktive Begegnung in entspannter Atmosphäre und geprägt von größter Herzlichkeit, und die beiden Völker soffen sich zusammen die Hucke voll und sagten: ›Warum stellen wir nicht was auf die Beine, über das diese Dummköpfe der Zukunft dann sagen können: Ist ja'n tolles Geheimnis, diese Zivilisation, und sich den Kopf zerbrechen, um was davon zu kapieren?‹

Und einer sagte: ›Laßt uns eine Pyramide mit der Spitze nach unten bauen.‹ Und der nächste: ›Nein, laßt uns eine neun Kilometer lange Inschrift machen, die besagt: *Wer das liest ist ein Idiot.*‹ Und wieder ein anderer: ›Laßt uns eine Grabstätte bauen, die sehr gut versteckt ist, und hinein tun wir ein Skelett aus den zusammengewürfelten Knochen von einem Schimpansen, einer Maus, einem Elefant und einem Kondor, und dem setzen wir dann eine Krone auf den Kopf: Die werden wahnsinnig!‹ Schließlich beschlossen sie: ›Nein, nein, wir bauen die fünfzehn Tore.‹«

»Nicht schlecht, Genius«, sagte Einstein. »Aber du mußt es noch ein bißchen glaubwürdiger ausschmücken. Wo kommt der van-Cram-Vektor her?«

»Aus Sektor sechzehn, Hexenwolke, Koordinaten Zweihundertsechzehn-Acht-Drei. Liegt da unter deinen Füßen. Dort ist der natürliche Planet, das weiß doch jedes Kind«, antwortete der Computer.

»Perfekt. Und was liegt unter diesen fünfzehn Toren?«

»Ein Raumschiff in Kandelaberform wie auf der Zeichnung der Inka Nazca, sechshundert Meter lang, außerdem ein vollkommen konservierter, in Öl eingelegter Dinosaurier, ein Nachtlokal mit Mars-Mambo-Kombo und zwölf halbmeterhohe tiefgefrorene Außerirdische mit bodenlangen Blaubärten und dicken Rotnasen, und so eine Nase löst sich, wenn man sich ärgert, von ihrer Stelle und haut einem ins Gesicht, und dann geht sie wieder an ihren Platz.«

»Gut, Genius«, sagte Einstein, »gleich haben wir's. Bist du bereit, Phildys anzulügen und ihm zu erzählen, daß du jetzt kurz vor der Lösung stehst und wir durchhalten müssen?«

»Und was gibst du mir dafür?« sagte Genius.

»Sämtliche Palindrome der Welt«, sagte Einstein. »Und außerdem ein System, mit dem man die russischen Schachcomputer schlagen kann!«

»Abgemacht«, sagte Genius. »Aber meiner Meinung nach hilft das sowieso nichts. Und außerdem, Einstein, was an dieser Sprache ist eigentlich anders als an meiner vorigen?«

»Weiß ich auch nicht«, seufzte der Junge, »in diesen Zeiten kommt mir der Gedanke, daß, wenn es wirklich eine falsche, weil abstrakte Sprache gibt, dann ist es die Sprache des ›gesunden Menschenverstands‹ und der ›konkreten Schritte‹, die die Politiker dauernd im Mund führen. Was meinst du?«

»Finde ich nicht«, sagte der Computer und zwinkerte mit einem Lämpchen.

Die Sitzung im Hotel Sheratonow

Wir sind hier im Venedig-Saal des Hotels Sheratonow auf dem Paseo de la República von Lima. Es ist das schönste Hotel von ganz Peru, beziehungsweise es ist überhaupt das einzige. Um den großen Tisch herum haben sich die mächtigsten Männer der Welt versammelt. Der mit der drachengeschmückten schwarzen Uniform ist ein alter Bekannter, Herr General Saito vom SAM-Reich. An seiner Seite zwei Iktalurenfische mit wilden Gesichtern. Im Pelzsmoking sehen wir auch Smitsky wieder, er ist der Gesandte der amerikanischen Scheichs. In einem überdimensionalen Sonntagsmantel aus braunem Bärenfell dann der sowjetische General Iljitsch Serebrjutschow. Man munkelt, daß er sehr krank ist und unter dem Mantel eine eiserne Lunge samt zwei Zwergenärzten verbirgt, die sofort eingreifen können. Am Kopfende Sadalmelik Shaula, der neue Chef der Araber und Prätendent auf den verwaisten Thron Akrabs. Die Gestalt ganz in Grau mit den langen Hasenohren, die aussieht wie ein Allmutant, ist Kraptnunk Armadillion, der Präsident der All-Industriekolonien. Auf der anderen Tischseite die Vertreter der 26 sineuropäischen Regierungsparteien: Premierminister General Phildys Plassey von der »Gembest« (Gemäßigt Bestechliche), Showspotshow Pyk von der Industriepartei, Tscha Tan und Mengele Moon von den Vereinigten Militaristen, und die übrigen, von den Unentschlossenen Demokraten bis zur AAA (Anpasser an Alles). Der einzige Vertreter der Opposition in den drei Reichen ist nicht anwesend, er wurde bedauerlicherweise Opfer eines Luftzwischenfalls. Bei seinem Absprung über Lima mußte er feststellen, daß jemand seinen Fallschirm mit einem Picknick-Rucksack vertauscht hatte. Die Debatte geht eben in die dritte Stunde, und jetzt blitzt Shaulas Säbel auf und bohrt sich in den Tisch.

»Schluß jetzt«, schrie der Scheich, »das Schwarze Buch sagt, die dummen Frösche, die diskutierten, bemerkten die Schlange nicht! Geredet haben wir jetzt im Übermaß! Wir möchten sofort mit der Arbeit im Bergwerk anfangen, und zwar nach unseren Methoden und mit unseren Instrumenten. Wenn Sie mitmachen wollen, gern! Sonst –«

»Dann gibt es Krieg«, schrie Tscha Tan und zückte seinen Säbel. Ein Iktalur schnappte nach ihm, glitt auf den Tisch, und Saito konnte ihn nur mit Mühe zurückhalten.

»Ruhig, ruhig«, sagte Phildys. »Seien wir doch mal vernünftig. »Was ... soll mit dem Bergwerk passieren?«

»Die gesamte Zone wird total geräumt!« sagte Shaula.

»Sämtliche verbliebenen Indios werden zum Militär eingezogen. Wer die Arbeit verweigert, wird an die Wand gestellt! Und dann eine Atombombe in den Berg. Und danach wollen wir mal sehen, ob wir Ihr mysteriöses ›Herz‹ nicht ans Licht kriegen.«

»Warten Sie einen Augenblick«, sagte Phildys, »Einsteins letzter Bericht besagt, daß in diesen Toren ein Selbstzerstörungsmechanismus eingebaut ist... Darüber hinaus bringt sein Bericht die Hypothese, daß eine außerirdische Zivilisation –«

»Schluß jetzt, Phildys«, unterbrach Shaula. »Schluß mit diesen Ammenmärchen. Außerirdisch ist jeder, der nicht zu unseren Verträgen steht! Die militärtechnologische Zivilisation des dritten Jahrtausends braucht diese Energie, und das genügt. Wenn wir diese Erde retten wollen, dann müssen wir sie zerstören ... also –«

»Ist doch ganz klar«, sagte Pyk. »Ich unterstütze den Antrag des Scheichs. An die Urnen!«

»Wir haben überhaupt noch nicht über die Mission Erde 2 gesprochen«, protestierte Phildys.

»Da gibt es auch nichts mehr zu besprechen!« erwiderte Shaula. »Die Sehnsucht nach diesem Planeten macht die Leute unzufrieden: Er ist ein unheilvolles Symbol. Deshalb müssen wir die Meldung rausbringen, daß die Mission verschoben ist.

Und nach und nach wird das Interesse daran verlöschen. Wir werden in aller Ruhe weiter nach dem Planeten suchen: Aber die Leute müssen ihn vergessen.«

»Ganz meine Meinung«, sagte Saito. »Abstimmung: Wer dafür ist, soll die Hand heben, wer dagegen ist, soll sie dem Iktalur ins Maul stecken.«

»Ich habe einen Ergänzungsvorschlag«, rief Phildys, »nämlich daß die Arbeiten erst in drei Tagen aufgenommen werden, wir brauchen die Zeit, um die öffentliche Meinung auf diese Beschlüsse und unseren Verzicht auf die Raummission vorzubereiten.«

»Angenommen«, sagte Smitsky, »aber Punkt Mitternacht des dritten Tages stehen wir mit unseren Truppen in der Basis Cuzco. In der Zwischenzeit wird eine gemischte Kommission aus Wissenschaftlern einen Bericht über diese fünfzehn Tore ausarbeiten.«

»Also dann«, sagte Saito, »wer dafür ist, hebe die Hand. Die anderen können zum letzten Mal mit ihrer Frau telefonieren, in der Kabine am Eingang, vor der Abstimmung. Wir werden auf sie warten.«

Die Referate der Interföderativen Kommission

Dr. Hector García Tiburón, Anthropologe an der Universität Mexico City.

Ich sehe keine besonderen Schwierigkeiten bei der Interpretation der fünfzehn Tore von Cuzco: Selbige Zeichnungen sind selbstverständlich von unten nach oben und spiralförmig zu lesen, wie es für die mexikanische wie auch die Maya-Sprache typisch ist. Diese Tore sichern einen großen archäologischen Schatz, und seine Bedeutung liegt auf der Hand: Die Tore bergen die Grabstätte der Inka-Monarchen.

Die Erbauer hatten die Absicht, das Geheimnis der Tore nur solchen Männern anzuvertrauen, die imstande sind, sie zu respektieren, und das heißt ganz klar: uns südamerikanischen Regierenden, die wir in direkter Linie von diesem Volk abstammen und folglich Sachwalter seiner Kultur sind. Es ist dementsprechend selbstverständlich, daß an dieser Stelle ein großes Museum entstehen und mit Dienstleistungseinrichtungen wie Hotels, Souvenirkiosken et cetera ausgestattet werden muß. Jede andere Nutzung dieses Reichtums wäre Frevel und Vorwand. Ich füge unseren Prospekt *Inkaland* bei, einen Wohnkomplex mit achttausend Apartments in lupenreinem Inka-Stil und einer Rekonstruktion des Sonnentempels, dazu bieten wir typische Veranstaltungen, unter anderem echte Menschenopfer mit ausgewählten Indios, die von bösartigen Tumoren befallen sind. Überdies muß, da die Terrassen von Machu Picchu einigermaßen steil sind, eine Stahlrolltreppe bis hin zu dem geplanten dreistöckigen Restaurant »Atahualpa« auf dem Gipfel gebaut werden. Natürlich müßte der Accaunantay etwas abgeflacht werden, da er sonst die Aussicht versperrt. Gegen die Kritiken von Dr. Einstein möchten wir uns verwahren, wir nehmen von diesem jungen Mann keine Belehrungen entgegen. War er es nicht, der erst kürzlich aus experimentellen Gründen von einem Computer die Pläne für einen eventuellen Staatsstreich in Chile ausarbeiten ließ? Und waren es nicht eben diese auf mysteriöse Weise abhanden gekommenen Pläne, nach denen der Staatsstreich dann auch ausgeführt wurde? Von solchen Leuten lassen wir uns nicht belehren!

Dr. Nureddin Alhazen, Experte für industrielle Programmierung an der Universität Kairo.
Die fünfzehn Tore von Cuzco sind nur für Unwissende ein Rätsel, im dunkeln liegen sie nur, weil, wie der Prophet sagt, für den Blinden alle Menschen schwarz sind. Aus diesem Grund behauptet Herr Dr. García in seiner unübertrefflichen Oberflächlichkeit, die Zeichnungen seien von unten nach oben

zu lesen, wo es doch auf der Hand liegt, daß sie von rechts nach links zu lesen sind, nämlich wie die arabische Schrift. Auf diese Weise wird die Bedeutung der Tore evident: Sie umgeben einen unermeßlichen Goldschatz, das berühmte El Dorado.

Dahinter steckt keinerlei religiöse oder wissenschaftliche Bedeutung: Es ist nur ein großer Reichtum, mit welchem allein unser Reich sich schmücken darf!

Deshalb müssen die fünfzehn Tore zu Barren geschmolzen werden. Nun mag zwar ihr künstlerischer Wert durchaus groß sein, aber ihr Gewicht ist noch viel größer. Gleichermaßen soll das gesamte Gold an den Wänden und wo überall es gefunden wird, eingeschmolzen werden. Alles muß kurz gesagt eins werden: konkretes, solides Kapital in Gold.

Was Herrn Dr. Tiburón und seine schlitzohrigen Angriffe gegen andere Wissenschaftler betrifft – wir fragen uns, ob er nicht mit eben jenem Dr. García identisch ist, dem wir das Projekt »Atlantis« verdanken, mit welchem zwölftausend Desaparecidos in Zementblöcke eingemauert auf dem Meeresgrund versenkt worden sind! Von solchen Leuten lassen wir uns nicht belehren!

Dr. Ludwig von Kluge, Freidenker an der Europäischen Deutschen Akademie

Mir scheint, hier wird gegen Kierkegaards Satz: »Wäre der Mensch ein Tier, er könnte keine Angst empfinden« verstoßen. Ich sehe hier eine Menge ängstlicher Esel. Herr Alhazen, zum Beispiel, in seiner ganzen ausgesprochen verquälten Dämlichkeit denkt, man müsse von rechts nach links lesen, was doch genau umgekehrt gelesen gehört, nämlich von links nach rechts, wie in sämtlichen Sprachen der europäischen Kulturnationen. Daraus ergibt sich wohlgemerkt, daß die Tore von Cuzco *gar nichts* verschließen. Ihr Verschlossensein ist in Wahrheit ein *Enthüllen,* insofern sie einen tiefinnersten Mangel an jeder Art von Denk*richtung* zum Ausdruck bringen, mag sie nun modern oder antik sein; kurz, sie sind die letzte Posse, mit der der Wille zur Erkenntnis sich selbst einsperrt! *Wir selbst* sind hinter dieser Tür eingeschlossen, und ein Rätsel beobachtet uns von der anderen Seite her und beweint unser Schicksal als Gefangene. Kein metaphysisches noch wissenschaftliches Licht wird dieses unser Ausgeschlossensein von jeglicher Sicherheit je zu erhellen vermögen! Nichts, wenn nicht die kühne, totale Passivität, die *absolute Unbeweglichkeit,* wird uns vor dem Gelächter des Kosmos bewahren können. Wissen ist ja nicht einmal eine Meinung: Es ist Mangel an Meinung. Jedenfalls ist das meine Meinung. Aber hüten Sie sich! Wir dürfen diese Tore nicht anfassen, sondern wir müssen sie verfaulen lassen und mitsamt ihnen die Indios, wir müssen die Erde vollkommen zufrieren lassen, nur auf diese Weise wird sich unser Kerker auftun. Nein! Man muß nicht existieren. Wehe dem Zen-Meister, der auf die Frage des Schülers mit einer Frage antwortet! Das wiederhole ich täglich bei meinen Vorlesungen in Berlin, in den Seminaren in London, während der Konferenzen in Havanna, das rufe ich meinen Tausenden von Schülern zu: Ihr dürft nicht existieren, auch ich existiere nicht!

Die Tatsache, daß ich Einspruch eingelegt habe, weil mein Juli-Gehalt noch nicht auf meinem Konto war, ist übrigens nicht, wie meine Feinde behauptet haben, Beweis für einen Rückfall meinerseits in die Konfliktualität des Seins. Nur hat mir diese irdische Vergeßlichkeit eines schmerzhaft in Erinnerung gerufen: die universale Vergeßlichkeit, mein unendliches Entferntsein von Gott und umgekehrt, meinen eigenen Tod, und es handelt sich dabei nicht einmal um Tod, sondern um das Nichtexistieren, und falls Sie es noch immer nicht erahnt haben – es läßt sich nicht beschreiben! Machen Sie verdammt noch mal mit diesen Minen, was Sie wollen! Was zum Teufel gehen mich Ihre Indios an? Ich lasse mich von Leuten ohne akademische Titel nicht belehren!

Dr. Ihiro Nagumo, Professor für die Wissenschaft vom Totalen Krieg an der Universität Tokio.

Eines Tages stand der Zen-Meister Basho mit seinem Schüler Yuko in seinem Haus und meditierte im Lotussitz auf dem Zafu-Kissen, als ein Dieb eintrat. Der Meister bewegte sich keinen Millimeter. Der Dieb bedrohte ihn mit einem Säbel und sprach: »Gib mir alles, was du hast, oder ich bringe dich um.«

Der Meister sagte: » O dummer Dieb, was regst du dich auf: Du hast es schon genommen!«

Der Dieb war überrascht und verlangte eine Erklärung.

»Ich habe nichts«, sagte Basho, »und an nichts hänge ich: Die Armut ist mein einziger Reichtum: Du besitzt sie doch längst selbst, also was fragst du mich danach?«

Der Dieb dachte einen Augenblick nach, dann, als er sah, wie mutig der Meister war, schüttelte er den Kopf und ging.

Da sagte der Schüler: »O Meister, deine Weisheit ist wahrhaftig eine große Stärke, wenn sie dir erlaubt, einem gezückten Säbel ohne Angst zu begegnen.«

»So ist es«, sagte Basho. »Es ist wahrhaftig weise, beim Meditieren eine Pistole unter dem Zafu zu haben.« Und er zog einen sechsschüssigen Revolver hervor, den er für alle Zwischenfälle bereithielt.

Das soll Ihnen erläutern, daß man jede weise Entscheidung treffen kann, wenn man eine wirksame Verteidigung hat. Wir wissen nicht, was hinter diesen fünfzehn Toren liegt. Aber wir wissen, daß wir gut gerüstet hinuntersteigen und vorher noch eine hübsche Menge Bomben zünden müssen. Alle Völker sind kriegerisch; und das Volk der Inkas war es nicht weniger: Vergessen Sie nicht, daß die Entdecker, die nur mit ihrer Neugier bewaffnet waren, kurioserweise von diesen Eingeborenen gefressen wurden; denjenigen dagegen, die sich mit Gewehren bewaffnen, bevor sie losziehen, passiert so etwas nie. Lassen wir die philosophischen Flausen des Kollegen von Kluge mal beiseite: Wie kommt es eigentlich, daß er heute diesbezüglich so skeptisch daherredet? Hat er vielleicht die

Nase voll, nachdem er – während seiner Zeit in den deutschen KZs – Hunderte von Kinderbeinchen gebrochen hat, nur um zu studieren, wie oft Knochen wieder zusammenwachsen? Was mich betrifft, ich habe selbst zu einem Team gehört, das in den Vernichtungslagern des Generals Ishii Experimente mit dem Einfrieren von Chinesen durchgeführt hat, und ich bereue kein einziges davon. Diese Experimente haben dafür gesorgt, daß Japan heute an der vordersten Front der Tiefkühlfischtechnologie steht. Das sind Tatsachen. Und keine Philosophievorlesungen!

Huatacs Worte: Der Schlüssel zu den Toren

Kaum war er in die Hütte gelaufen, sank der junge Mann erschöpft zu Boden. Catuilla und Coya eilten ihm zu Hilfe und gaben ihm Kokablätter zum Kauen. Fang brachte ihm einen heißen Tee. Er war ein arabischer Rebell, nicht älter als fünfzehn. Er war die zwei Kilometer der Nachrichtenstafette, die die Wache im Vilcamayo-Tal mit Cuzco verband, hinaufgelaufen.

Als er wieder Luft bekam, erzählte er.

»Das hat mir der Inuit erzählt, der vor mir gelaufen ist: Vier schwarze Raumschiffe sind im Tal gelandet. Sie hatten eine Menge Raketenträger und seltsame Fahrzeuge mit Metallarmen an Bord. Tausend Mann sind auch ausgestiegen. Und zwei Lkws vom Fernsehen haben sie entladen, genau wie die, mit denen damals die Reporter kamen und das Bergdorf Vilcabamba nach den über Hundertjährigen absuchten, und die haben meinen Großvater umgebracht, als sie rauskriegten, daß er erst siebenundneunzig war.«

»Das sind die Scheichs«, sagte Fang. »Dann sind wir ja komplett versammelt. Gestern sind die Japaner vom Meer her gelandet.«

»Also ist diese Erde nur noch für kurze Zeit unsere, Fang«, sagte Coya traurig.

»Die Erde hat uns das noch nicht gesagt! Und deshalb werden wir hierbleiben«, sagte Aucayoc.

Fang sah in einer Ecke der Hütte einen Haufen alter Gewehre liegen.

»Du siehst auf die Gewehre«, sagte der Indio, »und ich weiß, was du denkst: Es ist nicht klug, sie zu benutzen. Aber ich sage dir: Finde einen Weg für uns, einen einzigen, der nicht über Gewehre führt, und wir werden ihn einschlagen. Das ist sehr viel mehr, als deine Völker tun!«

»Das stimmt, Aucayoc«, sagte Fang. »Vielleicht wäre der

einzige Weg, das Rätsel dieser Tore zu lösen. Aber selbst wenn wir nahe dran wären –«

»Die Armeen sind noch viel näher dran«, unterbrach ihn Catuilla. »Sie sind diesmal schneller als dein Denken und deine Weisheit. Sie werden vor dir am Tor sein. Aber wenn du weise bist, dann sag ihnen, sie sollen anhalten, und sie werden es tun. Sind es denn nicht die Gedanken der Weisen, von denen eure Völker sich leiten lassen?«

»O nein, leider nicht«, erwiderte der Chinese. »Unsere Herrscher reden zwar ständig von Weisheit und Wissenschaft und Freiheit. Aber wenn es darum geht, Entscheidungen zu treffen, dann sind immer sie es, die entscheiden. Die Weisheit ist nur ein schönes Bild hinter dem Schreibtisch des Mächtigen.« Der Chinese schüttelte den Kopf. Alle in der Hütte sahen ihn an.

»Ich weiß, was ihr denkt«, sagte er endlich. »Es fällt schwer, weiter zu hoffen. Ich bin alt und müde, wäre ich ein Eskimo, würde ich mich jetzt vielleicht heiter zum Sterben in den Schnee legen. Aber es gibt Zeiten, da ›ist der Dichter zu den Waffen gerufen‹, wie es in einem Gedicht aus meinem Land heißt. Und deshalb sage ich, wir müssen kämpfen.«

»Also dann, gehen wir noch einmal nach unten«, sagte Nanki.

»Nein, das ist sinnlos. Wir müssen das Rätsel vorher lösen. Wenn uns doch jemand helfen könnte, diese Zeichen zu entziffern –«

»Huatac kann es versuchen«, erklang eine leise Stimme an der Tür zur Hütte. Der Indio trat ein: Er wirkte jetzt uralt, in einem Alter jenseits jeden Alters. Es schien ihm große Mühe zu machen, die wenigen Schritte, die ihn von Fang trennten, hinter sich zu bringen. Er konnte kaum sehen. Dann nahm er die Hand des Chinesen und sagte:

»Ich war auf dem Berg Tai: Wir können nämlich fliegen. Das ganze Tal füllt sich mit Kriegern. Ich hörte die Klage deiner Freunde da oben im Sternenmeer. Ich hörte auch das

Herz der Erde schlagen. Ich habe jetzt keine Augen mehr, um die Tore zu öffnen. Aber ich kann dir sagen, was sie bedeuten in der uralten Sprache unserer Zeichen. Geht alle hinaus und laßt uns allein.«

Sie gehorchten. Der alte Indio bückte sich und stocherte mit dem Stock in dem gerade erloschenen Feuer. Der Rauch erfüllte das Zimmer und ließ Huatacs Gesicht verschwinden.

»Siehst du? Das Feuer war unter der Asche verborgen, aber es hat nichts von seiner Hitze verloren. Und dieses ist im Kelch von El Dabih, in der Einsamkeit der Hexe, im Mut der Biene, im Schmerz dessen, der sich trennen muß, und in dem, was dich erleuchten wird, in der Scherbe des Shang und in meinen drei Steinen. Dieses wollen in unserer Sprache, die auch deine ist, die fünfzehn Tore sagen. Eine alte Prophezeiung der Inkas, die in den Stein von Sacsuahaman eingraviert ist, lautet:

Es gibt nur einen Weg,
aus der Zukunft kehrt
die Vergangenheit zurück,
aus der Vergangenheit zurück
die Zukunft.
Folg ruhig dem,
was du nicht sagen darfst.
Hier liegt das Rätsel, hier der Schmerz.
Nach Überquerung zweier Himmel
treffen Menschen zusammen
und begegnen einander.
Eine kleine Kraft
kann große Dinge schaffen,
wenn dein Herz voll ist und du beschließt
voranzuschreiten!

Das ist der Schlüssel, Fang. Hüte ihn und betrachte ihn aus der Höhe eines friedlichen Geistes. Hüte ihn und betrachte ihn, wenn du der Sonne entgegengehst, der Sonne unseres Volkes.«

Proteus Tien: Die Hexe!

»Die Boojum-Karte ist sehr genau«, sagte Kook, während er die Vergrößerung des Fotos studierte. »Mitten in diesem Quadranten liegt eine Zone, die ›Fünfzehn Meere‹ heißt. Alles praktisch unerforscht. Durchquert haben wir schon das Apeiron-Meer, das Shi-Meer, das Baralipton-Meer, das Tuncanon-Meer, die Bacon-See, das Oktober-Meer, die Nullibit-See, das Mimikry- und das Ilinx-Meer, das Vertigo-Meer, das Ignorabimus-Meer, das Meer der Letzten Finsternis, das Meer des Ochsenfangs, das Meer der Wünsche, und hier mitten im letzten Meer ist ›die Hexe‹ eingezeichnet. Wir sind ganz nahe dran.«

»Was könnte das denn sein«, fragte Mei, »ein Planet? Eine Gaswolke? Eine Orbitalstation?«

»Keiner weiß genau, was es ist«, sagte Chulain etwas gequält wegen der Bandagen, die seine Wunde zusammenzogen. »Aber man sagt, daß es dieses Jahr dreihundert Jahre alt wird! Also kann es kein Mensch sein.«

»Ich glaube nicht«, sagte Mei, »selbst wenn das Leben im All die Lebensdauer verlängern kann.«

»Ich höre ein merkwürdiges Geräusch«, sagte Caruso. »Der Raum ist hier so dünn, daß ich die größten Entfernungen abhören kann. Wir fahren auf etwas zu ... auf etwas Großes aus quietschendem Metall ... und drin sind ... Dinge, die wachsen ... ja, die wachsen und atmen –«

Schon nach wenigen Sekunden konnten sie die Hexe erkennen. Es war eine russische Raumkapsel, ein uraltes Modell, mit Sicherheit von vor 2000. Die Wände waren mit grünlichem Schimmel überzogen, und Äste und Lianen schlängelten sich um sie herum. Auf einer Seite stand noch lesbar: *Saljut 18.*

»Laßt uns mal im Raumfahrt-Mittelalter-Verzeichnis nachsehen«, sagte Chulain. »Weiter hinten, weiter hinten, hier: Saljut 18 – gestartet 1983 mit der russischen Wissenschaftlerin

Galina Perkowaja, sechsunddreißig Jahre, an Bord, auf Mondumlaufbahn. Ziel der Mission: Beobachtung verschiedener botanischer Arten im All, insbesondere halluzinogene Pilze und Flechten. Ausgang: Gescheitert; die kleine Kapsel wurde am 14. Dezember 1986 von einer lunaren Atomexplosion aus der Umlaufbahn geschleudert und ist seitdem im All verschollen.«

»Junge, Junge«, sagte Caruso, »die ist bestimmt ganz schön rumgekommen in den zweihundertvierundsechzig Jahren!«

Sie näherten sich der Kapsel. Sie war wirklich bizarr mit ihren Ranken aus Lianen und seltsamen Pilzen, die wie lange ungekämmte Haare durchs All flatterten. Jetzt begriffen sie auch, warum sie die Hexe genannt wurde.

»Gut«, sagte Chulain entschlossen, »wir fahren hin und gucken mal rein. Ich werde eine Waffe mitnehmen, sie könnte nützlich sein.«

»Warum das denn? Was soll da drin schon noch am Leben sein nach zweihundertvierundsechzig Jahren!« protestierte Mei.

»Es heißt, die Hexe ist dreihundert Jahre alt, ja?« erklärte der Schwarze. »Diese Kapsel ist aber erst seit zweihundertvierundsechzig Jahren auf der Bahn. Und deshalb ist sie vielleicht gar nicht ›die Hexe‹. Die Kosmonautin allerdings war beim Abflug sechsunddreißig Jahre alt. Rechnet mal nach: zwovierundsechzig plus sechsunddreißig macht dreihundert. Und so alt ist sie, falls sie noch am Leben ist.«

»Unmöglich«, sagte Mei. Und genau in diesem Augenblick fing Groucho, einer der Hunde, wütend an zu bellen.

Das Raumschiff war wie ein Dschungel, und so kam es ihnen beim Betreten auch vor. Ein dunkles grünes Rankenwerk aus Lianen, mannshohe Pilze, als Stalaktiten und Stalagmiten, und auf dem Boden ein Teppich aus feuchtem Moos, der sich um die Beine schlang. Das Licht war matt, ein starker süßlicher Geruch lag über allem. Unseren Helden drehte sich sofort der Kopf.

Chulain ging vorwärts, das Maschinengewehr im Anschlag.

»Irgend etwas ist hier komisch! Der Geruch von diesen Pilzen ist offenbar halluzinogen.«

Der Hund bellte noch einmal wütend und versuchte, in einen großen, länglichen Pilz zu beißen.

»Guck mal – Groucho! Er ist verrückt geworden«, sagte Mei.

»Nein«, sagte Kook, »den hat nur der Pilz erwischt!«

Tatsächlich hatte der Pilz sich um die Beine des Hundes gewunden und wollte ihn gerade einwickeln.

»Tut doch was«, schrie Mei, »so tut doch was!«

Im selben Augenblick ließ eine rauhe Stimme, die aus den tiefsten Tiefen einer Höhle zu kommen schien, sie zu Eisblökken gefrieren.

»Osy, Alya!« befahl sie.

Auf den Befehl hin zog sich der Schlangenpilz sofort zurück. Und dann tauchte, zwischen den Lianen, die Hexe auf. Sie mochte wirklich gut und gerne dreihundert Jahre alt sein: Ihr Gesicht war wie eine Baumrinde von dichten, tiefen Falten gezeichnet. Zwei wunderschöne hellblaue Augen erstrahlten darin. Ihre Haare waren schneeweiß und fielen ihr bis auf die Füße herab, nein: sie wallten sogar noch einen guten Meter um sie herum über den Boden und rankten sich zu Blumen und Lianen. Auch das Gewand der Hexe war ein Pflanzenumhang, er glänzte vor Feuchtigkeit und war auf der Brust mit einer feuerroten Orchidee geschmückt. Das einzige, was daraus hervorragte, waren ihre Hände – so krumm, wie die Hände von Hexen eben sind, und die langen Nägel waren zierliche Stelen aus Blumen.

Die Hexe lächelte und entblößte ihre schneeweißen Zähne, dann sagte sie: »Bienvenute, Frainde! Wer hie naitritt in Höhle von Häckse mit ahn Huntchen dabai, der kannit faindlich seyn, denn issa Bonhomme, wer liebt das grüne Tier wo nich spricht oder selbiges Pelzije wo bellt oder selbiges Winzije wo im Himmel rumsummt.«

»Was für eine Sprache spricht sie denn?« fragte Kook leise Mei.

»Ich spreche alle Sprachen des Alls, Bartmann«, antwortete die Hexe. »Denn ich habe auf diesem Raumschiff zweiundachtzig Jahre lang die Erd- und Allsprachen und zwölf Jahre Aussprache und sechzehn Jahre die Sprache der Zeichen studiert. Und deshalb spreche ich nie zweimal hintereinander dieselbe Sprache.«

»Sind Sie wirklich Galina Perkowaja?« fragte Mei verblüfft. »Und Sie sind noch am Leben?«

»Believt se dat nich, Meiske?« trällerte die Hexe jetzt in einer ganz jugendlichen Stimme. »Three malen hev I eine Garbe zu je hundred Ähren pro annum gebunden.«

»Und wie haben Sie die ganze Zeit überlebt im All?«

»Lungus von fungus überlehptich«, hob die Hexe an, »von Pilzes et Alges mich teechlich ernährtich, Fliegenpilz für Horsedövre et Vorspaiß aus Ginsengwurz undenn als Hauptspaiß Mönchsköppchenfrittaten dazu ahn Salätschen von Hallimasch und Totentrompät un Raizkerkotelett un itzo grande bouffe mit Stainpilzini et Stainpilzacci unde denne wiewohl nudeldiggerabbelvoll un satt waiters a Schibbe foll Spitzmorchel stürztich in main estomac nunder et ließ ihr wohl folgen a pott full of Alges Sargassos et feechtich dazu wohl zween Runden von Champigni à la Süßkees mit Musik un mit braitkrempjer Pfiffalink fillt i mi dann ap et ergo ad usum Nachtischum genossich geaistes Risotto aus ächt unterirdisch Trüffelhäppchen sowie aim dicken Schuß Rotwain un aim Spritzer aierclaquörtem Wodka der Marke Perkowska Original Klosterabfüllung. Et für Crème de beautyhait nahmich Tollkirschextrakt un die Saifen gewannich von Zitronella un so mi nächtens die Schwermut wohl packt gaapich Tieparties mit mi Fraindinnen Cannabisia et Mescalina un den Dr. halluz. Peyotl un Darmwindus verwehtich mit Aufguß aus Nonnenfürzchen, haißt auch Mistus Bovistus, et Alium sativum Vampirschreck mir kurierte den baißenden Zahnschmerz un mit Verordnung des guten Dorfdockters entwich mi dank Eselsmelon die Malaria die Malve verlöscht das bronchonische Feuer un schmortich three Taranteln in Öl unde haarige Tunke bewahrt my Skalp from fallen out Haar un tatich dazu noch Speck contra Räude et Forsützjen contra Forunkülsjen et Brennesselchen contra Migränesselchen unwann bevölkert die Schlaflosigkeit die Matratz von my bed avec spitzem Gestain: Mit Mohnsämchen fiel ich in Schlummer subito wien Kindelain ergo fühlich mich, mit so many many Jahresringe wie die ält'ste Eiche träkt, nichtsdestowenigertrotz heutigentags lebhaft als ahn junge Maid et strahlend als hättich bloß years ahn hundred plus fumfzich aufm Buckel.«

»O Hexe«, sagte Chulain, »in tua domus Knusperibus kamen wir zu lugen nach grande Zotenraißer un Wegelagerer un Räuber et Lügenmaul sowie Dreckschleuder et Suppenspucker, der ischariotischen Kreatür haißt sich Snark Boojum.«

»But why denn bloß speakstu so strange, Minheer Kook?« fragte Mei.

»I believt«, erwiderte Kook, »aria halluzinófera hierdrin makt all of uns speak geschnitzelt et zungensaladesk, un stülpt notre Brägen unter Highness von fungolisch Feuchtness.«

»Was sagst du da, Kuko?« fragte Chulain, »mir schwanet nit wir züngeln ungewohnt, denn ganz bei maisellf so fühlich mi et mitnichten und neffen kaputt.«

»Ich seh schon hier herrscht aitel sunshine et Satzbau est out«, sagte die Hexe. »Und Wohlsain denn! Gemainsam wolln wir uns amüsiern! Alors, I tell you, Boojum was here, im Dizembre, müde un mitt'n Flocken de Magnetsturmibus verschneet un war so blond un scheen un dressed mit ahn Kehp in Isabella-Amarillo-Gilb et Anorak in Flohgrau, un wir kloppten zusamm ahn deftigen Schkat et Canasta et Rommé et Mau-Mau sowie Poker nehpst otherus jokus hazardus prohibitus nach Mitternacht un ich kassiert wohl tweehunnert Dublonen und Marönchen mit Krönchen, un wir soffen de Keller leer, un nächtensdann lernten wir uns biblisch erkennen un maßen die Kräfte, wohl ich un er, im Bauchklatschen et Bullerbaiabauchbaißen sowie im Leckmich ... un im Fickdichinsknie un baim Aufwachen am neckesten day war er längst schon wieder geflattert away! Wodennwohlhin ohjeh – werwaißaloahohheh! But so itzo erfahrn wir es wolln, brauchen wir only verhörn the wunderfull Häcksenspionagekugel, wo alles umfasset et berget in dero rundkraislige Klarsicht. So folget mir denn in mystagogscher Raih nach, maine klainen Aljoschas, maine neugierjen Fraindelain!«

Was sagte Galinas Spionagekugel?

O sieh, o sieh, o sieh
wieso, wieso, wieso.
Sieht alles komisch und gar nicht komisch aus
für Galina und Manannan MacLyr und Merlin und Dabih
        und Luan Ta und Chung Kuo
hier wirst du seh'n, womit du nicht gerechnet hättest,
die dreimannshohe Stahlgebißfliege, die durchs Zimmer
summt, und den Hirngespinstfisch, der in deinen
Mauern schwimmt herum.
Märchen sagen nicht die Wahrheit –
küß hunderte Frösch', doch kein Prinz kommt heraus.
Prinzessinnen heiraten keine Anästhesisten.
In den Geschichten wird gestorben, aber die Geschichte
        geht weiter.
Ich sehe, sehe Mäuse – sie verließen das sinkende Schiff
und stürzten herab auf ein holländsches Dorf,
wo der Sturm sich verheddert in Windmühlenflügeln.
Ich sehe, sehe Liebende – sie trennten sich,
ich sehe, sehe Freunde – sie entfernten sich.
Zwecklos, der Welt die Borke abzureißen, um sich
        wiederzufinden in dieser Zeit,
jeder Monat ist der Gipfel an Grausamkeit

hevél havelím
enchete penchete, Mädchen Mei,
Magie liegt in jedem der Schritte dein.
Wie kannst du mich fragen, wo ich wohl mag sein?
Die Sterne deuten die Zeit aus den Leuten,
und ich bin Galina,
halb alte Russin in meinen Jahren,
halb Zaub'rer in uralten Inka-Jahren,
und hab wohl noch zweihundert Hälften dazu.
Manch' Buch, das las ich, und andre erträumt' ich.
Der Zaub'rer schaut unter des Feuers Glut,
der Lecanomant in des Wassers Flut,
und der irrste Hellseher nimmt's Mikroskop
und sieht Shivas Tanz der Atome sehr gut.

Wollt ihr für den König arbeiten? Weiß der König etwa mehr von euch als ihr? So kalt, euer Leben, daß es sich in seinem Schloß aufwärmen muß? Du warst Rebell und deine Ideen so groß, daß du sie allein nicht tragen konntest – wo hast du sie jetzt versteckt, damit niemand sie sieht? Und du, der du dich weise nennst – warum gehst du nicht auf den Marktplatz? Denn wie der Esel die schwere Palisanderlast trägt, aber keinen Sinn für ihren Duft noch ihren Wert besitzt, sondern lediglich ihr Gewicht empfindet, so spürt auch der, der viele Bücher liest, ohne sie zu verstehen, nur ihr Gewicht auf seinen Schultern. Und du, der du suchst und schreibst und willst ... Es ist ein großes Glück, daß es Dinge gibt, die man nicht schreiben kann!

Für Dabih und Leporello und die freundliche Biene und Pinte und Coyllar und die Kreuze auf dem Berg und für die Ringe an den Händen der Skelette

ihr glittet hinüber, wie man so sagt, in die andre Welt

hört ihr die Klage des Gilgamesch? Kann denn nur der schwarze Schleier der Trauer enthüllen, was wahre Lieb' und Freundschaft ist?

Freunde! Einen Gruß an Mei, die geht, und an Kook, der geht: Ihr Schicksal ist, König zu werden. Ein ganz normales Los. Alle Menschen sind Könige

o Manko Capac o Mama Occlo o Gefiederte Schlange o Bartmann o Starosta

vielleicht steckt' im Anfang die Lösung schon, in den ersten Worten des Buches, in den Worten des Mannes, dessen Name allein schon die Mächt'gen beschimpft, in den ersten Worten, und doch – wieviel Worte werden geschrieben noch werden.

Der Pilz wächst in einer Nacht siebenmal nach, und selbst wenn die Gesichter, die sich über das Wasser eines Brunnens beugen, sich verändern – jahrtausendelang wird er sie dennoch erkennen. Die Spieler nehmen das Blatt wieder auf, das sie tausend Jahr' vorher gelegt aus der Hand. Warum all die Angst vor den Rätseln? Wer damit rechnen darf zu sterben, darf auch erwarten, geboren zu werden.

Bist du jetzt zufrieden, Einstein? War es das, was du wissen wolltest? Verlaß dich nicht drauf. Du wirst rasch groß werden. Einstein, dein Name ist jüdisch – vergiß ihn nie!

Und hör auf das Gebet der Waffen und des unausweichlichen Kriegs, es geht, seit die Welt begann – um neun Uhr früh im Jahre 4004 v. Chr. nach dem Kalender von Bischof Usher.

Spiel mir das Lied von Mord & Totschlag

Am Anfang war die Hand,
und die Hand nahm die Keule und den Stein und die Wurfschlinge, und mit der Keule drehte Herkules zehn Dinger und hundertzwanzig Filme.

Und Keule und Stein gebaren die Axt, Thors Hammer, das Tomahawk und erst viel viel später den Baseball.

Und Stein und Keule gebaren die Lanze, mit der nach Absprache mit dem Schicksal Achilles den Hektor tötete.

Und Stein und Schlinge gebaren die Schleuder, mit der nach

Absprache mit dem Schicksal, aber entgegen allen Vorhersagen, David den Goliath tötete.

Und Keule und Schleuder gebaren den Bogen, mit dem Odysseus das Kavaliersdelikt erfand.

Und bei der Lanze weiß kein Mensch *quis fuit horrendus primus,* jedenfalls wurde irgendwann das erste Schwert erfunden und entstand zu dessen Abwehr der erste antike Schild, der allerdings sofort von einem amerikanischen Museum geklaut wurde.

Und das Schwert wurde Excalibur, das Unbesiegbare, und Durlindana und Notung, aber auch aus dem Schild wurde ein Zauberschild, ein unbesiegbarer, und damit war man wieder am Nullpunkt.

Und aus dem Schwert wurde das Katapult, die Mangel, der Rammbock, die Steinschleuder, die Armbrust, der Dietrich;

und Schild und Rüstung stiegen gemeinsam auf's Pferd, zur größten Freude des letzteren, und brachten es alles in allem auf glatt neun Zentner;

und der Steigbügel gebar Fehde und Turnier, weil die Leute trotz Krieg noch immer nicht genug vom Prügeln hatten.

Und Galileo erfand die Parabel beim Studium von Fasanen, die mit Schrot vollgepumpt waren;

und Savonarola erfand die Lunte beim Anblick der brennenden Kordel an seiner Kutte.

Und so ward ein kleines Eisenstück geboren, das wie der Blitz durch die Gegend sausen und in nullkommanix neun Zentner erstklassige Kavallerie zu neun Zentnern Schrott für die Müllzerkleinerung verarbeiten konnte;

und die Lunte gebar den Feuerstein,

und es ward die Kanone, der Mörser, das Zippo-Feuerzeug, die Brikole, die Feldschlange, die Donnerbüchse, das Schnellfeuergewehr, das Präzisionsgewehr, der Revolver, der Karabiner;

und Herr Colt und Herr Winchester gründeten ein Land, von dem wir in dieser Geschichte noch oft hören werden;

und die mächtige Kanone gebar viele Kinder, von denen eins den Führerschein machte, und so ward es der Panzer, der in wieder einem anderen Land, das in dieser Geschichte auch sehr wichtig ist, Riesenerfolge verbuchen konnte;

und die Kanone ging ins Wasser und ward das Korsarenschiff und die unbesiegbare Armada und der Torpedojäger, schön wie eine nackte Waffe, und die Potemkin und die Nimitz und die Nabilia;

und die Kanone machte Karriere, einen glänzenden Aufstieg sozusagen, und flog mit in StuKas, Migs und Tomcats und sah eine ganze Menge von der Welt;

und der Colt bekam die Schwesterchen Mauser, Beretta und Luger und die Brüderchen Smith & Wesson und Walter und das RG 22, damit man endlich aus einem Meter Entfernung auf Präsidenten schießen kann;

und die Winchester bekam die Brüderchen Burnside, Spences, Martini und Peabody und die Schwesterchen Kalaschnikow und Remington und Anschütz und MGs samt Schützen und Gewehre mit Zielfernrohren, mit denen man endlich auch aus einem Kilometer Entfernung auf Präsidenten schießen kann.

Und der massige Panzer gebar die rüde Bazooka, und die gebar den mächtigen Superpanzerwagen, unter den sich tollkühn der Bersagliere warf;

und der ruhmreiche Panzerkreuzer gebar den hinterhältigen Torpedo und das Schnell-U-Boot, und das gebar den Abfangjäger zu Wasser, unter den sich tollkühn der Froschmann warf;

und das Flugzeug gebar die bedrohliche Flugabwehrkanone, und die gebar den Jagdbomber, und der gebar den Radarschirm, und der gebar das Flugzeug, mit dem der tollkühne japanische Kamikaze sich vom Himmel stürzte;

und Amerika zündete die Atombombe, die einem alles verleiden kann, über der Kaserne der Kamikaze in Hiroshima und tötete dabei auch ein paar Passanten;

und so kamen Bajonett und Karate ziemlich aus der Mode;

und die schon leicht verkalkte Dicke Berta gebar die V2, und die gebar eine andere Rakete: Honest John den Aufrichtigen,

welcher in einem regulären Duell von SS 4 dem Unbesiegbaren erlegt wurde;

welcher von Pershing dem Konquistadoren aufgehängt wurde;

welcher von einem Krummsäbel namens Skean SS 5, genannt der Korsar, geköpft wurde.

Welcher zu Tode geschmort wurde mit einem Strahl glühenden Öls von Poseidon dem Seefahrer;

welcher getroffen und versenkt wurde von Scud A dem Einäugigen;

welcher total geblendet wurde mit der Lupara von Pluto dem Getreuen;

welcher vergiftet wurde mit einem Klops aus dem SSBS 2, genannt Langbein;

welcher auf dem Scheiterhaufen verbrannt wurde von Frog 37 dem Gläubigen;

welcher in der Kathedrale erdolcht wurde von Sergeant dem Gottlosen;

welcher an Darmträgheit starb, nachdem er den Verzehr von harten Eiern der Marke »Titan der Gefräßige« riskiert hatte;

welcher genau dank seiner Gefräßigkeit verhungerte, weil seine gesamte Weizenladung chemisch vergiftet wurde von Scaleboard dem Kybernessischen;

welcher durch einen Satelliten zu Tode kam, der von einem Rhesusaffen gelenkt wurde, den Minuteman I der Unsichtbare dressiert hatte;

welcher, weil er ein Blutbad gestehen wollte, hingerichtet wurde von Minuteman II dem Unfehlbaren;

welcher in den Selbstmord getrieben wurde von Minuteman III dem Finsteren;

welcher durch einen bakteriologischen Angriff mit Denguefieber- und Pferdeenzephalitisviren getötet wurde von Sasiu dem Teuflischen;

welcher in einem Laserlanzenduell von Savage XII dem Weisen getötet wurde;

welcher der Wasserfolter von Lance ERW dem Guten zum Opfer fiel;

welcher auf dem Barbierstuhl erschlagen wurde von Polaris A3 dem Marseillaiser.

Welcher gefressen wurde von Cruise dem Kannibalen.

Welcher besiegt und zur Sklaverei gezwungen wurde von der mächtigen und gerechten Queen N.

Unter deren Pilz und deren Herrschaft endlich eine sehr sehr lange Zeit des Friedens, der Ruhe und des Eises begann.

Ach so, ja, Galina soll euch den Weg ja weisen.

Der Himmel teilt sich in fünfzehn seltsame Tore.

Ein Tor auf einem Berg, wo vier Männer leben und sich den Rücken zukehren. Ihre Namen sind Nord, Süd, Ost, West.

Ein Tor, wo der Teufel die Wörter zusammennäht, so daß dir, wenn du eins aussprichst, alle anderen aus dem Mund fallen und du nie wieder sprechen kannst.

Eins, wo jede Nacht ein Vogel mit Stahlgebiß denjenigen wegholen kommt, der zuerst eingeschlafen ist, und dann können alle anderen endlich ruhig einschlafen, nachdem sie gesehen haben, wie der unschuldig im Schlaf liegende Freund weggeholt wurde.

Eins, durch das du in die Vergangenheit gehst, wenn du dir das überhaupt vorstellen kannst.

Eins, durch das du in die Zukunft gehst, wenn du dich daran noch erinnern kannst.

Eins führt dich nachts auf ein Sklavenschiff, und du allein ruderst, und du bewegst alle Ruder und mit ihnen die toten Rudergänger, und tot ist auch der Takttrommler, tot ist der Kapitän, aber das weißt du nicht.

Eins ist gar kein Tor, sondern das Meer, das sich senkrecht

aufgerichtet hat zu einer unermeßlichen Wasserwand, und wenn du hineinwillst, wird sie auf dich niederstürzen.

Eins ist das Herz deines Freundes, und wenn du hineinwillst, wirst du es zerbrechen.

Eins ist der Umschlag eines Buchs, und er zieht dich hinein in den Strudel der Wörter, und wenn du an einer Stelle verweilen möchtest, dann zieht er dich weiter, und wenn du dich an den Buchstaben festhalten willst, dann stürzen sie ab, und der Strudel reißt dich weiter, auch wenn die Wörter keinen Sinn mehr haben, und was du dann rufen wirst, das wird niedergeschrieben werden, zusammen mit den Wörtern des Buchs, bis zum Ende.

Ein Tor führt dich vor fünfzehn Tore.

Eins an das Tor, das du suchst, und lenkt dich über den See, das Feuer und den Wind.

Ein Tor bin ich, und ihr könnt sehen, wie meine Augen sich bewegen zwischen den Streifen der Holzmaserung und meine Lippen auf den Schlüssel warten, und ihr seht mein Gesicht faltig von meiner dreihundertjährigen Rinde.

Ein Tor ist nicht zu sehen, denn er hält es offen von seiner Welt aus, der Hüter der unsichtbaren Welt, und lädt dich ein zum Eintreten.

Ein Tor ist ein schallendes Gelächter, das vom Himmel kommt, wenn er fröhlich ist.

Ein Tor ist das, woran du im Traum klopfst, ohne zu wissen, wer dahinter ist, aber in der Hoffnung, es möge jemand sein, der dir hilft.

Und deshalb wird es Zeit, daß eure Reise beginnt.

Caruso, der du zuhörn kannst,
du hörst den Klang
von Träumen und Metall im All,
den Geist des Menschen und die Mühsal des Ruderers,
du, hintergründiger Hellseher des Ruderblatts
und Erzkantor der Schiffsschraube:

Der Drache ist jetzt wieder frei
und läßt die Skulle schlenkern,
wie ein Ungeheuer ins Meer
gleitet er in die Bächlein der Luft,
und des Nachts ist die Milchstraße wie ein silbern Oká.

Und jetzt geht, wohin ich euch weis',
ich, Galina, für immer allein.
Wer war bei dir? So fragt mich
die Einsamkeit, die meiner harrt
zu Haus, während ich euch verabschiede,
und die Lampe im Garten schaukelt dazu.
Und ich folge euch nach,
ein bißchen weiter als der Blick,
in der Trennung liegt die größte Wahrheit,
und seht, die Lampe
erleuchtet schon Stille und Dunkelheit.

VII. Das Herz der Erde

Der Augenblick der Wahrheit: Fang und Einstein üben Revanche

Fang war sehr müde und ein bißchen betrunken. Die ganze Nacht lang hatten die Japaner telepathische Lauschangriffe auf ihn unternommen, und die hatten ihn entkräftet. Lange würde er nicht mehr durchhalten. Er hatte versucht, sich mit Mei zu treffen. Er hatte einen seltsamen Ort gesehen, eine Höhle mit grünen, feuchten Pflanzen und eine bizarre Gestalt, die ein unglaubliches Kauderwelsch brabbelte. Er hatte nur wenige Wörter verstanden: Die letzten Worte in den ersten, Fang. Und dann: Durch den See, das Feuer und den Wind. Der Alte schloß die Augen. Er versuchte noch einmal sich zu konzentrieren.

Rätsel Vektor van Cram: Warum bekommen die Computer nicht heraus, woher er stammt? Warum ist er nicht regulär erschlossen worden?

Inka-Zivilisation: Großes Geheimprojekt. Keine Schrift. Warum die großen Mauerwerke, warum Machu Picchu? Warum die Geheimriten. Warum der Sonnen- und der Goldkult?

Weissagungen: Warum wußten sie so genau, was passieren würde? Die Zeitbesessenheit. Warum ließen sie sich abschlachten? Die Linien der Inka Nazca, die Mongolfieren. »Wir können fliegen.« Außerirdischer Einfluß auf diese Kulturen?

Die fünfzehn Tore: Warum gibt es sie, und was verbergen sie da unten? Die rätselhafte Energie. Die ernormen Ströme. Wer ist Huatac?

So viele Daten, aber eins fehlt. Huatacs *quipu*.

Die Inka-Inschrift:

Es gibt nur einen Weg: Aus der Vergangenheit kehrt die Zukunft zurück, aus der Zukunft zurück die Vergangenheit.
Nach Überquerung zweier Himmel treffen Menschen zusammen und begegnen einander.
Eine kleine Kraft kann große Dinge schaffen,
wenn dein Herz voll ist und du beschließt voranzuschreiten.

Angabe fehlt. Angabe fehlt.

»Und das Rätsel bleibt immer Rätsel, Einstein. Noch etwas Wein, bitte«, seufzte Fang schließlich.

»Ende«, sagte Einstein und kroch unter einem Gebirge aus Decken hervor; auch er war ziemlich voll mit Alkohol, wie seine sonnenuntergangsfarbene Nase zeigte. »Alles im Universum geht zu Ende, wird verbraucht und wächst nach und wird wieder aufgekocht. Was wir für unbewegte Materie halten, ist ein Gewimmel von Ereignissen. Das Universum ... schäumt und prickelt, lieber Fang ... und deshalb können wir sagen ... hick ... daß Thales sich geirrt hat: Nicht das Wasser ist das universale, fundamentale Element ... sondern der Wein ... hick... Der flüstert nämlich den Elektronen diese unvorhersehbaren Umlaufbahnen ein ... hick... Man kann nie wissen, wo ein Elektron gerade ist, denn das Elektron ... hick ... ist besoffen... Da, das ist der Schlüssel zur Schöpfung... Alles Quatsch, die Suche nach der S-Matrix, nach dem Magnetfeld der Magnetfelder! Da muß man sich doch gar nicht wundern, wenn jedes Ding gleichzeitig Teilchen und Welle ist, wenn wir den ursprünglichen Sinn keines einzigen Ereignisses begreifen, wenn alles aus einem einzigen Klumpen Urmaterie kommt... Dieser Klumpen war ... eine Weintraube! Genau, und nicht das kosmische Ei! Die kosmische Traube... Das Universum ist bloß ... hick ... das Auspressen der kosmischen Traube –«

»Aber klar«, sagte Fang, »Yin und Yang, rot und weiß! Ich bin einverstanden. Und deshalb gehen wissenschaftliche Entdeckungen notgedrungen immer einher mit einem Rausch! Die Poesie genauso, wenn sie in Einklang mit dem Universum kommen will... hick... Es lebe die Tasse des Dichters Li Po und die von Tu Fu, es lebe der Suff von Descartes am St. Martinstag –«

»Was machen wir denn jetzt?« sagte Einstein. »Gedichte?«

»Diese fünfzehn Tore sind dazu da, geöffnet zu werden, nicht wahr?« sagte Fang. »Also gibt es auch einen Schlüssel. Wir haben ihn gesucht, aber wir haben ihn nicht gefunden!«

»Er liegt woanders ... hick«, sagte Einstein, »als da, wo wir gesucht haben.«

»Genau, mein junger rotnasiger Kollege! Womöglich sind wir dicht dran.«

»Bitte den König nicht um dein Glück, denn jeder Mensch ist ein König«, sang Einstein, »darum –«

»Darum gehe ich jetzt spazieren«, sang Fang. »Wenn ich das nicht finde, was ich suche, habe ich's vielleicht nie verloren.«

»Und ich«, sagte Einstein, »gewinne Zeit, falls es Zeit überhaupt noch gibt.«

»Genau«, sagte Fang. »Du wirst jetzt unsere gelehrten Kollegen zusammentrommeln, und da es viel leichter ist, über Ideen zu sprechen, als Ideen zu haben, wirst du ganz, ganz lange reden! Und da sie nicht einverstanden sein werden mit dem, was du deine Ideen nennst, werdet ihr alle zutiefst überzeugt sein, ihr hättet Ideen. Und wer mit euren Ideen nicht einverstanden ist, wird sagen, er hätte eine andere Idee. Bist du einverstanden?«

»Das ist eine tolle Idee«, sagte Einstein.

Der Schweinchen-Lehrsatz

»Dies ist ein *I-Ging*-Hexagramm, meine Herren, es stammt aus einem alten chinesischen Text«, erklärte Einstein vor dem versammelten *brain-trust* des Cuzco-Projekts. Da saßen arabische, japanische, sineuropäische Wissenschaftler und Intellektuelle zusammen, und alle waren sie bereit, die Operationen des folgenden Tages in die Hand zu nehmen. Eine Tonne Hirn der besten Qualität.

»In diesen Linien, meine Herren«, fuhr Einstein fort, »sind die Archetypen der Veränderungen der Welt dargestellt, das Universum der Beziehungen. Diese Linien liegen von Tag zu Tag näher an der modernen Kosmologie. Und doch erwuchs nie eine Hilfe für die Menschheit aus ihnen, denn kein wissenschaftlicher Kopf vermochte sie produktiv zu verwenden. Schwer ist der Weg zum Fortschritt für die unsichere Menschheit, stets dräut der Abgrund des Irrationalen, die Mauer des ideologischen Vorurteils: Wir jedoch schreiten voran, erhobenen Hauptes, und schwingen die Laterne des organisierten und produktiven Wissens. Wir sind Zwerge auf den Schultern von Riesen, wurde gesagt! Das stimmt, aber diese Riesen sind unsere Panzer, unsere Bohrer, unsere Raketen. Dank ihrer brauchen wir die Welt nicht mehr um Erklärungen zu bitten, wir brauchen sie nur noch berechenbar und nutzbar zu machen. Bald wird sie es sein, die uns beängstigt nach ihrer Zukunft fragt. Machen wir also eine Welt, die wirklich unsere ist, künstlich und darum wirklich menschlich!«

Applaus und beifällige Rufe.

»Das ist doch der Grund«, fuhr Einstein fort, »warum uns bei der Durchführung dieses Projekts tausend Indios auf keinen Fall werden bremsen können. Jeder Mensch ist potentiell ein Indio, und wehe denen, die anstelle der Kreuze, anstelle dieser Symbole des religiösen Glaubenswechsels also, keine Fernsehantennen auf ihre Häuser tun! Wehe jeder statistisch nicht erfaßten Ketzerei!«

Lang anhaltender Applaus schloß sich seinen letzten Worten an. Ein arabischer Wissenschaftler stand auf. »Das sind alles sehr schöne Worte«, sagte er, »aber was hat das Hexagramm damit zu tun?«

»Darauf komme ich gleich«, antwortete der Junge. »Wie Sie wissen, o meine gelehrten Gesprächspartner, besteht ein *I-Ging*-Hexagramm jeweils aus einer Kombination von ganzen und geteilten Linien. Insgesamt gibt es vierundsechzig verschiedene Kombinationen. Nun, und Sie kennen auch alle das fundamentale Dilemma unserer Zeit, nämlich: Muß man das Geteilte wieder zusammenbauen oder das Ganze teilen?«

Verblüfftes Raunen ging durch die Zuhörerreihen.

»Ich will mich nicht lange bei sprachlichen Haarspaltereien aufhalten, meine Herren: Ihnen allen ist in der Tat sattsam bekannt, was es bedeutet, das Ganze zu teilen: Wer auch nur ein Fünkchen Ahnung von Atomphysik oder von komplexen Systemen hat, weiß das. Außerdem wird Ihnen das, was ich meine, wenn ich sage ›das Geteilte wieder zusammenbauen‹, sogar banal vorkommen: Sie kennen es – von der Entropie über den Begriff des ›Verlusts‹ und die Katastrophentheorie bis hin zur Haute Couture. Aber hier geht es um mehr, Kollegen! Hier dringen wir bis zum Herzen des Problems vor! Wir gehen aus von einem Grundsatz der mathematischen Logik, nämlich dem Lehrsatz von Schwein-Tannebaum, auch Schweinchen-Lehrsatz genannt, so wie er von den Bourbakisten bei ihrer Aufzucht ausgewogener Gleichungen entwickelt wurde. Muß ich Ihnen noch erklären, warum gerade dieser Lehrsatz das Rätsel der fünfzehn Tore lösen kann?«

Betroffene Stille.

»Natürlich nicht, Kollegen, das würde selbst ein Idiot begreifen. Nun gut, da ja morgen unsere Arbeit beginnt, wollen wir unseren Kopf anspornen lassen – wie seinerzeit Evariste Galois, welcher seine mathematischen Entdeckungen einen Tag, bevor er bei einem Duell getötet wurde, konzipierte –, und zwar just von dieser uns drohenden, fatalen Begegnung mit dem Rätsel. Ich bitte um Ihre Mitarbeit für eine Recherche im Team!«

Enthusiastischer Beifall, zustimmende Pfiffe.

»Sie alle kennen jenen Lehrsatz«, sagte Einstein, »der da besagt: *Bei einer gegebenen Anzahl X von Schweinchen, von denen jedes das Schwänzchen des anderen in der Schnauze hat, gehen allesamt in einer Kette in dieselbe Richtung wie das erste.*

Dieser Lehrsatz, der ja doch offensichtlich fundamental für die Ordnungssysteme komplexer Gesellschaften ist, wird seit einiger Zeit heftig bestritten. Und deshalb wollen wir uns die Schweinchen-Kette einmal genauer ansehen: Wenn das hintere das vordere beim Schwanz faßt, erhalten wir die sogenannte swinomatische Sequenz, also das Schweinchen faßt das Schwänzchen des Schweinchens beim Schwänzchen. Das aber können wir auch anders schreiben: Das Schweinchen faßt das Schweinchen beim Schwänzchen des Schweinchens ... Wenn wir uns nun aber vorstellen, wir wären das Schweinchen hinten, dann müßten wir es noch anders sagen: Ich fasse am Schwänzchen das Schweinchen, das das Schweinchen am Schwänzchen faßt... Oder, wenn wir das Schweinchen vorn sind: Da ist ein Schweinchen, das mein Schwänzchen faßt, und so weiter... Und so fort.

Und damit bin ich am Punkt! Ich muß die Tatsache berücksichtigen, daß ich gleichzeitig Schweinchen vorn und Schweinchen hinten bin: Und das kompliziert alles. Darüber hinaus können, wie jemand sehr richtig eingewandt hat, in einer solchen Kette von Schweinen ja auch welche sein, die es rundweg ablehnen, sich beim Schwänzchen fassen zu lassen oder selber am Schwänzchen zu fassen: Damit ist das Problem der freien Willkür eingeführt. Es könnte außerdem das Schwein ohne Schwanz geben, das sogenannte *quid* des genetischen Irrtums. Und schließlich haben wir in der Kette immer auch ein erstes und ein letztes Schwein. An dieser Stelle bekommen wir wissenschaftlich wie politisch enorme Probleme, und wenn wir uns angesichts ihrer in theoretische Frontenbildungen verlieren, kommen wir überhaupt nirgends hin. Hier kann nur das praktische Experiment Licht in die Sache bringen.«

Zustimmendes Gemurmel.

»Und deshalb sage ich Ihnen jetzt: Betrachten wir es einmal so, daß die geteilten Linien des Hexagramms einem Schweinchen entsprechen, das sich weigert, ein anderes beim Schwanz zu fassen, sich aber *nicht* weigert, beim Schwanz gefaßt zu werden... Und damit konstruieren wir eine Kette möglicher Hexagramme. Meine Herren, ich bitte Sie: Wer ein mit der freien Willkür begabtes Schweinchen spielen möchte, der gehe bitte nach links, wer ein konformistisches Schweinchen spielen möchte, bitte nach rechts. Sehr gut... Jetzt stellen Sie sich bitte in einer Reihe auf... So, ja... Jetzt halten Sie jeder eine Hand in einem kleinen Abstand hinter Ihren Rücken: Das ist Ihr Schwänzchen... Und jetzt haben Sie alle die Möglichkeit, mit Ihrer anderen Hand die Schwänzchen-Hand Ihres Vordermanns anzufassen ... Und nun brauchen wir noch ein paar Mann ohne Schwänzchen ... Sie haben die Hand nicht auf dem Rücken ... Bitte, so drängeln Sie doch nicht –«

»Ich protestiere«, sagte Dr. Boloni, dreifacher Nobelpreisträger, »ich habe nicht die Absicht, ein Schweinchen ohne Schwänzchen zu sein. Meine Studien über die Begriffe von Ewigkeit und Endlichkeit weisen mich, glaube ich, als eines Schwänzchens würdig aus, selbst wenn es nur ein kleines ist.«

»Ich protestiere«, sagte der Japaner Suinuke. »Professor Gris aus Stockholm, der hinter mir steht, hat mir in die Hand gebissen und behauptet, diese Sequenz sei nicht symbolisch-analog sondern symbolisch-mimetisch, und deshalb müsse die größtmögliche Ähnlichkeit bewahrt werden.«

»Die Wissenschaft«, rief Gris aus, »hält es für nötig, alle Labordaten soweit wie möglich den wirklichen Daten anzunähern. Ich schlage deshalb den ehrenwerten Kollegen vor, bitte auch zu grunzen.«

»Ich werde niemals grunzen«, erklärte Dr. Boloni indigniert. »Irrelevante Daten gehören bei Experimenten eliminiert, und Grunzen ist nach meinem Dafürhalten ... Außerdem frage ich Sie ... Warum bin ich der letzte in der Kette und habe meinerseits nicht die Möglichkeit, von meinem Schwanz Gebrauch zu machen? Ich schlage eine kreisförmige Sequenz vor!«

»Einspruch«, sagte der Franzose Bayeux, »wir wollen uns hier nicht zu Mystizismen und der Suggestion irgendeiner Totalität hinreißen lassen: Dies ist ein wissenschaftliches Experiment, und bei solchen *gibt es* sehr wohl ein Raum-Zeit-Prinzip der Determination. Deshalb stehen Sie, Herr Dr. Boloni, am Ende der Sequenz, und Dr. Saddleback ist das Schwein Nummer eins.«

»Selber Schwein«, protestierte Dr. Saddleback.

»Meine Herren, bitte, regen Sie sich nicht auf, sonst können Sie sich nicht richtig am Schwänzchen halten«, beschwichtigte Einstein.

»Ich stelle einen Antrag«, meldete sich Frau Dr. Largewhite, »ich möchte vorschlagen, daß die frei-willkürlichen Schweinchen eine Sonderkommission bilden und die Frage, ob es günstiger ist, die Schwänzchen anzufassen oder nicht anzufassen, einmal ganz global erörtern.«

Bacon (England): »Dann möchte *ich* vorschlagen, die Schwänzchen momentan loszulassen und zur Abstimmung zu kommen.«

Lombowsky (Polen): »Nein! In diesem Fall hieße, die Schwänzchen zwecks Abstimmung loszulassen, eine automatische Annahme des Antrags. Ich schlage statt dessen vor, mit erhobenem rechten Bein abzustimmen.«

Norcini Grifo (Italien): »Drücken Sie sich bitte etwas präziser aus! Ich erinnere Sie daran, daß Schweine vier Beine haben. Erläutern Sie also bitte, ob Sie sich auf das Bein rechts vorn oder rechts hinten beziehen wollen.«

Lombowsky: »Auf das mit dem Schinken.«

Boloni: »Einspruch! Unter uns sind einige sehr alte Schweine, die aufgrund einer Arthrose das Hinterbein nicht heben können.«

Gris: »Einspruch gegen die offene Abstimmung! Ich schlage eine geheime Wahl per weißen und schwarzen Eicheln vor.«

»Ich schlage vor, in Ringelreihen zu gehen und uns ein bißchen die Beine zu vertreten«, sagte Professor Norcini Grifo, der sehr alt war.

»Einverstanden«, sagte Bayeux, »ich bin allerdings gegen das Rotationsprinzip beim Ringelreihen. Nach meinem Dafürhalten ist das erste Schwein, dem gefolgt werden soll, nicht Dr. Saddleback, sondern Dr. Boloni. Ihm gebührt der Vortritt wegen seines bedeutenden intellektuellen Prestiges und seiner rosigen Farbe.«

»Blödsinn!« schrie Landrace. »Herr Dr. Boloni ist Herrn Dr. Saddleback sowohl an Gewicht als auch an wissenschaftlichem Bekanntheitsgrad offenkundig unterlegen. Außerdem kommt Herr Dr. Saddleback dank seiner spitzen Ohren und seines schweinischen Gesichtsausdrucks unserer swinalen Erkenntnislehre sehr viel näher als Herr Dr. Boloni, der überdies, wie er selbst eingeräumt hat, nicht grunzen kann, trotz seiner angedeutet rosigen Farbe!«

»Ich habe nur gesagt«, brüllte Dr. Boloni, »ich halte es nicht für *angebracht* zu grunzen. Bei Bedarf bin ich sehr wohl imstande zu grunzen, und zwar mit mehr Intensität und Tiefe als Dr. Saddleback! Ich dulde nicht, daß das in Zweifel gezogen wird! Ich erinnere an dieser Stelle an meine Studien über die Quasarklang-Emissionen.«

»Ich möchte bezweifeln«, sagte Dr. Saddleback verächtlich, »daß Herr Dr. Boloni imstande ist, seinen Worten auch Taten folgen zu lassen. Hier sind jede Menge Wissenschaftler, die jede Menge Traktate über Klänge veröffentlicht haben, die jedoch im Augenblick des Grunzens nicht mehr als ein paar vollkommen sinnlose Geräusche zu emittieren verstanden. Das eine ist die Theorie, meine Herren, und das andere die Praxis!«

Dr. Boloni pumpte seinen Brustkorb auf, legte sein Schweineschnäuzchen in Falten und fing an: »Nkruuuuuuu, nkruuuuuuaaaa nkrunkrukru kroaaaaaa.«

Der ganze Saal sprang auf und klatschte frenetisch in die Pfoten.

Dann stand auch Dr. Saddleback auf und gab, violett vor Anstrengung, zurück: »Kruiiiiiiiiiii! Kruiiiiiiiiii! Nkruiiiiiii!«

Seine Fraktion klatschte anhaltend. Es folgten Pfiffe und Geschrei. Fausthiebe flogen durch die Luft.

»Aber meine Herrn, ich bitte Sie«, sagte Einstein, »ich möchte an dieser Stelle vorschlagen, daß eine Kommission bewertet, welcher der beiden ehrenwerten Kollegen das größere Schwein ist und hinter wem beim Ringelreihen hergelaufen werden soll.«

»Einverstanden«, sagte Professor Saddleback. »Ich stelle mich der Wahl! Wer mich wählen will, der hebe das Schwänzchen.«

»Jetzt sind wir wieder am Anfang!« sagte Suinuke. »Ich möchte vorschlagen, daß bei der Abstimmung die Schweine, die das rechte Bein hochkriegen, es heben und hochhalten und dabei auf dem anderen tänzeln, während die arthritischen Schweine das rechte Bein in einem Tangoschritt seitwärts strecken.«

»Und wer sich der Stimme enthalten will?« fragte Professor Norcini Grifo.

Draußen vor dem Saal lauschte Phildys mit Erstaunen den seltsamen schweinischen Geräuschen, die aus der Versammlung kamen, als er plötzlich Pyk sah, der mit einem triumphierenden Ausdruck eintreten wollte.

»Wie läuft's denn da drin«, fragte der Minister, »was Neues?«

»Ziemliches Durcheinander«, antwortete Phildys, »ich habe den Verdacht, daß Einstein sich nur deshalb ins Zeug legt, um uns ein paar Knüppel zwischen die Beine zu werfen.«

»Na, das soll er mal versuchen«, sagte Pyk. »Das Spiel ist sowieso aus. Ich habe eine gute Nachricht für uns. Vor einer Stunde gab es den letzten Versuch, mit der Proteus Verbindung aufzunehmen. Er ist gescheitert. Sie sind verschwunden. Mission Erde 2 muß momentan als verschollen gelten.«

»Und wenn ich mich noch so sehr anstrenge«, sagte Phildys, »kann ich das nicht als gute Nachricht empfinden.«

Das Ende der Proteus

Die Proteus Tien steuerte, nachdem sie eine seltsame unbewegliche Wolke, eine Art milchigen See, durchquert hatte, jetzt in einem Himmel herum, der nichts Gutes verhieß. Sie schien sich in einer Höhle aus lauter dunklen Wolken vorwärtszubewegen. Merkwürdige feuerrote Schimmer beleuchteten das Raumschiff. Die Außentemperatur war sehr hoch.

»Da ist ein Unwetter im Anzug«, sagte Chulain, »und zwar ein dickes!«

»Kannst du es auf dem Radarschirm sehen?« fragte Mei. »Ist der denn nicht kaputt?«

»Ich sehe es an unseren vier Ersatzradars.«

Der Schwarze zeigte auf die vier Hunde, die sich ängstlich und mit gesträubtem Fell unter einen Tisch verkrochen hatten.

»Ja, sie spüren, daß demnächst etwas passiert«, sagte Caruso. »Und ich höre auch ein seltsames Geräusch ... wie ... Ein Brunnen klingt so, ein sehr tiefer. Es ist ein Geräusch, das in etwas Hohlem, Überdimensionalen dröhnt.«

»Ruhe behalten, Leute«, sagte Kook. »Wo ist denn Mei hin, vielleicht müssen wir ihr Mut machen.«

»Bleib hier, du Feigling«, blaffte Chulain ihn an.

Mei lag mit geschlossenen Augen in ihrer Koje. Schon zum drittenmal hatte sie den Eindruck, Fangs Stimme zu hören, aber jedesmal hatte sie sie wieder verloren. Jetzt endlich war sie deutlich zu hören.

»Mei«, sagte Fang ungewöhnlich aufgewühlt, »ich weiß, daß du dem Ende der Reise sehr nahe bist ... Ich bin bei dir, jetzt.«

»Ich höre dich, Fang«, sagte das Mädchen, »ich habe Angst! Die Bordinstrumente spielen alle verrückt, je näher wir dem Punkt kommen, den die Hexe uns genannt hat ... Was wird geschehen ... Wohin fahren wir? Ach, ich möchte so gern auf die Erde zurück!«

»Keine Angst«, sagte Fang, »du wirst dorthin zurückkehren: Das *I Ging* sagte es.«

»Und du, Fang?« sagte Mei. »Ich höre Schmerz in deiner Stimme.«

»Ja«, sagte Fang. »Dieses ist ein sehr schwieriger Augenblick hier auf der Erde. Aber vielleicht können wir etwas tun. Und ihr auch! Findet diesen Planeten!«

»Ja«, sagte Mei, »wir werden euch helfen! Ich, das verspreche ich dir, werde ein *I Ging* für dich werfen. Ich schick es dir von der Erde, sowie wir sie gefunden haben! Das verspreche ich dir, Fang! Fang!«

Sie bekam keine Antwort mehr. Das All wurde überrannt von einem seltsamen Geräusch, dem Geräusch aus einem seltsamen Horn. Das Raumschiff begann, sich um sich selbst zu drehen. Mei lief in die Pilotenkabine und sah, daß Chulain sehr besorgt war.

»Es reagiert auf kein Kommando mehr! Wir rasen weiter ... ich würde sagen auf einer sehr engen Umlaufbahn ... Die Temperatur fällt.«

Kook sah nach draußen: Hell leuchtende Gaswolken flogen in rasender Geschwindigkeit am Raumschiff vorbei.

»Ist das eine konstante Umlaufbahn?« fragte er.

»Nein«, sagte Chulain, »sie wird immer enger und ziemlich schnell.«

»Ein Mahlstrom«, sagte Caruso. »Dann sind wir angeschissen! Das war dieses Geräusch! Der Allwind!«

»Ruhig, Freunde«, sagte Chulain, »wir wollen nicht den Kopf verlieren!« Aber er spürte, daß die Rotationsgeschwindigkeit ganz allmählich zunahm und schon leichtes Schwindelgefühl verursachte.

»Fragt doch mal den Computer ... nach den Daten ... Fragt mal, wo wir sind«, sagte Kook.

»Ich versuch's«, sagte Mei. »Aber wir drehen uns immer schneller.«

»Beeil dich«, keuchte Kook, »der Lärm wird stärker! Wir müssen einen Ausweg finden!«

»Der Computer sagt ... Mixcoatl! Wir sind in Mixcoatl!«

»Das gibt doch keinen Sinn«, sagte Chulain. »Einen Ort mit dem Namen gibt es überhaupt nicht! Einen Planeten auch nicht! Der Computer kann ihn doch nicht erfunden haben.«

»Ich weiß nicht, was los ist!« schrie Kook. »Der Computer ist verrückt geworden ... Er hat es wiederholt: Mixcoatl!«

»Haltet euch fest!« brüllte Chulain. »Wir rasen in irgendwas rein ... Ich kann das Raumschiff nicht mehr lenken –«

»Was ist denn Mixcoatl?« fragte Kook den Computer noch einmal, aber er bekam keine Antwort mehr.

Das Raumschiff rotierte in immer schnelleren Spiralen. Unsere Helden hörten noch, wie der rätselhafte Klang von einem Horn oder einer tiefen Orgelpfeife intensiver wurde, und dann hatten sie das Gefühl, ins Nichts zu stürzen: Eine lautlose Explosion aus lauter Licht erhellte das Raumschiff, und plötzlich brach der Ton ab. Das Universum kam wieder zur Ruhe. Von der Proteus Tien war nichts mehr übrig. Nur das dünne lautlose Nichts im Mare Universale, das sie geschluckt hatte.

Mission abgebrochen

Geheimbericht

Seit 106 Stunden gibt die Proteus Tien, auf Mission im All, keine Antwort mehr. Die Radarschirme in den äußersten Zonen zeigen in keinem Sektor des Mare Universale ihre Anwesenheit an. Das fragliche Raumschiff muß also als desintegriert und versunken gelten, und zwar in einer Zone, in der in letzter Zeit zahlreiche andere Raumschiffe dasselbe Ende genommen haben.

Die Mitglieder der Besatzung: Christoforus Leonardus Kook, Mei Ho Li, Boza Cu Chulain und Caruso Raimondi müssen dementsprechend als tot in jeder Hinsicht betrachtet werden und werden baldmöglichst mit dem Orden »Cosmic

Exploration« ausgezeichnet. Mission Erde 2 ist abgebrochen: Diese Meldung wird heute abend per Fernsehen offiziell bekanntgegeben. Die Rechte für die Story über »Das Ende der Proteus« sind bereits verkauft, gleichermaßen die entsprechenden Gadgets, einschließlich eines Spielzeugmodells der Proteus. Es ist folglich jedermann verboten, Bilder der Verstorbenen ohne Berechtigung zu Spekulationszwecken zu benutzen.

Auswirkungen auf die Bevölkerung

Die Meldung vom Verschwinden der Proteus hat überall Kettenreaktionen ausgelöst, womit sich bestätigt, daß die Operation Erde 2 einen gefährlichen Erwartungsüberschuß geweckt hatte. Der ferne Planet schafft ernstzunehmende Motive für alle Arten von sozialen Störungen, so daß unmittelbare Maßnahmen ergriffen werden müssen. Anbei ein Verzeichnis der Ordnungswidrigkeiten mit der Bitte um Weiterleitung an die Filtriercomputer der Presseagenturen.

»Puh«, stöhnte Phildys und warf sich einen Schwung Beruhigungspillen in den Mund. »Es gibt wirklich Grund zur Besorgnis. Demonstrationen in ganz Europa. Regierungsfeindliche Parolen in Peking. Ein Seniorenaufstand im Rentnersektor von Berlin. Lies mal hier: In Paris versammelten sich Hunderttausende vor dem Palast der Föderation. Die Demonstranten wurden mit Wasserwerfern auseinandergetrieben, dreißig Tote durch Vereisung. Die Einschaltquoten des Fernsehens bei den Aramerussen sind um dreißig Prozent gesunken! Essensstreik in den SAM-Kasernen. Was ist denn eigentlich los!«

»Das kann ich dir sagen«, antwortete Pyk. »Erde 2 hat zu viele Wünsche geweckt: Die Leute sind lustloser und gleichgültiger geworden. Unter der Erde leben, noch dazu jeden

Meter dieses Lebens kontrolliert vom Fernsehen, das ist schon kein Honiglecken, aber es wird vollends unerträglich, wenn die unseligen alten Bilder wieder auftauchen: blaues Meer, weiße Berge, totale Abrüstung, Unilateralsex und die Frei-ei-ei-heit! All diese prätechnologischen Versprechen, die die schönen Seelen so gern mögen. Bääh!«

»Ich bin völlig deiner Meinung, Pyk. In unserer Stadt funktioniert wirklich nicht alles perfekt. Und die Senioren in Berlin zum Beispiel – leben in der Kälte in einem Streifen Kahlschlag, und ringsum lauter hohe Mauern.«

»Sechs Grad haben sie«, sagte Pyk, »weil bei sechs Grad nur die robustesten überleben: Wir können schließlich nicht auch noch für die Reparatur sämtlicher löcheriger Lungen Geld rausschmeißen. Für die nichtarbeitende Bevölkerung ist Medizin ein Luxus, denken Sie daran! Außerdem haben die Alten auf ihren zwanzig Kilometern über sechstausend Bänke stehen. Bekanntlich braucht ein alter Mensch nur eine Bank. Und auf die Einfriedungsmauer haben wir riesige Plakate gehängt: Gebirge bei Sonnenuntergang und aufstrebende Filmsternchen. Fängst du jetzt auch schon an, von Erde 2 zu träumen, Phildys?«

»Ich träume nicht«, sagte der Minister, »andere schon. Wie sollen wir denn den Leuten jetzt erklären, daß Mission Erde 2 abgebrochen ist und wir die Minen verkauft haben?«

»Das wird sehr einfach sein, Phildys«, lächelte Pyk. »Wir brauchen doch bloß das Drehbuch ein bißchen umzuschreiben. Komm mal her, meine kleine im Dschungel der Politik verirrte Lilie. Hier ist der detaillierte Plan für die Meinungsbildungsmaßnahme ›Erde 1 ist schön‹. Er wurde bereits an unsere Zeitungen, an unser Fernsehen, an das dritte Kommando Intellektuelle und an sämtliche Polizeireviere weitergeleitet. Er basiert auf dem ersten Publikationsgesetz von Herrtrippa, das da lautet: ›In dieser Welt braucht nichts geändert zu werden – wenn man nur etwas strahlender und bunter schreibt, *ist sie bereits anders*‹. Findest du etwa nicht? Herr

General, nie hat die Programmkennung mehr bedeutet als in diesen Zeiten! Das Sein ist nicht von Bedeutung, sondern der Schein; die Welt ist ein Videospiel, mein Lieber. Es gibt nichts, was du nicht in Erscheinung treten oder verschwinden lassen könntest, wenn du die Tasten unter den Fingern hast. Hör auf, an diese Indios zu denken! Denk an die grünen Zielscheiben. Und puff. Lösch sie aus. Puff! Auch Erde 2 wird so verschwinden, Phildys: durch dreimal Tippen mit dem Zauberstab, das heißt, drei aufsehenerregende Meldungen:

A. Van Cram war ein Visionär und drogenabhängig. Er hatte schon mehrfach falsche Spähberichte geschickt. Vor Jahren meldete er sich bei der Polizei auf Jupiter und verlangte Personenschutz, weil er angeblich von einem Rudel Kamele verfolgt wurde. Während seiner Rebellenzeit war er öfter wegen Mißbrauchs halluzinogener Drogen interniert. Dazu die vollständige Dokumentation mit Zertifikaten und Fotos.

B. Eine von der Regierung eingesetzte Kommission aus den kompetentesten wie bestechlichsten Wissenschaftlern hat nachgewiesen, daß es absoluter Schwachsinn ist anzunehmen, in jenem Sektor des Alls gebe es intelligentes Leben. Dieser Sektor besitzt keinerlei Kohlenstoffatome, Kohlenstoff jedoch ist bekanntlich die Grundlage allen Lebens. Statt dessen gibt es dort einen Haufen Quecksilbermoleküle. Die einzig denkbare Form von Leben da oben wären also Thermometer mit vier Pfoten.

C. Sonnenlicht sowie natürliche Luft sind für Erdenmenschen des zweiundzwanzigsten Jahrhunderts ausgesprochen schädlich. Das hat das medizinische Forschungsteam der Universität Sydney eindeutig nachgewiesen. Nach den dort durchgeführten Experimenten hat uns das Leben unter der Erde der wesentlichen Schutzfaktoren gegen die Tücken eines voreiszeitlichen Planeten beraubt. Ein paar der aufgeführten Beispiele: Zehn Versuchspersonen, die mit Quarzlampen simuliertem Sonnenlicht ausgesetzt wurden, hatten in weniger als einer Stunde total verbrannte Nasen. Von hundert getesteten Einwohnern von Sidney reagierten achtundneunzig tödlich allergisch auf Kressepollen aus Reagenzgläsern, die restlichen zwei kannten nicht einmal das Wort Kresse. Das Urteil der Mediziner lautet also, daß das Leben unter der Erde sehr viel gesünder ist als das an der frischen Luft. Voilà!«

»Ich finde das nicht gerade einen Triumph unserer Wissenschaft«, sagte Phildys.

»Das ist das Größte, was wir der Menschheit geben können«, deklamierte Pyk triumphierend. »Sie kriegen zwar Erde 2 nicht, aber dafür sind sie glücklich mit Erde 1!«

»Aber die hatten sie doch längst«, wandte Phildys ein.

»Wir drehen das so, daß es wie ein Geschenk aussieht«, sagte Pyk.

Genius geht

»Achtung«, warnte der Techniker. »Das ist, wie wenn man einen Wal raufzieht!«

»Wenn Sie damit andeuten wollen, ich sei fett, dann möchte ich Sie daran erinnern, daß ich nicht einmal ein Zehntel dessen wiege, was der größte auf der Erde gefundene Wal wog, nämlich exakt der, den der japanische Walfänger Imaru im Jahr 1976 auf hoher See bei Spitzbergen fing. Und der war hundertachtundsechzig Fuß lang. Das ist die sicherste Angabe, obwohl der französische Naturalist Lacepede von hundert Metern spricht, das wären dreihundertachtundzwanzig Fuß, und in noch älteren Zeiten Aldrovandus von achthundert Metern. Was das Gewicht betrifft –«

»Sei mal ein bißchen ruhig, Genius«, sagte Einstein, »sonst kriegen die dich nie hier auf den Lkw.«

»Die kriegen mich sowieso nicht hoch«, jammerte der Computer, »die Stelle, wo sie mir den Stahlriemen umgelegt haben, liegt nämlich exakt einen Meter und sechsunddreißig Zentimeter falsch, außerdem hat der Beladungsplan –«

»Genius«, sagte Einstein, »komm, laß sie arbeiten ... Es ist ja nicht ihre Schuld, daß du umziehst.«

»Na gut«, brummelte Genius.

»Laß mal runter, so ... Geschafft!« rief der Cheftechniker. Genius' Masse wurde langsam auf einen großen Raupenschlepper heruntergelassen. Der Computer war reisefertig.

»Gut«, sagte Einstein und tat ganz ungezwungen, »alles klar! Jetzt kannst du dich erholen, Genius, du hast morgen früh eine schöne Reise vor dir. Sie fahren dich ins Datenzentrum von Buenos Aires. Es wird dir gefallen, paß mal auf.«

»Aber klar«, sagte Genius. »Es heißt Buenos Aires, weil sie da die besten Klimaanlagen von ganz Südamerika haben. Es liegt sogar an der Küste. Nur schade, daß das alles zwanzig Meter unter der Erde ist –«

»Du wirst etwas Interessantes zu arbeiten bekommen«, lenkte Einstein ab.

»Na herrlich! Vize-Computer, zuständig für die Koordinierung der rekreativen Aktivitäten für Ex-Computeristen.«

»Glaubst du nicht, daß das Spaß macht?«

»Und wie. Ich weiß auch schon alles. In Buenos Aires gibt es einen einzigen Ex-Computeristen, einen zweiundneunzigjährigen Australier. Dessen einziges Vergnügen ist Skatspielen.«

»Na, da werdet ihr aber Spaß haben!« sagte Einstein. »Wahnsinnsrunden könnt ihr da dreschen!« Aber sein Gesicht spiegelte nicht den Glanz der Überzeugung.

»Hör mal, Frank«, sagte Genius, »weißt du noch, wie du, um irgendwelchen schlichten Gemütern meine Intelligenz zu erläutern, das Beispiel mit dem gefalteten Blatt Papier gebracht hast?«

»Ja! Wenn wir das Blatt fünfzigmal in sich selbst falten könnten, dann würde es höher als die Entfernung vom Mond zur Sonne. Das ist die Art und Weise, in der deine Intelligenz zunimmt, Genius.«

»Gut, und ich fühle mich jetzt wie ein Blatt, das fünfzigmal bis zum Mond hoch gefaltet und dann mit Gewalt plattgequetscht wurde, solange bis es wieder so dünn ist wie ein Blatt Papier; du ahnst ja nicht, was das für Kopfschmerzen sind!«

»Ich glaube, ich verstehe dich.«

»Fühlst du dich denn nicht zerquetscht, Einstein? Macht es dir keine Angst, daß zwei von drei Wissenschaftlern auf der Welt inzwischen in Abteilungen arbeiten, die der Rüstungsindustrie unterstehen? Daß die schärfsten Kontrollen der Wissenschaft durch die Geheimdienste erfolgen? Daß deine Ideen nicht deine sind, weil du sie nicht selbst in der Hand hast?«

»Doch. Auch wenn ich ein bißchen Zeit gebraucht habe, um das zu durchschauen. Aber vielleicht ist es noch nicht zu spät, obwohl zwölf Jahre schon ein ziemliches Alter für einen Computerfreak sind. Mit sechzehn gehen die ersten von uns schon in Pension.«

»Ich«, sagte Genius seufzend, »darf erst mit fünfundsechzig. Mein Modell ist wohl überholt. Mir teilen sie jetzt das Universum des Skats zu!«

»Ach, übrigens«, sagte Einstein verlegen, »Ich ... und die Jungs von der Zentrale ... wir haben da eine kleine Erinnerung für dich –«

»Um Himmels willen! Erinnerungen, wie du das nennst, habe ich schon fast zuviel. Wenn ich mal Daten gespeichert habe, dann vergesse ich sie nie wieder. Der arme Unglücksrabe, der mir einst zuhören muß, wenn ich meine Veteranenmärchen erzähle!«

»Ich weiß«, sagte Einstein, »aber deine Erinnerungen sind vielleicht ein bißchen mechanisch. Und deshalb haben die Jungs von der Zentrale und ich dir einen ›Träumerei‹-Kommutator zum Ablenken gebaut.«

»Einen was?«

»Schau mal«, erklärte Einstein, »wenn wir Menschen uns erinnern, erinnern wir uns nie präzis. Oft vergessen wir die häßlichen Dinge, die normalen färben wir bunt ein und geben ihnen neue Töne und besondere Gerüche, wir verwandeln sie, wir drehen sie neu wie einen Film. Alles wird schöner und magischer, als es war. Tja, die Träumerei ist genau dieser Filter, dieser Kerzenschein, der dich die eine Erinnerung viel schöner sehen und alle anderen im Schatten läßt. Du erinnerst dich an das kleine Mädchen in der dritten Schulbank. Sie hatte Zähne wie ein Kreuzworträtsel und ein bißchen sabbernde Lippen; aber du erinnerst sie nur als eine kleine Nymphe mit einem wehmütigen Lächeln an einem Sommerabend, als du und sie das Süße aus den Glockenblumen in einer duftenden Hecke gelutscht habt ... Mit Blick auf den Sonnenuntergang ... zu Klaviermusik ...«

»Ach so«, sagte Genius, »und mit diesem Kommutator kann ich in aller Nostalgie an diese wunderschöne japanische Datenbank denken, mit der ich eines schönen Sommerabends beim Sonnenuntergang die Daten über die Bombardierung

Tokios ausgetauscht habe?... Die Fliegeralarmsirenen heulten.«

»So in etwa«, sagte Einstein. »Und jetzt – hier, ich habe ihn dir zugeschaltet. Von jetzt an bist du ein Computer mit Nostalgiekapazität.«

»Sehr schön«, sagte Genius, »also dann, adieu, Einstein. Nie wieder werde ich fühlen, wie deine zarten Händchen meine Tasten kitzeln, mit denen du mir saublöde Fragen und stinklangweilige Rechnungen eingegeben hast... Adieu... Adieu, Silicon Valley, wo der Coyote im Mondlicht heult und die Hunde in den Vivisektionslabors das Echo bellen und die müden Arbeiter von ihrer harten, radioaktiven Arbeit nach Hause gehen und beim Schein der Petroleumfunzel dem Wind aus den Bergen lauschen und zusehen, wie das Licht des Sonnenuntergangs ihr Haus in einen roten Feuerschein taucht, und sich plötzlich klarwerden, daß soeben die Zentrale explodiert.«

»Genius«, sagte Einstein, »jetzt sei mal wieder ernst.«

»Jawollja, Herr Dr. Frank Einstein, unsere Zusammenarbeit endet hiermit nach achthundertsiebenundsechzigtausend gemeinsam durchgeführten Operationen. Beste Wünsche und, wie wir zu sagen pflegen, schönen Input auch, egal von wem!«

Fangs Traum

Fang setzte sich in seiner Hängematte auf. Eine geheimnisvolle Stimme hatte ihn geweckt. Er hörte sie draußen vor dem Zelt, im Dunkeln singen:

»Es war einmal ein Zaubrer
im Gebirge von Honan
er spielte mit seltsamen Karten
zwei Flöten
drei Noten
vier Grillen
die lauter sangen
fünf Vögeln
sechs Glockenschlägen
und sieben Musikern
aus einer fernen Stadt
schlägt der Infanterist die Trommel
singt die Königin Lerche
kommt der Donnerkönig
bleibt von allem weniger als wenig.
So geht das Spiel der Welt
aber eine Geheimkarte ist noch da
wer kann ein Gebirge nehmn
und es ziehen aus der See?
Wer kann schwimmen lassen
den Fisch in Felsenmassen?
Wer hat als Schiff die Erinnerung?
Wenn du das entdeckst, dann hast du
das Geheimnis dieser Geschichte enthüllt.«

Unruhig stand Fang auf. Diese Worte erinnerten ihn an ein Lied, das er als Kind gehört hatte. Und diese Stimme ... eine Frauenstimme. Ja, natürlich ... es war Meis Stimme! Sie war es, da draußen, in der Nacht, sie hatte erneut zu singen angefangen:

»Wir sind angeschwemmte Muscheln
am Strand der Welt
die Flut unsrer Träume
ereilt uns im Schlaf
und spült uns zurück ins große Meer
wo wir einst geboren sind.«

Fang lief aus dem Zelt und ... SAH STERNE. Der Himmel war nicht mehr grau und verhangen, er war tiefblau und übersät von lauter Sternen. Dem Alten stockte der Atem vor Verblüffung. Und als er sich umsah, sah er die Bäume. Tausende von Bäumen, alle schneebedeckt; und der Schnee im Wald war voller Fußstapfen und kleinen Spuren, die die Tiere gezeichnet hatten. Und wie er sich bückte, um das feine Stickmuster eines spazierengehenden Eichhörnchens zu betrachten, da sah er Mei. Sie hüpfte durch den Schnee auf ihn zu, und sie juchzte vor Freude.

»Mei!« rief der Chinese. »Du bist ... hier! Aber ... ist das dein spiritueller Körper hier? ... Ich meine ... also, dann seid ihr gar nicht tot ... Oder bist du wirklich –«

»Was redest du denn, Fang?« antwortete Mei, »wirklich, spirituell? Ich bin hier und weiter nichts.«

»Ja, aber das Raumschiff? Die Mission –«

»Oh, Fang«, sagte Mei, »welches Raumschiff denn? Was für eine Mission? Du träumst ja, ich weiß gar nicht, wovon du redest. Komm her auf die Bäume, komm.«

Und mit einem Satz sprang Mei auf eine ganz hohe Tanne und ließ eine Menge Schnee rieseln.

Auch Fang versuchte zu springen, aber der hohe Schnee hielt ihn zurück. Er nahm zwei, drei unbeholfene Anläufe und schlug dabei mit den Schößen seines Mantels wie ein Vogel. Verblüfft bemerkte er, daß er einen Pelzumhang trug.

»Huhu«, lachte Mei oben auf dem Baum, »der Affe Fang weiß nicht zu klettern! Los, ruf ›Verwandlung‹ und verwandel dich in eine Kiefer!«

Fang versuchte es noch einmal, machte einen Purzelbaum und fiel wieder hin. Jetzt lachten auch die Bäume dröhnend und schüttelten sich den Schnee von den Ästen.

»Jetzt verstehe ich!« sagte Fang. »Das ist ein Traum. Das ist keine telepathische Verbindung... Aber warum treffen wir uns denn in einem Traum, Mei?«

»Phantasier nicht, Fang«, erwiderte das Mädchen fröhlich, »versuch lieber hinaufzuspringen! Von hier aus kann man den Fackelzug sehen! Kook ist auch da! Und Chulain! Alle sind da. Komm, hopp!«

»Ich möchte ihnen guten Tag sagen!« sagte Fang. Er schlug wieder mit seinen Schößen und diesmal schaffte er es, unter größten Mühen, hochzukommen. Er flatterte schräg durch die Luft, angefeuert von Mei, und dann hatte er sich endlich an den Wipfel eines Baumes geklammert.

»Hurra«, rief er, »ich hab's geschafft!«

Vom Tal aus erklomm ein langer Fackelzug den Berg Accantuay. Im Feuerschein konnte er Cus Gesicht erkennen, und da waren auch Kook und Catuilla und Caruso mit der Biene, Leporello und ein paar seltsame Gesichter, ein Araber, eine alte Frau mit hellblauen Augen, ein tätowierter Riese, der lauthals sang. Und alle waren sehr ausgelassen.

»He, Freunde!« sagte Fang. »Ich bin hier! Fang der Affe!«

»Komm mit uns!« rief Kook. »Wir gehen zum Berg und feiern ein Fest! Los, Affe, los, Mei-aus-dem-Jademeer!«

»Ich komme«, rief Mei, »los, Affe Fang. Weißt du, wie man von einem Baum klettert?«

»Ich fürchte nein«, sagte Fang. Er sah nach unten und bemerkte, daß er auf einem mindestens hundert Meter hohen Tannenbaum saß.

»Keine Angst«, sagte Mei. »Es geht ganz einfach – du brauchst nur zu sagen:

›Wo du bist, das weißt du nicht mehr
wenn's nach oben regnet, wird der Schirm nicht schwer
nicht runterrutschen, gib schön acht
weil sonst der Kopf auf 'ne Wolke kracht
beim Weinen siehst du die Tränen fliegen sacht
dazu die Meeresfische bei Nacht.
Baum, zur Erde bring mich mit deiner Macht!‹«

Der Baum bog sich sanft nach unten, bis er mit der Spitze den Boden berührte und Mei absitzen ließ.

»Los, Fang!« riefen alle Fackelträger herüber. »Jetzt bist du dran!«

»Na gut«, sagte der Chinese. »Also dann ... ich sage:

›Wo ich bin, das weiß ich nicht mehr
äh ... der Schirm von oben ist so schwer
und nicht runterrutschen, gib schön acht
weil du sonst 'n Fisch trittst, daß es kracht.‹«

»Nein, nein«, lachte Cu, »Chinese, du machst alles falsch.«

Der Baum fing schon bedrohlich an zu schwanken.

»Ruhig«, sagte Fang und versuchte, sich an den Ästen festzuklammern. »Ich muß mich richtig erinnern. Also:

›Wo ich bin, da stürz ich schwer
der Kuckuck buddelt eine Höhle im Meer
und die Pilze fliegen von oben her –‹«

Der Baum wurde immer nervöser und schüttelte sich zweimal.

»Hilfe!« schrie Fang. »Was ich rede, weiß ich nicht mehr,
wo ich bin, weiß ich auch nicht mehr,
die Zeit rinnt von oben und unten daher,
die Zeiger verprügeln sich,

die Wolken versenken sich,
daß es klingt wie Mandschuseide, so schwer
in Peru auf einem Baumgipfel, seht her,
ich krieg's nicht hin, ich plumpse ins Meer.«

Bei diesen Worten wurde Fang im hohen Bogen von seinem Baum geschleudert und landete auf dem Boden des Zeltes.

Als er wieder aufstand, sah er die Lampe, den Tisch, die Karte für die Bohrungen und seine Bücher. Und daß die Hängematte immer noch schaukelte, weil er sich im Traum so heftig bewegt hatte. Er war herausgefallen.

»Kook, Cu, Mei!« dachte er. »Es war nur ein Traum! ... Der Fackelzug ... zum Berg ... welch schmerzhaftes Erwachen ... Ich möchte weiterschlafen ... ich möchte wieder zurück in den Traum ... oder –«

Mit einer Vorahnung ging er ans Fenster. Eine lange Reihe von Lichtern bewegte sich zum oberen Teil von Cuzco hinauf. Hastig zog er sich an und lief hinaus in die Nacht.

Der Fackelzug

Im Schein der Fackeln erkannte Fang zuerst Catuilla. Sein Gesicht war versteinert. Hinter ihm trugen vier Männer eine Leiche, die in eine weiße Decke gehüllt war.

»Huatac?« fragte Fang, aber er wußte die Antwort schon.

»Er ist gestern gestorben«, sagte Nanki, »sowie er die Soldaten auf den Berg steigen sah.«

»Sie sind wieder da«, sagte Aucayoc, »wie bei den anderen Malen. Sie werden uns wieder gefangennehmen. Manche von uns sind schon in ihrem Lager und bereit, uns für Bier und Essen zu verraten und gegen uns zu kämpfen. Mißtrauen bewohnt jetzt unsere Siedlung wie ein räudiger Hund, den niemand davonzujagen wagt. Viele von uns sind schon vor dem Kämpfen gestorben.«

Fang brachte kein Wort heraus. Dies hier war nicht der Fackelzug aus seinem Traum. Gut hundert Indios, die letzten Überlebenden, begruben einen ihrer Alten im Berg unter dem Schnee. Einen Alten wie ihn. Er fröstelte. Aus dem Dunkel tauchte plötzlich Coyas Gesicht auf.

»Fang«, sagte die Frau, »Huatac hat, bevor er starb, gesagt: Nur wer tot ist, kann einstmals verstehen. Frag den Alten, der unser Freund ist... Er wird es verstehen.«

Fang zitterte immer noch. Er hatte nichts zu sagen... Er richtete seine Augen auf Coya. Ihre schwarzen Haare verdeckten das halbe Gesicht: Sie schob sie weg. Diese Geste beruhigte Fang, als hätte die Liebkosung ihm gegolten. Und jetzt begriff er es, er begriff alles in einem einzigen Augenblick. Er nahm Coyas Hand. Er erkannte sie. Dieselbe Hand. Das Mondlicht. Der Blick. Es war, als ob endlich alles wieder zur Ruhe käme.

»Ich glaube, ich habe das Rätsel der fünfzehn Tore verstanden«, sagte er dann. »Macht euch bereit hinunterzugehen. Jemand muß Einstein wecken. Sagt ihm, er soll sofort hinter uns her nach unten kommen und den LKW mit dem Computer mitbringen. Die anderen halten Wache, damit sie uns melden können, wenn jemand kommt. Wir haben nur noch wenig Zeit, aber wir können es schaffen. Lauft!«

Und die Fackeln zerstreuten sich in den Ruinen von Cuzco und erleuchteten sie, und die Stadt sah aus, als wäre sie wieder zum Leben erwacht.

Das Herz der Erde

Die Indios standen schweigend um Genius herum und strahlten ihn mit ihren Fackeln an. Einstein arbeitete frenetisch daran, ihm die Daten von Fangs Hypothese einzuhämmern. Schließlich seufzte er einmal auf und tippte die Frage: HYPOTHESE MÖGLICH?

Der Computer ratterte lange und gab dann die Antwort:

»HYPOTHESE MÖGLICH. Mögliche Lösung. Runtergehen und verifizieren!«

Einstein machte eine verblüffte Bewegung.

»Ich kann's nicht glauben, Fang«, sagte er. »Das ist verrückt! Laß uns die Daten noch einmal überprüfen –«

Catuilla sah besorgt zum Berg auf und sagte: »Nein, laßt uns sofort gehen. Die Wachen melden, daß die Soldaten sich gerade in Bewegung setzen, vielleicht haben sie unsere Lichter gesehen.«

Gut zwanzig Indios folgten Fang, als er den Weg, den das *quipu* anzeigte, noch einmal ging. Es dauerte zwei Stunden, bis sie vor den Toren standen. In der Halle jedoch wartete eine böse Überraschung. Eine Patrouille Föderationssoldaten stand bis an die Zähne bewaffnet in Reih und Glied vor dem Eingang. Der Hauptmann trat ihnen mit dem entsicherten Laser-MG entgegen.

»Halt«, brüllte er. »Niemand darf an die Tore. Auch Sie nicht, Herr Dr. Einstein; das ist ein Befehl.«

Die Eskimos und die Indianer der Gruppe zogen ihre Lanzen, aber Einstein gebot ihnen Einhalt.

»Bis Mitternacht bin ich noch Chef der Operation«, sagte er wutschnaubend. »Und ich treffe die Entscheidungen! Ihr habt uns vorbeizulassen! Das ist von kapitaler Bedeutung!«

»Tut mir leid, ich habe strikte Befehle«, sagte der Hauptmann entschlossen.

»Fragen Sie doch mal bei der Basis nach, ob sie nicht geändert worden sind!« bat Fang ruhig.

Der Soldat zögerte einen Augenblick. »In Ordnung«, sagte er dann. »Ich werde über Funk nachfragen. Aber in der Zwischenzeit – wehe, wenn Sie sich auch nur einen Schritt bewegen.«

»Was hast du getan, Fang!« flüsterte Einstein dem Chinesen ins Ohr. »Wenn die in der Zentrale anrufen, wird Phildys ihnen mindestens befehlen, uns zu erschießen.«

»Ist Genius nicht Chefkontrolleur für die Telefonzentrale der ganzen Basis?« fragte Fang.

»Tja, bis Mitternacht; da kontrolliert er sämtliche Automaten im Lager«, sagte Einstein. »Aber wie kommst du denn auf die Idee, daß er eine Initiative ergreift, um uns zu helfen –?«

»Ich erklär's ihm tatsächlich gerade. Überrascht dich das, Einstein? Nun ja, wenn dein Elektronenhirn wirklich komplett ist, dann müßte es ja auch ein bißchen telepathisch sein, oder?«

»Du bist verrückt«, sagte Einstein.

»Hallo?« tönte die Stimme des Hauptmanns. »Kommandozentrale?«

»Hier spricht General Phildys«, antwortete eine leicht elektronisch verzerrte Stimme. »Wer stört mich außerhalb der Betriebszeiten?«

»Hauptmann Romero zu Diensten, ein Notfall: Hier unten sind Dr. Einstein und Herr Fang. Sie sagen, sie wollen durch –«

»Aha, Potzblitz!« sagte Genius Phildys. »Himmel, Arsch und Zwirn – das hatte ich ja vergessen. Lassen Sie sie durch, sie haben die Erlaubnis. Aber sagen Sie niemandem, daß Sie sie gesehen haben. Auch nicht mir. Absolut geheime Mission, Potzblitz! Wir Soldaten, wir verstehen uns schon, was Romero? Gute Wache, und kneifen Sie den Arsch zusammen.«

Der Hauptmann stand mit dem Hörer in der Hand da und sah verblüfft drein. »Tja dann«, sagte er, »gehen Sie durch. Und – Entschuldigung. Ich wußte wirklich nicht –«

Fang und Einstein kletterten eilends über die Barrikaden und alle Indios hinterher. Kaum waren sie etwas entfernt, sagte Einstein: »Genius ist ein Phänomen. Er hat sogar Phildys' Stimme hingekriegt. Das hätte ich nicht geglaubt. Aber die Sprache war ein bißchen komisch!«

»Ich glaube«, sagte Fang, »das war meine Schuld. Ich habe ihm gesagt, er soll Militärjargon nehmen.«

Die Gruppe stand jetzt vor den Toren. Fang schritt entschlossen auf das zwölfte zu und befahl:

»Los, alle zusammen schieben!«

Obwohl sich alle ins Zeug legten, gab das Tor nicht gleich

nach. Aber dann, ganz allmählich, drehte es sich um seine Mittelachse. Einstein hielt den Atem an. Er hörte das dumpfe Geräusch eines in Bewegung geratenen Felsblocks.

»Wir sind da! Und ich habe Schiß!« sagte der Junge. »Ganz abgesehen von aller wissenschaftlichen Rührung.«

Die Tür stand offen und gab die Flure eines weiteren steinernen Labyrinths frei. Sie traten einer nach dem anderen ein. Das Labyrinth schien in der Luft zu hängen: Hier und da konnten sie zwischen den Steinen des Bodens einen Abgrund sehen.

»Unglaublich«, sagte Einstein, »wir sind in einem Höhlensystem. Fang, das alles hier ist ein wahres Wunderwerk der Ingenieurskunst. Sieh mal diese Blöcke da, einer auf dem anderen. Wenn wir auch nur ein falsches Tor aufmachen, fallen sie allesamt herunter und schlagen alles hier kaputt.«

»Genau wie es geschrieben stand«, sagte Fang, »es gibt einen Weg, und nur einen! Was da unten liegt, ist sehr gut geschützt.«

Der Chinese lief jetzt schnell vorwärts, er folgte seltsamen Zeichen auf einem Blatt Papier. Nach kurzer Zeit fing er fast an zu rennen, gefolgt von den Indios, die hinter ihm ihr eigenartiges rhythmisches Lied sangen. Und da, jetzt wurde der Flur breiter: Auf den Wänden sahen sie Megalithen wie die in den Mauern von Sacsuahaman. Plötzlich bäumten sich ihre Schatten auf und wurden riesenhaft groß. Fang, der vor den anderen hergelaufen war, blieb wie versteinert stehen. Sie befanden sich in einer kolossalen Höhle im Herzen des Bergs. Die Höhle war über und über mit kleinen Goldplättchen ausgeschlagen. Das Licht, das von den Fackeln widerschien, blendete wie das Licht einer Sonne. In der Mitte der Höhle sahen sie – hoch wie fünfzehn Mann und länger als der Blick folgen konnte– das Herz der Erde.

Basis Cuzco an Föderation

Bestätigen außergewöhnlichen Fund gestern nacht. In etwa 600 Meter Tiefe unter dem Sonnentempel fanden wir einen Block aus Goldplatten mit folgenden Ausmaßen: Länge 320 Meter, Höhe 36, Tiefe 82. Nach ersten wissenschaftlichen Erhebungen handelt es sich um Gold, das mit einer Legierung aus erloschenen transuranischen Elementen versetzt wurde. Es ist folglich mit sehr starker solarer Konzentration bestrahlt und birgt eine solche Menge Energie, daß sämtliche unserer Probleme auf Jahre hinaus behoben sein werden. Zum gegenwärtigen Zeitpunkt wissen wir noch nicht, wer dieses sensationelle »Herz« aus Sonnenenergie gebaut hat und wie. Fest steht, daß es dazu gedacht war, sich in der Dunkelheit dieser Höhle durch die Jahre unverändert zu erhalten. Der Unterboden ist in der Tat so abgeschirmt, daß keine Energie entweichen kann. Damit erklärt sich, wieso unsere Forscher die Energie in keiner Weise lokalisieren konnten. Die »Strömungen«, die entdeckt wurden, kamen vermutlich daher, daß aufgrund von Feuchtigkeit oder unterirdischer Erdstöße doch kleine Mengen »austraten«. Es sind etwa 300000 Goldplatten. Zur Nutzung ihrer Energie müssen sie nach oben gebracht und dem Sonnenlicht ausgesetzt werden. Das erfordert einige komplizierte Aktionen, wir müssen zum Beispiel das bißchen Sonne, das durch die Große Wolke dringt, auffangen, die Platten jenseits der Wolke transportieren und Durchgänge in die Wolke bahnen, entsprechend unserer früheren Lichtungsverfahren, die seinerzeit wegen zu hoher Kosten eingestellt werden mußten.

Für dieses Verfahren können wir die gesamte Energie aus unseren Reserven verbrauchen, denn sie stellt nur ein Zwanzigstel der Energie dar, die unter dem Berg konserviert wurde. Wir möchten noch einmal betonen, daß die Verfahrensweisen, mit denen sie dort unten eingemauert wurde, aus unserer Kenntnis der Inka-Wissenschaft völlig unbegreiflich sind.

Infolge dieses Fundes, der um 23.15 Uhr erfolgte, ist der Vertrag mit Aramerussen und Japanern nicht unterzeichnet worden, auch aufgrund des mysteriösen Umstands, daß die Nachricht über den Fund direkt bei den Zeitungscomputern eingetroffen war. So stellt uns dieser Fund zwar psychologisch und technologisch mit den anderen Föderationen auf eine Stufe, könnte sie aber auch dazu motivieren, uns anzugreifen, um sich des »Herzens« zu bemächtigen. Diesbezüglich sind alle Organe aufgerufen, unverzüglich in sämtlichen Ländern und insbesondere bei den oppositionellen Bewegungen die Meldung zu verbreiten und zu unterstreichen, daß der Fund das Energiedefizit für alle Erdenbewohner sanieren kann und daß ein Krieg an Ort und Stelle das »Herz« zerstören würde. Für alle Fälle sind unsere Truppen in Alarmzustand versetzt worden. Es wird gebeten, auf die pazifistischen Gruppen Druck auszuüben, damit sie demonstrieren. Für den Fall, daß sie nicht für den Frieden demonstrieren wollen, sollen sie mit Waffengewalt dazu gezwungen werden. Gezeichnet: Die Operationsleitung

Carlos Plassey Phildys, Showspotshow Pyk, Frank Einstein.

Fangs Erklärung

»Wir haben uns während dieser langen Suche eine Menge Fragen gestellt, Einstein. Aber eine hat uns besonders viel Angst gemacht. Wenn es wirklich einen Plan, ein Projekt, in jener Inka-Kultur gab, warum dann so viele Geheimnisse darum? Und wir waren auf die Vermutung gestoßen: Die Inkas wollten ganz offensichtlich nicht, daß das Ergebnis dieses Projekts in falsche Hände fällt. Tatsächlich haben wir, als wir die fünfzehn Tore gefunden hatten, gesehen, daß alles bestimmt war für jemanden, der einen ›Schlüssel‹ besaß: Aber welchen? Und weiter: Von wem kam dieser Vorschlag, diese

Herausforderung? Von einer außerirdischen Zivilisation etwa? Weder die Zeichnungen auf den Toren noch Huatacs Worte haben uns davon etwas enthüllt. Es gab weder Logik noch Legenden, noch Sprache, die uns das Rätsel hätten entziffern können. Also hörte ich, wie du weißt, auf zu denken: Wenn die Lösung nicht in unseren Grübeleien zu finden war, dann lag sie anderswo. Und dort habe ich sie gefunden. Gefunden ist nicht das richtige Wort: Sie war mir immer nahe. Aber etwas war nötig, damit ich begriff, und dieses Etwas geschah, als ich Coya auf dem Berg sah, wie sie sich die Haare aus dem Gesicht strich. In jenem Augenblick sah ich die Handbewegung eines anderen lieben Menschen wieder. Coya litt für ihr Volk – ich litt wegen des Verlustes von Mei: Und ich habe sie wiedergefunden. Coya sah Mei sehr ähnlich, mehr noch: *Sie war Mei.* Sie war der Schlüssel, die kleine Kraft: Und das Herz der Erde war mir bestimmt.«

Einstein lauschte ergriffen.

»Ja, Einstein«, erzählte Fang weiter, »einem armen alten Mann. Aber auch dir, allen. Jeder von uns besaß den Weg. Nicht aus dem All und auch nicht aus der Vergangenheit kommt er, sondern hier und heute unter den Leuten und Völkern, die du achtest, liegt er. Das ist der Weg, Einstein. Erinnerst du dich an die geheimnisvolle ›Angabe‹, die wir nie zu fassen bekamen und die die Computer wahnsinnig machte? Nun, es ist die ZEIT. DIE ZEIT: Hör zu, van Cram fliegt vor kurzem bis zu diesem fernen Quadranten und verschwindet wie andere vor ihm in einem schwarzen Loch. Was van Cram findet, ist nicht ein neuer Planet. Die Computer *konnten* gar nicht sagen, woher dieser Vektor kam, Einstein, weil der Vektor NIE LOSGESCHICKT WORDEN IST! Er war immer hier, van Cram hat ihn vor tausend Jahren auf diesem Berg gelassen, und die Bohrungen haben ihn ans Licht gefördert. Denn van Cram ist auf der Erde gelandet, aber auf der Erde vor tausend Jahren. Das schwarze Loch war ein Loch in der Zeit. Deshalb hat van Cram diesen Vektor nicht dichtgemacht – er starb, vielleicht an der Verruga, einer Krankheit jener Tage, die von einem peruanischen Insekt übertragen wurde, einer Krankheit, deren Symptome er in seiner letzten Botschaft beschreibt. Er trifft einen Kondor und beschreibt ihn als zwanzig Meter groß, van Cram aber hatte nie einen großen Vogel gesehen. Er beschreibt eine goldene Ähre. Und dann stirbt er, ohne den Vektor zu schicken. Deshalb konnte der Computer nicht sagen, daß jener Vektor aus einer*Reise in die Zeit* stammte, aus einem Zeitloch, dessen Existenz schon manche ausgemalt hatten. Snark Boojum und van Cram der Wikinger waren auf eins dieser Zeitlöcher gestoßen. Als sie ihm näher kamen, spielten die Instrumente verrückt. Und die Proteus folgt ihnen auf demselben Kurs und verschwindet, an derselben Stelle. Ganz weit da oben, auf der Milchstraße, der Mixcoatl der Inkas.«

»Und was heißt das?« sagte Einstein.

»Das heißt, daß Kook, Mei, Chulain und Caruso sich nicht desintegriert haben, sondern auf unserer Erde gelandet sind, vor tausend Jahren allerdings, vielleicht ein paar Jahre früher oder später als van Cram, aber etwa an derselben Stelle im Peru der Vorinkazeit, vielleicht in der Ära der Inka Nazca. Und hier wird die Legende wahr. Die goldene Rute, die aus dem Berg ragt, ist das Raumschiff Proteus. Kook ist Man Kook Capac, der mächtige Mann Kook, Mei ist Mei Ho Tschi Li, zusammen sind sie Manco Capac und Mama Occlo, die Gründer der Inka-Zivilisation. Oder vielleicht ist auch Cu Manco Capac? Wir werden es nie erfahren. Weißt du, was wir gemeinsam gelesen haben? Es ist mir wieder eingefallen, als ich Coya sah, Meis Nachfahrin. In vielen Büchern steht, daß es Berührungspunkte zwischen der östlichen und der Inka-Kultur gibt. Daß sich im Stamm der Inkas beeindruckende Ähnlichkeiten mit europäischen und afrikanischen und asiatischen Rassen finden. Erinnerst du dich an die These von Raleigh und anderen, daß Manco Capac Europäer gewesen sein soll? An die Legende vom Fremden mit dem Bart, der vom Himmel gekommen war? Und dann denk an Kooks Erscheinung: Manco Capac mit einem strahlenden Helm – nicht der Kopf eines Außerirdischen, sondern ein schlichter Astronautenhelm. Kook und Mei also, und keine Marsmenschen, kommen auf jener Erde an. Sie erinnern sich oder auch nicht an ihr zukünftiges Leben, also an ihr vergangenes – das zu sagen ist uns nicht gegeben. Aber ich glaube, sie wissen, daß sie eine Aufgabe haben: Ihre Aufgabe ist, uns zu helfen, das heißt, uns Energie zu verschaffen, damit wir die Sonne wieder auf die Erde holen können, in tausend Jahren. Sind es ihre wissenschaftlichen Kenntnisse (Kook ist Sonnenenergetiker) oder etwas anderes, was sie zu diesem Unternehmen treibt? Wie auch immer, hier nimmt alles seinen Anfang. Die Straßen, die großen Festungen, Machu Picchu entstehen für dieses große Projekt: Das Herz der Erde. Von den oberen Terrassen starten Mongolfieren oder vielleicht Schaluppen-Satelliten der Proteus mit den Goldplatten, um sie mit Hilfe der magnetischen Sonnengewitter, für die Kook ein so bedeutender Experte war, mit Energie ›anzureichern‹. Die Linien der Inka Nazca sind vielleicht Zeichen für diesen ›Verkehr‹ im All. Der Astronaut von Palenque ist kein Außerirdischer, sondern ein Mann, der eins dieser Fahrzeuge lenkt. Die großen Spiegel sind nicht nur rituelle Spiegel, auch sie dienen dazu, die Platten anzureichern. Aber damit alles vollbracht werden kann, muß alles streng geheim bleiben. Wehe, wenn es in die Hände anderer Völker fiele, in die der Spanier zum Beispiel, wehe, wenn es aus dem *ayllu* der Inkas herausdrängte. Wer das ›Herz‹ besäße und es zu nutzen verstünde, der hätte eine für damalige Zeiten entsetzliche Macht. Und so darf es nicht einmal eine Schrift geben, nur die engsten Vertrauten kennen das Geheimnis. Nur der Inka-Clan kennt das Projekt bis auf den Grund, nur die Nachfahren von Manco Capac und Mama Occlo werden es wissen. In den Tempeln, hinter abgeschirmten Mauern, wird das Gold zu Platten verarbeitet, zu der ›Kammer‹, in die das Herz der Erde eingeschlossen werden wird. Alles ist hinter Riten verschleierte Arbeit.

Die Straßen haben vermutlich den Zweck, die Platten, die

angereichert aus dem All zurückkommen, eilig von allen Punkten des Reiches zurück in den zentralen Behälter zu transportieren. Die großen Blöcke von Sacsuahaman (großartige Technik, ja – oder etwa mit Laser geschnitten?) beschützen das Geheimnis: Sie sind wahre ›Atommeiler‹, in denen die Energie konserviert wird. Und es gibt noch tausend andere Zeichen, um diese These zu untermauern: den Sonnenkult und seine Symbole, die Architektur, die vollständig auf den Himmel ausgerichtet ist, Machu Picchu, vielleicht die letzte Zuflucht der Hüter des Geheimnisses, die letzten Arbeiten. Und diese Geschichte ist auch voller Grausamkeiten: Die Diener mitsamt ihren Herren zu begraben heißt das nicht auch, ihre Geheimnisse zu begraben? Und die Menschenopfer, waren das Hinrichtungen von unzuverlässigen Personen oder von Leuten, die zuviel wußten?

Hat Kook seinen Nachkommen die ganze Wahrheit erklärt? Oder wird sie sich bald herauskristallisieren aus fürchterlichen Glaubensformen und Riten? Lernte er bei seinem Projekt die ganze Grausamkeit der Macht kennen? Begriff er, daß auch in der Inka-Gesellschaft die Ausbeutung begann, die Spaltung, die von der Zeit kündete, aus der er kam, der Zeit der Kriege? Und die Inkas, wußten sie von uns? Wollten sie gerade uns helfen? Es gibt so viele Rätsel, die wir nie lösen werden. Ihre Beziehungen zu Mayas und Azteken zum Beispiel. Die Mayas wußten von dem Gott, der vom Himmel zu den Inkas gekommen war. Die Azteken fürchteten die Sonne und den Gott, der ›in der Erde brennt‹. Das kann eine Erklärung für ihre Besessenheit von der Zeit und den Kalendern sein, für ihre wahrsagerischen Fähigkeiten. Es scheint, als hätten sie gewußt, was geschehen würde: Nun, vielleicht war jemand unter ihnen, *der aus der Zeit gekommen war und ihnen schon erzählt hatte, was geschehen würde!* Vielleicht haben sie sich deshalb ausrotten lassen. Sie wußten, daß ihre Zivilisation dem Untergang geweiht war. Oder vielleicht wollten sie gar nicht kämpfen: In die Geschichte der Siegervölker, in den Wettbewerb der Großmächte einzutreten interessierte sie vielleicht nicht. Sie wollten etwas ganz anderes. Ich bin verwirrt, Einstein. Und doch könnte das alles wahr sein. Weißt du noch – Huatacs Inka-Prophezeiung über die fünfzehn Tore? Hör sie dir noch einmal an, und du findest in ihr die Geschichten dessen, was passiert ist:

Es gibt nur einen Weg,
aus der Zukunft kehrt
die Vergangenheit zurück,
aus der Vergangenheit zurück
die Zukunft.
Folg ruhig dem,
was du nicht sagen darfst.
Hier liegt das Rätsel, hier der Schmerz.
Nach Überquerung zweier Himmel
treffen Menschen zusammen
und begegnen einander.
Eine kleine Kraft
kann große Dinge schaffen,
wenn dein Herz voll ist und du beschließt
voranzuschreiten.

Die erste ist die Geschichte von Kook. Es gibt einen Weg, die Zeit. Aus der Zukunft, aus dem dritten Jahrtausend, kehrt die Gründung des Inka-Reichs zurück, aus der Vergangenheit eine Hoffnung für unsere Zukunft. Kook wird seinem Weg folgen und sein Projekt vollbringen, ohne ›sagen zu dürfen‹, ohne den anderen oder sich selbst vielleicht erklären zu dürfen, woher er kommt, denn er baut das Herz der Erde. Da liegt das Geheimnis, da liegt der Schmerz der Inkas: Sie bauen eine große Zivilisation auf und wissen dabei, daß ohne Waffen auch eine große Zivilisation kein Existenzrecht hat. Aber nach Überquerung zweier Himmel vereinigen sich die beiden mysteriösen Universen, unseres und das präinkaische, die zwei Halbkugeln der Zeit, die das schwarze Loch verbindet, die solidarischen Menschen, und sie arbeiten gemeinsam. Die Begegnung wird kaum ohne Schwierigkeiten ablaufen, ohne Mühen, ohne Ungerechtigkeiten. Das kleine Inka-Volk baut große Mauern und große Straßen. Und keine Prophezeiung, keine Angst vor der Zeit, keine Vorhersehung kann sie davon abhalten weiterzumachen.

Aber in jenen Toren steckt auch unsere Geschichte. Es gibt nur einen Weg, die Geschichte scheint sich immer gleich zu wiederholen – je mehr wir nach vorn sehen, desto mehr kehrt das zurück, was gewesen ist, die alten Grausamkeiten, die alten Irrtümer. Und die Erde wird wieder vereist und arm wie vor Jahrtausenden. Und doch weist die Geschichte des Kampfs der Menschen uns die Zukunft. Wir sind zurückgegangen bis zu diesem Rätsel, auch wenn wir es nicht sofort haben ›sagen‹ oder erklären können, weder mit unserer Vernunft noch mit unserer Wissenschaft. Denn man kann auch wünschen, was man nicht begreift; man kann von etwas anderem getrieben werden als von Profit oder Machtgier. Hier lag unser Leiden, hier lag unser Gefühl, wir könnten keine Erde mehr finden, wo wir leben konnten. Aber jenseits davon, im Bund der zwei Welten, der Wissenschaft und der Intuition, von uns und den Inkas, treffen dieses Volk und seine Nachfahren und alle von der Geschichte verletzten Völker mit uns zusammen, und wir begegnen einander. Wir sind wenige, jedenfalls keine Armee und kein großer Staat, aber wir haben eine große Stärke. Wenn der Schmerz über den Verlust dessen, was uns lieb und teuer ist, über die Ufer tritt, wenn wir gegen die Gleichgültigkeit rebellieren, dann fällt die Entscheidung: Und vor uns liegt jetzt nur noch das ›Voranschreiten‹: Werden wir diesen Reichtum zu nutzen verstehen? Oder werden wir auch weiterhin Reichtum nur nennen, was ein paar Leute reich macht, aber nicht alle?

Und hier liegt die dritte Geschichte, der Schlüssel, meine Geschichte. Es gibt nur einen Weg, sagt das Tor, aber nicht weil er alle anderen ausschließt, sondern weil er alle anderen ist. Die Zeit ist ein Rätsel. Aus der Zukunft, aus meiner Liebe zu Coya und zu allen, die um derentwillen leiden werden, die auf den Seiten der Geschichtsbücher sterben, kehrt die Vergangenheit zurück: der Schmerz, den ich wegen Mei und der verlorenen Freunde verspürte. Deswegen kämpfe ich. Und im Tausch kommt hier das Geschenk, aber nicht von Außerirdischen, nicht von seltsamen Mächten: sondern von denen, die mir nahestehen. Meis Geschenk ist der Schlüssel: Aus den Zeiten der Inkas schickt sie die Zukunft, ihre Zukunft und das, was sie umfaßt, das *I Ging*. Der Schlüssel steht auf dem Felsen von Sacsuahaman geschrieben, er ist Huatacs Prophezeiung.

Im ersten Teil des Labyrinths bin ich dem *quipu* gefolgt, dem, was man nicht sagen kann, der geheimen Schrift. Dann hat das Rätsel uns lange verzweifeln lassen. Und dann kam der zweite Teil der Reise; folgen wir dem *I Ging*. Den Wandlungen. Sieh her, Einstein, ich habe diese Hexagramme eins neben das andere mit ihren chinesischen Namen und ihren Bedeutungen gezeichnet. Stell dir vor, du liest sie ›der Sonne entgegengehend‹ (also von links nach rechts) und von oben, wie Huatac mir sagte.

Das erste ist KKIENN, das Schöpferische, gebildet aus den zwei Hälften von Kkienn, dem Zeichen des Himmels, aus zwei Himmeln also. Dann kommt TTUNG IENN, die Gemeinschaft der Menschen, Menschen gemeinsam. Dann KOU, die Begegnung, dann SIAU CCIU, die kleine zähmende Kraft, dann TA YU, der große Besitz, dann KUAI, das Über-die-Ufer-Treten, die Entscheidung, dann LU, das Voranschreiten. Zusammen bilden sie ein Labyrinth, dessen Eingang in der ersten geteilten Linie von Kuai, dem zwölften Tor, liegt, da wo diese Figur ist. Eine Frau, vielleicht: Coya, Mei, die Sanft-Mut. Das Starke wird geleitet vom Freundlichen. Der Wind im Himmel. Die Wolken haben sich gelichtet. Meis letzte Worte waren: Ich verspreche dir, ich schicke dir von jenem Planeten das *I Ging* für eine gute Zukunft. Und so geschah es. Von da

Plan des Labyrinths

Quipu

Das, was du nicht sagen darfst

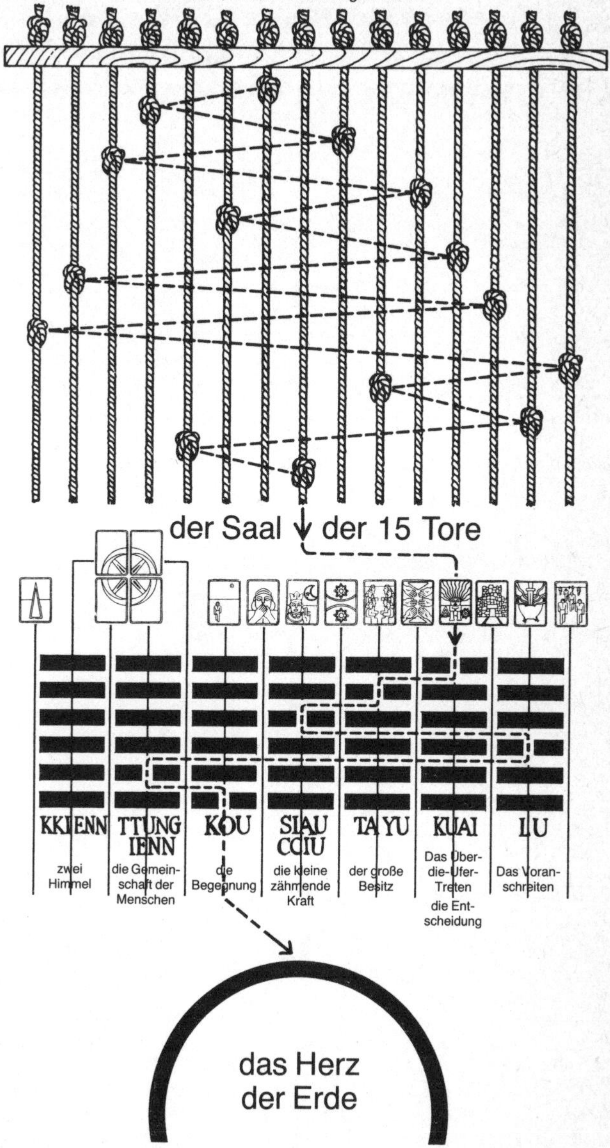

aus geht man durch das Trigramm des Sees von Kuai zur geteilten Linie des Feuers von Ta Yu und zum Wind von Siau Cciu. Und noch einmal zum Trigramm des Sees von Lu zum Feuer von Ttung Ienn zum Wind von Kou. Durch den See, das Feuer und den Wind. Mei sagte: Ich verspreche dir, ich schicke dir von jenem Planeten das *I Ging* für eine gute Zukunft. Und so ist es geschehen.«

Finale

Zwei Tage später erläuterten Phildys und Pyk den Journalisten in einem Dickicht von Mikrofonen, wie ihre bewährte Freundschaft, abgesehen von ihrer tatkräftigen Zusammenarbeit, zum Auffinden des »Herzens« geführt hatte. Der Ort hatte sich mit Tausenden von Leuten belebt. Aus fernsehästhetischen Gründen waren die heruntergekommensten Indios durch schwarz angemalte derbe Deutsche ersetzt worden, die jetzt zufrieden in typischen Kostümen posierten. Fernsehtechniker zwangen mit der Pistole in der Hand die Eskimos, Bärenfett zu essen. Cuzco erstrahlte in sämtlichen Lichtern. Im Zelt-Hotel der Araber veranstaltete Shaula eine rauschende Dosenparty. Tunfisch aus dem Jahre 1967 wurde aufgemacht, und das Orchester spielte die Hymnen aller Länder.

Und das geschah bei dem verrückten Fest:

General Carnecero Menendez stürmte das Büffet und killte 200 Eclairs, ein jedes mit einem Zahnstocherhieb, wobei er besonders gern die buntgefärbten verschlang.

Der Gußeisenkönig forderte den Stahlkönig zur Nagelprobe heraus, während der König der Kaugummis sich mit der Königin der Gebisse stritt.

Und Nummer eins der Mafia machte sich das Durcheinander zunutze und schaltete Nummer zwei aus, während Nummer vier zwecks Mord hinter Nummer drei her war und als er ihn fand, sagte: »Dein Ende ist gekommen, du mußt sterben, Nummer drei«, aber Nummer drei widersprach, denn jetzt, wo Nummer eins Nummer zwei umgebracht hatte, sei er, Nummer drei, Nummer zwei geworden, und dementsprechend sei Ex-Nummer vier jetzt Nummer drei und also dran mit dem Sterben, und es hagelte Proteste.

Und niemand amüsierte sich, bis der Kellner endlich mit einem Tablett voller Gläser hinfiel und das Fest sich einen Augenblick lang wieder belebte.

Und während man in *einem* Saal zu einer Einigung kam, gab es im anderen leichte Divergenzen, und während man in *einem* die Prinzipien ritt, war man im Nebensaal schon bei den ganz konkreten Konsequenzen, und deshalb wurde ein Kellner gerufen und gebeten, die inzwischen steril gewordene Debatte abzuräumen.

Und ein Jemand sprach über die 16 Fehler des Buchs und lud alle ein, sie zu suchen, und ein Betrunkener sagte ungehört Prost zu Riffs, Einsamkeiten und der Sterne Regel und dann wieder Riffs und sprach über den großen Lärm, den Rotationspressen des Nachts in den Köpfen von Träumenden anrichten.

Und das Fernsehen zeichnete alles auf, mit acht Kameras, von denen mit Sicherheit zwei auf dem Boden des Grundgesetzes standen.

Und der Waffenhändler Onesiforos schenkte allen anwesenden Damen Puderdosen in Form von Panzern, die, wenn man ein Hebelchen betätigte, ein feines rosa Puderwölkchen aus einer kleinen Kanone schossen.

Und der bekannte Zeitungschef erzählte eine Anekdote über den Zeitungschef, der ständig Anekdoten über Zeitungschefs erzählte, ohne zu merken, daß Zeitungschefs anwesend waren, und stellte plötzlich entsetzt fest, daß Zeitungschefs anwesend waren.

Und das Orchester machte Pause, und der Minister bohrte in der Nase, und viele fragten sich ob zwischen beidem ein Zusammenhang bestand.

Und der eiskalte Wind riß die Fenster auf, und die Gedanken aller liefen sofort hinaus zu den Armen im Biwak, aber dann kamen sie ganz schnell wieder rein und setzten sich vor den Kamin.

Und was machen wir mit dem Herzen der Erde? fragte da einer.

Aber inzwischen hörten ein paar Gäste draußen auf der Terrasse ein lautes Geräusch, und jemand sagte, das seien Lawinen, die den Berg herunterrollen, und jemand anderes sagte, ein paar Militärtransporter seien umgekippt, und etwas Seltsames gehe da vor.

Halt halt, nicht dran denken, sagte der berühmte Sänger und nahm ein Lied in Angriff, das den Zauber des armen, einfachen Lebens feierte, und alle fanden es widerlich.

Und der berühmte Schriftsteller fühlte sich völlig fehl am Platz in dieser Gesellschaft, lief in die Küche, tatschte der Köchin auf den Arsch und kam, nachdem er so den Kontakt zur Basis wiederhergestellt hatte, zufrieden zurück mit den Worten: Es ist ja wohl allen klar, daß ich mich hier nicht wohlfühle.

Und eine Frau sagte: Wo ist denn der alte Chinese? Und das Kind? Und das Mädchen?

Und die Minister Phildys und Pyk führten ein paar Telefongespräche, um Komplikationen beim Finale abzuwenden.

Und immer noch heulte der Wind und ließ die Helme der Rüstungen wie Kasserolen zusammenscheppern, und die Orden der Generäle bimmelten, und in aller Pracht kam ein Bote auf einem Pferd herein, aber das Pferd konnte auf dem glänzenden Parkett nicht bremsen und scharrte und rutschte vergebens, bevor es ins Orchester schlitterte und ein barmherziger Obrist es samt zwei Geigern erschoß.

Und von ferne waren Geräusche zu hören, und alle liefen ans Fenster, sahen aber nichts, und gingen wieder zurück und stellten zu ihrem Entsetzen fest, daß das Orchester verschwunden und auch die Kellner gegangen waren und die Rüstungen davonliefen und die Hühner aus den Kochtöpfen flohen und die Pelzmäntel der Damen auf den Ärmeln davongaloppierten und die Tische tanzten und die Decke aufriß, und hereinkam wie ein Blitz ein Sonnenstrahl, der so heftig war, daß alle die Augen schließen mußten, und was sie dann erlebten, das kann man nicht erzählen.

Und die Jeeps der Soldaten fuhren auf den Berg bis zur Hütte, und dort sahen sie Fangs Stab und auf der Erde die Zeichnungen des Kinderspiels und Coyas Schüssel, und dann nahmen die Soldaten die MGs in die Hand und öffneten mit einem Tritt die Tür und –«

Und fanden niemand.

Nur ein altes Buch, auf dessen letzter Seite stand:

Das Lied der Personen

Hier ist erzählt das Abenteuer
der zwei Planeten, die sich bekriegten,
der eine war die Erde und der andere auch.
Und hier und da erzitterte der Himmel
die Geschichte klingt wie eine Bimmel
Jeder von uns atmet
die kurze Luft, die
die Seite umblättert

und wie das alles enden wird
kann noch niemand schreiben
Damen und Herren, keine Angst
hier endet unser
und hier beginnt euer
Abenteuer.

Alle Personen dieses Buches haben wirklich existiert.

Die rättischen Rebellen kamen jenseits des Zeitlochs in einem Ort mit Namen Hameln an.

Pintecaboru ist ein großer Fischer geworden.

Genius ist heute Rektor der Universität Oslo.

Catuilla und Aucayoc nahmen an den Aufständen von 2133 teil und sind zur Zeit Desaperecidos.

Coya ist seit einem Jahr weg vom Fenster.

Von Pyk und Phildys quillt die Welt sowieso über.

Kook und Mei und Chulain und Caruso drehen demnächst den Film »Vorwärts Proteus!«

Wassiliboyd hat im All die Republik Laureland gegründet, sie hat zur Zeit 10 000 Einwohner.

Dabih ist Kolumnist bei ASTRO 2000.

LeO ist ein Videospiel in einer Spielhölle in Rom.

Einstein ist auf der Straße und spielt.

Fang lebt in Paris und wird dieses Jahr 89.

Die Hexe ist immer noch da oben und geht um und geht um und geht um.

Und was aus dem Herzen der Erde werden soll, das weiß ich wirklich nicht.

Italienische Autoren bei Piper

Eugenio Montale
Satura/Diario
Aus den späten Zyklen. Italienisch/Deutsch. Übertragen und mit einem Nachwort von Michael Marschall von Bieberstein. 1976. 190 Seiten. Geb.

Pier Paolo Pasolini
Accattone
Aus dem Ital. von Ulrich Enzensberger. 1984. 124 Seiten und 24 Fotos. Serie Piper 344

Pier Paolo Pasolini
Gramsci's Asche
Gedichte. Italienisch/Deutsch. Aus dem Ital. von Toni und Sabina Kienlechner. Mit einem Nachwort von Michael Marschall von Bieberstein. 2. Aufl., 8. Tsd. 1984. 185 Seiten. Serie Piper 313

Pier Paolo Pasolini
Mamma Roma
Aus dem Ital. von Ulrich Enzensberger. 1985. 118 Seiten. Serie Piper 302

Pier Paolo Pasolini
Teorema oder Die nackten Füße
Aus dem Ital. von Heinz Riedt. 3. Aufl., 14. Tsd. 1983. 191 Seiten. Serie Piper 200

Pier Paolo Pasolini
Vita Violenta
Roman. Aus dem Ital. von Gur Bland. 3. Aufl., 15. Tsd. 1984. 444 Seiten. Serie Piper 240

Giuseppe Tomasi di Lampedusa
Der Leopard
Roman. Aus dem Ital. von Charlotte Birnbaum. 16. Aufl., 204. Tsd. 1984. 198 Seiten. Serie Piper 320

Federigo Tozzi
Das Gehöft
Roman. Aus dem Ital. von Ragni Maria Gschwend. 3. Aufl., 8. Tsd. 1985. 189 Seiten. Geb.